THE FALL OF GONDOLIN

일러두기

이 책의 첫머리에 수록된 8점의 전면삽화는 본래 본문 내용에 들어가 있던 것으로, 한국어 번역판에서는 저작권사의 동의를 얻어 권두에 모아 배치했음을 밝힌다. 각 삽화 하단에는 그림의 원제목을 표기하였고, 관련 본문을 인용하였다.

백조항구

그들은 백조항구의 백조 선박들을 탈취하고자 했고, 싸움이 벌어져 (땅의 종족들 사이의 첫 싸움이었다) 많은 텔레리가 목숨을 잃고 선박은 강탈당하고 만다. 그노메들에게 저주가 내려진다. 앞으로 그들은 백조항구에서 흘린 피에 대한 대가로 배신의 고통을 자주 맛볼 것이며, 특히 자기 동족들 사이에서 벌어질 배신의 공포에 떨게 될 것이라는 저주였다.

본문 57쪽

Swanhaven © Alan Lee

투르곤이 경계를 강화하다

멜코의 첩자들에 대한 소문이 돌더니 그들이 툼라덴협곡을 사방에서 포위하였다는 흉보가 도시에 전해졌다. 투르곤 왕은 오래전 왕궁의 문 앞에서 투오르가 전한 경고를 기억해 내고 마음이 무거웠다. 그는 모든 요충지에 감시와 방어 병력을 세 배로 강화하고, 도시의 기술자들에게 전쟁 무기를 제작하여 언덕 위에 배치하도록 했다. 유독성 화염과 열수, 그리고 화살과 큼지막한 바위를 비축하여 빛나는 성벽을 공격하는 자라면 누구에게든지 쏟아부을 준비를 했다.

본문 97~98쪽

Turgon Strengthens the Watch © Alan Lee

왕의 탑이 무너지다

엄청난 굉음과 비명이 비탄의 현장에서 들려왔다. 오호라, 화염이 널름거리며 탑을 에워쌌고, 용들이 탑의 기단과 거기 서 있는 모든 이들을 강타하자 탑은 칼날 같은 불꽃의 일격에 무너져 내렸다. 그 무시무시한 붕괴로 인한 굉음은 상상을 초월했고, 곤도슬림의 왕 투르곤이 그 속에 묻히면서 그 순간부터 승리는 멜코의 것이 되었다.

본문 135쪽

The King's Tower Falls © Alan Lee

글로르핀델과 발로그

후미의 적과 함께 있던 발로그가 괴력을 발휘하여 도로 왼쪽으로 협곡의 가장자리에 돌출해 있는 높은 바위 위로 뛰어올랐다. 그리고 거기서 다시 분노의 도약을 하듯 글로르핀델의 부하들을 넘어 전방에 있는 여자들과 환자들 사이로 화염 채찍을 휘두르며 뛰어들었다. 그러자 글로르핀델이 그를 향해 뛰어올랐고, 그의 금빛 갑옷이 달빛을 받아 기묘한 빛을 발했다. 그가 악마를 향해 칼을 휘두르자 발로그는 다시 커다란 바위 위로 뛰어올랐고 글로르핀델이 그 뒤를 쫓았다. 이제 무리의 머리 위로 높은 바위 위에서 필사의 결투가 벌어지고 있었다.

Glorfindel and the Balrog © Alan Lee

무지개 틈

강물은 크리스일핑[>키리스 헬빈], 곧 '무지개 틈'이라고 하는 거대한 틈
새로 흘러 들어가고 격류가 되어 흐른 뒤에 결국 서쪽 바다에 이른다. 이
틈새의 이름이 그렇게 된 것은 격류와 폭포수로 인해 엄청난 물보라가 일
어나 그 지점에는 항상 무지개가 햇빛 속에 어른거렸기 때문이다.

본문 182쪽

The Rainbow Cleft © Alan Lee

타라스산

투오르는 앞으로 나아갈수록 한 줄로 늘어선 높은 언덕들이 그의 앞길을 가로막고 있는 것을 발견했다. 언덕들은 서쪽으로 계속 이어지다가 어느 높은 산에 이르렀고, 구름으로 투구를 쓴 어둑한 봉우리가 바다로 뻗은 광활한 녹색 곶 위 장대한 산의 어깨 위로 우뚝 솟아 있었다.

이 회색의 산맥은 벨레리안드의 북쪽 울타리를 이루는 에레드 웨스린의 서쪽 말단부였다. 그 끝에 있는 산은 타라스산으로, 그 땅의 모든 봉우리를 통틀어 가장 서쪽에 있는 것이었다. 멀고 먼 바다를 건너 유한한 생명의 땅으로 다가온 뱃사람들의 눈에 가장 먼저 들어오는 것이 바로 이 타라스산의 봉우리였다.

본문 211쪽

Mount Taras © Alan Lee

울모가 투오르 앞에 나타나다

곧 천둥소리가 우렁차게 나더니 바다 위로 번갯불이 번쩍거렸다. 투오르는 파도 한가운데서 질주하는 불꽃으로 번쩍거리는 은빛의 탑처럼 우뚝 선 울모를 응시하다가, 곧 불어오는 바람을 마주하고 외쳤다. "가겠나이다! 다만 제 가슴은 이제 대해를 더 갈망하나이다."

그러자 울모는 커다란 뿔나팔을 들어 올려 한 줄기의 장엄한 음을 불었는데, 그 소리에 비하면 폭풍의 포효는 그저 호숫가의 돌풍에 불과했다. 그 음을 듣는 동안 소리는 투오르를 에워싸고 이내 그를 가득 채웠다. 눈앞에서 가운데땅의 해안선이 사라지는 것 같은 느낌이 들며, 투오르는 거대한 환상 속에 대지의 핏줄에서부터 강의 어귀까지, 또 해안과 하구에서 깊은 바닷속까지 세상의 모든 물을 볼 수 있었다.

본문 219쪽

Ulmo Appears Before Tuor © Alan Lee

오르팔크 에코르

투오르는 협곡을 가로질러 건설된 거대한 장벽이 길을 가로막고 있는 것을 보았다. 장벽 양쪽 끝에는 돌탑이 굳건하게 지키고 있었다. 장벽 한복판에는 도로 위로 커다란 아치형 입구가 있었지만, 석공들이 이 입구를 거대한 바윗덩이 하나로 막아 놓은 듯했다. 그들이 가까이 접근하자 어둡고 윤기 나는 벽면이 아치 중앙에 매달린 하얀 등불의 빛을 받아 반짝거렸다.

본문 253쪽

Orfalch Echor © Alan Lee

ABOUT THE ARTIST

앨런 리 | Alan Lee

케이트 그린어웨이 상을 수상한 세계적인 삽화가이다. 1947년 영국 런던에서 태어났다. 17세 때 『반지의 제왕』을 읽고 깊은 감명을 받았다. 이후 J.R.R. 톨킨의 『반지의 제왕』(1992년 100주년 특별판), 『호빗』(1999), 『후린의 아이들』(2007), 『베렌과 루시엔』(2017), 『곤돌린의 몰락』(2018)의 삽화를 담당했고, 피터 잭슨의 영화 〈반지의 제왕〉, 〈호빗〉에도 존 하우와 함께 콘셉트 아티스트로 참여했다. 톨킨의 중단편 소설들을 묶은 『위험천만 왕국 이야기』와 최근 영국에서 출간된 『누메노르의 몰락』의 삽화도 그렸다.

THE FALL OF GONDOLIN
곤돌린의 몰락

Originally published in the English language by HarperCollins Publishers
under the title :

THE FALL OF GONDOLIN

All texts and materials by J.R.R. Tolkien © The Tolkien Estate Limited 2018

Preface, Notes and all other materials © C.R. Tolkien 2018

Illustrations © Alan Lee 2018

®

, TOLKIEN® and THE FALL OF GONDOLIN are registered trade marks of The
Tolkien Estate Limited

The Proprietor on behalf of the Author and the Editor hereby assert their respective moral
rights to be identified as the author of the Work.

곤돌린의 몰락
THE FALL OF GONDOLIN

J.R.R. 톨킨 지음
크리스토퍼 톨킨 엮음
앨런 리 그림
김보원 옮김

arte

차례

곤돌린의 몰락

부분삽화 차례

책 뒤에는 지도 한 장과 베오르 가문과 놀도르 군주들의 가계도
가 첨부되어 있는데, 『후린의 아이들』에서 몇 가지 사소한 수정
을 한 뒤 가져온 것들이다.

가족들에게

역자 서문

최고의 판타지라면 필경 동화적 상상력을 자극하고 동시에 인간 욕망의 핵심과 맞닿은 미스터리가 하나쯤은 있어야 할 터인데,『곤돌린의 몰락』에서는 '숨은도시' 곤돌린이 그 역을 맡는다. 상고대Elder Days 어느 한때 가운데땅 서부의 산속으로 들어간 요정 일족이 순식간에 종적을 감추는 신비로운 사건이 발생한 것이다. 반지를 끼는 순간 타인의 눈에 불가시不可視의 존재로 변하는 절대반지의 마법은 일찍이 곤돌린에 그 원형이 있었던 셈이다. 더욱이 이 도시를 둘러싸고 있는 산맥이 반지처럼 생긴 환형環形의 '에워두른산맥the Encircling Mountains'이라는 점 또한 의미심장한 유추를 낳는다.

숨은도시 곤돌린의 구상과 작품 집필은『반지의 제왕』보다 훨씬 일찍 1916년에 시작되었다. J.R.R. 톨킨은 자신의 신화 세계를 압축한『실마릴리온』(1977)의 많은 이야기 중에서 특히 세 편에 공을 들여 이를 '위대한 이야기들Great Tales'이라는 이름으로 특별 대우를 하는데, 이번에 함께 출간된 『후린의 아이들』과 『베렌과 루시엔』, 그리고 『곤돌린의 몰락』이 여기에 속한다. 『곤돌린의 몰락』은 집필이 가장 먼저 시작되었으나 시대적 배경으로는 셋 중 마지막에 위치하는데, 숨은도시 곤돌린을 추적하는 투오르의 신비로운 여정과 뒤이은 도시의 비참한 몰락이 드라마틱하게 그려진다. 더욱이 이 사건은 이른바 상고대(혹은 제1시대)라는 한 시대의 종말을 초래하는 대전쟁의 발단이라는 점에서 톨킨 신화에서 특별한 지점에 위치한다.

하지만 『곤돌린의 몰락』을 읽는 진정한 즐거움은 곤돌린의 신비로움이나 투오르의 진기한 모험을 넘어선다. 사실 작품의 기본 얼개는 이미 『실마릴리온』의 몇 장에 소개되어 있어서 톨킨 독자들이라면 낯설지 않다. 단행본으로 출간된 이 책에서는 그 얼개에 살이 붙고 피가 돌면서 신화의 한 토막이 마치 생물처럼 살아 움직이는 느낌을 준다. 이 느낌은 무엇보다도 한 권의 책으로서 『곤돌린의 몰락』이 1916년의 '첫 이야기'에서 시작하여 여러 형태의 수정본을 거쳐 미완성의 최종본(1951)에 이르는 길고 긴 도정道程의 기록이라는 점에서 비롯된다. 초심자라면 일견 인물과 사건의 묘사에서 미세한 변경이 일어나는 여러 수정본이 당혹스러울 수도 있다. 하지만 진정한 톨킨 추종자라면, 일생에 걸쳐 완성본을 향해 고집스럽게 분투하는 대작가의 열정과 집념을 생생하게 확인하는 기쁨을 맛볼 수 있다. 신비의 숨은도시를 추적하던 투오르처럼 작가 또한 완성본을 향한 도정을 포기하지 않았던 것이다. 하지만 마침내 투르곤 왕 앞에 우뚝 선 투오르와 달리, 작가는 끝내 완성본의 대단원과 조우하지 못한다.

한 편의 작품으로서 『곤돌린의 몰락』은 미완성이지만, 번역자로서는 여러 이본을 거치며 창작자의 내면에 전개되는 흥미진진한 드라마를 엿보는 묘미를 느낄 수 있었고, 특히 미세한 변경 사항이 발생하는 다채로운 지점을 확인하는 재미가 쏠쏠했다. 그럼에도 불구하고 투오르의 여정에 결정적 선회가 일어나는 최종본에서는 공들인 원고를 뭉텅 덜어 내기로 결단을 내리는 창작자의 안타까움 또한 절절히 느낄 수 있었다.

마지막으로, 이 작품은 편집자 서문에도 있듯이 2020년에 세상을 떠난 편집자 크리스토퍼 톨킨의 마지막 작업이었다. 그는 1977년에 펴낸 『실마릴리온』에서 시작하여 거의 40년간 부친이 남긴 방대한 원고의 미로를 헤매는 수고를 아끼지 않았고, 그 덕분에 온 세상의 독자들은 J.R.R. 톨킨의 신화 세계를 더욱 풍요롭게 누릴 수 있게 되었다. 고인의 노고에 심심한 경의와 위로를 전한다.

* 페아노르의 장자 마에드로스Maedhros가 이 책에서는 일관되게 마이드로스Maidros로 표기되는데, 『반지의 제왕』 해설 E의 '글쓰기와 철자'에 나오는 모음 [ae/ai] 발음과 관련된 혼란이 일찍이 작가에게서 비롯되었을 수도 있다는 점을 확인한 것은 작지 않은 수확이었다. 작품 제목에 자주 사용되는 tale은 일관되게 '이야기'로 번역하였으나, 이 때문에 story의 번역에 어려움이 있어 고심 끝에 '서사'로 결정하였음을 알려 둔다. 고유명사 표기는 여전히 난제였다. '독수리의 틈', '분노의 망치'처럼 따옴표로만 표기한 경우도 있고, '마른강Dry River', '에워두른

산맥'처럼 기존 역본의 표기를 따라 붙여쓰기를 사용한 경우도 있는데, 어느 경우에나 후반으로 가며 익숙해지면 따옴표를 제거하여 읽기 편하게 했다.

2023년 가을

김 보 원

서문

『베렌과 루시엔』 서문에서 나는 "내 나이 93세에, 이것은 (추정 컨대) 대부분 이전에 출판되지 않은 아버지의 저작물을 편찬하는 기나긴 일련의 작업에서 마지막 책일 터"라고 말한 바 있다. "추정컨대"라는 말을 쓴 것은 그 당시에는 아버지가 남긴 '위대한 이야기들' 중에서 세 번째 작품인 『곤돌린의 몰락』도 『베렌과 루시엔』과 같은 방식으로 처리하면 될 것이라고 막연하게 생각했기 때문이다. 하지만 나는 그때 이미 그렇게 되지 않을 것이라는 생각을 하고 있었고, 그래서 『베렌과 루시엔』이 마지막이 될 것이라고 "추정했던" 것이다. 하지만 추정은 결국 틀렸고, 나는 "94세가 되는 이제 『곤돌린의 몰락』이 (명백히) 마지막 작품"이라고 말할 수밖에 없게 되었다.

독자들은 이 책에서 다양한 텍스트 속에 기록된 여러 가닥의 복잡다단한 서사를 통해 제1시대의 종말이 임박하기까지 가운데땅이 어떻게 움직여 왔는지, 그리고 아버지 스스로 기획한 이 역사에 대한 당신의 인식이 오랜 세월 동안 어떻게 확대되었는지, 그리고 어떻게 가운데땅이 예정된 그 가장 아름다운 형태로 마침내 붕괴에 이르렀는지를 확인하게 된다.

상고대上古代 가운데땅의 이야기는 늘 구조가 유동적이었다. 내가 작성한 이 시대의 『역사』(크리스토퍼 톨킨이 편집하여 총 12권으로 출간된 『가운데땅의 역사』를 가리킴—역자 주)는 무척 길고 복잡하지만, 길이가 길어지고 내용이 복잡해진 것은 모두 이렇게 끝없이 등장하는 새로운 구상, 곧 새로운 묘사, 새로운 동기, 새로운 이름, 그리고 무엇보다도 새로운 관계 때문이었다. 아버지는 이 역사의 창조자로서 거대한 역사를 구상하고 이를 글로 옮기는 과정에 새로운 요소가 이야기 속에 들어온다는 것을 인지하고 있었다. 매우 짧지만 많은 함의를 담고 있는 대표적인 사례 하나로 이를 설명하고자 한다. '곤돌린의 몰락'을 다루는 이야기의 큰 틀은 투오르라는 인간이 친구 보론웨와 함께 요정들의 '숨은왕국' 곤돌린을 찾아가는 여정이었다. 아버지는 최초의 원고에서는 이를 매우 간단하게 언급하고 있는데, 특별히 주목할 만한 사건도 없고 사실 사건이라고 할 만한 것이 전혀 없다고 하는 편이 낫다. 하지만 최종본에서는 이 여정에 살이 많이 붙어 있는데, 황야로 나와 있던 두 사람이 어느 날 아침 숲속에서 고함소리를 듣는 장면이 나온다. 거의 이렇게 표현할 수도 있다. '그는'(아버지 J.R.R. 톨킨을 가리킴—역자 주) 숲속에서 어떤 고함소리를 듣게 되는데, 갑작스럽고 예상치 못한 일이었다.[1] 그

---

1 이런 상상이 전혀 엉뚱한 것이 아니라는 사실을 보여 주는 증거로, 1944년 5월 6일 아버지가 내게 보낸 편지에는 이런 대목이 있다. "새 인물이 하나 무대에 등장하였다. (그를 좋아하기는

때 검은 옷에 검은색 장검을 든 키가 큰 어떤 남자가 나타나 마치 잃어버린 사람을 찾는 것처럼 누군가의 이름을 부르며 그들을 향해 다가왔다. 그러나 그는 아무 말도 하지 않고 그들 옆을 지나갔다.

투오르와 보론웨는 이 희한한 장면을 설명해 줄 수 있는 어떤 이야기도 알지 못했다. 하지만 이 역사의 창조자는 그가 누군지 잘 알고 있었다. 바로 저 유명한 투린 투람바르, 곧 투오르의 사촌이었다. 투오르와 보론웨는 알지 못했지만, 투린은 폐허가 된 도시 나르고스론드를 탈출하는 중이었다. 가운데땅의 '위대한 이야기들' 중 한 편의 한 대목이 여기서 슬쩍 모습을 드러낸 것이다. 나르고스론드를 탈출하는 투린의 이야기는 『후린의 아이들』(221~222쪽)에 나오는데, 그렇지만 거기서도 이 조우에 대한 언급은 없고 또 두 사촌끼리 서로 모르는 상태로 이야기는 끝나고 만다.

시간이 경과하면서 이야기가 변화하는 과정을 보여 주는 데는 바다의 군주 울모에 대한 묘사가 제격이다. 그는 애당초 황혼 무렵 시리온강 가의 갈대숲 사이에 앉아 음악을 짓는 모습으로 등장한다. 하지만 몇 년이 지난 뒤, 세상의 모든 물을 관장하는 이 군주는 비냐마르 앞바다의 거대한 파도 위로 몸을 솟구치며 나타난다. 울모는 사실 이 거대한 신화의 한가운데에 있다고 해도 과언이 아닌 존재이다. 발리노르에서는 대체로 그를 반대하고 있었지만, 이 위대한 신은 신비롭게 자신의 목적을 완수해 내

하지만 나는 그를 만들지도 않았고 심지어 원하지도 않았다. 그럼에도 그는 이실리엔 숲속으로 성큼 걸어 들어왔다.) 파라미르, 바로 보로미르의 동생이다."

는 것이다.

이제 막바지에 이른 지난 40년가량의 작업을 돌이켜볼 때, 시종일관 나의 목표는 적어도 부분적으로는 '실마릴리온'의 성격 및 『반지의 제왕』과 관련하여 '실마릴리온'이 필연적으로 지니는 존재 의의를 좀 더 강조하고자 했던 것이라고 믿는다. 말하자면 실마릴리온은 가운데땅과 발리노르로 이루어진 아버지의 상상 세계의 '제1시대'였던 것이다.

『실마릴리온』이 출간된 것은 1977년으로, 『반지의 제왕』이 발표되고 여러 해가 흐른 뒤였는데, 사실 원고가 만들어졌다기보다는 서사적 통일성을 제공하기 위해 '어렵사리 고안되었다'고 하는 편이 나을 것이다. 아득한 과거로부터 전해 내려오는 것으로 추정되는 장중한 문체의 이 거대한 작품은 사실상 『반지의 제왕』 특유의 힘이나 생생함을 거의 찾아볼 수 없는 '고립된' 느낌을 줄 수도 있다. 그런데 그 점은 내가 이 이야기를 위해 채택한 방식을 감안하면 불가피한 일이었다. 왜냐하면 제1시대를 다루는 서사는 문학적으로 보나 상상력으로 보나 근본적으로 판이한 성격이기 때문이다. 그럼에도 불구하고, 나는 『반지의 제왕』이 완성은 되었으나 출판까지는 한참이 남아 있던 오래전, 아버지가 제1시대와 제3시대(『반지의 제왕』의 세계)는 '동일한 작품의' 구성 요소이자 일부로 함께 다루고 '출판되어야' 한다는 간곡한 소망과 신념을 피력하셨던 사실을 이미 알고 있었다.

이 책의 한 장인 '서사의 진화'에 나는 아버지가 1950년 2월 당신의 출판을 맡고 있던 스탠리 언윈 경에게 보낸 매우 중요한 정보가 담긴 장문의 서신 일부를 발췌하여 실었다. 이 시점은 『반지의 제왕』의 실제 집필이 거의 종착역에 이른 직후였는데, 이 서신에서 아버지는 이 문제에 대한 당신의 속마음을 털어놓았다. 그 당시 아버지는 "약 60만 단어의 이 말도 안 되는 괴물"을 바라보면 스스로 끔찍한 느낌이 든다고 자조적인 표현을 쓰기까지 했다. 특히 출판사에서는 자신들이 요구하고 있던 작품, 곧 『호빗』의 속편을 기다리고 있는데, 이 새 작품은 (당신 말씀으로는) "사실 『실마릴리온』의 속편"이었기 때문에 더욱 그러했던 것이다.

아버지는 결코 당신의 생각을 바꾸지 않았다. 심지어 『실마릴리온』과 『반지의 제왕』을 "보석과 반지에 관한 한 편의 대하 서사"로 표현하기까지 했다. 이런 이유에서 아버지는 '둘 중 어느 작품이라도' 따로 출판하는 것을 극구 반대했다. 하지만 아래 '서사의 진화'에서 밝혀지듯이 당신의 요구가 수용될 가망이 거의 없다는 것을 깨닫고는 포기하였고, 뒤이어 『반지의 제왕』만 출판하는 것에 동의했던 것이다.

『실마릴리온』의 출판 후 나는 여러 해에 걸쳐 아버지가 남긴 원고 전체에 대한 검토에 착수하였다. 『가운데땅의 역사』를 펴내며 나 스스로 정한 대원칙은 말하자면 '나란히 말 몰아가기'였다. 각각의 이야기를 시간의 경과에 따라 펼쳐지는 각각의 이야기가 아니라, 거대 서사 전체의 전개로 보자는 것이다. 『가운데땅의 역사』1권 머리말에서는 이를 다음과 같이 표현하였다.

자신의 환상세계에 대한 작가의 생각은 지속적으로 천천

히 모양을 바꾸고 가지를 쳐내고 또 확장되어 갔다. 『호빗』
과 『반지의 제왕』은 작가 당대에 그중 일부가 확정된 형태
로 활자화된 것이었다. 가운데땅과 발리노르에 대한 연구
는 이처럼 복잡하게 얽혀 있는데, 그 까닭은 연구의 대상이
확정되지 못하였기 때문이다. 말하자면 작품은 아무런 본
질적 변화를 추가로 수용할 수 없는 인쇄본이라는 점에서
'횡적으로' 존재하였을 뿐만 아니라, 또한 시간적으로 (작
가 생전에) '종적으로'도 존재하였던 것이다.

그래서 『가운데땅의 역사』는 작품의 성격상 대체로 따라가
기가 쉽지 않은 이야기가 되고 말았다. 오랜 시간에 걸쳐 진행된
편집 작업이 드디어 끝날 때가 되었다는 생각이 들었을 때, 나는
최대한으로 가능한 다른 방식의 이야기를 시도해 보고 싶다는
생각이 들었다. 기존에 출판된 텍스트들을 이용하여 특정한 단
일 서사를 최초의 형태에서부터 이후의 전개 과정까지 모두 추
적하는 구상이었다. 『베렌과 루시엔』은 그렇게 만들어졌다. 사
실 『후린의 아이들』(2007)을 펴낼 때는 후속 이본異本에 나타나
는 서사의 주요 변경 사항을 부록에 수록한 바 있었다. 하지만
『베렌과 루시엔』에서는 『잃어버린 이야기들』에 실린 최초의 원
고에서 시작하여 이전의 텍스트를 원본 그대로 모두 실었다. 이
제 『곤돌린의 몰락』이 마지막 작업이 될 것이 확실해졌기 때문
에 나는 이 특이한 방식을 여기서도 똑같이 적용하기로 결정하
였다.

이 방식을 채택하자 후기로 오면서 폐기된 대목들이나, 혹은

거의 완성된 형태까지 이르렀던 구상들이 빛을 보게 되었다. 그래서 『베렌과 루시엔』에는 고양이 왕인 테빌도가 잠깐이지만 당당하게 등장하였던 것이다. 『곤돌린의 몰락』은 이 점에 있어서 아주 특별하다. 작품 원본에서는 상상 밖의 신무기들을 동원하여 이루어지는 곤돌린에 대한 전면 공격이 무척 정확하고 세밀하게 그려지고 있어서 도시의 건물이 불타 내려앉고 역전의 용사들이 목숨을 잃는 곳이 어디인지 구체적인 이름이 명시되어 있는데, 후기본으로 오면 파괴와 전투는 한 단락으로 축약되고 말기 때문이다.

가운데땅의 여러 시대가 서로 긴밀히 연결되어 있다는 점은 『반지의 제왕』에 나오는 상고대의 인물들이 (단지 기억으로만이 아니라 실제로) 다시 직접 등장한다는 사실에서 생생하게 확인할 수 있다. 엔트, 곧 나무수염은 사실 나이가 무척 많다. 제3시대에 살아남은 고대 종족 중에서 가장 오래된 종족이기 때문이다. 메리아독과 페레그린을 태운 채 팡고른숲 속을 돌아다니던 그는 그들에게 이런 노래를 들려주었다.

> 봄에 나는 타사리난의 버드나무 우거진 풀밭을 거닐었네.
> 아! 난타사리온의 봄 정경과 향기여!

가운데땅으로 온 물의 군주 울모가 '버드나무땅' 타사리난에서 투오르에게 명령을 내리는 장면은 사실 나무수염이 팡고른숲에서 호빗들에게 노래를 불러 주던 때보다 훨씬 오래전의 일이었다. 혹은 같은 맥락에서, 서사의 끝에 가면 우리는 에아렌델의 두 아들 엘론드와 엘로스를 만나게 되는데, 이 둘은 훗날 각각 깊은골의 주인이 되거나 누메노르의 초대 왕이 되는 인물이지만 여기서는 아직 어린 나이로 페아노르의 한 아들로부터 보살핌을 받는 것을 볼 수 있다.

*

하지만 여기서 나는 여러 시대에 걸쳐 있는 상징적 인물로 조선공 키르단을 소개하고자 한다. 그는 '요정들의 세 반지' 중의 하나인 불의 반지 나랴의 소유자로, 훗날 이 반지를 간달프에게 건네준 인물이다. 그에 대해서는 "가운데땅 어느 누구보다도 더 멀고 깊게 사태를 내다보았다"는 말이 전해진다. 그는 제1시대에는 벨레리안드 해안의 브리솜바르와 에글라레스트항구의 영주였고, '한없는 눈물의 전투' 이후 이 항구들이 모르고스에게 파괴당하자 살아남은 자기 백성을 이끌고 발라르섬으로 피신하였다. 그곳과 시리온강 하구에서 그는 다시 선박 건조를 시작하였고, 곤돌린 왕 투르곤의 요청에 따라 일곱 척의 배를 건조하였다. 이 배들은 서녘으로 항해를 떠나지만 마지막 배를 제외하고는 아무도 그들의 소식을 듣지 못했다. 그 배에는 곤돌린에서 파견한 보론웨가 있었는데, 그는 난파선에서 목숨을 건져 나중에 '숨은도시'로 향하는 투오르의 위대한 여정에서 안내인이자 동료가 되었다.

오랜 세월이 흐른 후 키르단은 간달프에게 반지를 건네며 이렇게 말한다. "하지만 제 마음은 대해와 함께 있습니다. 그러니 저는 마지막 배가 떠날 때까지 이 회색 해안에 머물 것입니다." 그리하여 키르단은 제3시대의 마지막 날 마지막 순간에야 모습을 드러낸다. 엘론드와 갈라드리엘이 빌보와 프로도를 데리고 회색 항구의 출입문에 올라서고 간달프가 그들을 기다리고 있을 때,

조선공 키르단이 앞으로 나와 그들에게 인사를 했다. 그는 매우 큰 키에 수염이 길었고, 별처럼 빛나는 눈을 빼곤 아주 늙어 보였다. 그가 인사하며 말했다. "이제 모든 준비가 되었소." 그러고 나서 키르단은 그들을 항구로 안내했다. 부두에는 흰 배 한 척이 있었는데 […].

작별 인사를 나눈 뒤 떠나는 이들이 배에 올랐다.

돛이 펼쳐지고 바람이 불자 배는 회색빛으로 반짝이는 긴 하구를 따라 천천히 미끄러져 갔다. 프로도가 들고 있던 갈라드리엘의 유리병이 반짝이다가 사라졌다. 배는 드높은 대해로 들어서서 서녘으로 향했다.

그들이 간 길은 제1시대 말이 가까워질 즈음 투오르와 이드릴이 갔던 바로 그 길이었다. 이들도 "해 질 녘에 돛을 올려 서녘으로 항해를 떠났고, 더 이상 이야기나 노래 속에 등장하지 않는다."

✳

『곤돌린의 몰락』에는 서사가 진행되는 동안 슬쩍슬쩍 다른 이야기, 다른 장소, 다른 시대에 대한 많은 언급이 쌓인다. 과거의 사건이지만 지금 진행되는 이야기의 사건과 추측에 영향을 끼치는 것들이다. 그런 경우는 설명을 덧붙이거나 아니면 적어도 이해에 도움이 되는 간단한 언급을 하고 싶은 충동을 억제하기 어려웠다. 하지만 나는 이 책의 목적을 항상 의식하고 있었기 때문에 텍스트 속에 주석을 가리키는 작은 숫자를 넣지 않았다. 내가 계획한 것은 이런 성격의 자료를 원한다면 쉽게 무시할 수 있는 형태로 제공하는 것이었다.

그래서 먼저 '프롤로그'에 아버지가 1926년에 작성한 「신화 스케치」에서 일부를 발췌하여 실었다. 그것은 아버지의 글을 따라 세상의 시작에서부터 최종적으로 곤돌린의 건설까지 이어지는 사건을 한 장의 그림으로 제공하기 위해서이다. 그뿐 아니라 '고유명사 목록'을 많이 활용하여 각 고유명사의 의미를 넘어 훨씬 더 풍성한 설명을 할 수 있도록 했다. 또한 고유명사 목록 다음에는 매우 다양한 주제의 별도 주석을 실었는데, 세상의 창조에서부터 에아렌델의 이름의 의미와 만도스의 예언까지 두루 망라되어 있다.

물론 이름이 바뀐다거나 이름의 형태가 변경된 경우는 처리가 무척 어려웠다. 이 문제는 특정 형태의 이름이라고 해서 그 이름이 나오는 글의 작성 시점을 명백히 적시하지 못하기 때문에 더 복잡하다. 아버지는 한 텍스트 내에서 동일한 사항을 변경하는 경우에도, 이를 필요하다고 판단할 때마다 새로 하곤 했다. 나의 목표는 이 책 속에서 일관성을 유지하는 것은 아니었다. 다시 말해 처음부터 끝까지 하나의 형식을 고집스럽게 주장하지도 않았고, 그렇다고 모든 경우에 원고에 있는 표기를 그대로 취하지도 않았는데, 다만 그와 같은 변이형이 최선이라고 판단될 때만 이를 허용하였다. 이를테면 울모Ulmo를 써야 할 자리에 윌미르Ylmir를 쓴 경우가 있는데, 이는 언어학에서는 통상적으로 나타나는 현상이기 때문이다. 하지만 '독수리들의 왕' 소른도르Thorndor의 경우는 항상 소론도르Thorondor로 표기하였는데, 이는 아버지가 일관되게 이를 변경하겠다는 분명한 의사 표시가 있었기 때문이다.

마지막으로, 책의 목차를 『베렌과 루시엔』과는 다른 방식으로 처리하였다. 먼저 작품의 텍스트들을 먼저 실었고, 차례는 쓰인 순서에 따르되 거의 아무 주석도 붙이지 않았다. 서사의 진화 과정에 대한 설명이 그다음에 나오는데, 무척 안타깝게도 투오르가 곤돌린의 마지막 문을 빠져나오는 순간 아버지가 작품의 최종본을 포기하고 만 이야기가 여기에 실려 있다.

이제 거의 40년 전에 썼던 글을 여기 다시 옮기면서 이 서문을 끝맺고자 한다.

투오르의 곤돌린 체류, 그와 이드릴 켈레브린달의 결합, 그리고 에아렌델의 탄생과 마에글린의 배반, 혹은 도시의 약탈 및 피난민들의 탈출에 대해 아버지가 생전에 남긴 유일하게 완전한 이야기(그것도 아버지가 제1시대를 상상했을 당시 그 중심에 자리한 이야기)가 당신의 청년 시절에 구상한 서사라는 사실은 무척이나 주목할 만하다.

곤돌린과 나르고스론드는 각각 한 번씩 만들어진 뒤에 다시 건설되지 않았다. 두 도시는 강력한 근원과 이미지로 남아 있을 뿐—어쩌면 결코 다시 만들어지지 않았기 때문에 더 강력했고, 또 그렇게 강력하기 때문에 다시 만들 수 없었을 것이다.

곤돌린을 다시 만드는 일에 착수했지만 아버지는 그 도시에 결코 다시 이르지 못하였다. 오르팔크 에코르의 끝없는 비탈길을 오르고 문장紋章이 새겨진 출입문을 잇달아 통과하지만, 아버지는 평원 한가운데 있는 곤돌린의 모습을 보고 투오르와 함께 걸음을 멈추었을 뿐 결코 툼라덴협곡을 다시 건너지는 못했다.

'위대한 이야기들' 중 세 번째이자 마지막 작품을 "자체의 역사에 따라" 출판하면서, 각 작품에 차례대로 삽화를 그려 준 앨런 리의 노고에 경의를 표하는 몇 마디를 전하고자 한다. 그는 이 과업을 완성하기까지 상고대의 거대한 시간 속에서 골라낸 장면과 사건에 담긴 특성에 대한 깊은 이해를 보여 주었다.

그런 점에서, 그는 『후린의 아이들』에서는 포로가 된 후린이 상고로드림의 돌의자에 묶인 채 모르고스의 끔찍한 저주를 들어야만 하는 장면을 목격하였고 또 우리에게 보여 주었다. 『베렌과 루시엔』에서는 마지막 남은 페아노르의 아들들이 말 위에 꼼짝도 하지 않고 앉아서 서쪽 하늘에 떠오른 새 별, 곧 그렇게 많은 이들의 목숨을 앗아 간 보석 실마릴을 응시하는 장면을 목격하였고 또 우리에게 보여 주었다. 그리고『곤돌린의 몰락』에서는 투오르의 옆에 서서 그와 함께 자신이 그토록 긴 여정 끝에 찾아온 '숨은도시'를 바라보며 경탄하고 있었던 것이다.

마지막으로 나는 책의 세부 사항을 처리하는 데 특별히 도움을 준 하퍼콜린스 출판사의 크리스 스미스에게 심심한 감사를 전하고자 하며, 특히 출판사의 요구와 책의 특성 양쪽에 대한 지식을 바탕으로 그가 보여 준 성실함과 꼼꼼함에 감사를 드린다. 아울러 아내 베일리에게도 감사를 전한다. 책을 준비하는 긴 시간 동안 그녀의 든든한 지지가 없었더라면 아마도 성공하기 어려웠을 것이다. 또한『베렌과 루시엔』이 마지막 책이 될 것 같다는 인사와 함께 책이 나왔을 때 관대한 편지를 보내 주신 모든 분들께도 감사를 드린다.

프롤로그

『베렌과 루시엔』을 시작할 때 인용했던 편지로 돌아가 이 책의
첫 장을 열고자 한다. 이 편지는 아버지가 1964년에 작성한 것
인데, 아버지는 편지에서 "1917년 군대에서 받은 병가 동안 머
리를 짜내어" 「곤돌린의 몰락」을 썼다고 했다. 「베렌과 루시엔」
의 초고도 같은 해로 되어 있다.

그런데 아버지의 다른 언급을 보면 연도에 대해 약간 의문
이 생긴다. 1955년 6월에 쓴 편지에는 "「곤돌린의 몰락」(과 에
아렌딜의 출생)은 1916년 솜 전투에서 살아남은 뒤 휴가차 병원
에 있는 동안 썼"다고 되어 있기 때문이다. 같은 해 W. H. 오든
에게 보낸 편지에서는 "1916년 말 병가"로 시점을 명기하고 있
다. 내가 아는 바로 이에 대한 아버지의 첫 언급은 1944년 4월
30일 내게 보낸 편지에서였는데, 그 당시 내가 겪고 있던 일을
위로하는 내용이었다. (편지 내용은 이렇다.) "나는 축음기 소음
으로 가득한 시끌벅적한 군대 막사에서 처음으로 '그노메들the

Gnomes'[2]의 역사를 쓰기 시작했다." 이 상황은 병가로 보이지는 않는다. 하지만 병가에 들어가기 전에 글을 시작했을 수도 있다.

그런데 이 책과 관련하여 대단히 중요한 사실은 1955년 W. H. 오든에게 보낸 편지에서 「곤돌린의 몰락」에 대해 언급한 내용으로, 「곤돌린의 몰락」이 "이 상상 세계에 관한 최초의 진짜 이야기"라는 표현이다.

아버지가 「곤돌린의 몰락」의 초고를 처리하는 방식은 「티누비엘의 이야기」와는 달랐다. 거기서는 연필로 쓴 초고를 지우고 그 자리에 새로 수정한 원고를 써넣었다. 그런데 이번 경우에는 사실 초고에 대한 광범위한 수정이 이루어지는데, 초고를 지우는 대신 연필로 쓴 초고 위에 잉크로 수정 원고를 작성하였고 이야기가 전개되는 동안 수정의 빈도도 늘어 갔다. 밑에 있는 초고를 읽을 수 있는 대목에서는 아버지가 최초의 원고를 매우 정밀하게 따라가고 있는 것도 볼 수 있다.

이를 기반으로 하여 어머니가 정서본을 만드는데, 현재 초고에서 나타나는 여러 가지 골치 아픈 사항들을 감안하면 대단히 정확한 사본이었다. 그런 다음 아버지는 이 사본에 여러 번 수정을 가하는데, 물론 한꺼번에 전체를 수정하는 방식은 아니었다. 아버지의 저작 연구에 거의 항상 수반되는 복잡한 텍스트 확정 문제를 다루는 것이 이 책의 목적은 아니므로, 이 책에 실은 텍스트는 어머니가 필사한 원고이며 거기에 붙인 수정 사항 물론 반영되어 있다.

---

2 놀도르(초기에는 놀돌리)란 이름의 요정들을 '그노메'로 칭하는 것에 관해서는 『베렌과 루시엔』 61쪽 참조.

하지만 이와 관련하여 언급해야 할 사항 하나는 초고에 대한 많은 수정이 이루어진 것은 1920년 봄 아버지가 옥스퍼드대학교 엑서터대학의 에세이 클럽에서 이 이야기를 낭독하기 전이라는 점이다. '에세이' 대신에 이 작품을 선택한 이유를 설명하고 양해를 구하는 중에 아버지는 이렇게 말했다. "물론 이 이야기는 전에 발표한 적이 없네. 얼마 전부터 완전히 나의 상상력으로 요정 세계의 이야기 전체를 만들어 보고자 하는 구상을 키우고 (실은, 구축하고) 있었어. 그 에피소드 중 몇 편을 글로 옮겨 봤네. 오늘 이야기는 그중에서 최고는 아니지만, 지금까지 수정 작업이 이루어진 유일한 이야기이기도 하지. 수정 작업이 완벽하지는 않지만 큰 소리로 읽어 보겠네."

이 작품의 원래 제목은 '투오르와 곤돌린의 망명자들'이었지만 아버지는 나중에는 항상 '곤돌린의 몰락'이라고 불렀고 나도 이를 따랐다. 원고에는 제목 뒤에 '에아렌델의 위대한 이야기로 이어짐'이라는 수식구가 있다. 이 이야기의 화자는 '외로운 섬'(이에 대해서는 『베렌과 루시엔』 58~59쪽 참조)에 살던 '작은가슴Littleheart(일피니올)'으로, 그는 이 작품에서 중요한 역할을 하는 인물인 브론웨그(보론웨)의 아들이다.

신들과 요정들이 살던 세상에서 벌어진 엄청난 변화가 곤돌린의 몰락을 다룬 이 서사와 직접적인 관련이 있으며—사실상 그 일부이기도 한데, 그것은 상고대의 '위대한 이야기들' 중의 세 번째인 이 작품의 속성 자체가 그렇기 때문이다. 따라서 이 사건들에 대한 간략한 설명이 불가피한데, 내가 직접 이를 설명하기보다는 아버지가 요약하여 쓴 특별한 글을 그대로 인용하는 것이 훨씬 나을 것으로 생각된다. 이 이야기는 아버지가 '원본 실마릴리온'(「신화 스케치」라고도 함)이라고 명명한 원고에 들어 있는데, 집필 연도는 일찍이 1926년이었고 나중에 수정이 이루어졌다. 나는 이 작품을 『베렌과 루시엔』에서도 활용하였고, 다시 이 책에서 '곤돌린의 몰락'이라는 이야기의 진화 과정의 한 단계로 사용하고자 한다. 다만 여기서는 곤돌린이 출현하기 전까지의 역사를 간략하게 설명하기 위한 용도로 사용하였으며, 한편으로 이야기 자체가 아버지의 상당히 초기에 해당하는 저작이라는 의의도 지닌다.

이 글을 여기 포함시킨 목적을 감안하여 관련이 없는 대목들은 생략하였고, 내용을 명료하게 하기 위해 여기저기 사소한 수정과 첨언을 덧붙였다. 내 수정 원고의 시작은 「스케치」 초고의 시작 지점이다.

세상을 다스리기 위해 아홉 발라가 파견된 뒤, (어둠의 악마) 모르고스는 만웨의 주도권에 반기를 드는데, 세상을 밝히기 위해 세운 등불을 쓰러뜨리고 발라들이(곧 신들이) 거하던 알마렌 섬을 홍수로 쓸어 버린다. 그는 북부에 지하 토굴로 궁성을 만들어 요새화한다. 발라들은 바다 건너 아득히 먼 서녘으로 떠나는데 서녘의 가장자리에는 '바깥바다'와 마지막 '장벽'이 있고, 동쪽에는 신들이 세운 깎아지른 발리노르산맥이 경계가 되었다. 그들은 발리노르에 모든 빛과 아름다운 것들을 모으고, 자신들의 저택과 정원, 도시를 세우지만, 만웨와 그의 부인 바르다는 세상 건너 어둠에 잠긴 동쪽을 바라볼 수 있는 가장 높은 산(타니퀘틸) 위의 궁정에 거한다. 야반나 팔루리엔은 발마르시의 출입문 밖 발리노르평원 한가운데에 발라의 나무 두 그루를 심는다. '두 나무Two Trees'는 야반나의 노래를 들으며 성장하는데, 그중 한 나무에는 아래쪽이 반짝이는 은빛을 띤 짙은 녹색의 나뭇잎이 달려 있고, 그 꽃은 은빛 이슬이 떨어지는 앵두처럼 흰색을 띤다. 다른 한 나무는 너도밤나무처럼 가장자리가 황금빛인 연초록 나뭇잎을 달고 있고, 금사슬나무의 늘어진 꽃처럼 노란 꽃에서 온기와 환한 빛을 뿜어낸다. 각 나무의 빛은 절정에 이르기까지 일곱 시간, 다시 사그라들기까지 일곱 시간이 걸리고, 그래서 하루에 두 번 두 나무의 빛이 희미해지면서 빛이 서로 섞이는 여명의 시간이 온다.

바깥땅[가운데땅]은 어둠에 잠겨 있다. 모르고스가 등불을 껐을 때 만물의 생장은 정지되고 말았다. 숲은 어둠에 잠겨 있고 그 속에는 주목과 전나무, 담쟁이나무가 있다. 오로메가 이따금 그곳으로 사냥을 나오지만, 북부에서는 모르고스와 그의 악마 같은 자식들(발로그)과 오르크들(고블린을 가리킴. '글람호스'나 증오의 족속들로도 불림)이 위세를 부린다. 바르다는 어둠 속을 응시하다가 마음이 움직여, 비장해 둔 실피온, 곧 백색성수의 빛을 가지고 가서 별을 만들어 하늘에 뿌린다.

별이 만들어지자 '땅의 자손들', 곧 엘다르(요정들)가 눈을 뜬다. 그들은 별빛이 총총한 동쪽의 호수 쿠이비에넨, 곧 '눈뜸의 호수' 옆에 머물다가 오로메에게 발견된다. 요정의 아름다움에 매혹된 오로메는 발리노르로 말을 달려가서 발라들에게 이를 알렸고, 발라들은 대지에 대한 자신들의 책임에 대해 새삼 깨달음을 얻는다. 왜냐하면 발라들은 그곳으로 오면서 자신들이 할 일이 앞으로 예정된 시간에 태어날 대지의 자손 두 종족을 다스리는 것임을 알고 있었기 때문이다. 그리하여 곧 북부의 요새(강철지옥 앙반드)로 정찰대가 파견되지만, 이 요새는 이제 그들이 무너뜨리기에는 너무 강성해져 있었다. 그럼에도 불구하고 모르고스는 그들에게 사로잡혀 발리노르 북부에 살고 있는 만도스의 궁정에 갇히고 말았다.

여전히 어둠 속에 횡행하는 모르고스의 사악한 존재들을 우려한 발라들은 엘달리에(요정 종족들)를 발리노르로 초대하였다. 동부를 떠나는 엘다르의 거대한 장정이 이루어지고 그 선두에는 백마를 탄 오로메가 있었다. 엘다르 요정들은 세 무리로 나뉘었다. 잉궤를 따르는 한 무리는 훗날 퀜디(빛의 요정)로 불렸고, 또 한 무리는 나중에 놀돌리(그노메 혹은 지식의 요정)로 불렸으며, 또 한 무리는 텔레리(바다요정)라 칭했다. 요정들 중의 많은 이들이 행군 중에 길을 잃고 세상의 숲속을 떠돌아다녔고, 이들은 일코린디(발리노르의 코르에 거하지 못한 자들)라는 이름의 여러 종족으로 나누어졌다. 이들의 대왕이 싱골이었고, 그는 멜리안과 그녀의 나이팅게일 새들이 부르는 노랫소리를 듣고 마법에 사로잡혀 한 시대 동안 깊은 잠에 빠져들었다. 멜리안은 발라 로리엔의 신성한 시녀 중의 하나로, 이따금 바깥세상으로 나들이를 나왔던 것이다. 멜리안과 싱골은 도리아스 숲요정들의 여왕과 왕이 되어 '천의 동굴Thousand Caves'이라 불리는 궁정에 거하였다.

다른 요정들은 대륙의 서쪽 끝 해안에 이르렀다. 그 당시 북부는 해안의 지형이 서쪽으로 기울어져 있었고, 그 끝에 신들의 땅과 그들을 나누는 좁은 바다가 있었다. 이 좁은 바다는 살을 에는 얼음으로 가득했다. 하지만 요정들의 무리가 당도한 지점은 검은 바다가 서쪽으로 넓게 펼쳐져 있었다.

바다에는 두 명의 발라가 있었다. 발라들 중에서 만웨 다음의 실력자인 울모(윌미르)는 모든 바다의 주재자였지만, 대개 발리노르에 머물다가 때로는 바깥바다에 거했다. 옷세와 (머리채가 모든 바다에 두루 퍼져 있는) 그의 부인 우이넨은 발리노르산맥 아래 바닷가에 철썩거리는 세상의 바다를 사랑하였다. 울모는 발라들이 처음 살던 곳이지만 나중에는 반쯤 물에 잠겨 버린 알마렌섬의 뿌리를 뽑아 그 위에 해안에 먼저 도착한 놀돌리 요정과 퀜디 요정 들을 태워 발리노르로 데려갔다. 텔레리 요정들은 울모를 기다리며 바닷가에 한동안 머물렀고 그리하여 바다를 사랑하게 되었다. 울모가 텔레리를 이동시키는 동안, 요정들의 노래를 사랑하게 되어 질투심에 사로잡힌 옷세는 발리노르산맥이 희미하게 보이는 요정만妖精灣 바깥에서 섬을 바다의 바닥에 고정시켜 버렸다. 그 근처에는 다른 육지가 없었고, 그래서 그 섬은 '외로운섬'으로 불리게 되었다. 텔레리 요정은 그곳에서 오랫동안 거주하며 언어가 달라졌고, 옷세로부터 신기한 음악을 배웠다. 옷세는 그들을 기쁘게 하려고 바닷새를 만들어 주었다.

신들은 다른 엘다르에게는 발리노르에 거할 곳을 선사하였

다. 요정들은 성스러운 나무의 빛이 비치는 발리노르의 정원에
살면서도 별빛을 보기를 원하였기 때문에 에워두른산맥의 한쪽
에 틈새가 만들어졌고, 그 깊은 계곡에 코르라는 이름의 푸른 언
덕이 생겨났다. 이곳은 서녘의 나무에서 나오는 빛이 비치는 곳
이면서, 동시에 동쪽으로는 요정만과 '외로운섬'을 넘어 저 멀
리 '그늘의 바다'까지 볼 수 있는 곳이었다. 이렇게 하여 발리노
르의 성스러운 빛이 바깥땅[가운데땅]으로 스며들었고, 그 빛은
외로운섬에 떨어져 섬의 서쪽 해안을 초록의 아름다운 땅으로
바꾸어 놓았다.

코르 꼭대기에 요정들의 도시가 세워졌고 이를 툰이라 하였
다. 퀜디가 만웨와 바르다의 사랑을 가장 많이 받은 종족이었고,
놀돌리는 (대장장이) 아울레와 '지혜자 만도스'의 사랑을 받았
다. 놀돌리는 보석을 만들었고, 수없이 많은 보석으로 툰의 곳곳
을 가득 채우고 신들의 모든 궁정을 채웠다.

놀돌리 요정 가운데서 기술과 마법이 가장 뛰어난 자는 핀웨
의 장자 페아노르였다.[3] 그는 세 개의 보석(실마릴)을 만드는데,
그 속에 '두 나무'의 빛을 합쳐 만든 살아 있는 불이 담겨 있어 보
석들은 제 스스로 빛을 발했고, 정결하지 못한 손이 닿으면 손이
타들어 버리게 되어 있었다.

멀리서 발리노르의 빛을 바라보는 텔레리 요정들은 한편으로
자신의 동족과 함께하고 싶은 바람과 또 한편으로 바닷가에 계

---

3 핀웨는 쿠이비에넨을 떠나는 장정에서 놀돌리의 우두머리였다. 그의 장자는 페아노르, 둘째
   아들은 핑골핀으로 핑곤과 투르곤의 아버지였으며, 셋째 아들은 핀로드 펠라군드의 아버지인
   피나르핀이었다.

속 살고 싶은 욕망 사이에서 번민하였다. 울모가 그들에게 조선술을 가르쳐 주었다. 마음 약한 옷세는 그들에게 백조를 선사하였고, 텔레리는 그들의 배에 많은 백조를 매달고 발리노르로 항해하여 그 해안에 거하였다. 텔레리 요정들은 그곳에서 나무의 빛을 볼 수 있었고 원한다면 발마르에 갈 수도 있었으나, 코르에서 새어 나오는 광채를 받아 빛을 발하는 바다 위를 항해하며 춤을 출 수도 있었다. 다른 요정들은 그들에게 많은 보석을 주었는데, 그중에는 특히 오팔과 금강석, 그리고 요정만 해변에 널려 있는 은은한 수정도 있었다. 그들은 직접 진주를 고안해 만들기도 하였다. 그들의 중심 도시는 코르언덕 북쪽 해안에 있는 백조 항구였다.

신들은 이때 모르고스의 간계에 넘어가고 마는데, 만도스의 감옥에서 일곱 시대를 지내며 서서히 고통이 약해지고 있던 모르고스는 정해진 절차에 따라 신들의 비밀회의에 불려 나왔다. 그는 탐욕과 사악을 품은 채 신들의 무릎 주변에 모여 앉은 엘다르 요정들을 바라보는데 특히 보석에 대한 탐심이 생겼다. 모르고스는 증오심과 복수심이 없는 척 가장한다. 그는 발리노르에서 평범하게 지낼 수 있도록 허락을 받았고 얼마 후에는 자유롭게 사방을 다닐 수 있게 되는데, 오직 울모만이 재앙을 예감하였고 모르고스를 처음으로 체포한 '강자強者 툴카스'가 그를 감시한다. 모르고스는 여러 가지 일로 엘다르를 도와주지만 서서히 거짓말로 그들의 평화에 독을 입힌다.

그는 신들이 요정을 발리노르에 데려온 것은 시기심에서 비롯되었으며, 요정들의 놀라운 기술과 마법과 아름다움이 바깥 세상에서 너무 커지는 것을 신들이 우려했기 때문이라는 암시를 준다. 퀜디와 텔레리 요정은 꼼짝도 하지 않았으나 요정들 가운데 가장 지혜롭다고 하는 놀돌리가 넘어가고 만다. 그들은 이따금 신들에 대해 또 자기 친족들에 대해 불평하기 시작했고, 놀돌리의 마음속은 스스로의 기술에 대한 허영심으로 가득해진다.

모르고스는 무엇보다도 페아노르의 마음속에 타오르는 불꽃에 부채질을 하였고, 그러면서도 항상 영원불멸의 보석 실마릴을 간절히 탐했다. 그렇지만 페아노르는 늘 신이든 요정이든, 또 나중에 나타날 인간이든 그 누구를 막론하고 실마릴을 탐하려고 손을 내미는 자는 저주하였다. 모르고스는 페아노르에게 핑골핀과 그의 아들 핑곤이 페아노르와 그의 아들들로부터 그노메들의 영도권을 찬탈하고 실마릴을 손에 넣으려는 음모를 꾸미고 있다고 거짓말을 한다. 그리하여 핀웨 가문의 아들들 사이에 다툼이 벌어진다. 페아노르가 신들 앞에 소환되고 모르고스의 거짓말이 드러난다. 페아노르는 툰에서 추방되고, 아들들 중에서 페아노르를 가장 사랑하는 핀웨와 많은 그노메들이 그와 함께 그곳을 떠난다. 그들은 발리노르 북부 만도스의 궁정 근처에 있는 언덕 위에 보물 창고를 세웠고, 핑골핀은 툰에 남은 그노메들의 영도자가 된다. 결과적으로 상황은 모르고스가 만든 거짓말대로 되어 버리고, 그가 씨를 뿌린 원한의 감정은 그의 말이 거짓임이 밝혀진 뒤에도 계속 남아 있다.

다시 한번 모르고스를 잡기 위해 툴카스가 등장하는데, 모르고스는 코르언덕 너머 어둠의 땅으로 도주하고, 이곳은 타니퀘틸산의 발치에 있는 아르발린, 곧 세상에서 어둠이 가장 깊은 곳이다. 그곳에서 그는 '어둠의 직조공' 웅골리안트를 만나는데, 이 거미는 산속의 갈라진 틈 속에 은신하며 빛과 빛나는 모든 것을 빨아들여 그것을 숨조차 쉴 수 없는 캄캄한 어둠과 안개, 그림자의 거미줄로 자아내는 존재이다. 모르고스는 웅골리안트와 함께 복수를 위한 음모를 꾸민다. 웅골리안트는 엄청난 보상을 약속받고 감히 발리노르로 들어가 신들과의 대면을 감수할 작정을 한다. 거미는 자신을 보호하기 위해 짙은 어둠의 외투를 자아내어 몸 둘레에 감싸고 줄에 매달려 이쪽 꼭대기에서 저쪽 꼭대기로 이동하여 마침내 발리노르 남쪽에서 가장 높은 산꼭대기에 당도하였다(이곳의 방비가 허술한 것은 지대가 높기도 하거니와 모르고스의 옛날 요새로부터 멀리 떨어져 있기 때문이다). 웅골리안트는 모르고스가 올라올 수 있는 사다리를 내려보내고, 그들은 발리노르로 기어들어 간다. 모르고스는 '두 나무'를 칼로 찌르고, 웅골리안트는 나무의 수액을 빨아먹고 시커먼 구름을 토해 낸다. 두 나무는 서서히 독검에 무릎을 꿇고 웅골리안트의 입에서 뿜어져 나오는 독액 앞에 쓰러지고 만다.

신들은 한낮에 박명이 찾아들자 당혹감을 감추지 못하였고, 시커먼 증기는 도시의 사방을 떠돌아다녔다. 이미 때는 늦었던 것이다. 그들이 통곡하는 동안 두 나무는 죽음을 맞이한다. 하지만 툴카스와 오로메를 비롯한 무리가 점점 짙어지는 어둠 속에서 말을 타고 모르고스의 추격에 나선다. 모르고스가 가는 곳은 어디든지 웅골리안트의 거미줄 때문에 시야를 가로막는 캄캄한 어둠으로 바뀌어 있다. 핀웨의 보물 창고를 지키던 그노메들이 들어와 모르고스가 시커먼 거미 한 마리의 지원을 받고 있다고 보고한다. 그 둘이 북쪽으로 올라오는 것을 요정들이 목격한 것이다. 모르고스는 요정들의 보물 창고에 이르자 도주를 멈추고 핀웨와 그의 많은 부하를 살해하였고, 그런 다음 세 개의 실마릴과 요정들의 보석들 가운데서 가장 찬란한 것들만 엄청난 양을 훔쳐 달아났다.

이렇게 하여 모르고스는 웅골리안트의 도움을 받아 북쪽으로 도주한 끝에 '살을에는얼음'을 건넌다. 모르고스가 세상의 북부 지역에 들어서자, 웅골리안트는 그를 불러 세우고 약속했던 보상의 나머지 절반을 요구한다. 처음의 절반은 '빛의 나무'의 수액이었고, 이제 웅골리안트는 보석의 절반을 내놓으라고 한다. 모르고스는 보석들을 내어 주었고 웅골리안트는 이를 게걸스럽게 삼킨다. 거미는 이제 거의 괴물이 되어 버렸지만 모르고스는 실마릴에는 손을 대지 못하게 한다. 거미가 검은 거미줄로 그를 결박하지만, 화염 채찍을 휘두르는 발로그들과 오르크 부대가 모르고스를 구출하였고 웅골리안트는 세상의 남쪽 끝으로 떠나간다.

모르고스는 앙반드로 귀환하고 그의 힘과 악마, 오르크 들의 위세는 엄청나게 커진다. 그는 강철왕관을 주조하여 그 속에 실마릴 세 개를 박아 넣는다. 하지만 두 손은 실마릴 때문에 시커멓게 타 버렸고, 그는 결코 다시는 살이 타들어 가는 고통으로부터 해방되지 못한다. 모르고스는 한순간도 왕관을 내려놓지 않고 깊은 토굴 요새에 은신하며 그 깊은 권좌에서 대군을 거느린다.

모르고스가 탈출했다는 것이 확실해지자 신들은 죽은 두 나무의 둘레에 모여들었고, 충격 속에 오랫동안 입을 다문 채 어떻게 할 엄두를 내지 못했다. 모르고스가 공격을 감행한 날은 발리노르 전체의 축제일이었다. 이날은 주요 발라들과 요정들, 특히 퀜디 요정들은 길고 둥근 길을 따라 끝없는 행렬을 이루어 타니퀘틸산정에 있는 만웨의 궁정으로 오르는 것이 관례였다. 모든 퀜디와 일부 놀돌리 요정들(툰에 여전히 남아 있던 핑골핀 휘하의 요정들)은 타니퀘틸로 올라가 그 가장 높은 곳에서 노래를 부르고 있었다. 그런데 바로 그때 먼 곳에 세워 둔 파수꾼들이 나무의 빛이 스러져 가는 것을 알아차린 것이다. 놀돌리는 대부분 평원에 있고 텔레리는 해안에 있었다. 두 나무가 죽으면서 안개와 어둠이 이제 코르언덕을 넘어 해안 지대로 밀려들었다. 페아노르는 (추방이라는 명을 거역하고) 툰에 그노메들을 불러 모은다.

횃불로 사방을 환하게 밝힌 '잉의 탑' 주변, 코르의 정상에 있는 광장에서 대규모 집회가 열리고, 페아노르가 격정의 연설을 행한다. 그의 분노는 비록 모르고스를 향한 것이지만, 그의 요설은 한편으로 모르고스의 거짓말이 남긴 열매였다. 그는 그노메들을 향해 신들이 슬픔에 잠겨 있는 어둠 속을 떠나 바깥세상에서 자유를 되찾고 모르고스를 사로잡을 것을 청한다. 이제 발리노르는 바깥세상과 마찬가지로 지복至福의 땅이 아니라는 것이다. 핑골핀과 핑곤은 그의 연설에 반대를 표한다. 집회에 참석한 그노메들은 탈출에 찬성표를 던지고, 핑골핀과 핑곤은 물러서고 만다. 그들은 자기 백성을 버리고 떠날 수는 없었고, 툰의 놀돌리 요정 절반 이상의 통치권은 여전히 그들에게 있었기 때문이다.

탈출이 시작된다. 텔레리는 합류할 의사가 없다. 그노메들은 배 없이는 떠날 수가 없고, '살을에는얼음'은 감히 건너갈 생각을 하지 못했다. 그들은 백조항구의 백조 선박들을 탈취하고자 했고, 싸움이 벌어져 (땅의 종족들 사이의 첫 싸움이었다) 많은 텔레리가 목숨을 잃고 선박은 강탈당하고 만다. 그노메들에게 저주가 내려진다. 앞으로 그들은 백조항구에서 흘린 피에 대한 대가로 배신의 고통을 자주 맛볼 것이며, 특히 자기 동족들 사이에서 벌어질 배신의 공포에 떨게 될 것이라는 저주였다. 그들은 발리노르 해안을 따라 북쪽으로 배를 몰고 간다. 만도스가 사자를 보내고, 항해하는 그들을 향해 사자는 높은 절벽 위에서 큰 소리로 돌아올 것을 명하지만 그들이 따르지 않자 훗날 그들에게 닥칠 운명을 놓고 '만도스의 예언'을 내린 것이다.

그노메들은 바다가 좁아지는 지점에 이르러 항해를 준비한다. 해안에 숙영하던 중에 페아노르와 그의 아들들, 그가 이끄는 백성들은 그들이 보유하고 있던 모든 배를 타고 바다를 건넌다. 그들은 핑골핀을 배신하고 그를 이쪽 해안에 남겨 두고 떠난 것인데, 이리하여 백조항구의 저주가 이루어지기 시작한다. 그노메들은 세상의 동쪽 대륙에 도착하자마자 선박을 불태웠고, 핑골핀의 백성들은 높은 하늘 위로 그 불빛을 목격한다. 그 불빛은 또한 오르크들에게는 요정들의 도착을 알리는 신호가 된다.

핑골핀의 백성은 비참한 유랑을 거듭한다. 핑골핀 아래에 있던 일부는 발리노르로 돌아가 신들의 용서를 구하지만, 펑곤은 본진을 이끌고 북부로 가서 '살을에는얼음'을 건너간다. 많은 이들이 목숨을 잃는다.

리즈대학교에 있던 몇 년 동안 아버지가 집필을 시작한 시편들 (그중 가장 유명한 것이 두운으로 작성한 「후린의 아이들의 노래」이다) 중에 「놀돌리의 발리노르 탈출」이 있었다. 이 시 역시 두운으로 작성되어 있는데 150행까지 진행된 다음 중단되었다. (두운은 인접한 단어의 첫소리를 같은 소리, 주로 자음을 반복하여 운율 효과를 내는 고대 영시의 기본 율격으로, 한국어로도 운율 효과를 느낄 수 있기 때문에 아래 번역에서도 부분적으로 이를 살려 번역하였다. 혹시 역어의 선택이 적절치 않게 느껴지는 경우는 이 운율 효과를 위한 의미의 양보일 수 있음을 양해해 주기 바란다―역자 주) 리즈에서 작성된 것이 분명하고 (내 생각에는 거의 확실히) 1925년으로 추정되는데, 이 해는 아버지가 옥스퍼드에서 앵글로색슨 교수직에 임명되었던 해이다. 이 시편의 일부를 여기에 인용하고자 한다. 앞에서 인용한 「신화 스케치」에 기록된 대로 "코르의 정상에 있는 광장에서 대규모 집회가 열리고" 여기서 페아노르가 "격정의 연설을 행하는" 대목에서 시작한다. 3행과 16행의 이름 '핀'은 핀웨의 그노메식 표기이며, 49행의 '브레딜' 역시 바르다의 그노메식 표기이다.

　　　그러나 코르언덕 위　　장엄한 광장에
　　　이름 따라 가문 따라　　명령을 받고 대오를 이루어

그노메들이 집합했다.　핀의 사나운 장자長子는
큰 소리로 외쳤다.　두 손 높이 들어 올려
그가 휘두르는 것은　타오르는 횃불,　　　　　　　　5
그노메든 인간이든　그 누구의 마술이나 기술도
그 손이 타고난 솜씨를　대적하거나 압도할 수 없음을
숨겨진 비밀은　알고 있었다.
"오호라! 악마들의 검에　선친께서 살해당하셨다.
당신의 궁정 앞에서,　당신의 깊은 성채에서　　　　　10
죽음의 잔을 들이켜셨다.　그 은밀한 어둠 속에
지키고 있던 세 개의 보물,　그 비교 불가의 보물,
그노메와 요정과　심지어 아홉 발라까지도
기술로나 마술로는　이 땅에서 다시 만들 수도 없고
다시 벼릴 수도 없고　다시 새길 수도 점화할 수도 없고,　15
일찍이 보물을 만든　핀의 아들 페아노르조차 불가한ㅡ
이는 불꽃을 처음 점화한　그 빛이 사라졌기 때문이오.
요정의 운명은 이제　운명의 시간을 맞이하였소.

그리하여 어리석게도　지혜의 대가로 받은 것은
신들의 시기였을 뿐,　그들이 우릴 지켜 준다고 하나　20
달콤한 우리에 우릴 가두고　노동과 노래를 요구할 뿐.
그들이 원하는 것은　보석과 보석 달린 장신구,
그들의 여흥에 필요한 것은　우리의 아름다움,
하나, 오랜 세월의 역작을　그들은 낭비하고 탕진할 뿐.
자기 저택에 좌정한　모르고스조차 아무리 궁리한들　25

59

도달할 수 없는 경지.　자, 용기와 희망이 있는 자,
모두 모여 갑시다!　탈주를 위해, 자유를 향해,
나의 부름에 응답하시오,　아득히 먼 곳으로!
세상의 숲과　그 광대한 고택들이
아직은 깜깜한 꿈속에,　깊은 잠에 잠겨 있소.　　　　30
길 없는 들판　위험천만의 해안
아직은 달도 없고　떠오르는 새벽조차
이슬과 햇빛으로　영원히 적시지 못하는 곳.
하나, 담대한 발걸음에는　그곳은 훨씬 근사한 곳.
신들의 정원은　어둠에 싸여 있고　　　　35
한가롭고 공허한 나날만이　가득 차 있을 뿐.
그렇소! 여기 한때 빛이 있었으나,　마음속 갈망을 넘어서는
사랑스러움,　그것이 우리를 영원토록 여기에
노예로 붙잡았소.　하지만 빛은 사라졌소.
우리의 보물은 사라지고,　우리의 보석은 강탈당했소.　　　　40
세 가지 보석, 나의 세 보석,　세 겹의 마법을 씌운
수정의 구가　꺼지지 않는 섬광으로
살아 있는 광휘와　모든 빛깔의 정수로
빛을 발했소,　그 열정의 불꽃을—
모르고스가 가두고 말았소,　그 흉측한 손아귀에　　　　45
나의 실마릴을.　나 이제 맹세하노라,
나 자신을 영원히 구속할　절대의 서약을,
팀브렌팅의 이름으로,　그 위에 거하시는
축복받은 브레딜의　영원한 궁정의 이름으로—

그분께서 듣고 응답하시기를— 끝없는 추격의 맹세,　　50
지칠 줄 모르고 집요하게　대지를 뚫고 대양을 건너
에워싸인 온 땅을 지나　외로운 산맥을 넘어
늪을 건너고 숲을 지나　공포의 눈 속을 지나
그 아름다운 것들 찾을 때까지,　그곳은 요정 종족의
운명이 숨어 있는 곳　보물이 갇혀 있는 곳　　　　　55
이제 신성한 빛은　오직 그 속에만 있소.”

그러자 옆에 있던 아들들,　모두 일곱 형제였지,
재주꾼 쿠루핀,　아름다운 켈레고름,
담로드와 디리엘,　검은 얼굴 크란시르
막강한 마글로르,　장신의 마이드로스　　　　　　60
(장자인 그의 열기는　페아노르의 불꽃보다,
페아노르의 분노보다　더 맹렬히 타올랐지만,
운명은 그를 기다렸다,　끔찍한 종말을 정해 놓고)
웃으며 뛰어나온 그들은　군주의 옆에서
모두 함께 손잡고　가볍게 서약하였다,　　　　　　65
결코 어길 수 없는 맹세를.　그 후로 바다만큼
피가 흐르고,　끝이 보이지 않는 군대는
칼을 휘둘렀지,　아직도 끝나지 않았다네.

✳

곤돌린의 몰락

「곤돌린의 몰락 이야기」

그러자 브론웨그의 아들 '작은가슴'이 말했다. '그런데 알아 두어야 할 것은 투오르가 아주 먼 옛날 도르로민 혹은 "어둠의 땅"이라고 하던 북부 지역에 살던 인간이라는 것인데, 엘다르 중에서는 놀돌리 요정들이 그곳을 가장 잘 알고 있다. (이 이야기 전체는 '작은가슴'의 대화를 전하는 액자형 구조이므로 종결 어미를 '있소' 혹은 '있습니다'로 해야 옳지만, 서술상 및 후기 텍스트와의 참조 편의를 위하여 평서형으로 처리하였으므로 양해를 바란다.—역자 주)

그 당시 투오르가 살던 고장의 인간들은 숲속이나 고원을 떠돌며 살아서 바다를 알지 못하고 바다를 노래하지도 않았다. 투오르는 그들과 함께 살지 않고 미스림이라는 호수 근처에 혼자 거하면서 때로는 숲속에서 사냥을 하거나, 또 때로는 호숫가에서 나무와 곰의 힘줄로 만든 튼튼한 하프로 음악을 지었다. 그의 투박한 노래에 힘이 담겨 있다는 소문을 듣고 원근 각처에서 많은 이들이 찾아와 그의 하프 소리를 듣고자 청하였으나, 투오르

는 노래를 그만두고 인적이 드문 곳으로 떠나갔다. 그곳에서 그
는 진기한 것들을 많이 배웠고, 방랑하는 놀돌리 요정들의 지식
을 전수받았다. 요정들은 그들의 언어와 구전 지식을 그에게 풍
성하게 전해 주었지만, 운명은 투오르가 그 숲속에 영원히 살도
록 내버려 두지 않았다.

　사람들의 이야기로는, 어느 날 투오르가 마법과 운명의 힘에
이끌려 동굴처럼 생긴 어떤 바위틈을 발견하게 되는데, 그 속에
미스림호수에서 시작된 비밀의 강물이 흐르고 있었다. 투오르
는 비밀을 알아내기 위해 동굴 속으로 들어갔지만, 미스림의 물
살은 그를 안쪽의 바위로 몰고 갔고, 그는 다시 햇빛 속으로 나
올 수 없을 것 같았다. 이는 물의 군주 울모의 뜻이었다고 전해
지는데, 그가 놀돌리 요정들에게 그 숨어 있는 길을 만들어 두게
했다는 것이다.

　그때 놀돌리 요정들이 찾아와 투오르를 산속의 캄캄한 통로
로 인도하였고, 다시 햇빛 속으로 나왔을 때 투오르는 강물이 엄
청나게 깊은 협곡을 빠른 속도로 흐르고 있으며 협곡 양쪽의 기
슭은 도저히 올라갈 수 없는 곳임을 알았다. 투오르는 이제 돌아
갈 생각을 포기하고 계속 앞으로 가는 수밖에 없었고, 강물은 그
를 서쪽으로 인도하였다.

　해가 그의 등 뒤에서 떠올랐다가 앞쪽에서 가라앉았고, 강물
이 많은 바위들 사이에서 물거품을 일으키거나 폭포 아래로 떨
어지는 곳에서는 이따금 협곡 위로 무지개가 피어올랐다. 하지
만 저녁때가 되면 매끄러운 양쪽 기슭은 석양빛을 받아 붉게 물
들었고, 그래서 투오르는 그곳을 '황금의 틈', 혹은 '무지개 지붕

의 골짜기'로 불렀다. 그노메들의 말로는 글로르팔크 혹은 크리스 일브란텔로스라고 했다.

투오르는 이 지역을 지나는 데 사흘이 걸렸고, 그동안 비밀의 강에서 강물을 마시고 물고기를 잡아먹었다. 이 물고기들은 황금색과 청색, 은색이었고 신비로운 여러 모양을 하고 있었다. 이윽고 협곡이 넓어졌고, 전방이 트이면서 양쪽 기슭도 좀 더 낮아지더니 더 험준한 지형으로 바뀌었으며, 강바닥은 바위가 더 많아져 물거품이 일면서 강물이 솟구치기도 했다. 투오르는 한참 동안 자리에 앉아 철썩이는 강물을 응시하며 그 소리에 귀를 기울였고, 그런 다음 일어나 바위 사이를 건너뛰면서 앞으로 가다가 노래를 불렀다. 협곡 위로 띠처럼 좁은 하늘에 별들이 나타나면 그는 하프를 세게 튕겨 메아리가 울려 퍼지게 했다.

어느 날 지친 몸으로 고된 하루의 여행길을 마친 투오르는 깊은 밤중에 어떤 비명을 듣는데, 무슨 소리인지 가늠이 되지 않았다. 처음에는 "정령 소리군"이라고 했다가, 곧 "아니, 바위 사이에서 울부짖는 무슨 작은 짐승 소리인데"라고 했다. 다시 들어 보니 알지 못하는 새 한 마리가 생전 처음 들어 보는 소리로 우는 것 같았다. 묘하게 구슬픈 소리였다. 투오르는 '황금의 틈'에서 시작하여 내려오는 여정 동안 새소리라고는 들어 본 적이 없었기 때문에 구슬픈 소리일망정 새소리가 반가웠다. 다음 날 아침 이른 시각에 그는 공중에서 똑같은 소리를 다시 들었고, 고개를 들어 세 마리의 커다란 흰색 새가 강력한 날갯짓으로 협곡 위쪽으로 다시 솟구쳐 오르며 어제 어둠 속에서 들었던 소리와 같은 울음소리를 내는 것을 목격하였다. 바로 옷세의 새, 갈매기였다.

이 지역의 강줄기는 물길 사이로 작은 바위섬이 곳곳에 있었고, 강가에는 떨어진 바위들 주변에 하얀 모래가 깔려 있었다. 그 때문에 투오르는 앞으로 전진하는 것이 쉽지 않았고, 그래서 길을 찾던 중에 이윽고 어렵기는 하지만 절벽 위로 올라갈 수 있는 지점을 발견하였다. 그때 그의 얼굴로 시원한 바람이 불어와 투오르는 "포도주를 마신 것처럼 시원하군" 하고 말했지만, 아직도 자신이 대해 근처에 이르렀다는 것은 알지 못했다.

강물을 벗어나 위쪽으로 한참 올라가는 동안 양쪽 협곡은 다시 가팔라지면서 높다랗게 우뚝 솟아올랐고, 투오르는 마침내 높은 절벽의 꼭대기에 올라섰다. 그곳은 잘룩목 같은 지형이었는데 요란한 소리가 들려왔다. 아래를 내려다보던 투오르는 그토록 불가사의한 광경을 본 적이 없었다. 엄청난 양의 물이 홍수가 난 듯 강의 좁은 입구로 밀려들어 강의 안쪽까지 차올랐고, 한편으로 멀리 미스림에서부터 내려온 강물 역시 계속해서 압박하였기 때문에 거의 절벽 상단 높이까지 물로 벽이 만들어지면서 물거품이 꼭대기에서 바람에 날려 춤을 추는 것이었다. 미스림에서 내려온 강물이 고개를 숙이자, 홍수처럼 밀려든 물이 요란한 굉음을 내며 수로를 휩쓸고 바위섬을 삼키며 하얀 모래밭을 휘저어 놓았다. 투오르는 두려움에 사로잡혀 달아났다. 그는 바다의 이치를 아직 알지 못했던 것이다. 하지만 투오르가 강가에서 절벽 위로 올라간 것도 사실은 아이누들이 그의 마음속에 그 생각을 불어넣었던 것인데, 만약 올라가지 않았더라면 그는 밀려오는 파도에 휩쓸렸을 것이다. 파도는 서쪽에서 불어오는 바람을 등에 업고 있어서 무척 강력했기 때문이다. 그제야 투오르는 자신이 서 있는 곳이 나무 한 그루 없는 척박한 땅이라는 것을 알아차렸다. 해가 지는 쪽에서 불어온 바람이 그 땅을 휩쓸고 지나갔고, 수풀과 덤불은 모두 바람에 압도당해 동이 트는 쪽으로 기울어져 있었다. 투오르는 이곳에서 잠시 서성거리다가 바닷가의 시커먼 낭떠러지로 다가갔고, 처음으로 바다와 그 파도를 목격하였다. 그때 태양은 대지의 테두리를 넘어 멀리 바닷속으로 가라앉았고, 그는 두 팔을 활짝 벌린 채 낭떠러지 꼭대기에 서 있었다. 그의 가슴속에 진실로 무척 강렬한 갈망이 차올랐다. 지금에 와서 어떤 사람들은 그가 바다에 당도하여, 바다를 목격하고, 바다가 선사한 갈망을 깨달은 최초의 인간이라고 말하지만 나로서는 그것이 사실인지 알지 못한다.

투오르는 그곳에 자신의 거처를 차렸다. 검은담비처럼 새카만 바위들이 큼직큼직하게 둘러싼 작은 만에 자리 잡은 집으로, 집의 바닥은 흰 모래가 깔려 있어서 밀물이 들 때는 파란 바닷물이 한쪽에 차오르기도 하지만 엄청난 폭풍이 몰아치지 않는 한 물거품이 들어오지는 않았다. 그는 그곳에 오랫동안 머물며 해변을 거닐거나, 썰물 때면 바위 위로 올라가서 물웅덩이와 키 큰 수초를 바라보며 감탄하였고, 물방울이 떨어지는 동굴과 낯선 바닷새를 바라보며 얼굴을 익혔다. 하지만 바닷물이 들고나는 일이나 바다가 들려주는 음성은 그에게는 언제나 지극히 경이로웠고, 늘 신기하고 상상조차 할 수 없는 것이었다.

투오르는 오리나 쇠물닭 소리가 멀리까지 들리던 고요한 미스림호수에서는, 뱃머리가 백조 머리 형상을 한 작은 배를 타고 여러 곳을 다녔지만, '숨은강'을 발견하던 날 그 배를 잃어버리고 말았다. 하지만 그는 바다를 항해하는 일은 아직 엄두를 내지 못했다. 물론 가슴속으로는 늘 바다를 향한 이상한 열망이 그를 유혹하고 있었고, 바다 저쪽 너머로 해가 떨어지는 고요한 저녁 무렵이면 그 열망은 더욱 강렬해졌다.

투오르는 숨은강을 타고 내려오는 목재를 구할 수 있었다. 질이 좋은 목재였는데, 놀돌리 요정들이 도르로민 숲속에서 베어 내어 일부러 그에게 띄워 보낸 것이었다. 하지만 그는 아직 바닷가의 아늑한 만에 세운 자신의 거처 말고는 아무것도 짓지 않았는데, 이후로 엘다르 요정들 사이에 전해지는 이야기로는 그곳을 팔라스퀼('평화의 해변'이란 뜻―역자 주)이라고 했다. 그는 천천히 공을 들여 이 목재로 자신이 미스림호수 주변에서 알고 지내던 짐승과 나무, 꽃과 새 들의 아름다운 형상을 조각하였다. 그중에서 백조가 언제나 중심이 되었는데, 이는 투오르가 이 형상을 가장 사랑했기 때문으로, 백조는 이후로 그와 그의 친족, 종족의 상징이 되었다. 그는 그곳에 오랫동안 머무는데, 이윽고 텅 빈 바다의 고독이 그의 가슴속에 밀려들고, 심지어 고독자孤獨者 투오르까지도 사람의 목소리를 그리워하게 되었다. 이곳에서 아이누들은 해야 할 일이 있었다. 울모가 투오르를 사랑하였기 때문이다.

여름이 끝날 즈음의 어느 날 아침, 투오르는 해안선을 따라 눈길을 돌리다가 세 마리 백조가 하늘 높이 북쪽에서부터 힘차게 날아오는 것을 보았다. 전에는 이 지역에서 보지 못한 새들이었고, 그는 이를 하나의 징조로 받아들이고 말했다. "오랫동안 내 마음속에서는 먼 곳으로의 여행을 기다려 왔지. 아! 이제 결국

이 백조들을 따라가야겠군." 그러자 백조들은 투오르가 있는 작은 만의 물 위로 내려앉았고, 거기서 세 번 헤엄을 치더니 다시 솟아올라 해안을 따라 천천히 남쪽으로 날갯짓을 하였다. 투오르는 하프와 창을 손에 들고 그들의 뒤를 따랐다.

엄청난 거리를 걸은 뒤에 투오르는 하루의 여정을 마무리했다. 저녁때가 되어 그가 도착한 곳에는 나무가 다시 보이기 시작했고, 그가 지금 지나가고 있는 지역의 풍광은 팔라스퀼 해안과는 많이 달랐다. 그곳에서 투오르는 동굴과 커다란 분출수 구멍으로 둘러싸인 높은 절벽과 안쪽으로 벽이 깊숙하게 들어간 작은 만을 볼 수 있었고, 다만 절벽 꼭대기에 올라서면 평탄하면서도 굴곡진 대지가 황량하게 동쪽으로 길게 뻗어 있고 그 끝에 보이는 파란색 띠는 그 멀리에 산들이 있음을 말해 주었다. 하지만 지금 투오르의 눈에 들어오는 것은 경사진 긴 해변과 멀리까지 뻗어 있는 모래밭이었고, 멀리 있던 산들은 점점 더 바다 끝 쪽으로 다가오고 있었다. 어두운 산비탈은 소나무와 전나무로 옷을 입었고 산기슭에는 자작나무와 고대 참나무가 자리를 잡고 있었다. 산기슭에서 시작된 시원한 격류는 좁은 바위틈을 타고 내려가 이윽고 바닷가에 이르러 파도의 소금물과 마주하였다. 투오르는 어떤 틈새는 건너뛸 수 있었지만 대개는 건너가기가 만만찮았다. 하지만 그래도 그는 힘들게 전진을 계속하는데, 그의 눈앞에 백조들이 있었기 때문이다. 새들은 때로는 급선회를 하고 또 때로는 전방으로 속도를 내기도 했지만, 땅에는 절대로 내려오지 않았고 그들의 힘찬 날갯짓에 투오르는 힘을 냈다.

전하는 이야기로는, 투오르는 오랫동안 이런 식으로 앞만 보고 계속 행군을 하는데, 지칠 줄 모르는 그의 강인함에도 불구하고 북부에서 밀려 내려오는 겨울은 그의 걸음보다 속도가 빨랐다. 그럼에도 그는 짐승이나 날씨로 인한 피해를 보지는 않았고, 첫봄이 찾아왔을 때는 어느 강어귀에 이르러 있었다. 이제 이곳의 대지는 '황금의 틈'에서 내려온 수로의 출구 근처보다 북부의 느낌은 덜하고 더 포근한 편이었다. 게다가 해안선이 휘어지면서 바다가 서쪽이 아니라 그의 남쪽에 있었는데, 이는 해와 별의 위치로 가늠할 수 있었다. 하지만 투오르는 항상 바다를 그의 오른쪽에 두고 걸었다.

강물은 그럴듯한 수로를 만들며 흐르고 있었고 강변에는 풍요로운 대지가 펼쳐져 있었다. 풀밭과 축축한 목초지가 강의 한쪽에 있었고 건너편에는 경사지에 나무가 자라고 있었다. 강물은 미스림에서 내려온 북부의 강물처럼 요란하지 않고 느릿느릿 바닷물과 섞여 들었다. 길쭉한 곳이 물길 한가운데에 섬처럼 모습을 드러내면서 갈대와 무성한 덤불이 그 위를 덮었고, 멀리 바다 쪽을 향해 모래톱이 뻗어 있었다. 이곳은 수많은 새들의 사랑을 받는 곳으로, 투오르가 지금까지 본 적이 없는 풍경이었다. 짹짹거리고 꽥꽥거리거나 아니면 나직이 우짖는 새소리가 공중에 가득했고, 투오르는 이곳 새들의 하얀 날개들 사이에서 세 마리 백조를 놓치고 다시는 그들을 보지 못했다.

그때 투오르는 한참 동안 바다가 싫어졌다. 악전고투의 여행이 쉽지 않았던 것이다. 이 역시 울모의 계획 속에 있었던 것이고, 그래서 그날 밤 놀돌리 요정들이 찾아와 잠을 자던 그를 깨웠다. 그들이 든 파란 등불의 인도를 받아 그는 강변 옆으로 난

길을 찾아들었고, 내륙 쪽으로 힘차게 걸어간 끝에 새벽하늘이 밝아 올 무렵 오른쪽을 돌아보았다. 놀랍게도 바다와 바닷소리는 그의 등 뒤 멀리에서 들려왔고, 바람은 앞쪽에서 불어오고 있어서 대기 중에서 바다의 내음을 맡을 수가 없었다. 이리하여 그는 곧 아를리스기온, 즉 '갈대의 땅'으로 불리는 지역에 당도하는데, 이곳은 도르로민에서는 남쪽 방향에 해당하고 그 도르로민과 이곳 사이에 어둠산맥이 있고 산맥의 작은 줄기들이 바다까지 이어져 있었다. 바로 이 강도 그 어둠산맥에서 발원한 것인데 이 먼 곳에서도 강물은 맑기가 한량없고 놀랄 만큼 차가웠다. 이 강이 바로 엘다르와 놀돌리 요정들의 역사에서 가장 유명한 강으로, 어느 쪽 언어로나 이름을 시리온이라 하였다. 투오르는 이곳에서 한참 동안 휴식을 취하였지만, 이윽고 어떤 충동에 이끌리어 다시 몸을 일으켰고 강가를 따라 몇 날 며칠을 계속 걸었다. 봄은 한창이지만 아직 여름의 기색은 보이지 않던 어느 날 그는 전보다 더 사랑스러운 어느 지역에 이르렀다. 사방에서 지저귀는 작은 새들의 노랫소리가 사랑스러운 음악처럼 들려왔다. 왜냐하면 '버드나무땅'의 명금鳴禽들처럼 노래 부르는 새들은 찾아보기 어렵기 때문이다. 그가 이제 당도한 곳이 바로 그 신비로운 땅이었다. 강은 여기서 강둑이 낮아지더니 달콤한 향기가 나는 거대한 초원을 넓은 곡선으로 가로지르며 초록으로 길게 뻗어 있었다. 나이를 알 수 없는 늙은 버드나무가 강가에 자라고 있었고, 굽이진 넓은 강 유역은 수련잎으로 덮여 있었다. 아직 이른 철이어서 수련의 꽃은 보이지 않았지만 버드나무 밑에는 꽃창포의 초록빛 줄기가 칼처럼 뽑아져 나와 있고, 사초가 보이고 갈대들이 전투 대형으로 서 있었다. 그런데 이 어둑한 곳들에는 속삭이기 좋아하는 영이 살고 있었는데, 땅거미가 깔리면 이 영은 투오르의 귀에 소곤소곤 이야기를 하였고 투오르는 이곳을 떠나기가 싫어졌다. 아침이 되면 무수한 미나리아재비들의 찬란한 모습 때문에 더욱 떠나기가 싫었고 그래서 그는 늑장을 부렸다.

투오르는 여기서 처음으로 나비를 보았고 그 모습이 좋았는데, 옛말에 모든 나비와 그 종족은 버드나무땅 유역에서 태어났다고들 한다. 그리고 여름이 되어 나방들의 시간이 오고 뜨거운 저녁 시간이 찾아오자, 투오르는 무수히 많은 파리와 그 윙윙거리는 소리, 딱정벌레들의 웅웅거리는 소리와 벌들이 내는 소리에 찬탄을 금치 못했다. 이 모든 것들에 그는 자신이 만든 이름을 붙여 주었고, 그의 낡은 하프로 새 노래를 지으면서 그 이름들을 노래 속에 넣었다. 이 노래들은 그가 부르던 옛날 노래보다 더 감미로웠다.

그때 울모는 투오르가 이곳에 영원히 안주할지도 모른다는 생각이 들었고, 자신이 궁리한 거대한 구상이 성사되지 못할 것을 우려하였다. 그는 투오르를 인도하는 일을 놀돌리 요정에게만 맡겨 두어도 될지 오랫동안 걱정하고 있었다. 놀돌리 요정들은 비밀리에 그 임무를 수행하고 있었고, 또 멜코에 대한 두려움 때문에 무척 불안에 떨고 있었기 때문이다. 요정들은 또한 버드나무땅의 매력이 무척 강했기 때문에 그 땅의 마법에 강력히 맞서지 못했다.

놀랍게도 울모가 이때 바깥바다의 고요한 물속에 있는 자신의 궁정 문 앞에서 수레에 뛰어올랐다. 일각고래와 바다사자가 끄는 그의 수레는 고래의 형상을 하고 있었고, 소라고둥 소리가 울려 퍼지는 가운데 그는 빠른 속도로 울모난(바깥바다 바닥에 있는 울모의 궁정—역자 주)을 출발하였다. 흔히 계산도 해보지 않고 몇 년이 걸렸을 것으로 추정하지만, 속도가 얼마나 빨랐던지 그는 며칠 만에 강어귀에 이르렀다. 여기서부터는 수레가 강물과 강둑을 따라 상류로 올라가다가는 손상될 우려가 있었다. 그리하여 모든 강을 사랑하는, 특히 이 강을 그 무엇보다 사랑하는 울모는 거기서부터 걷기 시작했다. 그는 허리까지 푸른색과 은색의 물고기 비늘 모양의 갑옷으로 무장하고 있었지만, 머리카락은 푸른빛이 도는 은색에 발끝까지 내려오는 수염도 같은 색이었고 투구나 왕관은 쓰고 있지 않았다. 그의 갑옷 속에는 은은한 초록색 상의의 옷자락이 밑으로 나와 있었지만 그 옷을 무엇으로 만들었는지는 알려져 있지 않았다. 그래도 그 미묘한 색조를 찬찬히 들여다본 자라면 누구나 심해의 바닷물이 희미하게 움직이는 순간에 인광을 발하는 깊은 바닷속 물고기의 은밀한 빛이 어리는 듯한 느낌을 받았다. 그는 큼지막한 진주로 만든 띠를 두르고, 돌로 만든 튼튼한 신발을 신고 있었다.

　그는 그곳으로 가면서 자신의 위대한 악기도 함께 소지하고 있었다. 악기는 생김새가 특이하여 비틀어진 긴 고둥껍데기 여러 개로 만든 것으로 거기에 구멍이 뚫려 있었다. 그는 입으로 악기를 불고 긴 손가락으로는 연주를 하여 심오한 마법의 곡조를 만들어 냈는데, 그것은 세상의 어떤 음악가가 하프나 루트, 리라나 피리, 혹은 활로 켜는 다른 악기들로 빚어낼 수 있는 음

악보다 더 위대한 음악이었다. 그렇게 강을 따라 올라간 울모는
해 질 녘에 갈대밭에 앉아 자신의 고둥껍데기로 음악을 연주하
였고, 그곳은 투오르가 머물고 있는 지점과 가까운 곳이었다. 투
오르는 그 음악을 듣고 말로 다 할 수 없을 만큼 놀랐다. 그때 무
릎 높이까지 오는 풀숲에 서 있던 투오르는 곤충들의 윙윙거리
는 소리도 강둑 근처에서 나는 웅웅거리는 소리도 더 이상 들리
지 않았고, 꽃들의 향기도 그의 콧구멍 속으로 스며들지 못했다.
그의 귀에는 파도 소리와 바닷새들이 우짖는 소리가 들려왔고,
그의 영혼은 바위로 이루어진 지형과 물고기 냄새 풍기는 바위
턱을 향해 뛰어올랐다. 그곳에서는 가마우지가 첨벙 물속에 뛰
어들고 바닷물이 검은 절벽에 달려들어 큰 소리로 비명을 질러
대고 있었다.

　그때 울모가 몸을 일으켜 투오르에게 말을 걸자, 투오르는 두
려움에 사로잡혀 얼굴이 창백해졌다. 왜냐하면 울모의 음성은
끝을 알 수 없을 만큼 심오했고, 세상 만물 중에서 가장 깊은 그
의 눈동자만큼이나 심오했던 것이다. 울모가 말했다. "오, 외로
운 가슴의 투오르, 새와 꽃이 넘치는 아름다운 땅에 그대가 영원
히 머물게 할 수는 없네. 그렇다고 그대가 이 유쾌한 곳에서 빠
져나가는 길을 내가 인도할 수는 없지. 하지만 반드시 떠나야 하
네. 그러니 지체하지 말고 그대에게 예정된 여정을 계속하게. 그
대의 운명은 이곳에서 멀리 떨어진 곳에 있기 때문일세. 이제 자
네는 고장과 고장을 지나 곤도슬림 혹은 '돌 위에 사는 자들'이
라 불리는 이들의 도시를 찾아야 할 것이며, 놀돌리 요정들이 멜
코의 첩자들 눈에 띄지 않게 은밀하게 그대를 그곳으로 안내할

걸세. 그곳에서 그대의 입으로 할 말을 내가 마련해 줄 것이며, 그대는 거기서 잠시 머물러야 할 걸세. 하지만 그대의 운명은 어쩌면 다시 광대한 바다를 향해 돌아서야 할지도 모르네. 확실한 것은 그대에게서 한 아이가 태어날 것이며, 세상 누구도 바닷속이든 저 하늘의 창공이든 극한의 깊이를 그 아이보다 더 잘 아는 자는 없으리라는 걸세.”

울모는 또한 투오르에게 자신의 계획과 원하는 바를 몇 가지 이야기하였지만, 투오르는 이에 대해 잘 이해하지 못했고 엄청난 두려움에 사로잡혔다. 그런 다음 울모는 그 내륙 지대에서 바다의 기운처럼 느껴지는 안개 속에 휩싸였고, 투오르는 귀에 들려오는 음악을 따라 대해가 있는 쪽으로 가고 싶었다. 하지만 울모의 부탁을 기억해 내고는 돌아서서 내륙을 향해 강을 따라 해가 질 때까지 걸었다. 하지만 울모의 소라고둥 소리를 들어 본 자라면 누구나 죽을 때까지 그 소리가 자신을 부르는 소리를 들을 수밖에 없고 투오르 역시 그러하였다.

해가 떠올랐지만 투오르는 피곤한 탓에 다시 거의 해 질 녘이 될 때까지 잠을 잤고, 놀돌리 요정들이 그를 찾아와 길을 안내하였다. 그래서 그는 여러 날을 어둠과 박명 속에 길을 걷고 밝은 낮에는 잠을 잤다. 그런 까닭에 투오르는 훗날 이 당시 자기가 지나간 길을 잘 기억하지 못했다. 투오르와 안내자들은 쉬지 않고 길을 걸었고, 이제 대지는 굴곡진 구릉 지대가 되면서 강물은 그들의 발밑에서 둥그렇게 휘어졌고, 강의 주변 유역은 상상을 초월하는 기쁨을 선사하였다. 하지만 놀돌리 요정들은 불안해

하며 말했다. "이곳은 멜코가 휘하의 고블린, 곧 증오의 족속을 풀어놓은 구역입니다. 멀리 북쪽에 가면—아, 그래도 충분히 멀지는 못해요, 5만 킬로미터쯤 되면 좋을 텐데요—강철산맥이 있는데 그곳에 가면 공포와 위력의 소유자인 멜코가 있고 우린 그의 노예나 다름없어요. 사실 우린 당신을 이렇게 그의 눈에 띄지 않게 은밀하게 인도하고 있지만, 만약 멜코가 우리 목적을 모두 알면 우린 발로그들에게 고문을 당해야 할 겁니다."

그렇게 두려움에 떨던 놀돌리 요정들은 얼마 지나지 않아 투오르를 남겨 두고 떠났고 그는 언덕 사이로 홀로 길을 걸었다. 그들이 떠난 것은 나중에 잘못된 판단으로 밝혀지는데, 그 이유는 흔히 말하듯이 "멜코가 눈이 많기" 때문이었다. 투오르는 그노메들과 함께 가는 동안 그들이 인도하는 대로 박명의 길을 걷거나 언덕을 관통하는 많은 비밀스러운 굴을 이용했다. 하지만 이제 그는 길을 알 수 없었고, 그래서 자주 주변 지형을 살피기 위해 야산이나 언덕의 꼭대기에 올라갔다. 하지만 어디에도 거주지의 흔적은 없었고, 사실 멜코와 그의 첩자들조차 아직 찾아내지 못한 것으로 미루어 보아 곤도슬림 요정들의 도시는 쉽게 찾을 수 있는 곳에 있지 않았던 것이다. 그럼에도 불구하고 첩자들은 이때쯤 그 지역에 낯선 인간이 발을 들여놓은 것을 알고 있었고, 그래서 멜코는 자신의 술수와 감시망을 두 배로 강화하였다.

그노메들은 겁에 질려 투오르를 버리고 떠났지만 보론웨 혹은 브론웨그라고 하는 요정은 두려움에도 굴하지 않고 멀찍하니 그의 뒤를 따라왔다. 다른 요정들에게는 힘을 내라고 다그쳐

봐야 소용없는 일이었다. 투오르는 극심한 피로를 느껴 물소리가 요란한 강가에 자리를 잡고 앉았고, 바다를 향한 그리움이 일어 다시 강을 따라 내려가 광막한 바다와 포효하는 파도를 보고 싶었다. 그러나 충직한 요정 보론웨가 그의 옆으로 다가와 귀에 대고 말했다. "오 투오르, 언젠가는 원하는 것을 다시 볼 수 있을 테니 그 생각은 그만하고 이제 일어나시오. 자, 나는 당신을 버리고 떠나지 않겠소. 놀돌리는 나무나 쇠를 써서 손으로 뭐든지 만들어 내는 기술자일 뿐, 나는 길눈이 밝은 요정은 아니오. 게다가 당신을 안내하는 무리에도 늦게서야 합류를 했소. 하지만 노예로 힘들게 살던 옛날, 어떤 도시에 관한 은밀한 이야기를 들은 적이 있소. 그곳으로 들어가는 비밀 통로를 찾을 수만 있다면 놀돌리가 자유를 얻을 수 있을 거라고 했소. 우리 둘이 힘을 합치면 틀림없이 '돌의 도시'로 들어가는 길을 찾을 수 있을 거요. 그곳에 가면 곤도슬림의 자유가 기다리고 있소."

그런데 알아 두어야 할 것은 곤도슬림이 '한없는 눈물의 전투'에서 멜코의 군대를 피해 달아난 유일한 놀돌리 일족이었다는 점이다. 그 전투에서 멜코는 놀돌리를 살육하거나 노예로 사로잡았고, 그들의 주위에 마법을 걸어 '강철지옥' 안에 가두고 오로지 자신의 의지와 지시에 따라서만 움직일 수 있도록 하였다.

투오르와 보론웨는 오랫동안 곤도슬림이 숨어 있는 도시를 찾아 헤맸고, 여러 날 뒤 드디어 어느 산속에서 깊은 골짜기를 발견하였다. 그곳은 바닥이 암반으로 이루어진 강이 흐르고 있는데, 물소리가 무척 요란하고 무성하게 자란 오리나무가 장막처럼 가리는 지형이었다. 계곡의 양쪽 벼랑은 보론웨가 알지 못하는 어떤 산맥과 가까웠기 때문에 경사가 가팔랐다. 그 녹색 벼랑에서 그 그노메는 커다란 문 같은 출입구를 발견하는데 문의 양쪽은 가파른 경사가 나 있고, 전면은 빽빽한 관목과 무성하게 뒤엉킨 덤불이 가로막고 있었다. 하지만 그렇다고 해서 보론웨의 날카로운 눈매는 속일 수 없었다. 전하는 바로는 문을 세운 이들은 사실 거기에 마법을 걸어 두고 있었는데, (이는 울모의 도움을 받은 것으로, 강둑 주변에 횡행하는 멜코에 대한 두려움에도 불구하고 아직 울모의 영향력은 강물 속을 운행하고 있었다) 놀돌리 혈통 말고는 어느 누구도 우연히 문을 찾아내는 일은 있을 수 없게 해 놓은 것이었다. 심지어 투오르조차 끈질긴 그노메 보론웨가 없었다면 찾아낼 수 없었던 것이다. 곤도슬림은 멜코에 대한 두려움 때문에 이같이 그들의 거처를 비밀로 해 놓았던 것이다. 그럼에도 불구하고 용감한 놀돌리 중에는 그 산속에서 시리온강으로 몰래 내려온 이들이 없지 않았고, 또 멜코의 사악한 손에 사라진 이들도 많았지만, 이 마법의 통로를 발견한 많은 이들은 마침내 '돌의 도시'로 들어가 주민들의 수를 늘렸다.

투오르와 보론웨는 입구를 발견하고 무척 기뻐하지만, 문 안으로 들어가고 나서 맞닥뜨린 것은 캄캄하고 험하고 구불구불한 길이었고 그래서 그들은 오랫동안 굴속을 더듬어 가며 움직일 수밖에 없었다. 굴속은 서로 메아리를 치며 울리는 무시무시한 소리로 가득했고, 수많은 발걸음이 그들의 뒤를 따라오고 있는 것 같았다. 보론웨가 겁에 질려 말했다. "멜코의 고블린, 산속의 오르크들이오." 그리고 그들은 캄캄한 어둠 속에서 돌 위로 넘어져 가며 달리기 시작하는데, 그러다가 굴속 지형 때문에 그런 소리가 난 것을 자신들이 잘못 판단했다는 것을 깨달았다. 마치 끝이 없을 것 같은 긴 시간 동안 두려움에 떨며 어둠 속에서 사투를 벌인 끝에 그들은 드디어 희미한 빛이 멀리서 가물거리는 지점에 이르렀다. 그 희미한 빛을 향해 가다가 그들은 자신들이 들어온 문과 모양이 같은 문을 발견하는데, 그 문은 무성한 풀로 덮여 있지는 않았다. 그런 다음 그들은 햇빛 속으로 빠져나왔고 한참 동안 아무것도 볼 수 없었다. 하지만 곧 커다란 징 소리가 울리더니 무구가 부딪치는 소리가 났고, 놀랍게도 철갑으로 무장한 병사들이 그들을 에워싸고 있었다. 이에 그들은 고개를 들어 앞을 보았다. 놀랍게도 그들이 서 있는 곳은 가파른 언덕의 기슭이었고, 이 언덕은 거대한 원을 그리고 있는데 그 원 안에 넓은 평원이 있고 또 그 평원 안에는 상단이 평평한 거대한 언덕이 솟아 있었다. 이 언덕은 평원의 정중앙이라기보다 그들이 서 있는 곳과 약간 더 가까운 쪽에 있었는데, 그 꼭대기에 새 아침의 햇살을 받으며 도시가 우뚝 솟아 있었다.

그때 보론웨가 곤도슬림 경비대원에게 말을 걸었고, 그의 말은 그노메들이 사용하는 듣기 좋은 언어였기 때문에 그들은 그의 말을 알아들었다. 그런 다음 투오르도 여기가 도대체 어디인지, 무장한 채 에워싸고 있는 그들은 누구인지를 물었다. 그는 사실 그들의 무기가 무척 훌륭하여 놀랐고 또 감탄하기까지 했다. 무리 중의 하나가 그에게 대답했다. "우리는 '탈출로'의 출입구를 지키는 경비대원이오. 이곳을 찾아낸 것을 기뻐하시오. 바로 당신 앞에 있는 저곳이 멜코와 전쟁을 벌이는 모든 이들이 희망을 얻고자 하는 '일곱 이름의 도시'요."

　그래서 투오르가 "그 이름이 어떻게 되오?" 하고 물었다. 그러자 경비대장이 대답했다. "이렇게들 이야기하고 또 이렇게들 노래하지요. '내 이름은 곤도바르 돌의 도시라 하고, 곤도슬림 바르 돌 위에 사는 자들의 도시라 하네. 곤돌린은 노래하는 돌. 내 이름은 과레스트린 경비탑이라 하고, 가르 수리온 은밀한 곳이라고도 하네, 멜코의 눈으로는 나를 볼 수 없지. 그래도 나를 정말 사랑하는 이들이 부르는 이름은 로스, 나는 꽃처럼 아름답거든. 심지어 로셍그리올이라고도 하지, 그건 평원에 피어나는 꽃.' 하지만 우리가 평소 쓰는 말로는 곤돌린이라고 하오." 그러자 보론웨가 말했다. "우릴 그곳으로 인도하시오, 우린 기꺼이 들어가고 싶소." 그리고 투오르는 진심으로 이 아름다운 도시의 길을 밟아 보기를 원했다고 말했다.

　그러자 경비대장은 자신들이 경비를 서야 할 날이 아직 많이 남아 있어 이곳에 있어야 하며, 보론웨와 투오르는 곤돌린에 들어가도 좋다고 허락하였다. 게다가 그들이 도시까지 가는 데는 안내자도 필요하지 않을 것이라고 했다. "보시오, 도시가 솟아 있는 모습이 수려하고 또 무척 선명한 데다, 경비탑이 평원 중앙의 '경비 언덕' 위에 하늘을 찌를 듯이 솟아 있기 때문이오." 그리하여 투오르와 동행자는 평원 위로 길을 걸어가는데, 평원은 놀랄 만큼 평탄했고 여기저기 잔디밭 가운데에 둥글고 매끄러운 바위가 놓여 있거나 바닥이 암반으로 된 웅덩이가 있었다. 평원 위로 아름다운 보행 도로가 많이 나 있었고, 그들은 가벼운 걸음으로 하루를 걸은 끝에 '경비 언덕'(놀돌리 요정들의 말로는 아몬 과레스)의 발치에 이르러 도시의 입구로 올라가는 나선형의 층계를 오르기 시작했다. 그 도시에 들어가려면 누구든지 성벽에서 훤히 보이는 곳에서 도보로만 올라가야 했다. 마지막 햇빛 속에 서문이 황금빛으로 물들 즈음 그들은 긴 층계의 꼭대기에 이르렀고, 흉벽과 성탑 위에서는 많은 눈이 그들을 지켜보고 있었다.

투오르는 돌로 만든 성벽과 우뚝 솟은 성탑, 도시의 반짝이는 첨탑을 볼 수 있었고, 석재와 대리석으로 만들어진 층계도 보게 되는데, 층계 옆으로는 날렵한 난간이 있고 아몬 과레스의 분수에서 발원하여 평원을 찾아가는 폭포가 마치 실처럼 떨어지면서 시원한 느낌을 주었다. 투오르는 마치 신들의 꿈속을 걸어가는 듯한 느낌이 들었는데, 인간의 꿈속에서는 도저히 그런 장면을 본 적이 없는 것 같았기 때문이다. 곤돌린의 찬란함에 그는 실로 찬탄을 금치 못했다.

투오르는 경이로움을 느끼고 또 보론웨는 엄청난 환희 속에 이윽고 문 앞에 이르는데, 투오르가 무척이나 담대한 인물임에도 불구하고 그를 울모의 뜻에 따라 이곳으로 이끈 힘은 그 경이로움과 환희였고, 또 그 힘으로 그는 영원히 멜코의 굴레에서 벗어날 수 있었다. 멜코에 대한 투오르의 증오심이 결코 약해진 것은 아니지만, 그는 그 사악한 자에게서 사람을 옥죄는 공포심을 더는 느끼지 않게 되었다(단언컨대, 멜코가 놀돌리 요정들에게 행사하는 마법은 바로 그 끝없는 공포심으로, 요정들은 강철지옥에서 멀리 떨어져 있을 때도 멜코가 가까이 있는 듯한 느낌이 들어 심장이 떨렸고, 그래서 달아날 수 있을 때조차 달아나지 못했다. 멜코 또한 이를 잘 이용하였다.).

　　그때 곤돌린의 출입문에서 일군의 병사들이 쏟아져 나왔고, 한 무리의 요정들이 경이로움에 사로잡힌 두 방문자 주변으로 다가왔다. 그들은 또 한 명의 놀돌리 요정이 멜코를 탈출하여 이곳을 찾아온 것을 기뻐하였고, 투오르의 큰 키와 큼직한 팔다리, 물고기 뼈로 미늘을 단 무거운 창과 커다란 하프를 보고 놀라워하였다. 투오르는 투박하고 거친 외관에 헝클어진 머리를 하고 있었고 곰 가죽으로 만든 복장을 하고 있었다. 문헌에 의하면 그 옛날 인간의 조상의 조상은 지금의 인간이나 혹은 더 큰 체구의 요정나라 후예들에 비해 체격이 더 작았지만, 투오르는 거기 서 있는 어느 누구보다 더 키가 컸던 것이다. 사실 곤도슬림은 멜코를 위해 쉬지도 못하고 땅을 파고 곡괭이질을 하며 노역을 하는 불행한 일부 동족들처럼 등이 굽지는 않았지만, 체격이 작고 호리호리하고 무척 유연한 편이었다. 그들은 빠른 걸음에 출중한 외모를 하고, 입은 달콤하면서도 슬픈 기색을 띠었으며, 두 눈은 늘 기쁨을 담고 있으나 속으로는 눈물이 날 것 같은 떨림이 있었다. 왜냐하면 그 당시 그노메들은 망명을 떠나온 이들처럼 마음속으로는 여전히 기억이 생생한 옛 고향에 대한 갈망에 시달리고 있었기 때문이다. 운명을 따라 또 지식을 향한 억누를 수 없는 열망을 따라 그들은 이 먼 곳까지 왔으나, 이제는 멜코에 포위당한 까닭에 있는 힘을 다해 최고의 사랑으로 자신의 거처를 훌륭하게 지켜 내야 했다.

　　인간들이 어떻게 해서 멜코의 고블린인 오르크와 놀돌리 요정을 혼동하게 되었는지 나는 알지 못한다. 다만 일군의 놀돌리가 고문을 받고 멜코의 사악에 현혹당해 오르크들과 섞이게 되었는데, 오르크는 모두 멜코의 손으로 지하 세계의 열과 끈적끈적한 물질로 만들어진 존재들이었다. 그들의 성정은 화강암처럼 강퍅했고, 그들의 육체는 기형적이었다. 웃음과 거리가 먼 그들의 얼굴은 역겨웠지만, 웃을 때는 금속이 부딪는 소리가 났으며, 그들이 가장 힘을 낼 때는 오로지 멜코의 목적 중에서도 가장 저급한 행위를 도와줄 때였다. 그들과 놀돌리는 서로 지독하게 증오하였고, 놀돌리는 그들을 글람호스, 곧 '끔찍한 증오의 족속'이라고 불렀다.

바로 그때 정문의 무장 경비병들이 방랑자들 둘레에 모여든 이들을 밀어내면서 그들 중 하나가 말했다. "이곳은 파수와 보호의 도시, 아몬 과레스 위에 세운 곤돌린이오. 진실한 마음의 소유자는 누구든지 자유롭게 들어올 수 있으나, 신상을 밝히지 않고는 들어올 수 없소. 그럼 당신들의 이름을 말하시오." 이에 보론웨는 자기 이름을 그노메들이 쓰는 브론웨그라고 밝히고 울모의 뜻에 따라 이 인간의 아들을 위한 안내자로 이곳에 들어왔다고 대답했다. 투오르의 대답은 이러했다. "나는 이곳에서 멀리 떨어진 북부에 살고 있는 인간들의 후예인 백조 가문 인도르의 아들인 펠레그의 아들 투오르요. 여기까지 온 것은 바깥바다에 계시는 울모의 뜻에 따른 것이오."

대답을 들은 모든 요정들이 숨을 죽였고, 그의 깊고 유려한 목소리에 놀라움을 금치 못했다. 그들의 목소리는 찰랑거리는 샘물처럼 고운 소리였기 때문이다. 그러자 그들 사이에서 누군가가 말했다. "그자를 폐하께 인도하라."

그러자 무리는 문 안으로 들어갔고, 방랑자들도 그들을 따라

가는데, 투오르는 문이 강철로 되어 있으며 상당히 높고 튼튼하게 만들어진 것을 알았다. 곤돌린의 시가는 석재로 널찍하게 포장되어 있고 연석은 대리석이었다. 도로변에는 화사한 꽃으로 가득한 정원 중앙에 아름다운 저택과 궁정이 있었고, 흰 대리석으로 지은 무척 경이로운 조각을 한 많은 성탑들이 대단히 날렵하고 아름다운 모습으로 하늘을 향해 솟아 있었다. 분수로 불을 밝힌 광장이 있고, 고목의 가지 사이에는 노래하는 새들의 집도 있었지만, 이 모든 것들 중에서 가장 찬란한 것은 왕의 궁정이 자리한 곳이었다. 왕궁의 성탑은 도시에서 가장 높이 솟아 있었고, 그 문 앞에 위치한 분수는 공중으로 50미터를 날아가 노래하는 수정의 비가 되어 떨어졌다. 그 속으로 낮이면 태양이 반짝반짝 빛을 발했고, 밤이면 달빛이 거의 마법 같은 은은한 빛을 비추었다. 그곳에 사는 새들은 눈처럼 흰색을 띠고 있었고, 자장가보다 더 달콤한 소리를 냈다.

왕궁의 문 양쪽에는 나무 두 그루가 서 있는데, 하나는 황금색 꽃을 피우고 다른 하나는 은색 꽃을 피웠다. 두 나무는 영원히 시들지 않았는데, 그것은 두 나무가 그 옛날 멜코와 '어둠의 직조공'(앞에 나온 왕거미 웅골리안트를 가리킴—역자 주)이 훼손하기 전에 발리노르를 밝히던 영광스러운 두 나무의 싹에서 키워 낸 것이었기 때문이다. 곤도슬림은 두 나무를 각각 글링골과 반실이라 불렀다.

그때 곤돌린의 왕 투르곤이 흰옷에 금제 허리띠를 두르고 머리에는 석류석으로 장식한 작은 관을 쓰고 문 앞에 서서, 그곳으로 올라가는 흰색 층계의 꼭대기에서 말하였다. "어서 오라, 어둠의 땅의 인간이여. 오호라! 그대의 등장은 우리의 지혜서에 새겨져 있는바, 그대가 이곳에 당도할 때면 곤도슬림의 나라에 엄청난 일이 많이 일어날 것이라고 기록되어 있네.”

이에 투오르가 입을 열었고, 울모는 그의 마음에 담대함을, 그의 음성에는 위엄을 불어넣었다. “놀라지 마십시오, 아 돌의 도시의 아버지시여, 저를 이곳에 보낸 분은 심연에서 심오한 음악을 만드시는 분이시며, 요정과 인간의 마음속을 들여다보는 분으로, 해방의 날이 임박하였음을 폐하께 전하라 하셨습니다. 울모께서는 사악한 멜코에 맞선 폐하의 경비 언덕과 폐하의 거소에서 낮은 소리로 나누는 속삭임을 두 귀로 듣고 기뻐하셨습니다. 하지만 노예가 된 놀돌리와 유랑하는 인간들의 슬픔을 목격하고 그분의 마음은 진노하였고, 발리노르산맥 위의 타니퀘틸 꼭대기에서 세상을 내려다보는 발라들의 마음 또한 분노에 사로잡혀 있습니다. 멜코가 강철산맥 너머 어둠의 땅에서 인간들을 에워싸고 있기 때문입니다. 그리하여 저는 비밀의 통로를 따라 이곳에 들어왔고, 때가 무르익었으니 군사의 수를 세고 전투에 대비하라는 말씀을 전하고자 합니다.”

그러자 투르곤이 말했다. “비록 그것이 울모와 모든 발라의 말씀이라고 하더라도 나는 따를 생각이 없네. 나의 백성을 오르크의 위협 앞에 내놓는 모험도 하지 않겠거니와, 나의 도시를 멜코의 화염 속에 빠뜨리는 위험 또한 저지르지 않겠네.”

투오르가 이에 대답했다. “아닙니다. 폐하께서 지금 담대하게 행동하지 않으시면, 오르크들은 끝까지 살아남아 결국 세상의 모든 산을 다 차지할 것입니다. 비록 발라들이 놀돌리를 해방시키기 위해 앞으로 다른 방안을 강구한다 할지라도, 오르크들은 끊임없이 요정과 인간 모두를 괴롭히고자 할 것입니다. 하지만 지금 폐하께서 발라들의 말씀을 믿으신다면, 비록 그 싸움이 끔찍할지라도 결국 오르크들은 쓰러지고 멜코의 권세는 초라하게 위축될 것입니다."

하지만 투르곤은 자신은 곤돌린의 왕이며, 누구도 자기 뜻과 다르게 지나간 오랜 세월 동안 이룩한 소중한 노고의 결과를 위험에 처하게 강요해서는 안 된다고 했다. 그러나 투오르는 투르곤이 주저할 것을 우려한 울모로부터 이런 명령까지 받았다고 말했다. "그래서 저는 이렇게 명을 받았습니다. 곤도슬림들은 신속하고 은밀하게 시리온강을 따라 바다로 내려가야 하며, 거기서 배를 지어 발리노르로 돌아가는 길을 찾아야 할 것입니다. 오호! 그곳으로 가는 좁은 길은 망각 속에 있고, 넓은 길은 세상의 눈으로는 볼 수 없으며, 바다와 산맥이 그곳을 에워싸고 있으나, 여전히 그곳 코르언덕 위에는 요정들이 살고 있고 발리노르에는 신들이 좌정하고 있습니다. 다만 멜코에 대한 공포와 슬픔으로 인해 발라들의 기쁨은 줄어들었고, 그리하여 그 땅을 감추고 어떤 악의 무리도 그 해안에 발을 딛지 못하도록 사방에 범접불가의 마법을 걸어 놓았습니다. 하지만 그럼에도 불구하고 폐하의 사자들은 그곳에 들어가 그들의 마음을 되돌릴 수 있을 것이며, 그때 진노한 발라들이 일어나 멜코를 징벌할 것인저, 어둠산맥 너머 그가 세운 강철지옥을 무너뜨릴 수 있을 것입니다."

이에 투르곤이 대답했다. "해마다 겨울이 물러가면 사자들은 신속하고 은밀하게 시리온이라는 강을 내려가 대해의 해안으로 향했고, 거기서 배를 지어 그 배에 백조와 갈매기를 매달거나 강력한 바람의 날개를 달고 해와 달을 넘어 발리노르로 돌아가는 길을 찾았네. 하지만 발리노르로 가는 좁은 길은 망각 속에 있고, 넓은 길은 세상의 눈으로는 볼 수가 없으며, 바다와 산맥이 그곳을 에워싸고 있네. 기쁨 속에 그곳에 좌정하고 있는 분들은 멜코에 대한 공포나 세상의 슬픔 따위는 전혀 신경 쓰지 않은 채, 악의 소식이 들려오지 않도록 당신들의 땅을 감추고 범접 불가의 마법을 걸어 버렸네. 오호라, 수없이 많은 나의 백성들이 무수한 세월 동안 광막한 바다로 나갔지만 돌아오지 못했고, 깊은 바닷속으로 사라지거나 이제 길 없는 어둠 속에서 종적을 감추었네. 해가 바뀌어도 우리는 다시 바다로 나가지는 않을 것이며, 차라리 우리의 힘과 이 도시를 믿고 멜코를 물리치겠네. 지금까지 발라들은 그 일에 큰 도움을 주지 못했거든."

그리하여 투오르는 가슴이 무거워졌고, 보론웨는 눈물을 지었다. 투오르는 왕의 거대한 분수 옆에 앉았고, 찰랑거리는 물소리는 파도의 음악을 상기시켰다. 그의 영혼은 울모의 소라고둥 소리를 듣고 있었고, 그는 시리온강 물을 따라 바다로 내려가고 싶었다. 그러나 투르곤은 투오르가 비록 인간이지만 발라들의 사랑을 받고 있음을 깨달았고, 그의 강력한 눈길과 힘찬 목소리를 주목하고는 그를 불러올려 곤돌린에서 자신의 총애를 받으며 심지어 원한다면 왕궁에서 살 수 있도록 했다.

이에 투오르는 심신이 피곤하고 또 곤돌린은 아름다운 곳이었기 때문에 그러겠다고 대답했고, 그리하여 투오르는 곤돌린에 머무르게 되었다. 곤도슬림 가운데서 투오르가 행한 모든 일이 이야기 속에 들어 있지는 않으나, 전하는 바에 의하면 투오르는 여러 번 그곳을 빠져나가 달아날 생각을 하는데, 그것은 주민들과의 만남도 점점 싫증이 나고 인적 없는 숲속이나 높은 고원이 생각나거나 저 멀리 울모의 바다 음악이 들려왔기 때문이다. 하지만 투오르가 달아나지 못했던 것은 그의 가슴이 곤도슬림한 여인에 대한 사랑으로 가득해졌기 때문인데, 그 여인은 바로왕의 딸이었다.

그리하여 투오르는 이 왕국에서 자신이 사랑한, 그리고 거꾸로 자신을 엄청나게 사랑한 인물 보론웨의 가르침을 통해 많은 것을 배웠고, 그 밖에 도시의 솜씨 좋은 이들과 왕실의 현자들로부터도 교육을 받았다. 그 덕분에 그는 전보다 더 훌륭한 인물이 되었고 그의 조언은 지혜로 가득 차 있었다. 이전에는 분명치 않던 많은 일들이 이제 선명해졌고, 유한한 생명의 인간들은 아직 알지 못한 많은 것들을 알게 되었다. 이곳에서 그는 곤돌린시에 관한 많은 이야기를 들었고, 어떻게 해서 길고 긴 세월에 걸친 불굴의 노동조차 도시를 건설하고 장식하는 데 충분하지 않았는지, 또 그래서 어찌하여 주민들은 아직도 노동을 하고 있는지에 대해서도 이야기를 들었다. 요정들이 '탈출로'라고 하는 비밀의 굴을 파는 일에 대해서도 들었는데, 그 문제와 관련해서는 의견이 많이 갈렸지만, 결국 노예로 사로잡힌 놀돌리에 대한 동정론이 우세해지면서 굴을 만들기로 결정되었다고 했다. 철통같은 경비 태세에 대해서도 알 수 있었는데, '에워두른산맥'의 몇몇 저점低點에서는 무장을 유지하고 있었고, 산맥의 높은 봉우리마다 파수병들이 항상 경계를 게을리하지 않으며 봉화대 옆에서 불을 피울 준비를 하고 있었다. 그들은 요새가 발각될 경우 시작될 오르크들의 공격에 대비하여 불철주야로 감시하고 있었다.

그런데 이제는 산속 경비대의 활동도 꼭 필요해서라기보다 관습적인 측면이 없지 않았다. 오래전 곤도슬림은 상상하기조차 힘든 노역을 통해 아몬 과레스 주변의 모든 평원 지역의 땅을 파고 정리하고 고르는 작업을 했고, 그래서 그노메나 새나 짐승, 뱀조차도 이곳에 접근했다가는 멀리서부터 발각되고 말았다. 왜냐하면 곤도슬림 중에는 바로 타니퀘틸산정에 거하는 신들과 요정들의 군주인 만웨 술리모의 새매들보다 더 예리한 눈을 가진 이들이 많았기 때문이다. 이런 이유로 그들은 이 골짜기를 툼라덴 혹은 '평탄한 골짜기'로 불렀다. 이제 대역사가 종료되었다고 판단한 주민들은 금속을 채굴하여 장검과 도끼, 창과 미늘창을 주조하고 각종의 쇠사슬갑옷, 정강이받이와 완갑腕甲, 투구와 방패를 제작하느라 더 바빠졌다. 투오르가 듣기로는 곤돌린 인구 모두가 밤낮을 쉬지 않고 활을 쏘더라도 그들이 비축한 화살을 전부 소진하는 데는 몇 년이 걸린다고 하였고, 이 때문에 해가 갈수록 오르크들에 대한 그들의 두려움은 줄어들었다.

투오르는 이곳에서 석재로 건물을 짓는 일과 석공술, 바위와 대리석을 절단하는 법을 익혔다. 실을 잣고 피륙을 짜는 기술, 자수와 칠을 하는 기술, 그리고 금속을 다루는 정교한 기술도 가늠할 줄 알았다. 이곳에서 그는 지극히 섬세한 음악도 들었다. 이런 음악은 도시 남부에 거주하는 이들의 솜씨가 가장 뛰어났는데, 그곳에는 수많은 수원지와 샘에서 찰랑거리는 음악을 들을 수 있었기 때문이다. 투오르는 이 미묘한 소리를 많이 익혔고, 이를 자신의 노래에 연결하여 노래를 듣는 모든 이들은 경이로움을 느끼고 가슴에 기쁨이 넘쳤다. 해와 달과 별들, 대지와 비바람, 그리고 깊고 깊은 하늘에 관한 신비로운 이야기들이 그에게 전수되었다. 요정들의 비밀스러운 문자에 대해서도 그는 알게 되었고, 그들의 언어와 옛말도 익혔으며, 세상 밖에 거하는 '영원의 군주' 일루바타르에 대한 이야기도 들었다. 투오르는 아득히 깊은 시간의 심연 속 일루바타르의 발밑에서 노래한 아이누들의 위대한 음악에 대해서도 알게 되는데, 그 음악에서 세상의 창조와 방식, 그 속에 있는 만물과 그 운영의 구조가 유래하였던 것이다.

그리하여 그의 재주와, 모든 지식과 기술을 습득하는 그의 탁월한 능력과, 그의 몸과 마음으로 보여 준 대단한 용기 덕분에, 투오르는 아들이 없던 왕에게 위로와 버팀목이 되었고, 곤돌린 주민들 모두의 사랑을 받았다. 어느 날 왕은 자신의 가장 솜씨 좋은 장인들에게 투오르에게 선사할 근사한 선물로 갑옷 한 벌을 짓도록 명을 내렸고, 이에 '그노메 강철'로 주조하고 은박을 입힌 갑옷이 만들어졌다. 하지만 그의 투구에는 금속과 보석으로 만든 장식이 달려 있었는데, 마치 백조의 두 날개처럼 양쪽에 하나씩 달고 있었고, 방패에도 백조의 날개 하나가 새겨져 있었다. 그런데 그는 장검보다는 도끼를 들고 다녔고, 이 도끼에 곤도슬림의 언어로 드람보를레그(요정어로 '쾅' 하는 소리와 '날카로운'이라는 형용사가 합성하여 만들어진 말임—역자 주)라는 이름을 붙였는데, 도끼로 내려치면 천지가 진동하듯 요란하고, 도끼날로는 어떤 갑옷이든지 갈라 놓을 수 있었기 때문이다.

남쪽 성벽 위에는 투오르를 위해 저택이 한 채 지어지는데, 그것은 그가 신선한 공기를 좋아하고 다른 집들이 인접해 있는 것을 원하지 않기 때문이었다. 그는 새벽이면 자주 흉벽 위로 올라가 서 있는 것을 좋아했고, 주민들은 새 아침의 햇살이 그의 투구 날개에 닿아 반짝거리는 것을 보며 기뻐했다. 왕궁 앞에서 투오르와 투르곤이 나눈 대화가 많은 사람들에게 알려져 있는 것으로 미루어 보아, 많은 이들이 소곤거리며 투오르가 오르크들과 싸움을 벌이러 나간다면 기꺼이 그를 지원할 태세였다. 하지만 그 문제는 투르곤의 생각을 존중하면서 더 이상 언급되지 않았고, 또한 투오르의 마음속에서도 이제는 울모의 명령에 대한 생각이 점점 희미하게 멀어져 가고 있었다.

투오르가 곤도슬림과 함께 살게 된 지 여러 해가 지난 어느 날이었다. 그는 왕의 딸에 대한 사랑을 오랫동안 마음속 깊이 품고 있었고, 이제는 가슴이 터질 지경이 되었다. 이드릴 또한 투오르를 무척 사랑하고 있었는데, 사실 그가 여행에 지친 청원자로 왕궁 앞에 서 있던 그날 높은 창문 위에서 그를 처음 내려다볼 때부터 운명의 실타래는 그녀와 그의 운명을 엮어 놓고 말았던 것이다. 투르곤이 그들의 사랑을 가로막을 이유는 전혀 없었다. 그는 투오르에게서 위로와 함께 커다란 희망을 가져올 친족의 모습을 발견하였기 때문이다. 그리하여 처음으로 인간의 자손과 요정의 딸 사이에 혼인이 이루어지는데, 그렇다고 투오르가 그 마지막 사례는 아니었다. 그들보다 더 행복한 이들은 많지 않았고, 종국에 그들의 슬픔 또한 엄청났다. 하지만 왕궁 근처에 있는 가르 아이니온, 곧 '신들의 성소'에 모인 시민들 앞에서 이드릴과 투오르가 결혼식을 올리던 날의 흥겨움은 이루 말로 다 할 수 없다. 곤돌린 시민들에게 그 결혼식은 환희의 날이었고, 투오르와 이드릴에게는 지복의 순간이었다. 그날 이후로 그들은 남쪽으로 툼라덴이 내려다보이는 성벽 위의 저택에서 행복하게 살았고, 메글린을 제외한 도시의 모든 이들이 이를 보고 기뻐하였다. 메글린이라는 이 그노메는 유서 깊은 가문 출신으로 지금은 그 일족이 다른 가문보다 수가 많이 줄었지만, 그의 어머니인 이스핀이 투르곤 왕의 누이여서 그는 왕의 생질인 셈이었다. 하지만 그 이야기는 여기서 할 필요가 없겠다.

그런데 메글린을 나타내는 표시는 새카만 두더지였다. 그는 채석공들 사이에 유명인사로 광물을 채굴하는 기술자들의 대장이었고, 이 기술자들 중 많은 이들이 그의 집안에서 나왔다. 이곳의 선량한 대다수 요정들보다 그는 외관이 다소 처지는 편이었고, 거무스름한 피부에 그리 자상한 성격도 아니었기 때문에 주민들의 사랑을 받지 못했고, 심지어 오르크 핏줄이 섞여 있다는 소문까지 있었으나 어떻게 그런 일이 있을 수 있는지는 알 수가 없다. 메글린은 여러 번 이드릴과의 혼인을 왕께 청하였으나, 투르곤은 딸이 무척 싫어하는 것을 알고 번번이 거절한 바 있었다. 왕이 보기에 메글린의 청혼은 그 아름다운 공주를 사랑해서라기보다 왕좌 주변의 높은 권력을 탐해서였다. 공주는 진실로 아름답고 또한 담대하기까지 했다. 그녀는 왕의 딸이지만 아이누들을 기리는 행사 자리를 제외하고는 늘 맨발이거나 또 모자를 쓰지 않고 다녔기 때문에 주민들은 그녀를 '은銀의 발足 이드릴'이라고 불렀고, 메글린은 투오르가 자기를 밀어내는 것을 보고 속으로 분노를 삭였다.

이즈음에 발라들이 원하고 또 엘달리에가 소망하던 때가 마침내 당도하는데, 이드릴이 위대한 사랑 속에 투오르에게 아들을 낳아 주었던 것이다. 아들의 이름은 에아렌델이라고 했다. 이 이름에 대해 요정과 인간들 사이에는 여러 가지 해석이 있지만, 아마도 곤도슬림 사이에서 전해 내려오는 어떤 비밀 언어로 만든 이름으로 보이고, 다만 그 언어는 그들과 함께 지상에서는 사라지고 말았다.

그런데 아이의 아름다움은 이루 말로 형용할 수 없었다. 그의 피부는 반짝이는 흰색이었고, 두 눈은 남쪽 하늘의 파란색을 능가하는 파란색으로, 만웨가 입고 있는 복식의 사파이어보다 더 파란색이었다. 아이가 태어나자 메글린의 시기심은 더욱 끓어올랐지만, 투르곤과 모든 백성들의 기쁨 또한 한량없었다.

아, 투오르가 낮은 언덕 사이에서 모습을 감추고 놀돌리 요정들이 그를 떠나간 뒤로 여러 해가 흘렀다. 하지만 시리온강 변의 골짜기를 여기저기 돌아다니는 한 인간이 있다는 이상한 소문—애매하면서도 서로 다른 내용으로—이 처음 멜코의 귀에 들어온 지도 역시 여러 해가 흘렀다. 그런데 멜코는 자신의 위세가 막강하던 시절에는 인간이란 종족을 그리 두려워하지 않았고, 이런 이유 때문에 울모는 멜코를 제대로 속이기 위해서는 인간들 가운데서 일꾼을 찾는 것이 낫다고 생각했다. 발라는 말할 것도 없고 엘다르나 놀돌리는 멜코의 감시망 밖에서 운신하기가 쉽지 않다고 판단하였기 때문이다. 그럼에도 불구하고 이 사악한 심성의 소유자는 이 소문에 불길한 예감이 들었고, 그래서 엄청나게 많은 첩자들을 끌어모았다. 그중에는 고양이처럼 황색과 녹색의 눈동자를 가진 오르크의 자손들이 있었는데, 그들은 모든 어둠 속을 꿰뚫고 안개와 밤의 저편을 관통할 수 있는 시각의 소유자들이었다. 뱀들은 가지 못하는 곳 없이 모든 구멍과 무척 깊은 구덩이와 아득히 높은 봉우리를 수색하면서 풀잎 위로 스치거나 산속에서 울리는 작은 속삭임까지 들을 수 있었다. 또 늑대도 있고, 수색견도 있고, 온통 피에 굶주린 거대한 족제비도 있었는데, 그들의 콧구멍은 흐르는 물속에서 몇 달 전의 냄새를 맡을 수도 있었고, 그들의 눈은 조약돌 사이에서 한 세대 전에 지나간 발자국도 찾아낼 수 있었다. 올빼미도 날아오고 매도 있었는데, 그들의 날카로운 눈매는 밤이건 낮이건 세상 모든 숲에서 날아다니는 작은 새들의 움직임을 식별하고, 대지를 기어 다니거나 그 안에 살고 있는 모든 생쥐와 들쥐, 큰 쥐의 움직임도 구별할 수 있었다. 이 모두를 그는 자신의 강철 궁전에 불러 모았고, 그들은 떼지어 몰려들었다. 그곳에서 멜코는 '어둠의 땅'을 빠져나간 이 인간을 찾아오라는 명령과 함께 이들을 사방으로 파견하는데, 사실 그는 그보다도 자신의 노예로 있다가 달아난 놀돌리 요정들의 거주지를 찾고 있었고 이를 훨씬 더 주의 깊게 공들여 수색할 것을 지시했다. 그의 마음속에는 그들을 죽이거나 노예로 부려야 한다는 생각이 간절했기 때문이다.

투오르가 곤돌린에서 행복하게 지내며 지식과 힘을 엄청나게 키우는 동안, 이 짐승들은 오랫동안 쉬지 않고 바위와 돌 사이로 코를 들이밀고, 숲과 히스 황야를 뒤지고, 하늘 위로 높은 산을 감시하고, 골짜기와 들판의 모든 길을 추적하는데, 누구도 가로막거나 방해하지 못하였다. 이 수색을 통해 그들은 멜코에게 풍부한 정보를 가져오는데—그들이 찾아낸 많은 비밀을 통해 그들은 이전에 투오르와 보론웨가 들어갔던 '탈출로'를 발견하였다. 그 발견은 놀돌리 중에서 일부 심약한 자들을 붙잡아 끔찍한 고문을 하겠다고 협박을 하여 수색에 끌어들였기 때문에 가능했다. 왜냐하면 그 문에 걸려 있는 마법 때문에 멜코의 수하는 누구도 그노메들의 도움 없이는 그곳을 찾아낼 수 없었기 때문이다. 하지만 이제 그들은 굴속 깊은 곳까지 살필 수 있었고, 노예 상태에서 달아나 그곳으로 기어들어 가던 많은 놀돌리도 붙잡았다. 그들은 또한 '에워두른산맥'의 일부 지점에서는 산을 올라가 곤돌린시의 아름다움과 아몬 과레스의 위용을 멀리서나마 볼 수도 있었다. 하지만 평원으로 내려가는 것은 산세가 험하고 또 삼엄한 경비망 때문에 엄두를 내지 못했다. 실제로 곤도슬림은 뛰어난 궁사들이었고, 놀랄 만한 위력을 지닌 활을 만들었다. 이 활로 쏜 화살이 하늘 위로 날아오르면 인간들 중에서 최고의 궁사가 지상의 목표물을 겨냥할 때 쏘는 거리의 일곱 배나 멀리 날아갔다. 게다가 요정들은 멜코의 종자들인 피의 짐승들을 좋아하지 않았기 때문에, 평원 위를 매가 오래 선회하거나 뱀이 기어가도록 내버려 두지 않았을 것이다.

에아렌델이 한 살 때였다. 멜코의 첩자들에 대한 소문이 돌더니 그들이 툼라덴협곡을 사방에서 포위하였다는 흉보가 도시에 전해졌다. 투르곤 왕은 오래전 왕궁의 문 앞에서 투오르가 전한 경고를 기억해 내고 마음이 무거웠다. 그는 모든 요충지에 감시와 방어 병력을 세 배로 강화하고, 도시의 기술자들에게 전쟁 무기를 제작하여 언덕 위에 배치하도록 했다. 유독성 화염과 열수, 그리고 화살과 큼지막한 바위를 비축하여 빛나는 성벽을 공격하는 자라면 누구에게든지 쏟아부을 준비를 했다. 그렇게 왕은 최대한의 평정심을 유지하며 자리를 지켰지만, 투오르는 왕보다 마음이 무거웠다. 울모의 말씀이 그의 머릿속에 다시 떠올랐고, 그 의미와 무게가 이전보다 더 심각하게 다가왔던 것이다. 이드릴은 투오르보다 더 암울한 예감을 하고 있었기에 투오르는 그녀에게서도 큰 위로를 얻지 못하였다.

그런데 알아 두어야 할 것은 이드릴이 요정과 인간 들의 마음속 어둠을 꿰뚫어 보고, 이에 따라 도래할 어두운 미래를 예견하는 놀라운 능력의 소유자였다는 점이다. 엘다르 종족이 공통으로 지니고 있는 능력이었지만 그녀의 예지력은 그보다 뛰어났다. 어느 날 이드릴이 투오르에게 이렇게 말했다. "남편이시여, 메글린에 대한 의심으로 내 마음은 걱정이 많소. 나는 그가 이 아름다운 왕국에 재앙을 초래할 것 같아 두려운데, 그게 언제 어떤 모습일지 알 수가 없기 때문이오. 우리가 하는 일이나 대비하는 모든 것을 메글린은 알고 있고, 그래서 어떤 식으로든 그걸 적에게 유출할 수 있다는 생각에 두렵소. 그렇게 되면 적은 우리가 상상하지도 못한 새로운 공격 수단을 찾아낼 것이니 말이오. 아! 어느 날 밤 꿈에는 메글린이 용광로를 만들고는 몰래 우릴 찾아와서 우리 아기 에아렌델을 그 속에 던져 넣고 그다음에 당신과 나를 던지려고 했소. 그런데 우리 예쁜 아기가 죽었다는 생각에 난 달아날 생각조차 하지 못했다오.”

투오르가 대답했다. “당신의 걱정은 당연지사요, 나도 메글린을 보면 마음이 전혀 편치 않소. 하지만 그는 폐하의 생질인 데다 바로 당신의 사촌이기도 하고, 또 책할 만한 특별한 혐의가 있지는 않소. 그러니 일단은 기다리며 지켜봅시다.”

그러나 이드릴이 말했다. “그 문제에 대한 나의 생각은 이렇소. 당신은 철저히 비밀리에 채굴공과 채석공 들을 모으도록 하시오. 메글린이 인부들을 다룰 때 오만하고 건방져서 그를 절대로 좋아하지 않는 이들이 있으니 이들을 조심스럽게 선별하여 모아야 하오. 그리고 그들 중에서 믿을 만한 사람들을 뽑아 메글린이 바깥 산으로 나갈 때 감시를 하도록 시키시오. 그리고 또 한 가지 계획이 있는데, 당신이 정말로 신뢰할 수 있는 사람들을 많이 데리고 가서 비밀 땅굴을 파는 것이오. 그 일은 조심스럽기도 하고 또 진척이 느리겠지만, 그들의 도움을 받아 이 언덕의 바위 밑에 있는 여기 당신 집에서 저 아래 골짜기로 가는 비밀 통로를 만들도록 하시오. 이 통로는 ‘탈출로’로 이어져서는 아니 되오. 탈출로는 느낌상 믿어서는 안 될 것 같기 때문이오. 그러니 훨씬 더 멀리 있는 고개, 곧 남쪽 산맥에 있는 ‘독수리의 틈’으로 연결되도록 해야 하오. 이 땅굴이 저 아래 평원에서 그쪽으로 더 멀리 나아갈수록 훨씬 더 좋을 것이오―하지만 이 일은 극소수를 제외하고는 누구도 모르게 처리해야 하오.”

그런데 놀돌리 요정만큼 땅이나 바위를 잘 파는 이들은 없었지만(멜코도 이를 알고 있다), 이곳은 대단히 단단한 지형이었고,

그래서 투오르가 말했다. "아몬 과레스 언덕의 암반은 무쇠 같소. 그래서 바위에 길을 내는 데는 공력이 많이 들 거요. 게다가이 작업을 은밀하게 하려면 엄청난 시간과 인내가 더해져야 하고, 툼라덴협곡의 바닥 암반은 담금질한 강철 같아서 곤도슬림의 지혜 없이는 몇 년 몇 달이 걸려도 쉽지 않을 것이오."

이드릴이 이에 대답했다. "맞는 말씀이오만, 내 계획은 그와같고 아직 시간은 남아 있소." 투오르는 그녀의 말뜻을 모두 알아들을 수는 없다고 하면서도 이렇게 대답했다. "옛말에 '뭐라도 계획이 있는 것이 아무 생각이 없는 것보다는 낫다'고 했으니, 당신이 말한 대로 따르리다."

그로부터 얼마 지나지 않아 우연하게도 메글린이 광석을 구하러 산속으로 들어갔다가 길을 잃고 홀로 남게 되는데, 그곳을배회하던 오르크 한 무리에 붙잡히고 말았다. 오르크들은 그가곤도슬림의 일원인 것을 알고 그를 괴롭히고 끔찍하게 해하려고 했다. 하지만 투오르가 파견한 감시원들은 이를 모르고 있었다. 그런데 메글린의 마음속에 사악이 찾아들었고, 그는 자신을체포한 이들에게 이렇게 말했다. "나는 바로 에올의 아들 메글린으로, 아버님은 곤도슬림의 왕 투르곤의 누이인 이스핀을 아내로 맞아들이신 분이오." 그러나 그들이 대답했다. "그것이 우리와 무슨 상관이 있는가?" 메글린이 말했다. "상관이 많지. 빨리 죽이든 천천히 죽이든 어쨌든 당신들이 나를 죽인다면, 그건곤돌린시에 대한 중요한 정보를 잃어버리는 것이나 마찬가지거든. 당신네 대장은 그 이야기를 무척 듣고 싶어 할 거요." 그러자 오르크들은 손을 멈추고 그가 하는 이야기가 그럴 만한 가치가 있는 것이라면 목숨을 살려 주겠다고 했다. 그리하여 메글린은 그들에게 평원과 도시의 모든 구조와, 성벽과 그 높이 및 폭, 그리고 성문의 견고함, 현재 투르곤 휘하에 있는 무장 병력의 규모, 그들이 무장을 위해 비축한 수많은 무기와 병기, 유독 화염에 대해 털어놓았다.

그러자 오르크들은 마구 화를 내며 그런 이야기를 듣고 보니 오히려 메글린을 즉시 죽여야겠다고 흥분했다. 초라한 자기 동족의 위세를 주제넘게 과장하여 멜코의 막강한 위력과 권세를 조롱한다는 것이었다. 하지만 메글린은 필사적으로 매달렸다. "이렇게 지체 높은 포로를 당신들 대장 눈앞에 데리고 가면 그분이 기뻐할 거라고 생각하지 않으시는가? 그분이 직접 내 말의 사실 여부를 판단하시게 하란 말이오."

오르크들이 듣고 보니 그럴싸한 말이었고, 그래서 그들은 곤돌린을 에워싸고 있는 산을 내려와 강철산맥에 있는 멜코의 어두운 궁정으로 향했다. 그들은 메글린을 강제로 끌고 갔고, 그는 두려움에 떨었다. 멜코의 옥좌 밑에는 늑대들이 앉아 있고, 독사들이 그의 옥좌 다리를 휘감고 있었다. 멜코 주변에 있는 무시무시한 짐승들의 섬뜩한 모습을 보고 메글린이 겁에 질려 그의 검은 옥좌 앞에 무릎을 꿇자 멜코가 말을 시켰다. 메글린이 대답을 하자 이야기에 귀를 기울이던 멜코는 마음속으로 자만심이 크게 되살아나 메글린에게 무척 다정한 말로 대했다.

그리하여 이 사건은 결국 멜코가 교활한 메글린의 도움을 받아 곤돌린을 무너뜨릴 계획을 세우는 것으로 발전하였다. 메글린에게는 이에 대한 보상으로 오르크를 거느리는 고위직 대장의 자리를 주기로 했는데—하지만 멜코의 속마음은 그런 약속을 지킬 생각이 없었다—그 대신 멜코는 투오르와 에아렌델을 불태워 죽이고 이드릴은 메글린에게 넘겨 줄 계획이었는데—그런 약속은 이 사악한 자가 기꺼이 할 만한 일이었다. 하지만 멜코는 메글린이 배신하면 그 대가로 발로그들을 시켜 고문하겠다고 협박했다. 발로그는 화염 채찍과 강철 발톱을 가진 악마로, 멜코는 어디서든 이들을 이용하여 자신에게 감히 도전하는 놀돌리 요정들을 고문하였다—엘다르는 그들을 말카라우키라고 불렀다. 메글린이 멜코에게 한 조언은 외부에서 평원으로 들어가는 작전이 설사 성공한다 하더라도, 오르크 부대 전 병력이나 무시무시한 발로그들을 끌어들여 공격을 하거나 포위하는 작전으로는 곤돌린 성벽을 무너뜨리고 성문을 열어젖힐 수 없다는 것이었다. 그는 따라서 멜코에게 마술을 써서 그의 전사들이 작전을 펼칠 때 지원할 수 있는 원군을 만들어 두라는 제안을 했다. 그가 넉넉히 가지고 있는 금속은 품질이 좋고 그가 가진 불의 힘도 막강하므로 이를 이용하여 '에워두른산맥'을 기어 올라가 그 평원과 아름다운 도시를 화염과 죽음으로 덮어 버리는 천하무적의 뱀과 용 같은 짐승을 만들라는 것이었다.

　메글린은 그런 뒤에야 자신의 부재로 인해 주민들로부터 의심을 받지 않도록 집으로 돌아갈 수 있게 허락을 받았다. 하지만 멜코는 그에게 한없는 공포의 주문을 걸어 버렸고, 이후로 그는 마음속으로 기쁨이나 고요를 맛볼 수 없었다. 그럼에도 불구하고 그는 선량하고 쾌활한 얼굴을 하고 있어서 사람들은 "메글린이 부드러워졌다"고 말했고 그를 탐탁지 않게 여기던 것도 덜

해졌다. 하지만 이드릴은 그를 더욱더 두려워했다. 메글린은 이
때 이렇게 말했다. "나는 일을 많이 했소. 그래서 좀 쉬면서 춤도
추고 노래도 부르고 사람들과 재미있는 일도 해야겠소." 그리고
그는 더 이상 광석이나 석재를 캐러 산으로 올라가지 않았다. 하
지만 사실 그는 자신의 공포와 불안을 잠재우려 산으로 가지 않
았던 것이다. 그는 멜코가 늘 자기 옆에 있다는 공포에 사로잡혀
있었고, 이것은 주문 때문이었다. 그래서 그는 또 오르크들을 만
나 어둠의 궁정에서 느낀 공포에 빠지지 않기 위해 다시는 광산
쪽에 얼씬거리지 않았다.

이렇게 세월이 흐르고, 투오르는 이드릴이 시키는 대로 쉬지
않고 비밀 땅굴 작업을 계속했다. 하지만 투르곤은 첩자들의 포
위망이 약해지는 것을 느끼면서 좀 더 마음이 편안해지고 두려
움도 줄어들었다. 그러나 그동안 멜코는 자신의 노동력을 최대
한으로 동원하는 작업을 했고, 모든 놀돌리 노예는 금속을 찾아
끝없이 땅속을 파 들어갔다. 그러는 동안 멜코는 자리에 앉아 불
을 고안하고 더 낮은 열기에서 불꽃과 연기를 뿜아내는 방법을
찾았고, 한편으로 어떤 놀돌리도 갇혀 있는 구역에서 한 발도 벗
어나지 못하게 막았다. 그러던 어느 날 멜코는 자신의 가장 기술
좋은 대장장이와 마술사 들을 모두 소집하였고, 그들은 무쇠와
불꽃을 이용하여 한 무리의 괴물을 만드는데, 이 괴물들은 그때
만 볼 수 있었고 세상 끝날 때까지 다시 볼 수 없는 것이었다. 그
중 일부는 모두 무쇠로 만든 것들이었는데, 아주 교묘하게 연결
되어 있어서 마치 금속으로 만든 느린 강물이 흘러가듯이 움직
였고, 전방에 장애물이 있으면 둘레나 위로 휘감을 줄도 알았다.

이 병기 안쪽 깊숙한 곳에는 언월도와 창을 든 아주 잔인한 오르크들이 숨어 있었다. 청동과 구리로 만든 괴물들은 이글거리는 불로 만들어진 심장과 영을 지니고 있었는데, 그들 앞에 나타나는 자는 누구든지 그 공포의 콧바람으로 한방에 날려 버렸고 그 뜨거운 열기를 피해 달아나려고 하면 밟아서 짓뭉개 버렸다. 순전히 화염으로만 만들어진 것들도 있었는데, 이 괴물들은 금속을 녹여 만든 밧줄처럼 몸을 꿈틀거리며 근처에 있는 직물은 무엇이든지 흔적도 없이 만들어 버렸다. 쇠와 돌도 그 앞에서 녹아내려 물처럼 변했고, 발로그 수백 마리가 그 위에 올라타고 이동했다. 이런 것이 멜코가 곤돌린과 싸우기 위해 개발해 낸 모든 괴물 중에서 가장 끔찍한 것들이었다.

메글린의 배신이 있은 뒤로 일곱 번째 여름이 지났고, 에아렌델은 씩씩하기는 하지만 아직 어린아이였다. 멜코는 이제 산맥의 모든 길과 구석구석을 알아냈기 때문에 첩자들을 모두 불러들였다. 하지만 방심한 곤도슬림은 멜코가 요정들의 힘과 견고한 성채를 난공불락으로 판단하고 이제 그들과 맞설 생각을 버렸다고 판단하였다.

그럼에도 이드릴은 어두운 생각에 잠겨 있었고, 그녀의 환한 얼굴에 그늘이 드리우자 이를 의아하게 여기는 이들이 많았다. 투르곤은 감시와 방비를 위한 인력을 옛날 수준으로 유지하거나 더 적은 수로 감축하였다. 가을이 오고 과일 수확철이 끝나자 주민들은 흥겨운 마음으로 겨울의 축제를 기다렸다. 하지만 투오르는 흉벽 위에 서서 에워두른산맥을 응시하고 있었다.

아, 바로 그때 이드릴이 그의 옆에 서 있었고, 그녀의 머리카락이 바람에 흩날렸다. 투오르는 문득 그녀가 놀랄 만큼 아름답다는 생각에 몸을 숙여 그녀와 입을 맞추려 했다. 하지만 그녀는 슬픈 표정을 지으며 말했다. "이제 당신이 선택해야 할 시간이 다가오고 있소." 하지만 투오르는 그녀가 무슨 말을 하는지 이해할 수 없었다. 그러자 이드릴은 남편을 집으로 데려가며 아들 에아렌델에 대한 걱정으로 무척 두렵다고 했다. 뭔가 엄청난 재앙이 다가오는 징조가 있으며, 그 배경에 멜코가 있다는 것이었다. 투오르는 그녀를 위로하려 하였으나 쉽지 않아 보였고, 그녀는 비밀 땅굴 작업이 어떻게 되어 가는지 물었다. 그는 땅굴이 평원으로 5킬로미터 들어갔다고 했고, 그 대답에 그녀의 마음은 다소 가벼워진 것처럼 보였다. 하지만 그럼에도 불구하고 이드릴은 땅굴 파는 일은 계속해야 한다고 남편을 종용하며 '이제 때가 무척 임박했기 때문에' 지금부터는 보안보다 속도가 더 중요하다고 했다. 그녀가 또 한 가지 제안을 하는데, 곤도슬림 영주들과 전사들 중에서 가장 용감하고 가장 진실한 이들 몇몇을 조심스럽게 선발하여 그 비밀 통로와 출구에 대해 알려 두라는 것이었다. 투오르는 이 말을 그대로 따랐다. 그리고 이드릴은 남편에게 그들을 막강한 경비대로 만들어 몸에 투오르의 문장 표지를 달게 했고, 이는 왕의 일가인 대영주의 권한과 권위를 나타내기 위한 것이라는 구실까지 만들어 주었다. 그리고 그녀는 "게다가 이 계획에 대해 아버지의 허가도 받아 두도록 하겠소"라고 덧붙였다. 그녀는 역시 주민들에게도 은밀하게 만약 도시가 최후의 저항을 해야 하는 시점에 이르거나 투르곤이 목숨을 잃게 되면 투오르와 그녀의 아들 옆에 집결하도록 했고, 이에 대해 그들은 웃으며 동의를 표하는데 그럼에도 입으로는 곤돌린이 타니퀘틸이나 발리노르산맥처럼 오래도록 지탱할 것이라고 말했다.

하지만 이드릴은 왕에 대한 사랑과 존경에도 불구하고—그는 위대하고 고결하며 영광스러운 왕이었다—투르곤에게 솔직한 이야기를 하지 않았고, 투오르가 말하려고 하자 그것도 허용하지 않았다. 왜냐하면 왕이 메글린을 신뢰하면서 맹목적일 만큼 고집스럽게 도시가 난공불락의 위력을 지니고 있다고 믿고 있으며, 또 멜코가 어렵다고 판단하여 더는 공격하지 않을 것으로 확신한다는 것을 알았기 때문이다. 이 문제에 대한 그의 생각을 더욱 굳혀 준 것이 메글린의 교활한 말솜씨였다. 아! 이 그노메의 간교함은 실로 대단했다. 왜냐하면 그는 주로 어둠 속에서 일을 했기 때문이다. 그래서 사람들은 "메글린은 새카만 두더지 표지가 참 걸맞군"이라고 말했다. 하지만 어떤 어리석은 채석공 때문에, 아니 그보다는 투오르의 다소 부주의한 이야기를 전해 들은 그의 한 친족이 말조심을 하지 않은 탓에, 메글린은 비밀 공사에 대해 알게 되었고 이에 대비하여 자신만의 계획을 세워 두었다.

이렇게 겨울이 깊어 가는데, 이 지역은 유난히 추위가 심한 곳이어서 툼라덴평원엔 사방에 서리가 내렸고, 연못들은 얼음으로 덮여 있었다. 하지만 아몬 과레스 위의 분수는 쉬지 않고 작동했고, '두 나무'는 꽃을 피웠으며, 주민들은 멜코의 머릿속에 숨어 있던 공포의 날이 임박하기 전까지는 행복한 시간을 보냈다.

이렇게 그 혹독한 겨울은 지나가고, 에워두른산맥에는 전보다 더 두텁게 눈이 쌓였다. 하지만 시간이 흘러 경이로운 영광의 봄이 대지의 하얀 덮개를 녹이자 골짜기는 그 물을 마시고 꽃을 피워 냈다. 이렇게 어린아이들의 환호성과 함께 노스트나로시온, 곧 '꽃들의 탄생' 축제가 찾아왔다가 지나가고, 곤도슬림의 뭇 가슴은 찬란한 한 해에 대한 희망으로 부풀어 올랐으며, 이윽고 위대한 타르닌 아우스타 축제, 곧 '여름의 문'이 다가왔다. 그런데 알아 두어야 할 것은 전날 밤 자정에 엄숙한 의식을 시작하여 타르닌 아우스타의 새벽이 밝아 올 때까지 의식을 계속하는 것이 곤도슬림의 관습으로, 자정부터 새벽 동이 틀 때까지 도시의 누구도 목소리를 내서는 안 되며 동이 트면 그때 고대의 노래를 소리 높여 부르는 것이었다. 헤아릴 수 없이 오랜 세월 동안 그들은 이렇게 빛나는 동쪽의 성벽 위에 올라선 합창단의 음악으로 여름의 도래를 환영하였다. 그리고 경계의 밤이 찾아오고 도시는 은빛 등불로 가득 차는데, 그동안 숲속에는 새로운 나뭇잎을 피운 나무들 위에 보석 빛의 등불이 일렁거리고, 길을 따라 잔잔한 음악이 이어지는데, 다만 새벽이 오기까지 노랫소리는 들리지 않는다.

산 너머로 해가 막 지고 주민들은 즐겁게 또 열심히 축제 준비를 하면서―기대에 찬 눈길로 동쪽을 응시하였다. 오호라! 해가 완전히 지고 사위가 캄캄해졌을 때 갑자기 새로운 불빛 하나가 나타났다. 이글거리는 불빛이었다. 하지만 불빛의 방향은 북쪽 고원 너머였고, 요정들은 깜짝 놀랐다―그쪽에는 성벽과 흉벽이 모여 있었기 때문이다. 불빛이 더 커지고 강해지면서 호기심은 의심으로 변했고, 산 위에 쌓인 눈이 핏빛으로 붉게 물들자 의심은 두려움으로 바뀌었다. 멜코의 불뱀들이 이렇게 곤돌린을 쳐들어온 것이다.

그때 산봉우리에서 야간 경비를 서던 이들로부터 급박한 소식을 전달받은 기수들이 평원으로 내려왔다. 그들은 불꽃으로 감싼 무리와 용처럼 생긴 형체들을 보았다며 고함을 질렀다. "멜코의 공격이다." 그 아름다운 도시를 엄습한 공포와 비통은 이루 말로 다 할 수 없었고, 도로와 골목은 여인들의 통곡과 아이들이 우는 소리로 가득했으며, 광장에는 소집된 병사들과 수북이 쌓아 놓은 무기들로 북적거렸다. 곤도슬림의 명문가와 혈족 들의 깃발이 번쩍이며 나부꼈다. 먼저 '왕의 가문the House of the King'의 군대 배치는 장엄하여, 그들의 군기는 백색과 금색과 적색이었으며, 상징 문양은 해와 달과 진홍의 심장이었다. 그리고 이 무리의 한가운데에 투오르가 모두의 머리 위로 우뚝 서 있었고, 그의 은빛 갑옷이 환하게 빛을 발했다. 그의 둘레에 가장 용맹스러운 병사들이 빽빽하게 집결해 있었다. 오! 그들은 모두 백조나 갈매기의 날개 모양의 날개를 투구 위에 달았고, '흰 날개'의 문양을 방패 위에 새겨 놓고 있었다. 하지만 메글린의 무리도 같은 장소에 모여들었는데, 그들의 무구는 검은색으로 그 위에 아무런 표시나 문양이 없었고, 강철로 만든 둥근 모자 꼭대기를 두더지 가죽이 감싸고 있었으며, 곡괭이처럼 생긴 양날 도끼를 들고 싸웠다. 곤도바르의 영주 메글린 옆에는 시커먼 얼굴에 언짢은 눈초리를 한 전사들이 모여 있었는데, 불그레한 열기가 그들의 얼굴에 번지고 번들거리는 무기 표면에도 번쩍거렸다. 이때였다! 북쪽의 산등성이가 온통 벌겋게 물들면서, 마치 불길이 강물처럼 툼라덴평원으로 뻗어 있는 비탈을 따라 내려 오는 것 같았고, 주민들은 벌써 거기서 뿜어져 나오는 열기를 느 낄 수 있었다.

'제비the Swallow' 가문과 '천궁the Heavenly Arch' 가문을 비롯한 많은 혈족 또한 나타나는데, 이들 가문에서 최고의 궁사들이 대 규모로 파견되어 성벽 옆 넓은 터에 정렬해 있었다. 제비 가문 요정들은 그들의 투구에 부채 모양의 깃털 장식을 달았고, 복장 은 백색과 진청색, 자주색과 검은색이었으며, 방패에는 화살촉 하나가 새겨져 있었다. 두일린이 그들의 영주로, 그는 달리기와 뜀뛰기가 가장 빠르고 명중률이 가장 높은 궁사였다. 천궁 가문 은 엄청난 부를 소유한 집안으로, 그들은 화려한 색의 복식을 하 였고 그들의 무기에는 보석이 박혀 있어서 공중에 붉은빛이 번 쩍거렸다. 이 부대의 모든 방패는 창공의 파란색이었고, 그 방패 의 중심부에는 일곱 가지 보석, 곧 루비와 자수정, 사파이어, 에 메랄드, 녹옥수, 토파즈, 호박으로 만든 보석이 있었고, 병사들 의 투구에는 커다란 오팔이 박혀 있었다. 에갈모스가 그들의 대 장으로, 그는 수정으로 만든 별을 단 파란색 외투를 입고 둥근 칼을 들고 있었다—놀돌리 중에는 에갈모스 외에 둥근 칼을 쓰 는 이는 아무도 없었다. 하지만 그는 칼보다 활을 더 믿었고, 무 리 중의 그 누구보다 멀리 활을 쏘았다.

'기둥the Pillar'이란 이름과 '눈의 탑the Tower of Snow'이란 명칭 의 가문도 있었는데, 두 집안 모두 최장신의 그노메인 펜로드의 지휘를 받았다. 또한 '나무the Tree' 가문도 나타났는데, 대단한 명문가인 그들은 초록의 복식을 하고 있었다. 그들은 무쇠가 단

109

추처럼 박힌 곤봉이나 투석기를 써서 전투를 치렀고, 그들의 영주 갈도르는 투르곤만 제외한다면 곤도슬림 가운데서 가장 용맹스러운 요정으로 인정받았다. '황금꽃the Golden Flower' 가문도 있었는데, 그들은 햇살이 뻗어 나오는 태양을 방패에 새겨 넣었고, 그들의 우두머리 글로르핀델의 망토는 금실로 수를 놓아 봄날의 들판처럼 애기똥풀꽃 가득한 마름모꼴이었다.

그런 다음 도시 남부에서 온 '분수the Fountain'의 사람들이 등장하는데, 엑셀리온이 그들의 영주였고 그들은 은과 금강석에서 기쁨을 얻었다. 그들이 휘두르는 장검은 밝으면서도 창백한 빛을 띠었고, 플루트의 음악에 맞추어 그들은 전장으로 향했다. 그들 뒤로 '하프the Harp'의 무리가 등장하는데, 이들은 용맹스러운 전사들의 부대였다. 하지만 그들의 지도자 살간트는 겁쟁이로 메글린에 붙어 알랑거리는 자였다. 그들은 은색 술과 금색 술로 치장하고 있었고, 검은 바탕에 그려진 그들의 문장 속에 은으로 만든 하프가 빛을 발했다. 하지만 살간트는 금으로 만든 하프를 지니고 있었고, 곤도슬림 모든 후예들의 전투에 혼자 말을 타고 나타났다. 그는 살이 찌고 땅딸막한 체구였다.

이제 마지막 부대가 등장하는데 바로 '분노의 망치the Hammer of Wrath' 가문이었다. 이 가문에서 최고의 대장장이와 기술자 들이 많이 배출되었는데, 이들은 그 어떤 아이누보다 대장장이 아울레를 숭상했다. 그들은 망치 모양의 커다란 철퇴로 전투를 치렀고, 두 팔의 완력이 무척 세어 무거운 방패를 썼다. 예전에 멜코의 광산을 탈출한 놀돌리가 이 가문에 많이 합류하였고, 따라서 멜코가 만들어 놓은 것이나 멜코의 악마 발로그들에 대한 이 가문의 증오는 엄청난 것이었다. 그들의 우두머리 로그는 그노메들 중에서 가장 힘센 인물로, 기백에 있어서 그는 나무 가문의 갈도르에 결코 뒤지지 않았다. 이 가문의 문양 표시는 '망치로 내려친 모루'로, 그들의 방패에는 불꽃이 번쩍이는 망치가 새겨져 있었고, 붉은 금과 검은 쇠가 그들이 좋아하는 것이었다. 이 부대는 수가 많고 또 그들 중에는 담력이 약한 자가 없었으며, 운명과 맞서는 이 싸움에서 그 모든 명문가 중에 이들이 최고의 영예를 누렸다. 하지만 그들은 불운의 가문으로 그 들판에서 살아서 나간 자 하나 없이 일족이 모두 로그 옆에 쓰러져 세상에서 자취를 감추었고, 그들과 함께 많은 기술과 재능 또한 영원히 소실되었다.

곤도슬림 열한 가문의 구성과 배치 및 가문의 표시와 문양은 이와 같았고, '날개the Wing'란 이름으로 불리는 투오르의 경호대는 열두 번째에 해당했다. 이제 대장의 얼굴에 암울한 기운이 서리고 표정에는 죽음을 무릅쓴 각오가 엿보이는데—성벽 위에 있는 그의 집에서는 이드릴이 직접 갑옷을 입고 에아렌델을 찾고 있었다. 아이는 잠자고 있던 방의 벽에 붉은색의 이상한 불빛이 어리는 것을 보고 울음을 터뜨렸다. 아이가 고집을 부릴 때 보모 멜레스가 '불같은 멜코' 이야기를 꾸며 내어 들려준 적이 있는데, 아이는 그 이야기를 떠올리며 불안해했다. 하지만 어머니가 다가와서 아이 몰래 만들어 둔 작은 사슬갑옷을 입히자 아이는 좋아하며 무척 씩씩해졌고 기뻐하며 소리까지 질렀다. 이드릴은 이 아름다운 도시와 자신의 근사한 저택, 그리고 거기서 함께한 투오르와 자신의 사랑을 정말로 소중하게 여기고 있었기에 슬피 눈물을 흘렸다. 하지만 그 도시가 이제 눈앞에서 무너질지도 모른다는 생각을 하면서, 이드릴은 자신의 계획이 뱀들의 공포가 초래한 가공할 무력으로 인해 실패할지도 모른다고 우려하였다.

자정이 되려면 아직 네 시간을 더 있어야 했지만, 북쪽과 동쪽, 서쪽 하늘은 시뻘겋게 물들어 있었다. 무쇠 뱀들이 툼라덴평원에 당도하고 불꽃 괴물들도 산비탈 밑에 도착해 있어서, 경비병들은 주변을 샅샅이 뒤진 발로그들에게 붙잡혀 끔찍한 고통을 당하고 있었다. 크리스소른, 곧 '독수리의 틈'이 있는 남쪽 끝지역만 예외였다.

이때 투르곤이 회의를 소집하여 투오르와 메글린이 왕실 영주의 자격으로 그 자리에 참석했다. 뒤이어 두일린은 에갈모스와 장신의 펜로드를 데리고 왔고, 로그는 나무 가문의 갈도르, 황금빛 글로르핀델, 음악 소리의 엑셀리온과 함께 성큼성큼 그곳에 들어왔다. 살간트 역시 소식을 듣고 부들부들 떨면서 들어섰고, 지체는 낮으나 기백은 더 늠름한 다른 귀족들이 좌우에 도열하였다.

그러자 투오르가 입을 열었고, 곧 평원에 불빛과 열기가 퍼지기 전에 즉시 강력한 기습공격을 감행해야 한다는 자신의 생각을 밝혔다. 많은 이들이 이를 지지하였지만, 소녀와 부인, 아이들을 가운데에 세우고 전군이 이 공격에 참여할 것인지, 아니면 각각의 부대가 서로 다른 방향으로 공격할 것인지 의견이 갈렸고 투오르는 후자 쪽으로 기울었다.

하지만 메글린과 살간트는 따로 머리를 맞대고 궁리를 하고는 도시를 사수하여 그 안에 있는 보물들을 지키는 쪽으로 결정했다. 메글린이 이렇게 한 것은 간교한 속임수였는데, 어떤 놀돌리도 자신이 그들에게 덮어씌운 운명을 벗어나지 못하게 하기 위해서였고, 또 자신의 배신이 드러나 훗날 혹시 복수라도 당할까 두려워해서였다. 살간트도 메글린의 주장을 지지하면서 도시 밖으로 나가는 것을 대단히 두려워했는데, 들판에서 강력한 타격을 입는 것보다 난공불락의 요새에서 전투를 치르는 것이 낫다는 이유를 댔다.

그리하여 두더지 가문의 영주가 투르곤의 한 가지 약점을 건드리며 말했다. "아! 왕이시여, 곤돌린시에는 많은 보석과 금속과 재화가 있고 그노메들의 손으로 만든 지고의 아름다움을 자랑하는 물건들이 있습니다. 폐하의 영주들은—외람되지만, 지혜롭기보다는 용감한 이들이라서—이것들을 모두 '대적'에게 넘겨주고 말 것입니다. 비록 평원에서 승리를 거둔다 한들, 도시는 약탈당해 발로그들은 막대한 전리품을 챙겨 갈 것입니다." 투르곤은 신음 소리를 내며 고민에 빠졌다. 메글린은 아몬 과레스 위에 세운 도시의 부와 아름다움을 투르곤이 얼마나 사랑하는지 알고 있었던 것이다. 메글린이 더욱 강한 어조로 다시 말했다. "아! 그 무수한 세월 동안 난공불락의 두터운 성벽을 쌓고 천하무적의 위용을 자랑하는 성문을 만들기 위해 공들인 것이 다 허사란 말입니까? 아몬 과레스 언덕 위의 무장武裝이 저 골짜기 바닥같이 초라하며, 그 언덕 위에 쌓아 놓은 무기와 수많은 화살이 이 위기의 순간에 폐하께서 모두 포기할 만큼 하찮은 것이란 말인지요? 강철과 불로 무장한 적군의 발길이 대지를 유린하고 에워두른산맥은 그들의 요란한 발소리로 시끄러운데, 폐하께서는 맨손으로 대적들 앞에 나서려는 것인가요?"

살간트는 그 생각을 하며 겁을 먹고 있다가 시끄럽게 소리를 질렀다. "메글린의 이야기가 맞습니다. 오, 폐하, 메글린의 이야기를 들으소서." 그러자 영주들은 모두 다른 의견을 냈지만—아니 바로 그 다른 의견 때문에—왕은 그 둘의 이야기를 받아들였다. 그리하여 왕의 지시에 따라 이제 전 병력은 그들의 성벽에 대한 공격에 수비로 맞서게 되었다. 그러나 투오르는 눈물을 흘리며 왕의 회의실을 나왔고, '날개'에 속하는 군사들을 모아 집으로 가는 길로 향했다. 그 시각 거대한 불빛이 요란하게 일었고, 숨 막히는 열기와 시커먼 연기, 악취가 도시로 들어가는 길 주변에 자욱했다.

그때 괴물들이 골짜기를 건너왔고 그들의 눈앞에서 곤돌린의 흰 성탑이 시뻘겋게 물들었다. 아무리 용맹스러운 이들이라 하더라도 청동과 무쇠로 만든 뱀들과 화룡火龍이 이미 도시의 언덕 주변에 출몰하는 것을 보고 두려움에 떨지 않을 수 없었다. 그들은 괴물들을 향해 활을 쏘았지만 소용이 없었다. 그렇지만 일말의 희망이 있었다. 아몬 과레스 언덕이 경사가 급하고 미끄럽고 불을 끄기 위해 언덕 비탈에 물을 쏟아부은 까닭에 불뱀들이 언덕을 오르지 못할 수도 있었기 때문이다. 하지만 뱀들은 언덕 발치 근처에 엎드려 있었고, 아몬 과레스의 물길과 뱀들의 화염이 함께 쏠리는 쪽에 거대한 증기가 일었다. 그러자 엄청난 열기가 번지면서 여자들은 정신이 혼미해지고, 남자들은 갑옷 속에서 땀을 흘리며 기진맥진했으며, 왕의 분수를 제외한 도시의 모든 수조가 달아오르며 연기가 났다.

하지만 이때 멜코 군대의 대장이자 발로그들의 군주인 고스모그가 회의를 마치고 전방에 있는 모든 장애물의 둘레와 위를 똬리처럼 감아 올라갈 수 있는 무쇠 무기를 모두 소집하여, 이들에게 북문 앞에서 쌓아 올라가도록 하였다. 놀랍게도 그들이 만든 거대한 첨탑은 북문의 문턱까지 올라갔고, 성탑과 주변의 보루에 강한 충격을 주었다. 그들의 엄청난 무게 때문에 성문이 무너지고 그로 인해 무지막지한 굉음이 일었지만, 아직 주변의 성벽은 대부분 굳건히 버티고 있었다. 그때 왕의 병기와 투석기에서 그 무시무시한 짐승들을 향해 화살과 돌과 녹인 금속이 쏟아졌고, 그 충격에 놈들의 텅 빈 배에서는 쨍쨍 소리가 났다. 하지만 그것도 아무 소용이 없어서 괴물들은 쓰러지지 않았고 불꽃이 놈들을 밀어냈다. 그리고 그들의 몸체 중간쯤에서 최상단부가 열리더니 수없이 많은 오르크, 곧 증오의 고블린들이 쏟아져 나와 성벽의 갈라진 틈으로 쏟아져 들어갔다. 그들의 언월도에 대해, 또 그들이 큼직한 날의 창을 휘두를 때 일던 섬광에 대해 그 누가 이야기를 전해 주겠는가?

그때 로그가 천지를 진동하는 고함을 질렀고, '분노의 망치'와 '나무' 가문의 혈족과 용사 들이 '용감무쌍 갈도르'와 함께 적을 향해 덤벼들었다. 그들이 휘두른 거대한 망치와 무지막지한 곤봉 소리가 에워두른산맥에 울려 퍼졌고 오르크들은 추풍낙엽처럼 쓰러졌다. '제비'와 '천궁' 가문의 요정들이 그들을 향해 가을날의 검은 비처럼 화살을 쏟아부었고, 오르크와 곤도슬림 모두 연기와 대혼란 속에 바닥에 쓰러졌다. 필사적인 전투였지만,

곤도슬림은 그 용맹스러움에도 불구하고 중과부적으로 서서히 뒤로 밀려났고 결국 고블린들이 도시 북단의 일부를 점령했다.

이때 투오르는 난리판의 거리를 헤치고 나아가는 '날개' 무리의 선두에 서 있고, 집으로 겨우 들어가던 중 눈앞에서 메글린을 발견한다. 북문 근처에서 막 전투가 시작되고 도시가 아비규환에 빠졌을 것으로 믿은 메글린은 자신의 계획을 완성하기 위해 이 시간을 기다리고 있었던 것이다. 메글린은 투오르의 비밀 땅굴에 대해 상당한 정보를 파악하였지만(하지만 마지막 순간에야 이 정보를 얻었고 전모를 알지는 못했다), 왕이나 다른 누구에게는 아무 말도 하지 않았다. 그는 속으로 그 땅굴이 결국 도시와 가장 가까운 지점인 탈출로 쪽으로 연결될 것이라고 확신하였고, 이를 자신에게 유리하고 놀돌리에게는 불리하게 이용하려는 심산이었던 것이다. 그는 대단히 은밀하게 멜코에게 밀사를 보내어 공격이 개시될 시점에 탈출로의 외부 출구 주변을 지키도록 했다. 그리고 자신은 이제 에아렌델을 붙잡아 성벽 아래 불 속에 집어 던지고 이드릴을 포로로 삼아 자신을 그 비밀 통로로 인도하도록 압박할 참이었다. 그런 다음 그녀를 데리고 이 화염과 학살의 아수라장을 빠져나가 멜코의 나라로 들어가는 것이 그의 계획이었다. 그런데 메글린은 이 끔찍한 난리판에 멜코가 자신에게 준 비밀 징표가 과연 쓸모가 있을지 걱정이 됐고, 그래서 그 아이누를 도와 자신의 안전보장 약속을 지키도록 해야겠다는 생각을 했다. 하지만 그는 투오르가 그 대화재 속에 틀림없이 죽었을 것이라고 확신하고 있었는데, 왜냐하면 살간트에게 투오르로 하여금 왕의 궁정에서 늦게 나와 곧바로 끔찍한 전장으로 향하도록 유인하는 임무를 맡겨 놓았기 때문이다. 하지만 아! 죽는 것이 너무 무서웠던 살간트는 말을 타고 집으로 가서 침대 위에 벌벌 떨며 누워 있었던 것이다. 그래서 투오르는 날개의 무리와 함께 집으로 향했다.

투오르는 요란한 싸움터에 뛰어들고 싶은 전의戰意가 충만했지만 이렇게 집으로 온 것은 이드릴과 에아렌델에게 작별 인사를 하기 위해서였다. 경호원을 붙여 그들을 신속하게 비밀 통로로 내려보낸 다음, 전장의 동료들에게 돌아가 죽음을 무릅쓰고 싸울 각오를 하고 있었던 것이다. 하지만 그는 자기 집 문간에 북새통을 이루고 있는 두더지 일족을 발견하는데, 이들은 메글린이 이 도시에서 끌어모을 수 있는 가장 험상궂고 가장 포악한 자들이었다. 하지만 그들은 자유 놀돌리로 자기들의 대장처럼 멜코의 저주에 걸려 있지 않았고, 그래서 메글린 휘하에 있기는 하나 그의 욕지거리에도 불구하고 그의 계획에 관여하지 않으려 했으며, 또 한편으로 이드릴을 도와줄 생각도 없었다.

이제 메글린은 에아렌델이 불꽃 속으로 떨어지는 모습을 이드릴에게 보여 주기 위해 잔인하게도 그녀의 머리채를 잡고 흉벽 쪽으로 끌고 나왔다. 하지만 아이가 방해를 하였고, 또 이드릴은 아름답고 가녀린 몸매에 또 혼자인데도 불구하고 마치 암호랑이처럼 용감하게 저항하였다. 이런 악다구니 속에 메글린의 걸음이 주춤하고 비틀거리는 찰나에 날개의 무리가 가까이 다가왔다. 오호라! 투오르가 엄청난 고함을 질렀고, 멀리서 이 소리를 들은 오르크들은 소리만 듣고도 몸을 부르르 떨었다. 폭풍이 몰아치듯 날개 무리의 호위대가 두더지 부대 가운데로 뛰어들자 그들은 양쪽으로 갈라졌다. 이를 본 메글린은 들고 있던 단검으로 에아렌델을 찌르려고 했지만 아이가 그의 왼손을 물었다. 얼마나 세게 물었던지 메글린은 휘청거리며 힘없이 아이를 찔렀고, 칼날은 작은 갑옷의 사슬 때문에 옆으로 미끄러졌다. 이에 투오르가 그를 덮쳤고 그의 분노는 차마 눈으로 볼 수 없을 만큼 끔찍했다. 그는 단검을 들고 있던 메글린의 손을 잡아채고 무기를 써서 그의 팔을 꺾었고, 그런 다음 그의 허리께를 끌어안고 성벽 위로 뛰어올라 바깥으로 멀리 내동댕이쳤다. 그의 몸뚱어리가 떨어지는 장면은 끔찍하기 짝이 없었고, 그는 세 번이나 아몬 과레스에 부딪친 다음에야 불구덩이 한가운데에 처박혔다. 메글린의 이름은 이렇게 치욕 속에 엘다르와 놀돌리 요정들 사이에서 사라졌다.

그러자 두더지 일족의 전사들은 작은 규모의 날개 무리보다 수가 많은 데다 영주에 대한 충성심까지 더해 투오르에게 덤벼들었다. 엄청난 공방이 벌어졌지만 누구도 투오르의 분노 앞에서 버틸 재간이 없었다. 그들은 압박에 밀려 눈에 들어오는 검은 구멍이라면 어디라도 찾아 달아나거나 성벽 너머로 몸을 던졌다. 그런 다음 투오르와 부하들은 북문에서 벌어지는 싸움터로 가야 했다. 그쪽에서는 엄청나게 요란한 소리가 들렸고, 투오르도 그때까지는 내심 도시가 살아남을 수도 있겠다는 희망을 품었다. 투오르는 보론웨가 원하지 않는데도 불구하고 그에게 이드릴과 함께 있어 달라는 부탁을 했고, 자기가 싸움터에서 돌아오거나 전갈을 보낼 때까지 아내를 지키도록 병사 몇 명을 배치했다.

　북문 앞 전투는 실로 참혹하여, 제비 일족의 두일린은 성벽 위에서 활을 쏘다가 아몬 과레스 아래 바닥으로 뛰어든 발로그들의 불화살을 맞고 흉벽에서 떨어져 모습이 보이지 않았다. 그러자 발로그들은 계속해서 마치 작은 뱀들이 하늘로 올라가듯 크고 작은 불화살을 쏘아 올렸고, 화살은 곤돌린의 지붕과 정원에 떨어졌다. 급기야 모든 나무는 누렇게 말라붙고 꽃과 풀은 잿더미가 되고 흰 성벽과 열주列柱는 시커멓게 그을리고 말았다. 하지만 더 심각한 것은 한 무리의 악마들이 강철 뱀들이 몸을 꼬아 만들어 놓은 높은 곳으로 올라와 거기서 활과 투석기로 쉬지 않고 공격을 퍼붓는 것인데, 이렇게 시작한 도시의 불길은 수비군의 본진 후방까지 넘볼 지경이 되었다.

　그때 로그가 큰 소리로 외쳤다. "지금 발로그들의 저 모든 협박을 두려워하는 자 누구인가? 긴 세월 동안 놀돌리의 후예들을 괴롭혀 온 가증스러운 놈들이 눈앞에 보이지 않는가? 놈들이 불화살로 우리의 등 뒤에 불을 지르고 있구나. 너희 '분노의 망치' 용사들이여, 가자, 저 사악한 놈들을 응징할 것이다." 그리고 그는 손잡이가 긴 철퇴를 들어 올렸다. 그렇게 무너진 문 위로 뛰어올라 분노의 공격을 개시하면서 그가 전방에 길을 내자, '망치로 내려친 모루'의 모든 군대는 쐐기 대형으로 달려 나갔고, 그들의 눈에는 타오르는 분노의 불꽃이 이글거렸다. 놀돌리들이 노래 속에 찬양하듯이, 그 공격은 대단한 무용이었고 수많은 오르크가 뒤로 밀려나 아래쪽 불 속으로 추락하였다. 하지만 로그의 군대는 심지어 똬리를 튼 뱀들 위로 뛰어올라 발로그들에게 덤벼드는데, 발로그가 화염 채찍과 강철 발톱을 가지고 있고 덩

치도 그들보다 훨씬 컸지만 그들에게 통렬한 타격을 가했다. 이들은 발로그들을 공격하여 꼼짝도 못 하게 만들었고, 채찍을 낚아채어 거꾸로 그들에게 휘둘러 발로그들이 이전에 그노메들을 괴롭힌 것과 똑같이 그들을 괴롭혔다. 목숨을 잃은 발로그의 수는 놀랄 만큼 많았고, 이에 멜코의 무리는 두려움에 떠는데 그날 이전에는 어떤 발로그도 요정이나 인간의 손에 목숨을 잃은 적이 없었기 때문이다.

발로그들의 군주인 고스모그는 도시에 퍼져 있는 악마들을 모두 결집시켜 명령을 하달하였다. 이에 따라 일군의 무리가 망치 부대를 향해 나아가 그들과 맞서고, 본진은 측면으로 우회하여 그들의 후방으로 가서 똬리를 튼 뱀들 위에서 북문과 더 가까운 지점으로 접근하였다. 로그의 부대가 후방으로 물러설 때 상당한 피해를 감수하게 할 작정이었던 것이다. 하지만 이를 간파한 로그는 그들이 바라는 대로 후방으로 가지 않고 전 병력을 동원하여 그들 앞에 있는 적군을 향해 돌진하였고, 적군은 무슨 꼼수를 부리는 것이 아니라 정말로 겁을 먹고는 그의 눈앞에서 달아났다. 그들은 아래쪽 평원까지 쫓겨 내려갔고, 그들의 비명이 툼라덴의 하늘 위에 울려 퍼졌다. 그리하여 망치 가문은 공포에 사로잡힌 멜코의 부대를 칼로 베고 찌르며 공격하는데, 하지만 그들은 결국 엄청난 오르크와 발로그 무리에 포위당했고 급기야 화룡이 그들을 덮치고 말았다. 무쇠와 불꽃이 그들을 덮치는 마지막 순간까지 그들은 로그 옆에서 적을 베어 넘기다가 결국 전멸하고 말았다. 요정들의 노래 속에는 분노의 망치의 요정들이 자기 한목숨 잃기까지 적군 일곱의 목숨을 앗아 갔다는 전설이 전해 내려온다. 로그가 죽고 그의 부대가 괴멸되자 곤도슬림은 더욱더 공포에 사로잡혀 도시 안쪽으로 후퇴하는데, 그곳 도로변에서 펜로드가 등을 벽에 기댄 채 목숨을 잃었고, 기둥과 눈의 탑에 속하는 많은 일족이 그를 에워싸고 있었다.

그리하여 이제 멜코의 고블린들은 북문과 양쪽 성벽의 대부분 구역을 장악하였고, 제비와 무지개(천궁 가문을 가리킴—역자 주) 가문에 속하는 많은 이들이 그곳까지 밀려와 최후를 맞았다. 적들은 도시 내부에서는 이미 중심부 가까이 있는 넓은 공간을 장악하고 있었고, 궁정 광장에 인접해 있는 샘터도 멀지 않은 곳에 있었다. 하지만 도로 주변과 출입문 근처에 그들의 전사자들의 시신이 무더기로 여기저기 쌓여 있었고, 그리하여 그들은 진입을 멈추고 작전 회의를 하였다. 용감무쌍한 곤도슬림으로 인해 예상보다 많은 병력을 잃었고, 상대편 수비병들보다 훨씬 더 많은 전사자가 났던 것이다. 그들은 발로그들 때문에 상당한 용기와 자신감을 얻고 있었기 때문에, 그 악마들을 상대로 로그가 대량 살상을 행하자 겁을 먹었던 것이다.

그리하여 그들은 일단 현재 확보한 곳을 지키는 쪽으로 전략을 세웠다. 그러는 동안 적을 밟아 뭉개는 큼직한 발을 가진 청동 뱀들이 무쇠 뱀들을 타고 위로 천천히 올라갔고, 이들이 성벽에 이르자 발로그들이 화룡을 타고 통과할 수 있는 돌파구가 만들어졌다. 하지만 그들은 이 작전을 신속하게 완료해야 한다는 것을 알고 있었다. 용의 화기火氣는 오직 멜코가 자기 땅의 요새에 만들어 둔 불의 우물에서만 보충할 수 있는 까닭에 무한정 지속될 수는 없었기 때문이다.

그러나 그들의 연락병이 빠르게 움직이는 바로 그 순간에 그들은 곤도슬림 무리의 한가운데서 울려 퍼지는 아름다운 음악을 들었고, 그것이 무엇을 뜻하는지 알고 있었기에 공포에 사로잡혔다. 오호라! 투르곤이 지금까지 아껴 두고 있던 엑셀리온과 분수의 요정들이 나타난 것이다. 투르곤은 자기 탑의 높은 곳에서 전황을 모두 주시하고 있었다. 이 요정들은 그들의 플루트로 장엄한 연주를 하며 행군을 하였고, 수정과 은으로 장식한 그들의 복식은 시뻘건 불빛과 폐허의 어둠 속에 무척 아름다운 광경이었다.

그러다가 갑자기 그들의 음악이 멈추면서 아름다운 목소리의 엑셀리온이 칼을 뽑으라고 소리쳤고, 오르크들이 그의 공격 낌새를 알아차리기도 전에 요정들의 푸르스름한 칼날이 번쩍하더니 오르크들 사이로 비집고 들어갔다. 전하는 바로는 엑셀리온의 부대가 거기서 죽인 고블린의 수가 엘달리에가 그들과 벌인 모든 전투에서 죽인 고블린보다 더 많았다고 한다. 그리하여 그의 이름은 오늘날까지도 고블린들 사이에서는 공포의 대상이 되고, 엘다르에게는 공격 개시의 신호가 되었다.

이제 투오르와 날개의 군대는 전투에 뛰어들어 엑셀리온과 분수의 군대에 합류하였고, 함께 무시무시한 공격을 가하거나 서로 적으로부터 날아온 타격을 막아 주기도 하면서 오르크들을 몰아붙여 거의 성문 가까이 진입하였다. 그러나 아, 대지가 육중하게 흔들리고 쿵, 쿵 하는 소리가 들려왔다. 용들이 막강한 무력으로 아몬 과레스로 올라가는 길을 트고 도시의 성벽을 파괴하기 시작한 것이다. 이미 성벽이 허물어져 틈이 생겼고, 석재가 어지럽게 뒤엉키면서 경비탑이 무너져 난장판이 되었다. 뒤엉킨 잔해 속에서 제비와 천궁 부대가 치열한 전투를 치르면서 성벽을 장악하기 위해 적을 동쪽과 서쪽으로 몰아내고 있었다. 하지만 투오르가 거의 오르크들을 몰아내는 순간, 황동 뱀 중의 하나가 서쪽 성벽에 몸을 내던지자 성벽의 상당 부분이 우르르 흔들리더니 무너져 내렸고 그 뒤로 발로그들이 올라탄 불덩어리 괴물이 나타났다. 짐승의 아가리에서 화염 돌풍이 뿜어져 나오자 병사들은 그 앞에서 맥없이 쓰러졌고, 투오르의 투구에 달린 날개도 시커멓게 변하고 말았다. 하지만 투오르는 일어나 근처에 있는 자신의 경비대와 천궁, 제비 가문의 병사를 있는 대로 모두 불러 모았고, 그의 오른쪽에는 엑셀리온이 남부의 분수 소속 요정들을 집결시켜 두고 있었다.

오르크들은 용들이 나타나자 다시 기운을 냈고, 갈라진 틈으로 쏟아져 들어온 발로그들과 합세하여 곤도슬림에 대한 무자비한 공격을 개시하였다. 그곳에서 투오르는 오르크 영주 오스로드의 투구를 갈라 그의 목숨을 빼앗았고, 발크메그는 갈기갈기 조각을 내어 죽이고 루그는 도끼로 살해하여 두 다리를 무릎에서 절단하였다. 하지만 엑셀리온은 한칼에 두 명의 고블린 대장을 베었고, 그들 중 최강자인 오르코발의 머리를 밑으로 두 쪽을 내버렸다. 이 두 영주의 경탄할 만한 무용 덕분에 그들은 급기야 발로그 앞에까지 진출하였다. 엑셀리온은 이 힘의 악마들 중에서 셋을 베었는데, 그의 검에서 나온 빛나는 섬광이 그들의 칼을 동강 내고 그들의 화염을 위축시키자 그들은 고통스럽게 몸을 비틀었다. 하지만 그들이 더 무서워했던 것은 투오르가 현란하게 휘두르는 도끼 드람보를레그였다. 왜냐하면 도끼는 선회하는 독수리의 날개처럼 소리를 내며 허공을 가로지르다가 떨어지면서 앞에 있는 다섯 발로그의 목숨을 저승으로 보냈던 것이다.

하지만 소수가 다수를 상대로 하는 싸움은 늘 한계가 있는 법, 엑셀리온은 발로그의 채찍을 맞아 왼팔이 찢어지는 상처를 입었고, 불의 용이 무너진 성벽 속으로 가까이 다가오는 순간 방패를 땅바닥에 떨어뜨리고 말았다. 그래서 엑셀리온은 투오르의 도움을 받아야 했고, 짐승의 육중한 두 발이 그들을 거의 깔아뭉갤 찰나였지만 투오르는 엑셀리온을 버려두고 떠날 수 없었다. 투오르가 짐승의 한쪽 발을 칼로 찌르자 불꽃이 뿜어져 나왔고, 용은 철썩하며 꼬리를 한 번 치고 괴성을 질렀다. 오르크와 놀돌리 모두 그곳에서 많은 전사자를 감수해야 했다. 투오르는 온 힘을 다해 엑셀리온을 들어 올렸고, 옆에 모여든 남은 병력 사이로 용을 피해 달아났다. 하지만 짐승은 잔류 병력을 상대로 끔찍한 살상을 저질렀고, 곤도슬림은 심각한 타격을 입었다.

이렇게 하여 펠레그의 아들 투오르는 후퇴하면서도 싸움을 계속하며 적을 상대하였고, 결국 전장에서 '샘물의 엑셀리온'을 데리고 나오는 데 성공하였다. 하지만 용들과 적군은 도시의 절반, 특히 북부는 전 지역을 장악하고 말았다. 그런 뒤에 그들은 거리를 활보하며 약탈을 일삼고 집 안을 구석구석 뒤졌으며, 어둠 속에서 남녀노소를 가리지 않고 목숨을 빼앗았다. 그리고 가능한 경우에는 많은 요정들을 포로로 잡아 무쇠 용들 사이에 있는 쇠로 만든 방에 던져 넣었다가 나중에 끌고 가서 멜코의 노예로 삼을 작정이었다.

이제 투오르는 북쪽에서 안으로 들어가는 도로를 따라 '공중 우물 광장'에 이르렀고, '인웨의 아치' 앞에서 갈도르가 서쪽에서 진입하는 일군의 오르크들을 저지하고 있는 것을 발견했다. 하지만 갈도르의 주변에 이제 나무의 군대는 극소수만 남아 있었다. 이곳에서 갈도르는 투오르의 목숨을 구하게 되는데, 투오르가 어둠 속에 쓰러져 있는 시체 때문에 발을 헛디뎌 넘어지는 바람에 엑셀리온을 둘러멘 채 갈도르의 부하들 뒤에 쓰러지고 말았기 때문이다. 갈도르가 황급히 달려와서 그의 곤봉의 위력을 보이지 않았다면 둘 다 오르크들에게 사로잡힐 뻔했던 것이다.

날개의 경비대와 나무 가문 및 분수 가문, 그리고 막강한 부대로 연합한 제비와 천궁 일족의 병사들이 여기저기 흩어져 있었는데, 이들은 모두 인근에 있는 왕의 광장이 방어하기에 더 좋다는 투오르의 제안에 따라 우물 광장을 포기하였다. 우물 광장은 예전에는 깊이가 엄청나게 깊고 무척 깨끗한 물이 나오는 거대한 우물이 있었고, 그 둘레에 참나무와 미루나무 등 아름다운 나무들이 많이 있었다. 하지만 이제 그곳은 끔찍스러운 멜코 족속의 난동과 추악한 모습으로 가득했고, 우물도 적군의 시신들로 오염되어 있었다.

이렇게 하여 투르곤 왕궁의 광장에 수비군의 용맹스러운 병사들이 마지막으로 집결하게 된다. 그들 중에는 부상을 입거나 정신이 혼미한 이들이 많았고, 투오르는 밤새 벌인 격전과 죽은 듯이 기절한 엑셀리온의 무게 때문에 힘이 들었다. 투오르가 연합부대를 이끌고 서북 방향에서 '아치 도로'를 따라 진입할 즈음(그들은 자신들의 뒤로 적이 따라오지 못하도록 최대한의 방비를 했다), 광장 동쪽에 함성이 일었고, 놀랍게도 글로르핀델이 마지막 남은 황금꽃 일족을 이끌고 도시 안쪽으로 떠밀려 들어오고 있었다.

이들은 도시 동쪽의 대시장大市場에서 격전을 치르고 나타난 것인데, 우회로를 이용하여 성문 근처의 싸움터로 가다가 불시에 발로그들이 이끄는 오르크 병력의 기습을 받았던 것이다. 그들이 우회로를 택한 것은 적의 왼쪽 측면을 공격하기 위해서였는데, 거꾸로 매복해 있던 적의 습격을 받고 말았다. 그곳에서 그들은 몇 시간 동안 치열한 전투를 치렀지만 결국 무너진 틈으로 새로 나타난 화룡에게 제압당했고, 글로르핀델은 천신만고 끝에 소수의 부하만 데리고 탈출할 수 있었던 것이다. 하지만 많은 상점과 훌륭한 기술로 만든 좋은 물건들이 있던 시장은 화염 속에 폐허가 되고 말았다.

전하는 이야기에 의하면 투르곤은 글로르핀델이 보낸 사자로부터 긴급 상황을 보고받고 그들을 지원하기 위해 하프의 군대를 내보냈다. 하지만 살간트는 이 지시를 그들에게 전하지 않고 자신이 살고 있는 남쪽의 소시장小市場 광장을 수비하라는 명령을 내렸고 그들은 거기서 초조하게 대기하고만 있었다. 그렇지만 이제 그들은 살간트의 명을 거역하고 왕궁 앞에 모습을 나타냈다. 승리를 눈앞에 둔 적이 글로르핀델을 꼼짝달싹 못하게 압박하고 있었기 때문에 그들의 등장은 무척 적절한 시점이었다. 하프의 군대는 불시에 이들을 향해 전력을 다해 덤벼들었고, 적군을 시장으로 다시 몰아냄으로써 자신들의 겁쟁이 영주의 소심함에 대해 확실히 보상하였다. 지도자가 없었기에 그들의 분노는 더욱 걷잡을 수 없었고, 결국 많은 병사들이 화염 속에 떨어지거나 그 속에서 흥청거리는 뱀의 콧김 앞에 쓰러지고 말았다.

투오르는 이제 큰 분수에서 물을 마시고 정신을 차렸고, 엑셀리온의 투구를 벗겨 물을 마시게 하면서 그의 얼굴에 물을 적시자 엑셀리온이 의식을 회복하였다. 그리하여 투오르와 글로르핀델 두 영주는 광장을 정리하고 수습이 가능한 대로 병사들을 모두 소집하여 입구 쪽에서 물러난 다음 남쪽 방향을 제외하고는 모든 입구에 방어벽을 설치했다. 그때 바로 남쪽에서 에갈모스가 나타났다. 그는 성벽 위에서 병기를 담당하고 있었지만, 오래전부터 현재 상황은 흉벽 위에서 활을 쏠 것이 아니라 시가에서 무기를 휘두를 때라고 판단하였고, 그래서 주변에 있는 천궁과 제비에 속하는 병사 일부를 불러 모으고 자신의 활을 버렸다. 그런 다음 그들은 시내를 돌아다니며 적군을 만날 때마다 시원하게 해치웠다. 그는 그렇게 포로로 잡힌 많은 이들을 구출하였고, 떠돌아다니거나 쫓겨 다니는 상당수의 병사들을 규합하여 힘겨운 싸움을 치른 끝에 왕의 광장에 이른 것이었다. 요정들은 에갈모스가 죽었다고 생각하고 있었기에 그를 반갑게 맞이하였다. 왕궁을 직접 찾아오거나 에갈모스가 데리고 온 여자와 아이 들이 궁정에 빼곡하니 들어찼고, 각 가문의 지도자들은 최후의 일전을 준비하고 있었다. 그 생존자 무리에는 분노의 망치를 제외한 모든 가문이, 많지 않은 인원이나마 조금씩 포함되어 있었다. 왕의 가문은 병사들이 아직 건재했는데, 이를 수치로 여길 수 없는 것은 그들은 끝까지 온전하게 살아남아 왕의 신변을 보호하는 것이 임무였기 때문이다.

하지만 이제 멜코의 진영에서는 병력을 결집하여 일곱 마리의 화룡이 오르크들을 거느리고 나타났고, 발로그들이 그 위에 올라타고 북쪽과 동쪽, 서쪽에서 왕의 광장을 향해 시내 쪽으로 진입하고 있었다. 그리고 방어벽 곳곳에서 살육이 벌어져 에갈모스와 투오르는 방어벽 이쪽저쪽을 분주하게 뛰어다녔다. 하지만 엑셀리온은 분수 옆에 누워 있었다. 모든 노래와 옛이야기에는 이날의 전투가 가장 처절하고 용맹스러운 저항이었다고 기록되어 있다. 하지만 결국 용 한 마리가 북쪽 방어벽을 훼파하고 마는데, 이전에 장미 골목 입구가 있던 이곳은 관상觀賞과 산책의 명소였지만 이제는 소음이 가득한 어둠의 골목으로 변해 있었다.

투오르는 짐승이 진입하는 길을 가로막고 나섰으나 에갈모스와 떨어졌고, 적들은 그를 거의 분수 근처에 있는 광장 중심부까지 밀어냈다. 거기서 투오르는 거의 질식할 것 같은 열기 때문에 기력을 소진했고, 거대한 악마, 곧 멜코의 아들이자 발로그들의 군주인 고스모그는 투오르를 땅바닥에 내동댕이쳤다. 하지만, 오호라! 엑셀리온이, 잿빛 강철 같은 창백한 얼굴로 옆구리에 팔방패를 차고 나타난 그노메 엑셀리온이 성큼성큼 걸어와 쓰러지는 투오르를 뛰어넘어 악마에게 덤벼들었다. 하지만 그는 악마에게 죽음을 선사하지는 못하고 오히려 칼을 든 팔을 다쳐 칼을 놓치고 말았다. 그러자 놀돌리 중에서 가장 수려한 요정, 샘물의 영주 엑셀리온은 공중으로 뛰어올라 막 채찍을 휘두르는 찰나의 고스모그에게 정면으로 덤벼들었고, 끝에 못이 달린 자신의 투구를 놈의 사악한 심장 속으로 깊숙하게 찔러 넣은 다음 자신의 두 다리로 적의 허벅지를 휘감았다. 발로그는 비명을 지르며 앞으로 고꾸라졌고, 요정과 악마는 함께 왕의 분수 그 아주 깊은 물속으로 떨어지고 말았다. 악마는 그곳에서 죽음을 맞았고, 강철의 무게로 몸이 무거운 엑셀리온도 깊은 물속에 가라앉고 말았다. 이렇게 샘물의 영주는 불꽃 같은 전투를 치르고 차디찬 물속에서 생을 마감했다.

엑셀리온의 공격으로 틈이 생긴 투오르는 몸을 일으켰고, 엑셀리온의 엄청난 무용을 목격하고는 그 수려한 샘물의 그노메에 대한 사랑으로 눈물을 흘렸다. 하지만 치열한 전투가 벌어지는 중이었기 때문에 왕궁 근처에 있는 병력 쪽으로 이동하기는 쉽지 않았다. 적군은 그들의 원수元帥인 고스모그가 추락하는 것을 보고 공포에 사로잡혀 동요하였고, 이를 본 왕의 가문에서는 공격을 개시하여 찬란한 위용 속에 왕이 아래로 내려와 그들과 함께 칼을 휘둘렀다. 이리하여 그들은 다시 광장의 상당 부분을 장악하였고, 무려 40마리나 되는 발로그를 죽이는데 이는 실로 대단히 엄청난 전공이었다. 하지만 그들은 그보다 훨씬 위대한 전공을 올렸으니, 화염을 무릅쓰고 화룡 한 마리를 에워싸고 그를 분수 쪽으로 밀어붙여 결국 용이 물속에서 최후를 맞게 만들었던 것이다. 그 아름다운 분수는 그렇게 명을 다하고 말았다. 연못은 증기로 변하면서 샘이 말라붙어 다시는 하늘로 물을 뿜어내지 못했고, 거대한 증기 기둥이 되어 하늘로 올라가 거기서 온 세상을 떠도는 구름이 되었다.

그렇게 분수가 운명을 다하고 나자 모든 이들의 마음속에 공포가 엄습하였다. 광장은 끓어오르는 열기로 가득한 증기와 한 치 앞을 볼 수 없는 연기로 가득 찼고, 왕의 가문 요정들은 거기서 열기와 적과 뱀들 때문에 그리고 또 자기편의 손에 의해 목숨을 잃었다. 하지만 그중 일부는 왕을 구출하였고, 그들은 글링골과 반실 나무 밑에 집결하였다.

그때 왕이 입을 열어 "위대하도다, 곤돌린의 몰락이여"라고 말했고, 이에 요정들은 몸을 떨었다. 그 말은 바로 고대의 예언자 암논이 남긴 예언이었기 때문이다. 하지만 투오르는 비탄한 마음과 왕에 대한 사랑으로 울부짖으며 소리쳤다. "곤돌린은 쓰러지지 않았고, 울모께서는 그 종말을 허락하지 않을 것입니다." 이때 두 사람이 서 있는 위치는, 마치 오래전 왕은 층계 위에 있고 투오르는 두 나무 옆에 서서 울모의 전언을 알리던 그때와 같았다. 하지만 투르곤이 말했다. "울모의 말씀에도 불구하고 나는 '평원의 꽃'에 재앙을 초래하였고, 이제 그분은 도시가 불 속에 스러지는 것을 방치하고 있구나. 오호라! 이제 내 사랑하는 도시를 향한 소망이 심중에 더 이상 남아 있지 않으나, 놀돌리의 자손은 영원히 패망하지는 않을지어다."

그 말에 가까이에 서 있던 많은 곤도슬림은 자신들의 무기를 서로 쩽그랑거리며 부딪쳤지만, 투르곤이 다시 입을 열었다. "오 나의 백성들이여, 운명에 맞서지 말라! 혹여 지금이라도 시간이 허한다면, 안전한 탈출로를 찾도록 하라. 그리고 투오르를 지도자로 삼으라." 그러나 투오르가 말했다. "폐하가 왕이시옵니다." 하지만 투르곤은 다시 "나는 이제 싸움을 하지 않을 것이다"라고 대답하고는 자신의 왕관을 글링골 나무의 뿌리 위에 던졌다. 그러자 옆에 있던 갈도르가 왕관을 집어 들었지만 투르곤은 이를 받지 않았고, 머리에서 왕관을 벗은 채 자신의 왕궁 옆에 있는 백색탑의 첨탑 꼭대기까지 올라갔다. 그는 거기서 마치 산속에서 나팔을 불듯이 큰 소리로 외쳤고, 나무 밑에 모여 있던 모든 이들과 광장의 안개 속에 있던 적들이 그 소리를 들었다. "위대하도다, 놀돌리의 승리여!" 전해 내려오는 이야기에 의하면 시간은 그때 한밤중이었고, 오르크들은 조롱의 야유를 보냈다고 한다.

그런 다음 그들은 탈출을 의논하기 시작했고, 두 가지 의견으로 나뉘었다. 적진 돌파도 어렵고, 또 평원을 건너가거나 산속으로 들어가는 것도 불가능하므로 왕과 함께 여기서 최후를 맞는 것이 낫다는 주장이 다수였다. 하지만 투오르는 그 많은 아름다운 여인과 아이 들이 결국 자기 친족의 손에 죽거나 아니면 적의 무기에 목숨을 잃게 되는데 그것은 옳지 않다고 판단했고, 그래서 비밀 통로를 파 놓은 이야기를 하였다. 그리고 함께 투르곤에게 간청하여 왕이 생각을 바꾸고 백성들에게 돌아와 생존자들을 이끌고 남쪽으로 성벽까지 가서 그 통로의 입구로 들어가야 한다고 주장했다. 그런데 사실 투오르는 마음속으로 자신도 그곳에 가서 이드릴과 에아렌델이 어떻게 되었는지 확인하고 싶었고, 아니면 전갈이라도 보내어 곤돌린이 무너졌으니 어서 빨리 떠나라고 하고 싶었다. 사실 영주들의 판단으로는 투오르의 계획도—땅굴이 좁은 데다 대규모의 인원이 그곳을 통과해야 한다는 점을 감안하면—절망적이기는 마찬가지였다. 하지만 진퇴양난의 상황에서 그들은 기꺼이 이 제안을 받아들이기로 했다. 그러나 투르곤은 간청을 수용하지 않았고, 그들에게 너무 늦기 전에 떠날 것을 권했다. "투오르를 안내자이자 지도자로 삼으라. 나 투르곤은 나의 도시를 떠나지 않을 것이며, 도시와 함께 불 속에서 사라질 것이다." 그리하여 그들은 다시 사자를 탑으로 보냈다. "폐하, 폐하께서 계시지 않는데, 곤도슬림은 무엇을 할 수 있습니까? 저희를 인도하소서!" 하지만 왕은 완강했다. "아! 나는 이 자리를 지킬 것이니라." 세 번째가 되자 왕은 이렇게 말했다. "내가 아직 왕이라면, 나의 명령을 들어야 할 것이다. 더 이상 나의 명령에 이의를 제기하지 말라." 그리하여 그들은 다시 사자를 보내지 않았고 희망이 보이지는 않으나 모험을 결행할 준비를 했다. 하지만 아직 살아남은 왕의 가문 요정들은 한 걸음도 움직일 생각이 없이 왕의 탑 기단 주변에 빼곡히 모여 있었다. 그들이 말했다. "투르곤 왕이 나가지 않는다면 우리도 여기 남을 것이오." 그들은 설득의 여지가 거의 없어 보였다.

투오르는 이때 왕에 대한 충성과 이드릴과 아들에 대한 사랑 사이에서 가슴이 찢어질 것 같았고, 너무나 마음이 아팠다. 하지만 이미 뱀들이 죽은 자와 죽어 가는 자 들을 깔아뭉개며 광장 근처까지 접근해 있었고, 적은 안개 속에서 마지막 공격을 준비 중이었다. 이제 결정을 내려야만 했다. 그리하여 투오르는 한편으로 궁정의 연회장에 모인 여인들의 통곡 소리와 다른 한편으로 살아남은 곤돌린의 비통한 여러 가문에 대한 크나큰 연민 속에, 그 모든 비탄에 잠긴 무리와 젊은 여인과 아이, 어머니 들을 불러 모았고, 이들을 행렬의 한가운데에 위치시킨 다음 자신의 부하들로 하여금 가능한 대로 그들을 에워싸게 했다. 전력을 다해 후위에서 전투를 계속하면서 남쪽으로 퇴각할 계획이었기 때문에 군사들을 측면과 후방에 두텁게 배치하였다. 그리고 자신을 앞질러 가려고 적의 대부대가 파견될 수도 있으므로, 가능한 한 장엄로莊嚴路를 따라 '신들의 성소'로 들어가기로 했다. 거기서부터는 '흐르는 물의 길'을 따라 '남쪽 분수'를 지나면 성벽이 나오고 거기서 그의 집으로 갈 계획이었다. 하지만 비밀 땅굴을 통과하는 것은 그로서도 자신이 없었다. 그러자 그의 움직임을 간파한 적은 퇴각을 시작하자마자 그의 왼쪽 측면과 후방에 대해—동쪽과 북쪽에서—대공격을 감행하였다. 하지만 그의 오른쪽은 왕궁이 막아 주고 있었고, 행렬의 선두는 이미 장엄로로 들어가 있었다.

그때 가장 덩치가 큰 용 하나가 안개 속에서 다가와 노려보고 있었고, 그래서 투오르는 어쩔 수 없이 행렬에게 뛰어가도록 하고 왼쪽에서는 그때그때 전투를 벌이기로 했다. 글로르핀델이 용감하게 후방을 맡았고, 거기서 황금꽃 일족의 많은 이들이 더 쓰러졌다. 그렇게 하여 그들은 장엄로를 지나 '신들의 성소', 곧 가르 아이니온에 이르렀다. 이곳은 사방이 훤히 트인 곳으로, 그 중심부에 도시 전역에서 가장 높은 지점이 있었다. 투오르는 여기서 적의 거점을 찾아보려고 하는데, 적이 멀리 있을 것으로 기대하지는 않았다. 그런데 놀랍게도 적은 이미 속도를 늦추는 것처럼 보이고 아무도 그들을 따라오지 않았다. 희한한 일이었다. 투오르는 무리의 선두에서 자신이 결혼식을 올린 장소에 이르는데, 아! 결혼식을 올린 그날처럼 땋은 머리를 풀어 내린 이드 릴이 그의 눈앞에 서 있는 것이 아닌가! 투오르의 기쁨은 이루 말로 다 할 수 없었다. 그녀의 옆에는 다름 아닌 보론웨가 서 있 었는데, 하지만 이드릴의 눈길은 투오르를 향해 있지 않았다. 그 녀는 그들이 서 있는 곳보다 약간 낮은 곳에 위치한 왕궁을 응시 하고 있었다. 그리하여 일행은 모두 걸음을 멈추고 그녀의 눈길 이 향하는 곳을 돌아보았고, 그들의 마음 역시 얼어붙었다. 그들 에 대한 적군의 압박이 그렇게 누그러지고, 그들이 살아나게 된 이유를 깨달았던 것이다. 아! 용 한 마리가 바로 왕궁의 층계 위 에 똬리를 틀고 순백의 층계를 더럽히고 있었다. 그뿐만 아니라 오르크 떼가 왕궁 안을 샅샅이 뒤지며 요정들이 잊고 데려오지 못한 여자와 아이 들을 끌어내고 외롭게 저항을 계속하는 남자 들을 살해하였다. 글링골은 줄기까지 말라붙고, 반실은 온통 시 커멓게 변해 버렸으며 왕의 탑은 포위당해 있었다. 탑의 높은 곳 에서 그들은 왕의 형체를 알아볼 수 있었으나, 기단 옆에는 불을 뿜는 강철 용 한 마리가 꼬리를 철썩거리며 엎드려 있고 발로그 들이 그 옆에 모여 있었다. 왕의 저택은 엄청난 비탄 속에 빠져 있고, 지켜보는 이들의 귀에 끔찍한 비명이 들려왔다. 투르곤의 궁정에 대한 약탈이 벌어지고 이에 대해 왕의 가문에서 놀랄 만 큼 용맹스럽게 저항한 탓에 적은 온통 그쪽에 주의를 집중하고 있었다. 그 덕분에 투오르는 무리를 이끌고 이곳에 도착하여 이 제 눈물을 흘리며 신들의 성소에 오르게 되었던 것이다.

이드릴이 말했다. "오호통재라! 아버님은 바로 당신이 세운 첨탑의 맨 꼭대기 위에서 최후를 기다리고 계시오. 하나 자신들의 군주가 멜코 앞에서 목숨을 잃고 집으로 돌아가지 못하는 것을 본 백성들은 일곱 배나 더 비통할 것이오." 그녀는 그날 밤의 비통함으로 거의 제정신이 아니었다.

그러자 투오르가 대답했다. "오! 이드릴, 나요, 내가 살아 있소. 비록 멜코의 지옥이라 하더라도 내가 가서 아버님을 여기 모셔 오겠소." 아내의 비통에 격분한 그는 이 말과 함께 홀로 언덕을 내려가려고 했다. 하지만 이드릴은 통곡을 하면서도 정신을 차리고 그의 무릎을 꽉 끌어안은 채 "나리! 나리!" 하고 소리를 지르며 그를 만류하였다. 그들이 막 그렇게 이야기하고 있는 순간, 엄청난 굉음과 비명이 비탄의 현장에서 들려왔다. 오호라, 화염이 널름거리며 탑을 에워쌌고, 용들이 탑의 기단과 거기 서 있는 모든 이들을 강타하자 탑은 칼날 같은 불꽃의 일격에 무너져 내렸다. 그 무시무시한 붕괴로 인한 굉음은 상상을 초월했고, 곤도슬림의 왕 투르곤이 그 속에 묻히면서 그 순간부터 승리는 멜코의 것이 되었다.

그러자 이드릴이 침통한 어조로 입을 열었다. "지혜로운 자가 눈이 멀 때는 참으로 슬픈 법이오." 하지만 투오르의 대답은 이러했다. "우리가 사랑하는 이들이 완고할 때도 슬픈 법이지요—하지만 그것은 용맹한 오류였소." 그리고 그는 아내를 들어 올려 입을 맞추었다. 그에게 이드릴은 곤도슬림 전부를 준다 해도 바꿀 수 없는 것이었다. 하지만 그녀는 아버지 생각에 쓰디쓴 울음을 울었다. 투오르는 그런 다음 대장들을 돌아보며 말했다. "자, 우린 최대한 서둘러야 하오. 잘못하면 포위당할 수 있소." 그들은 즉시 전속력으로 이동을 개시했고, 오르크들이 궁정을 약탈하고 투르곤 탑의 붕괴에 환호하다가 지칠 때까지 그곳에서 멀리까지 달아날 수 있었다.

이제 그들은 도시 남부에 이르러 그들을 앞지른 약탈자 무리를 이따금 만나기도 했지만, 도처에서 무자비한 적이 자행한 불과 화염의 아수라장을 목격하였다. 그들은 도중에 여자들을 만나는데, 그들은 아이들을 데리고 있는 데다 가재도구까지 들고 있었다. 투오르는 그들에게 약간의 음식 말고는 아무것도 지니지 못하게 했다. 이윽고 주변이 훨씬 잠잠해진 곳에 이르러 투오르는 보론웨에게 그동안 어떻게 된 것인지 물었다. 이드릴은 말도 하지 못하고 거의 기절하다시피 했기 때문이다. 보론웨는 이드릴과 함께 전투가 벌어지는 요란한 소리가 들리자 가슴을 졸이며 저택의 문 앞에서 기다리고 있었다고 했다. 이드릴은 투오르의 소식을 듣지 못해 눈물을 흘리고 있다가, 결국 자신의 경비대 대다수에게 에아렌델과 함께 비밀 통로로 신속하게 내려가라는 명령을 내렸다. 명령은 단호했지만 아들과 떨어지면서 그녀의 상심은 무척 컸다. 그렇지만 자신은 여기서 기다릴 것이며, 남편이 죽은 뒤에 목숨을 부지할 생각도 없다는 말까지 했다. 그러고는 여자들과 방황하는 이들을 불러 모아 땅굴로 급히 내려보내고, 자신의 작은 무리를 이끌고 약탈자들을 처단하였다. 칼을 들지 말라고 그녀를 설득해 보았자 소용이 없었다.

마침내 그들은 다소 규모가 큰 무리와 맞닥뜨리는데, 용케도 신들의 가호로 보론웨가 그녀를 데리고 나올 수 있었다. 함께 있던 이들은 모두 죽음을 피할 수 없었고, 그들의 적은 투오르의 집을 불태웠지만, 비밀 통로는 발견하지 못했다. 보론웨가 말했다. "그때부터 부인께서는 탈진한 상태에 비통함까지 더해 제정신이 아니었소. 미친 듯이 시내로 달려가는데, 정말 겁이 났소―불이 난 곳으로 가지 못하게 하는데도 소용이 없었던 것이오."

이런 이야기를 주고받는 동안 그들은 남쪽 성벽에 있는 투오르의 저택 근처에 당도하는데, 아! 집은 무너지고 잔해는 연기로 자욱했다. 이 광경을 목격한 투오르는 극도의 분노를 느꼈다. 하지만 오르크들이 다가오는 소리가 들렸고, 투오르는 무리를 이끌고 최대한 신속하게 비밀 통로로 내려갔다.

망명자들(불사의 땅에서 가운데땅으로 떠나온 놀돌리 요정들을 총칭하는 말―역자 주)은 이제 곤돌린에 작별을 고하며 층계에서 크나큰 슬픔에 잠겼다. 하지만 멜코의 손아귀를 벗어나는 것은 정말 어려운 일일진대, 과연 산맥 저쪽에는 생존의 가망이 있는 것인가?

일행 모두가 입구를 통과하고 나자 투오르는 안도의 한숨을 쉬었고 두려움도 한층 덜했다. 하지만 사실 그들 모두가 오르크들에게 들키지 않고 거기에 들어올 수 있었던 것은 전적으로 발라들의 가호 덕분이었다. 이제 일부 인원은 무기 대신에 곡괭이를 들고 일행의 맨 뒤로 가서 안에서부터 통로의 입구를 봉쇄하였다. 하지만 무리가 층계를 내려가 골짜기의 평지에 이르자, 도시 곳곳에 있는 용들의 불 때문에 땅속의 열기는 거의 고문에 가까울 정도였다. 사실 토굴 공사가 지하로 그리 깊이 들어가지 못했기 때문에 용들과 거리가 멀지 않았다. 땅 위에 충격이 있으면 바위가 덜컹거리다가 떨어져 많은 이들이 다쳤고, 허공에 연기가 퍼지면서 횃불과 등불이 꺼지기도 했다. 그들은 앞서가다가 목숨을 잃은 이들의 몸에 걸려 넘어지기도 했는데, 투오르는 에아렌델이 어떻게 되었는지 계속 걱정스러웠다. 그들은 칠흑 같은 어둠 속에서 고통스럽게 전진을 계속했다. 그들은 거의 두 시간 동안 땅굴 속에 있었는데, 땅굴의 끝이 가까워지자 공사가 완전히 끝나지 않아 좌우의 벽이 우둘투둘하고 높이도 낮았다.

그리하여 그들은 인원이 거의 10분의 1이 줄어든 상태로 땅굴의 출구에 도착했고, 앞에는 교묘하게도 큼직한 분지가 있었는데 이곳은 한때는 물웅덩이였지만 지금은 빽빽한 관목으로 가득 차 있었다. 이드릴과 보론웨가 비밀 통로로 먼저 내려보낸 여러 가문의 요정들이 이곳에 빼곡하게 모여 있었는데, 그들은 지치고 힘들고 또 슬픔에 잠겨 흐느껴 울고 있었다. 하지만 에아렌델은 거기 없었다. 투오르와 이드릴은 가슴이 찢어지는 것 같았다. 멀리 평원 한가운데에 어렴풋이 그들의 집이 있던 찬란한 도시 아몬 과레스의 언덕이 보이고 화염에 휩싸인 꼭대기가 눈에 들어오자 그들은 그 자리에 있는 그 누구보다 더 비통한 심경이었다. 화룡이 왕궁 주변에 있고, 무쇠로 만든 괴물들이 성문 안팎을 드나들었으며, 발로그와 오르크 들의 약탈은 극심했다. 땅굴 속의 지도자들에게 이 광경은 그나마 위로가 되었는데, 사악한 짐승들이 그 파괴의 현장을 즐기기 위해 그쪽으로 가는 바람에 도시 근처 말고 평원 위에는 멜코의 족속들이 거의 없을 것이라고 판단했기 때문이다.

그리하여 갈도르가 말했다. "자, 새벽이 오기 전에 에워두른 산맥 쪽으로 가능한 한 멀리 가야 합니다. 여름이 가까워졌기 때문에 시간이 그리 많지 않습니다." 그런데 이에 대해 반론이 일

며, 한쪽에서 투오르가 목적지로 삼은 크리스소른으로 가는 것
은 어리석은 일이라는 주장이 나왔다. 그들의 주장은 이러했다.
"우리가 산기슭에 도착하기 한참 전에 해가 떠오를 텐데, 그러
면 평원에서 그 용과 악마 들에게 붙잡히고 말 겁니다. 바드 우
스웬, 곧 '탈출로'로 갑시다. 그쪽이 거리도 반밖에 되지 않고, 또
우리 중에는 탈진하거나 부상당한 이들이 있어서 그렇게 멀리
갈 수도 없소."

하지만 이드릴은 이 제안에 반대하면서 예전에 그 길이 발각
되지 않도록 지켜 준 마법을 이제는 믿을 수 없게 되었다며 "곤
돌린이 무너지는데 마법이 작동하겠소?"라고 영주들을 설득하
였다. 그럼에도 불구하고 많은 남녀 요정들이 투오르에게서 떨
어져 나와 바드 우스웬으로 향했다. 하지만 그들은 거기서 모두
괴물의 입속에 들어가고 마는데, 메글린이 알려 준 대로 멜코의
간계에 따라 괴물이 바깥쪽 출구에 앉아 기다리고 있었던 것이
다. 결국 아무도 출구를 통과할 수 없었다. 하지만 나무 가문의
초록잎 레골라스가 이끌던 다른 일군의 무리는, 그가 주간이든
야간이든 그 평원 전역을 잘 알고 있고 또 밤눈도 밝아서, 피곤
한 가운데도 계곡을 빠른 속도로 건넌 다음 먼 거리를 행군한 뒤
에야 휴식을 취했다. 그때 온 세상은 서글픈 새벽의 희미한 빛에
잠겨 있었고, 그 빛 속에 더 이상 곤돌린의 아름다움은 보이지
않았다. 그런데 평원에는 안개가 가득했고, 사실 이는 신기한 일
이었다. 왜냐하면 이전에는 수증기나 안개가 평원을 덮은 적이
없었던 것인데, 이는 아마도 왕의 분수가 수명을 다한 것과 관련
이 있었을 것이다. 그들은 다시 몸을 일으켜 새벽이 끝날 때까지

희미한 안개 속에 안전하게 먼 길을 걸었고, 이미 안개 자욱한 대기 속에 있어서 언덕 위나 무너진 성벽 어디서도 그들을 알아볼 수 없을 만큼 멀리 나와 있었다.

산맥이나 산맥의 가장 낮은 언덕이라도 그쪽은 곤돌린에서부터 30여 킬로미터 되는 거리였고, '독수리의 틈' 크리스소른은 대단히 높은 곳에 있었기 때문에 산맥이 시작하는 지점에서 위쪽으로 거의 10킬로미터를 올라가야 했다. 따라서 그들은 산기슭이나 산록을 따라 아직 그보다 좀 더 되는 거리를 행군해야 했고 모두 무척 지쳐 있었다. 그때쯤은 태양이 동쪽 하늘 위에 꽤 높이 떠 있었는데, 매우 붉은 빛에 크기도 컸다. 또한 그들 주변의 안개 역시 걷혔지만 곤돌린의 잔해는 구름 속에 덮여 있었다. 그들은 그 순간 놀랍게도 구름이 걷히면서 시야가 보이는 터진 틈 사이에서—몇백 미터가량 떨어진 곳이었다—도보로 달아나는 한 무리를 발견하는데, 이들은 희한한 모습의 기마병에 쫓기고 있었다. 마치 거대한 늑대 위에 오르크가 올라타고 창을 휘두르는 것 같은 모습이었다. 그때 투오르가 말했다. "아, 내 아들 에아렌델이구나. 저런, 아들의 얼굴이 황야의 별처럼 빛나고, 날개 부대의 부하들이 옆을 지키지만 무척 위험한 상황이군." 그는 즉시 가장 피로가 덜한 50명의 부하를 뽑아 본진은 뒤따라오도록 한 채 그들을 이끌고 남아 있는 힘을 모아 전속력으로 평원 위로 달려갔다. 목소리가 들릴 만한 지점에 이르자 투오르는 에아렌델 옆에 있는 이들에게 달아나지 말고 멈추라고 소리를 질렀다. 늑대몰이꾼들이 그들을 흩어지게 만들어 한 사람씩 죽이고 있었던 것이다. 아이는 이드릴 집안의 하인인 헨도르란 요정의 어깨 위에 올라앉아 있는데, 그는 아이와 함께 뒤로 처질 것 같았다. 그리하여 그들은 헨도르와 에아렌델을 중앙에 넣고 서로 등을 마주 보는 대형을 취했다. 하지만 곧 투오르가 다가왔고 그의 부대는 모두 가쁜 숨을 내쉬고 있었다.

늑대몰이꾼은 모두 20명이었고, 에아렌델을 에워싸고 있는 이들 중에서는 겨우 여섯 명만 살아 있었다. 그래서 투오르는 자신의 부하들을 초승달 모양으로 한 줄로 세워서 몰이꾼들을 포위할 계획을 세웠다. 혹시 하나라도 탈출을 하면 본진으로 돌아가 망명자들을 공격할 우려가 있었기 때문이다. 이 작전은 성공을 거두어서 겨우 둘만 살아서 도망을 쳤는데, 그것도 부상을 입은 채였고 또 짐승도 없었기 때문에 도시에 소식을 전했을 때는 너무 늦었던 것이다.

에아렌델은 투오르를 만나 기뻐했고, 투오르 역시 아이를 감격스럽게 맞이하였다. 하지만 에아렌델이 말했다. "아버지, 너무 오래 달려와서 목이 말라요. 헨도르 신세를 질 필요가 없는데 그랬어요." 이 말을 들은 그의 아버지는 물도 없었거니와 자기가 이끌고 있는 부대 전체의 수요를 생각하고는 아무 대답도 하지 않았다. 하지만 에아렌델이 다시 말했다. "메글린이 그렇게 죽는 걸 보니까 좋았어요. 어머니에게 무기를 겨누려고 했거든요. 그는 나빠요. 하지만 멜코의 늑대몰이꾼이 전부 몰려온다 해도 다시는 땅굴 속에 들어가지 않을 거예요." 이에 투오르는 미소를 지으며 아이를 어깨 위에 태웠다. 잠시 후 본진이 다가오자 투오르는 에아렌델을 어머니에게 넘겨주었고, 그녀는 기쁨을 감추지 못했다. 하지만 에아렌델은 어머니 팔에 안기지 않으려

하면서 이렇게 말했다. "어머니 이드릴, 어머니는 피곤하세요. 그리고 곤도슬림 중에 갑옷 입은 용사는 아무도 말을 타지 않아요. 살간트 영감을 제외하고는요!" 이 말에 어머니는 슬픈 가운데서도 웃음을 지었다. 에아렌델이 다시 말했다. "아니, 살간트는 어디 있어요?" 왜냐하면 살간트는 이따금 에아렌델에게 신기한 이야기를 해주거나 익살을 부리곤 했고, 에아렌델도 그 당시 이 늙은 그노메를 많이 놀리기도 하였기 때문이다. 살간트는 투오르의 집을 여러 번 방문한 적이 있고 이 집에서 대접하는 포도주와 근사한 식사를 좋아하였다. 하지만 아무도 살간트가 어디 있었는지 또 지금은 어디 있는지 알지 못했다. 어쩌면 자기 집 침상 위에서 화마에 휩싸였을 수도 있는데, 하지만 어떤 이들은 그가 멜코의 궁정에 포로로 잡혀가서 그의 어릿광대가 되었다는 소문도 있다고 했다—지체 있는 그노메 가문 출신의 귀족으로서는 안타까운 운명인 셈이다. 그 말을 들은 에아렌델은 슬픈 마음으로 어머니 옆에서 묵묵히 길을 걸었다.

이제 그들은 산록에 이르렀고, 벌써 아침이 된 지 한참 지났지만 날은 아직 흐렸다. 그들은 오르막길이 시작되는 지점 근처까지 길게 띠를 이루다가 개암나무 수풀과 다른 나무로 둘러싸인 작은 골짜기에서 휴식을 취하는데, 몸이 너무 피곤했기 때문에 위험을 무릅쓰고 잠을 청하는 이들이 많았다. 하지만 투오르는 파수병을 확실히 세우고, 자신도 잠을 청하지 않았다. 여기서 그들은 부족하지만 음식과 고기 부스러기로 한 끼 식사를 대신했고, 에아렌델은 갈증을 풀고 작은 시내 근처에서 뛰어놀았다. 그러다가 아이가 어머니에게 말했다. "어머니 이드릴, 그 멋진 샘물의 엑셀리온이 여기서 플루트도 불고 버들피리도 만들어 주면서 저하고 같이 놀면 참 좋겠어요! 먼저 앞서간 모양이에요?” 하지만 이드릴은 아니라고 대답하고, 그가 어떻게 최후를 맞았는지 들은 대로 이야기해 주었다. 그러자 에아렌델은 곤돌린의 거리를 다시 보고 싶지 않다며 슬피 눈물을 흘렸다. 하지만 투오르는 다시는 그 거리를 볼 수 없을 것이라고 대답했다. “이제 곤돌린은 없어.”

그런 뒤 언덕 이쪽에서 일몰이 가까웠을 즈음 투오르는 무리를 일으켜 세웠고, 그들은 울퉁불퉁한 도로를 따라 서둘러 길을 재촉했다. 그리고 곧 풀빛 색이 바래며 이끼 낀 바위들이 나타났고, 나무가 듬성듬성해지더니 소나무와 전나무조차 드물어졌다. 햇빛이 사라질 시간이 되자 길은 언덕의 가장자리 뒤로 돌아가고 있었다. 다시 곤돌린 쪽을 볼 수 없을지도 모르는 지점에 이르자 일행은 모두 뒤를 돌아보는데, 아! 평원은 그 옛날처럼 마지막 햇빛 속에 청명한 모습으로 미소를 짓고 있었다. 그들이 바라보고 있는 동안 저 멀리 어두워진 북쪽 하늘 위에 커다란 불길이 솟았다—곤돌린의 마지막 성탑, 곧 남문 바로 옆에 있던 성탑마저 무너진 것이었다. 탑 그림자가 투오르의 저택 담장에 자주 걸쳐 있던 바로 그 성탑이었다. 그리고 해가 졌고, 그들은 다시 곤돌린을 보지 못했다.

크리스소른고개, 곧 ‘독수리의 틈’은 위험한 길이었고, 도대체 횃불이나 등불도 없이 더군다나 여자와 아이 들, 그리고 몸을 다치고 탈진한 이들까지 이끌고 고개를 오른다는 것은 모험에 가까운 일이었다. 그렇게 큰 무리가 그것도 무척 은밀하게 산을

오르는 것은 멜코의 첩자들에 대한 엄청난 공포가 없다면 불가
능한 일이었을 것이다. 고지대로 올라가면서 순식간에 어둠이
내려앉았고, 그들은 꾸불꾸불하지만 길게 한 줄로 늘어서야 했
다. 갈도르와 창으로 무장한 한 부대가 앞장을 서고 레골라스가
그들과 동행하는데, 그들의 두 눈은 어둠 속을 노려보는 고양이
의 눈을 닮아 있었지만 사실 더 멀리까지 볼 수 있었다. 그 뒤에
는 좀 덜 지친 여자들이 몸이 아프거나 부상을 입었지만 걸을 수
는 있는 이들을 부축하고 따라갔다. 이드릴이 이들과 함께 있었
고, 에아렌델도 잘 견디고 있었는데, 투오르는 그들의 뒤로 행렬
의 한가운데에 자신의 날개 부대 전체를 이끌고 자리를 잡았다.
그들은 중상을 입은 이들 일부를 맡고 있었는데, 광장에서 기습
공격을 받을 때 부상을 당한 에갈모스도 투오르와 함께 있었다.
그 뒤에는 다시 아기를 데리고 있는 많은 여자들과 소녀들, 다리
를 저는 남자들이 있었는데, 행렬의 속도는 그들이 감당할 수 있
을 만큼 느릿느릿했다. 맨 뒤에는 전투의 주력을 맡은 남자들로
구성된 가장 큰 부대가 있었고, 여기에 황금머리 글로르핀델이
있었다.

그리하여 그들은 크리스소른에 이르는데, 이곳은 높은 고도
로 인해 위태로운 곳이었다. 지대가 너무 높아서 봄이나 여름이
라 할 만한 계절이 없는 데다 기온도 무척 낮았기 때문이다. 사
실 골짜기에 햇빛이 비치기는 하지만 일 년 내내 응달에는 눈이
쌓여 있고, 그들이 도착했을 때도 북풍이 등 뒤에서 윙윙거리며
몰아쳐 살을 에듯 추운 날씨였다. 눈이 쏟아지면서 눈보라로 휘
날리다가 그들의 눈 속을 파고들었고, 이 때문에 행군이 어려워

지고 도로의 폭도 좁아서 더욱 고통스러웠다. 진행 방향으로 오른쪽, 곧 서쪽에는 도로에서부터 거의 140미터 높이의 가파른 절벽이 솟아 있는데, 그 꼭대기에는 많은 새 둥지가 자리 잡은 삐죽삐죽한 첨봉들이 있었다. 그곳에 '독수리들의 왕', 곧 '소른 호스의 군주'인 소론도르가 살고 있었고, 엘다르는 그를 소론투르라 불렀다. 하지만 반대쪽에는 낭떠러지가 있는데, 그저 수직이라고 할 정도를 넘어 소름 끼칠 만큼 가파른 낭떠러지로, 긴 바위 기둥이 하늘을 향해 이빨처럼 솟아 있어서 그쪽으로는 기어서 내려갈 수는 있어도—혹은 떨어지거나—절대로 다시 올라올 수는 없는 곳이었다. 그리고 그 낭떠러지 바닥에서는 측면은 말할 것도 없고 양쪽 끝 어느 쪽으로도 탈출이 불가능했고, 바닥에는 소른 시르강이 흐르고 있었다. 강물은 남쪽의 높은 절벽 위에서 그곳으로 떨어지지만, 고지대는 수량이 많지 않기 때문에 강줄기가 빈약했고, 지상에서는 바위투성이 지반 위로 1.5킬로미터가량을 흐르다가 북쪽으로 나가서 산속으로 들어가는 작은 통로 속으로 내려갔다. 물고기 한 마리도 강물 속으로 들어갈 형편이 못 되었다.

갈도르와 부하들은 이제 고개 끝에 이르러 소른 시르강이 낭떠러지 밑으로 떨어지는 지점 근처에 있었고, 나머지 일행은 투오르의 독려에도 불구하고 협곡과 낭떠러지 사이에 걸쳐 있는 1.5킬로미터가량의 위험한 고갯길에 흩어져 있었다. 따라서 글로르핀델의 무리는 선두와는 한참 떨어져 있었는데, 바로 그 야심한 시각에 고함 소리가 나더니 그 험악한 지형 사방으로 메아리가 울려 퍼졌다. 아, 바위 뒤에서 뛰어내린 형체들이 어둠 속

에서 갈도르의 부하들을 순식간에 포위하였다. 레골라스의 눈
매마저 속이고 숨어 있던 자들이었다. 투오르는 그들을 멜코의
순찰대 중의 하나로 판단하여 식은 죽 먹기 정도로 생각하였지
만, 자기 옆에 있는 여자들과 환자들은 후미로 보내고 부하들을
갈도르의 부대와 합류하게 하여 그 아슬아슬한 산길에서 싸움
이 벌어졌다. 그러나 그때 머리 위에서 바윗덩어리가 떨어지기
시작했고, 중상자들이 나오면서 상황은 불리해졌다. 투오르는
후방에서 나는 무기 소리를 듣고 상황이 악화되고 있다는 것을
알았고, 제비 가문의 한 남자가 다가와 글로르핀델이 뒤쪽에서
나타난 적에게 강력한 공격을 받았으며 발로그가 거기에 합류
해 있다는 보고를 하였다.

그제야 투오르는 함정일지도 모른다는 생각으로 두려움에 사
로잡히는데, 에워두른산맥 곳곳에는 멜코가 보낸 감시병들이
숨어 있었기 때문에 이는 사실이었다. 하지만 용감무쌍한 곤도
슬림 때문에 도시를 함락시키기 위한 공격에 많은 병력이 투입
되면서 감시병을 많이 배치할 수 없었고 또 이곳 남쪽에는 감시
병이 가장 적었다. 그럼에도 불구하고 감시병 하나가 투오르 일
행이 개암나무 골짜기에서 올라오기 시작할 때부터 지켜보고
있었고, 이들을 상대하기 위해 투입할 수 있는 최대한의 병력을
모은 뒤 바로 크리스소른의 이 위험한 고갯길에서 탈출자들의
전방과 후방을 공격하기로 계획을 세워 두었던 것이다. 갈도르
와 글로르핀델은 기습 공격을 받았지만 훌륭하게 방어하여 많
은 오르크를 낭떠러지 밑으로 처박았다. 하지만 바위가 굴러떨
어지기 시작하면서 싸워 봤자 소용이 없을 것 같다는 생각이 들

고 곤돌린 탈출도 무망해 보였다. 그 순간 달이 고개 위로 모습을 드러냈고, 희미한 달빛이 캄캄한 곳을 비추자 어둠이 살짝 걷혔다. 하지만 높은 산세 때문에 도로에는 달빛이 비치지 않았다. 그때 독수리들의 왕 소론도르가 몸을 일으켰다. 소론도르는 멜코를 좋아하지 않았는데, 이는 멜코가 소론도르의 동족을 많이 끌고 가서 날카로운 바위에 쇠사슬로 묶은 다음 그들을 협박하여 (멜코는 심지어 공중에서도 만웨와 대적하여 싸울 심산이었기 때문에) 자기도 하늘을 날 수 있는 마법의 주문을 알아내려고 했기 때문이다. 하지만 독수리들이 입을 열지 않자 그는 그들의 날개를 잘라 자기 몸에 맞도록 커다란 날개 한 쌍을 만들려고 했다. 그러나 그 일은 뜻대로 되지 않았다.

고개 위에서 나는 요란한 소리가 그의 거대한 둥지까지 올라오자 소론도르가 말했다. "산속 오르크들, 이 더러운 놈들이 무슨 일로 내 옥좌 근처까지 올라오는 건가? 놀돌리의 자손들은 어찌하여 저주받은 멜코의 자식들이 무서워 저 밑에서 비명을 지르고 있는 건가? 일어나라, 오 소른호스, 강철의 부리와 칼날 같은 발톱의 형제들이여!"

그러자 바위투성이 산꼭대기에서 마치 강풍이 이는 것처럼 솨 하는 소리가 나더니 독수리 종족 소른호스가 산길에 바글거리는 오르크들을 덮쳤고, 그들의 얼굴과 손을 찢어발긴 다음 아래쪽 소른 시르의 바위 위로 내동댕이쳤다. 곤도슬림은 이를 보고 기뻐하였고, 훗날 그들은 이날의 환희를 기념하여 자신들의 상징으로 독수리를 선택하였다. 하지만 이드릴은 이 선택을 따랐으나 에아렌델은 아버지의 백조 날개를 더 좋아하였다. 행동에 여유가 생기자 갈도르의 부대는 적군을 향해 반격을 시작하는데, 적군은 수가 그리 많지 않고 또 소른호스의 공격에 엄청나게 겁을 먹고 있었던 것이다. 그런 다음 행렬은 다시 전진을 계속하는데, 글로르핀델만은 후미에서 힘든 싸움을 이어 가고 있었다. 행렬의 절반이 막 위험 구간과 소른 시르 폭포를 통과하고 있을 즈음, 후미의 적과 함께 있던 발로그가 괴력을 발휘하여 도로 왼쪽으로 협곡의 가장자리에 돌출해 있는 높은 바위 위로 뛰어올랐다. 그리고 거기서 다시 분노의 도약을 하듯 글로르핀델의 부하들을 넘어 전방에 있는 여자들과 환자들 사이로 화염 채찍을 휘두르며 뛰어들었다. 그러자 글로르핀델이 그를 향해 뛰어올랐고, 그의 금빛 갑옷이 달빛을 받아 기묘한 빛을 발했다. 그가 악마를 향해 칼을 휘두르자 발로그는 다시 커다란 바위 위로 뛰어올랐고 글로르핀델이 그 뒤를 쫓았다. 이제 무리의 머리 위로 높은 바위 위에서 필사의 결투가 벌어지고 있었다. 요정들은 후미로부터 압박을 받고 전방은 막힌 까닭에 빽빽하게 밀집되어 있어서 거의 모두가 그 싸움을 목격할 수 있었는데, 싸움은 글로르핀델의 부하들이 대장의 옆에 뛰어오르기도 전에 끝이 났다. 글로르핀델의 기세는 발로그를 이 구석 저 구석으로 밀어붙였고, 그의 갑옷은 발로그의 채찍과 발톱으로부터 그를 지켜 주었다. 글로르핀델은 한 번은 악마의 무쇠 투구에 묵직한 타격을 가했고, 또 한 번은 채찍을 든 놈의 팔을 팔꿈치에서 잘라 냈다. 그러자 발로그가 극도의 고통과 공포를 이기지 못하고 글로르핀델을 향해 정면으로 덤벼들었고, 글로르핀델은 뱀의 독침처럼 날렵하게 그를 찔렀다. 하지만 그는 겨우 한쪽 어깻죽지만 볼 수 있었고, 둘 사이에 격투가 벌어져 그들은 바위 꼭대기에서 흔들거리며 떨어질지도 모르는 찰나였다. 그 순간 글로르핀델은 왼손으로 단검을 찾아 들고, (악마는 키가 그의 두 배였기 때문에) 자신의 얼굴 옆에 있는 발로그의 배 속으로 칼을 깊이 찔러 넣었다. 악마는 비명을 지르며 바위에서 뒤로 쓰러졌고, 쓰러지면서 챙 달린 투구 속에 있는 글로르핀델의 황금빛 머리채를 낚아채어 요정과 발로그는 함께 심연 속으로 추락하였다.

글로르핀델에 대한 요정들의 사랑은 지극하였기 때문에, 이는 실로 비통하기 짝이 없는 일이었다—아, 그들이 추락하면서 부딪히는 소리가 산속에 울려 퍼졌고 소른 시르의 아득히 깊은 심연 속에서도 소리가 났다. 그때 발로그의 마지막 단말마의 비명이 들려오자 전후방 양쪽에 있던 오르크들은 갈팡질팡하다가 결국 죽임을 당하거나 멀리 달아났고, 장대한 독수리 소론도르는 직접 심연 속으로 하강하여 글로르핀델의 시신을 가지고 올라왔다. 하지만 발로그는 그대로 내버려 두었고, 소른 시르의 강물은 아래쪽 멀리 툼라덴에서도 여러 날 동안 시커멓게 흘렀다.

엘다르 요정들은 지금도 분노한 악에 맞서 엄청나게 불리한 가운데도 선전하는 싸움을 보면 "아! 글로르핀델과 발로그로군"이라고 말하고, 또한 그 수려한 놀돌리 요정을 떠올릴 때면 여전히 가슴이 아려 온다. 투오르는 시간이 급하고 또 적이 다시 나타날지도 모르는 두려움에도 불구하고, 그들의 사랑을 나타내기 위해 독수리강 절벽 옆의 위험 구간을 바로 넘어선 지점에 글로르핀델을 위해 커다란 돌무덤을 쌓게 했고, 소론도르는 지금까지 그 무덤에 털끝만큼의 손상도 허용하지 않았다. 하지만 노란 꽃들이 그곳을 찾아왔고, 그 거친 땅의 돌무덤 둘레에 지금도 꽃을 피운다. 그렇지만 황금꽃 일족은 그 무덤을 세우면서 통곡하였고, 그들의 눈물은 마르지 않을 터였다.

툼라덴협곡에서 남쪽으로 산맥 너머에 펼쳐진 황무지에서 투오르와 곤돌린의 망명자들이 방랑하며 겪은 고초를 이제 누가 전할 수 있겠는가? 고난과 죽음이 그들의 운명이었고, 추위와 굶주림, 끝없는 파수 또한 피할 수 없었다. 멜코의 악이 횡행하는 그 땅을 그들이 마침내 뚫고 나올 수 있었던 것은 멜코의 공격 당시 엄청난 적을 죽이고 또 그의 위세에 피해를 입혔기 때문이며, 또 한편으로 투오르가 신속하고 용의주도하게 그들을 지휘하였기 때문이다. 확실한 것은 멜코가 그들의 탈출을 알게 되었고, 또 그 때문에 불같이 화를 냈다는 점이다. 먼 대양에 있던 울모는 이곳에서 벌어진 사건을 전해 들었지만, 그들이 바다와 강에서 멀리 떨어져 있었기 때문에 도움을 줄 수가 없었다―사실 그들은 심한 갈증을 느꼈고, 갈 길이 어느 쪽인지 알지 못했다.

일 년 하고도 좀 더 되는 시간 동안 그들은 방랑을 거듭하였다. 황무지의 마법에 걸려 몇 번이나 긴 여정 끝에 지나온 길을 다시 만나기도 하고, 그리하여 다시 여름이 오고 거의 한여름이 되었을 즈음 그들은 마침내 어떤 개울을 만나는데, 이 개울을 따라간 끝에 더 나은 땅을 발견하고 약간의 위안을 얻을 수 있었다. 여기서는 보론웨가 그들을 인도하였다. 늦여름의 어느 날 밤 그는 그 개울에서 울모의 속삭임을 들었던 것이다―그는 물의 소리에서 늘 많은 지혜를 얻는 인물이었다. 보론웨는 이제 그들을 인도하여 개울이 흘러 들어가는 시리온강에 당도하였고, 그제야 투오르와 보론웨는 자신들이 탈출로의 옛날 바깥쪽 입구에서 멀지 않은 곳에 있고, 다시 오리나무가 우거진 깊은 골짜기에 들어와 있다는 것을 깨달았다. 이곳의 덤불은 모두 짓밟힌 상태로 나무는 불에 타 버렸고, 골짜기의 양쪽 벽은 화염에 그을려 있어서 그들은 눈물을 흘렸다. 예전에 굴 입구에서 그들과 헤어졌던 이들이 어떤 운명을 맞았을지 알게 되었다고 생각했기 때문이다.

그리고 그들은 강을 따라 내려가는데 다시 멜코에 대한 공포에 사로잡혔고, 그래서 오르크 무리와 충돌하기도 하고 늑대몰이꾼 때문에 위험에 처하기도 했다. 하지만 화룡들이 그들을 추격하지는 않았는데, 그것은 곤돌린을 공격하면서 그들의 화염이 크게 소진된 탓이기도 하고 강이 넓어지면서 울모의 위력 또한 커졌기 때문이기도 했다. 그들은 여러 날이 지난 뒤에야—속도도 느리고 또 식량 구하기도 무척 힘들었기 때문에—버드나무땅의 위쪽에 있는 거대한 히스황야와 늪지대에 이르는데, 보론웨는 이 지역을 잘 알지는 못했다. 시리온강은 여기서부터 상당한 거리를 지하로 통과하는데, '격동의 바람'이라는 거대한 동굴을 만나 밑으로 떨어졌다가 다시 '황혼의 호수' 위에서 맑은 물이 되어 흐른다. 여기가 바로 툴카스가 나중에 멜코 본인과 싸움을 벌이는 곳이다. 울모가 갈대숲 사이로 그를 찾아온 뒤 투오르는 밤이나 황혼 무렵에 이 지역을 돌아다녔었기에 길을 기억하지 못했다. 이 땅은 곳곳에 습지가 있었고 겉으로 보아서는 알 수 없는 곳이 많았다. 투오르의 무리는 이곳에 오랫동안 머무르며 파리들의 괴롭힘 탓에 고생을 많이 하는데, 계절이 아직 가을이었고 학질과 열병까지 퍼졌던 것이다. 그들은 멜코를 저주하였다.

하지만 그들은 결국 큰 연못이 여러 개 있는 곳에 이르러 더할 나위 없이 감미로운 버드나무땅의 변두리에 도착했다. 바람에 실려 오는 대기의 숨결에 그들은 휴식과 평화를 맛보았고, 그 장엄한 몰락 속에 목숨을 잃은 동족을 슬퍼하던 이들도 슬픔을 덜 수 있었다. 여자와 소녀 들은 아름다움을 되찾았고 병자들은 치유를 받았으며, 오래된 상처에서는 통증이 멈추었다. 하지만 당연한 일이지만 강철지옥에서 아직도 끔찍한 노예로 살고 있는 친척들을 걱정하는 이들만은 노래도 부르지 않고 웃음도 짓지 않았다.

그들은 사실 이곳에 무척 오랫동안 체류하였고, 에아렌델이 다 큰 소년이 되었을 즈음 울모의 소라고둥 소리가 투오르의 마음을 끌어당겼다. 오랜 세월 동안 억눌러 둔 탓에 바다를 향한 투오르의 동경은 더욱 심한 갈망으로 돌아온 것이다. 투오르의 지시에 따라 무리는 모두 자리에서 일어나 시리온강을 따라 바다를 향해 내려가기 시작했다.

'독수리의 틈'을 통과하고 글로르핀델의 추락을 목격한 이들은 거의 8백 명이었다―방랑의 무리로는 큰 규모였지만, 그들은 그토록 아름답고 거대한 도시의 비통한 생존자일 뿐이었다. 세월이 지나 버드나무땅에서 몸을 일으켜 바다로 길을 떠난 이들은, 봄이 되어 초원에 애기똥풀이 만발하자 글로르핀델을 추모

하는 비탄의 축제를 여는데, 이때 그들의 숫자는 남자 어른과 남자아이가 320명, 여자 어른과 여자아이가 260명이었다. 여자 어른의 수가 적었던 것은 도시의 은밀한 곳에 그들이 숨거나 친족들이 그들을 숨겨 두었기 때문이다. 그곳에서 그들은 불에 타 죽거나 살해당하거나 아니면 붙잡혀 노예가 되었는데, 구조대가 그들을 찾아낸 경우는 별로 없었다. 무엇보다도 이를 특히 슬퍼하는 것은 곤도슬림 처녀들과 여자들이 해처럼 아름답고 달처럼 사랑스러우며 별보다 더 빛났기 때문이다. 일곱 이름의 도시 곤돌린에는 영광이 함께하였으며, 그 폐허는 지상에서 벌어진 어느 도시의 약탈보다 더 끔찍스러웠다. 바블론이든 닌위든 트루이의 성탑이든, 아니 인간들 사이에서 가장 위대하다고 하는 룸의 숱한 난리에서도 그날 그노메들의 도시 아몬 과레스에서 벌어진 참혹한 모습과는 비할 바가 되지 못했다. 언필칭 이는 멜코가 이 세상에서 고안해 낸 최악의 행위였던 것이다.

곤돌린의 망명자들은 이제 대해의 파도를 바라보며 시리온하구에 터를 잡았다. 곤도슬림이라는 이름은 그들의 마음에 너무나 쓰라린 기억이었기에 그들은 이곳에서 로슬림, 곧 '꽃의 민족'이라는 이름을 취하였다. 로슬림 가운데서 수려한 자 에아렌델은 아버지의 집에서 날로 성장하였고, 투오르의 위대한 이야기는 이제 막 내린다.'

그리고 브론웨그의 아들 작은가슴이 말했다. "아, 곤돌린이여."

✳

최초의 기록

상고대 역사의 초기 진화 과정에서 중요한 자료는 아버지가 급하게 작성해 놓은 기록들이다. 다른 곳에서 언급한 바있듯이 이 기록들은 대개 연필로 무척 서둘러 작성한 것인데, 종이나 작은 공책에 무질서하게 작성 일자도 없이 쓰인이 기록들은 이제는 지워지고 흐릿해져서 때로는 오랫동안 연구를 해도 해독이 불가능할 때가 있다. 아버지는 『잃어버린 이야기들』을 집필하던 시기에 작성한 이 기록 속에단상과 제안을 남겨 놓는데—그중 많은 것들이 그저 간단한 문장이거나 달리 연결고리가 없는 이름들로, 앞으로 할일이나 쓸 이야기, 또는 수정할 사항 등을 위한 기억 환기용 메모들이다.

이 메모들 중에 명백히 곤돌린의 몰락 서사에 관한 최초의 기록으로 볼 수 있는 내용이 발견된다.

핑골마의 딸 이스핀이 먼 곳에 있는 두더지족 그노메인 에올 (아르발)의 사랑을 받음. 에올은 강인한 성격의 소유자로 핑골마 및 (자신과 인척간인) 페아노르의 아들들로부터 좋은 평을 받는 인물인데, 그 이유는 그가 광부들의 우두머리로 비밀의 보석을 찾아내기 때문이다. 하지만 그는 얼굴이 못났고, 이스핀은 그를 싫어한다.

'그노메'란 단어의 선택에 대해서는 45쪽(각주) 참조. 핑골 마는 나중에 핀웨(요정들이 눈을 뜨는 땅인 팔리소르에서 장정 을 떠난 요정들의 무리 중 두 번째인 놀도르의 지도자)로 확정된 이름의 초기형이었다. 이스핀은 「곤돌린의 몰락 이야기」 에서 곤돌린의 왕 투르곤의 누이이자, 에올의 아들 메글린 의 어머니로 나온다.

이 기록은 상당한 차이가 있기는 하지만, '잃어버린 이 야기'에 나오는 서사의 한 유형임이 확실하다. 이 기록에 는 '두더지족' 광부인 에올이 핑골마의 딸 이스핀의 구혼 자로 나오고, 이스핀은 그가 못생겼다고 거절한다. 그런데 '잃어버린 이야기'에서 거절당한―그리고 못생긴―구혼자 는 에올의 '아들' 메글린으로, 그의 어머니가 이스핀―곤 돌린의 왕 투르곤의 누이이다. 이스핀과 에올의 이야기는 "여기서 할 필요가 없겠다"고 분명하게 표기되어 있는데 (94쪽)―아마 아버지는 그렇게 되면 이야기가 너무 곁가지 로 많이 나간다고 생각한 것 같다.

내 생각에 위에 나온 짧막한 기록은 「곤돌린의 몰락 이야기」 이전에, 그리고 마에글린이 등장하기 이전에 작성되었고 원래 곤돌린을 염두에 두지는 않았던 것으로 보인다.

(앞으로 65~153쪽에 실린 「곤돌린의 몰락」이라는 '잃어버린 이야기'는 특별한 경우가 아니면 축약하여 「이야기」로 칭한다.)

*

「투를린과 곤돌린의 망명자들」

짧은 산문 작품 하나가 낱장으로 된 별도의 종이 한 장에 실려 있는데, 완전한 원고 상태인 것이 확실하며 제목은 「투를린과 곤돌린의 망명자들」로 되어 있다. 시기상으로는 「곤돌린의 몰락 이야기」 '이후에' 쓴 것으로 볼 수 있고, 「이야기」의 새로운 원고를 시작했다가 중단한 것이 분명하다.

아버지는 곤돌린의 영웅의 이름을 놓고 많이 망설였는데, 이 텍스트에서는 그에게 '투를린'이란 이름을 붙였다가 나중에는 계속 '투르곤'으로 바꾸어 썼다. (드문 일은 아니지만) 이렇게 인물들 사이에 이름을 맞바꾸게 되면 당연히 혼동될 수 있으므로, 아래에 나오는 작품 텍스트에서는 투를린을 '투오르'로 표기하겠다.

　이 작품의 도입부는 그노메들에 대한 신(발라)들의 분노

와 모든 방문자에게 발리노르를 봉쇄하는 이야기에서부
터 시작하는데, 이 사건은 그노메들의 반역과 백조항구에
서 벌어진 그들의 사악한 행위에서 비롯되었다. '동족살
해'로 명명된 이 사건은 곤돌린의 몰락을 다룬 서사와, 상
고대 후기 역사에서 중요한 역할을 한다.

「투를린[투오르]과 곤돌린의 망명자들」

브론웨그의 아들 일피니올이 말했다. '그런데 알아 두어야 할 것
은 물의 군주 울모는 멜코의 권세 아래에 살고 있는 요정족들의
슬픔을 결코 망각하지 않았다는 것인데, 다만 다른 신들의 분노
때문에 무슨 시도를 해 볼 엄두를 내지 못했다(이 원고 역시 일피
니올의 이야기를 전하는 액자형 구조이므로 종결 어미를 대화체로 해
야 하지만, 앞에서와 같은 이유로 평서형으로 처리하였다—역자 주).
신들은 그노메족들을 향한 마음의 문을 닫아걸었고, 바깥세상
돌아가는 일은 괘념치 않은 채 장막을 두른 발리노르의 언덕
너머에 거하고 있었다. 두 나무의 죽음으로 인한 그들의 슬픔과
안타까움은 참으로 깊었다. 울모 외에는 어느 누구도 온 세상에
파괴와 비탄을 몰고 온 멜코의 권세를 심각하게 여기지 않았다.
하지만 울모는 발리노르가 온 힘을 모아 너무 늦기 전에 멜코의
악을 종식시킬 수 있기를 원했다. 그는 그노메들이 보낸 사자가
발리노르의 허락을 받고 들어와 용서를 구하고 세상에 대한 연
민을 간절히 청한다면, 혹시 두 가지 목표를 달성할 수 있을지도

모른다는 생각을 했다. 왜냐하면 팔루리엔(발라 야반나의 초기 이름―역자 주)과 그녀의 아들 오로메가 그 넓은 세상에 대해 품은 사랑은 아직 잠들어 있을 뿐이었기 때문이다. 하지만 바깥세상에서 발리노르로 향하는 길은 험하고 위태로웠으며, 신들은 그 길을 마법으로 복잡하게 헝클어 버리고 에워두른 산들로 장벽을 세워 두고 있었다. 그리하여 울모는 끊임없이 그노메들을 움직여 발리노르에 사자를 보내도록 했으나, 멜코의 지혜는 교활하고 또 무척 심오하였고 요정족과 관련된 모든 일에서 그는 경계심을 늦추지 않았다. 그노메들이 보낸 사자는 세상 모든 길 중에 가장 길고 가장 사악한 길의 위험과 유혹을 극복하지 못했고, 용감하게 길을 떠난 많은 이들은 영영 다시 돌아오지 않았다.

아래의 이야기는 요정족의 사자가 과연 그 위험한 길을 통과해 올 수 있을지 울모가 기대하지 않고 있었다는 내용과 함께, 이에 따라 그가 구상한 지극히 심오하고 새로운 계획, 그리고 그로 인해 벌어진 사건들을 다룬다.

'한없는 눈물의 전투' 이후 대부분의 인간들은 그 당시 여러 이름으로 불리는 북부의 땅에 살고 있었는데, 코르의 요정들은 그곳을 히실로메, 곧 '황혼의 안개'라고 했고, 요정들 중에서 이 땅을 가장 잘 아는 그노메들은 도르로민, 곧 '어둠의 땅'이라고 불렀다. 무리가 대단히 큰 한 부족이 거기 살았는데, 그 지역에 있는 거대한 호수인 미스림호수의 넓고 푸르스름한 물가에 그들의 거주지가 있었다. 다른 인간들은 그들을 퉁글린 혹은 '하프의 사람들'이라고 했는데, 이는 그들이 고원과 삼림 지대의 야생의 음악과 음유시인들의 노래를 즐거워하였기 때문이다. 하지만 그들은 바다를 알지 못했고, 바다를 노래하지도 않았다. 그들은 먼 곳에서 너무 늦게 소환을 받았던 터라 그 끔찍한 전투 이후에 그곳으로 이주하였고, 요정들에 대한 배신이라는 오점도 없었다. 하지만 사실 그들 중의 많은 이들은 산속에 숨어 있는 그노메들이나 검은요정들과 상당히 친밀한 관계를 유지하고 있었는데, 그것은 닌니아크골짜기[한없는 눈물의 전투가 벌어진 전장]에서 있었던 그 끔찍한 일에서 비롯된 슬픔과 불신 때문에 있을 법한 일이었다.

투오르는 이 부족의 일원으로, 그는 펭겔의 아들 인도르의 아들인 펠레그의 아들로, 부족의 족장이었던 펭겔은 동부 깊은 곳에서 살다가 부름을 받자 일족 모두를 데리고 길을 떠나온 것이었다. 하지만 투오르는 일족과 어울려 지내기보다는 혼자 있거나 요정들과의 친교를 좋아했는데, 이는 요정들의 언어를 알고 있었기 때문이다. 그는 미스림호수의 긴 호반을 홀로 떠돌며 때로는 숲에서 사냥을 하거나, 또 때로는 곰의 힘줄로 만든 현과 나무로 만든 투박한 하프로 바위 위에서 불쑥 음악을 연주하기도 하였다. 하지만 그는 인간들의 귀를 위하여 노래를 부르지는 않았다. 많은 사람들이 투오르의 투박한 노래에 힘이 있다는 소문을 듣고 멀리서부터 그의 하프 소리를 들으러 왔지만, 그는 노래를 그만두고 산속 외딴곳으로 떠나 버렸다.

그곳에서 그는 아득히 먼 세상에서 벌어진 일을 비롯하여 이상한 이야기들을 많이 알게 되었고, 그리하여 더 깊은 지식에 대한 갈망이 그를 찾아왔다. 하지만 그의 마음은 아직 안개 속 미스림호수의 푸르스름한 물과 긴 호숫가를 떠나지 않았다. 그렇지만 그의 운명은 그가 영원히 그곳에 거하는 것을 허락하지 않았다. 사람들의 이야기에 따르면 어느 날 투오르가 마법과 운명의 힘에 이끌려 동굴처럼 생긴 어떤 바위틈을 발견하게 되었기 때문이다. 미스림에서 흘러 내려온 비밀의 강이 그 속으로 흐르고 있었던 것이다. 투오르는 비밀을 알아내기 위해 동굴 속으로 들어가는데, 들어가고 나자 미스림호수의 물이 그를 더 안쪽으로 밀어 넣어 다시 돌아 나올 수 없는 지점까지 이르고 말았다. 사람들 이야기로는 여기에 울모의 뜻이 개입되어 있었다고 하는데, 울모가 그노메들을 설득하여 이 깊은 비밀의 통로를 만들게 했다는 것이다. 그때 투오르 앞에 그노메들이 나타나 다시 햇빛을 볼 때까지 산속의 캄캄한 통로 속으로 그를 인도하였다.

아버지는 이 텍스트(나는 이를 '투를린본'이라고 부른다)를 작성할 때 「이야기」의 텍스트를 눈앞에 두고 있었음을 알 수 있다. 한쪽에 있는 문장이 저쪽에도 나오기 때문이다(이를테면 다음 문장. "어느 날 투오르가 마법과 운명의 힘에 이끌려 동굴처럼 생긴 어떤 바위틈을 발견하게 되는데," 66쪽). 하지만 몇 가지 점에서 이전 텍스트보다 진전된 내용이 있다. 투오르의 원래 가계도는 그대로(인도르의 아들 펠레그의 아들로) 유지되고 있지만, 이 부족에 대해 더 많은 이야기가 있다. 즉, 그들은 멜코의 세력에 맞서 요정들을 돕기 위해 동쪽에서 온 인간들로, 이 전투가 바로 훗날 '한없는 눈물의 전투'로 불리게 되는 끔찍하고 엄청난 전투였다. 그러나 그들은 너무 늦게 왔다. 그들은 대규모로 히실로메, 곧 '황혼의 안개'(히슬룸)에 정착하는데, 이곳은 도르로민, 곧 '어둠의 땅'으로 불리기도 하는 지역이었다. 상고대 역사에 관한 초기 구상에서 결정적이며 중요한 한 가지 사항은 그 전투에서 멜코가 압승을 거두었다는 사실이다. 그 압도적인 승리로 인해 놀돌리로 불리는 요정들 상당수가 그의 포로로 붙잡혀 가는데, 이는 「이야기」(79쪽)에도 나온다. "그런데 알아 두어야 할 것은 곤도슬림이 '한없는 눈물의 전투'에서 멜코의 군대를 피해 달아난 유일한 놀돌리 일족이었다는 점이다. 그 전투에서 멜코는 놀돌리를 살육하거나 노예로 사로잡았고, 그들의 주위에 마법을 걸어 '강철지옥' 안에 가두고 오로지 자신의 의지와 지시에 따라서만 움직일 수 있도록 하였다."

또한 이 텍스트에서 주목할 만한 것은 울모의 "계획과 원하는 바"에 대한 설명으로, 「이야기」(77쪽)에도 이미 그의 목표가 서술된 바 있다. 그러나 「이야기」에는 "투오르는 이에 대해 잘 이해하지 못한" 것으로 나오고—더 이상의 설명은 없다. 그런데 이 짤막한 후속 텍스트(투를린본)에서 울모는 자신이 홀로 멜코의 힘에 대한 공포를 느끼고 다른 발라들을 설득하려고 했으나 성사되지 못했다는 내용과 함께 멜코의 권세에 맞서 발리노르가 일어나야 한다는 자신의 바람에 대해 이야기하고 있다. 또한 놀돌리 요정들을 설득하여 발리노르에 동정과 도움을 간청하는 사자들을 보내려는 시도를 하였지만, 발라들은 "바깥세상 돌아가는 일은 괘념하지 않은 채 장막을 두른 발리노르의 언덕 너머에 거하고 있었다"는 이야기가 나온다. 이때가 이른바 "발리노르의 은폐"로 알려진 시기로, 투를린본(159쪽)에는 "신들은 [발리노르로 가는] 길을 마법으로 복잡하게 헝클어 버리고 에워두른 산들로 장벽을 세워 두고 있었다"고 되어 있다(역사와 관련하여 이 결정적으로 중요한 사항에 대해서는 286쪽 이하의 '서사의 진화' 참조).

가장 의미심장한 대목은 다음(159쪽) 문장이다. "아래의 이야기는 요정족의 사자가 과연 그 위험한 길을 통과해 올 수 있을지 울모가 기대하지 않고 있었다는 내용과 함께, 이에 따라 그가 구상한 지극히 심오하고 새로운 계획, 그리고 그로 인해 벌어진 사건들을 다룬다."

「신화 스케치」수록 서사

다음은 아버지가 1926년 「신화 스케치」라고 명명한 작품—나중에 이를 '원본 실마릴리온'으로 명명함—속에 수록해 놓은 '곤돌린의 몰락' 서사를 그대로 옮긴 것이다. 작품의 일부는 『베렌과 루시엔』(129쪽)에 실려 있고, 작품의 성격에 대한 설명도 그 속에 함께 들어 있는데, 추가로 그 일부를 이 책의 프롤로그로 사용하였다. 아버지는 나중에 여러 대목을 (거의 모두 내용 추가 형태로) 수정하였고, 이것들은 대부분 대괄호 속에 넣었다.

월미르Ylmir는 울모Ulmo의 그노메식 표기이다.

큰 강 시리온은 대륙을 횡단하여 서남쪽으로 흐르는 강이다. 하구에는 거대한 삼각주가 있었고, 하류는 초록의 넓고 비옥한 땅을 통과하는데 오르크들의 공격 때문에 그곳에는 새나 짐승 말고는 사람이 거의 살지 않았다. 하지만 오르크들도 원래 북쪽의 숲속을 선호하는 데다—시리온하구가 서쪽바다에 있어서—
윌미르의 힘을 두려워했기 때문에 그곳에 거주하지는 않았다.

핑골핀의 아들 투르곤은 이스핀이라는 누이가 있었다. 그녀
는 한없는 눈물의 전투가 있은 뒤 타우르나푸인에서 길을 잃었
다. 그곳에서 '검은요정' 에올의 함정에 빠졌던 것이다. 그들의
아들이 메글린이다. 패주하던 투르곤의 백성들은 후린의 무용
덕택에 모르고스에게 들키지 않고 종적을 감추는데, 온 세상에
서 이를 아는 자는 윌미르밖에 없었다. 투르곤의 정찰대는 산꼭
대기로 올라가다가 산속의 비밀스러운 곳에서 둥그렇게 산으로
완전히 둘러싸인 널찍한 골짜기를 발견하는데, 중심부로 들어
갈수록 산은 점점 낮아졌다. 이 둥그런 지형의 중심에 산이 없는
넓은 대지가 있었고, 이 평원에는 돌출한 바위 언덕이 하나 있었
다. 이 언덕은 평원의 정중앙에 있는 것이 아니라 시리온강 주변
으로 이어지는 외벽의 일부와 가까웠다. [앙반드와 가장 가까운
산은 핑골핀의 돌무덤이 지키고 있었다.]

윌미르는 시리온강을 통해 이 골짜기를 은신처로 취하라는
전갈을 보내고, 적군과 첩자를 물리칠 수 있도록 주변의 모든 산
위에 마법을 걸어 두는 방법을 가르쳐 준다. 윌미르는 모르고스
에 대항하는 요정들의 모든 은신처 중에서 그들의 성채가 가장
오래 버틸 것이며, 도리아스처럼 내부의 배신만 없다면 무너지
지 않을 것이라고 예언한다. 시리온강 근처는 에워두른산맥 중
에서 가장 낮은 곳이었지만, 마법의 힘은 가장 강했다. 이곳에
그노메들은 산맥의 바닥 밑으로 곡선으로 튼튼한 굴을 파는데,
이 굴은 결국 '파수평원'(시리온강 서쪽으로 나르고스론드 왕국까

지 넓게 펼쳐진 평원—역자 주)으로 나온다. 굴의 바깥쪽 입구는 윌미르의 마법이 지키고 있고, 안쪽 출입구는 그노메들이 늘 경계를 하고 있다. 이 굴을 판 것은 안에 있는 이들이 혹시 탈출하거나, 또는 정찰대나 방랑객 혹은 전언을 골짜기 밖으로 급히 내보내야 할 때, 그리고 모르고스에게서 도망쳐 나온 탈주자들이 들어올 수 있도록 하기 위해서였다.

독수리들의 왕 소론도르는 에워두른산맥의 북쪽 고지대로 자신의 둥지를 옮기고, [핑골핀의 돌무덤 위에 올라앉아] 오르크 첩자들로부터 그들을 지켜 주고 있다. '경비 언덕'이라는 뜻의 바위 언덕 아몬 과레스 위에 강철로 만든 문을 세운 위대한 도시 곤돌린이 건설되는데, 요정들은 언덕의 측면을 유리처럼 매끄럽게 갈아 내고 상단은 평탄하게 조성하였다. 주변의 평원은 산맥의 발치에 이르기까지 모두 깎아 놓은 잔디밭처럼 평평하고 매끄러워서, 그 위로 기어 오는 것은 무엇이든지 반드시 발각될 수밖에 없었다. 곤돌린은 인구가 늘어나고 그들의 병기고는 무기로 가득 찬다. 하지만 투르곤은 나르고스론드나 도리아스를 돕기 위해 군사를 이끌고 나가지 않았고, 디오르가 살해당한 뒤에는 페아노르의 아들들과 더 이상 관계를 맺지 않았다. 그는 결국 탈주자들이 들어오지 못하도록 골짜기를 봉쇄하고, 곤돌린 주민들에게도 골짜기를 떠나지 못하게 한다. 곤돌린은 살아남은 요정들의 유일한 요새가 된 것이다. 모르고스는 투르곤을 잊지 않았고 수색을 계속하지만 소용이 없었다. 나르고스론드도 무너지고, 도리아스도 폐허가 되고, 후린의 아이들도 죽고, 남은 것은 뿔뿔이 흩어져 도망 다니는 요정들과 그노메들, 일코린디

(장정을 떠나지 않고 가운데땅에 잔류한 요정들을 가리키는 이름 중의 하나—역자 주)밖에 없었다. 하지만 대장간과 광산에서 노역을 하는 요정들은 엄청나게 많았고, 이제 모르고스는 거의 완벽한 승리를 거두기 직전이었다.

투르곤의 누이 이스핀은 에올과의 사이에서 낳은 아들 메글린을 곤돌린으로 보내는데, 일코린의 피가 절반 섞여 있지만 그는 그곳에서 받아들여져 왕자로 [외부에서 들어온 탈주자들 중에서는 마지막으로] 대접을 받았다.

히슬룸의 후린은 후오르라는 동생이 있었다. 후오르의 아들은 투오르로, 후린의 아들 투린보다 나이가 아래였다[>투린의 사촌이었다]. 후오르의 아내 리안은 한없는 눈물의 전투가 벌어진 들판의 전사자들 무덤 속에서 남편의 시신을 찾다가 숨을 거두었다. 히슬룸에 남아 있던 그녀의 아들은 전투가 끝난 뒤 모르고스가 강제로 히슬룸에 이주시킨 신의 없는 인간들의 손에 들어가서 결국 노예가 되고 말았다. 보살핌도 받지 못하고 험하게 살던 투오르는 숲속으로 들어가 무법자에 은자隱者가 되었고, 그가 이야기를 나누는 상대는 방랑하며 숨어 지내는 요정들밖에 없었다. 한번은 윌미르가 궁리 끝에 그를 땅속의 물길로 들여보내는데, 그 물길은 미스림에서 나와 갈라진 틈으로 들어가는 강이 되어 나중에 서쪽 바다로 흘러 들어갔다. 그는 이렇게 인간이나 오르크, 첩자 들에게 들키지 않게 출발하였고, 모르고스도 이를 알지 못했다. 서쪽 해안으로 내려간 투오르는 오랜 방랑 끝에 시리온하구로 가서 브론웨그라는 그노메를 만나는데, 그는 예전에 곤돌린에 살던 요정이었다. 그들은 비밀리에 시리온강을 거슬러 올라가는 여정을 함께 시작한다. 투오르는 난타스린, 곧 버드나무땅의 달콤한 향기 속에 오랫동안 머무는데, 강물을 따라 올라온 월미르가 그를 찾아와 임무를 전달한다. 투르곤에게 모르고스와의 싸움을 준비하도록 하라는 전갈이었다. 월미르는 그노메들을 용서하고 그들을 구출할 수 있도록 발라들의 마음을 돌려 놓을 계획이었기 때문이다. 투르곤이 이를 따르면, 전투는 끔찍하겠지만 오르크 종족은 괴멸되어 앞으로는 요정과 인간 들을 괴롭히지 못할 것이었다. 만약 따르지 않는다면, 곤돌린 주민들은 시리온하구로 피난을 떠날 준비를 해야 하며, 그곳에서 월미르가 그들이 선박을 건조할 수 있도록 도와주고 그런 다음 발리노르로 돌아가는 길을 안내할 것이라고 했다. 투르곤이 월미르의 뜻을 따르면, 투오르는 잠시 곤돌린에 남았다가 요정 부대를 이끌고 히슬룸으로 돌아가 인간들을 다시 한번 요정들과의 동맹에 끌어들일 계획이었는데, 이는 "요정들은 인간 없이는 오르크나 발로그를 결코 이길 수 없기" 때문이다. 월미르가 이를 추진한 것은 [그들이 왕궁에 그대로 머물러 있으면] 7년 안에 메글린으로 인해 곤돌린에 종말이 닥칠 것임을 알고 있었기 때문이다.

투오르와 브론웨그는 [월미르의 은총으로] 비밀 통로를 발견하고, 경비가 삼엄한 평원에 들어선다. 경비병들에게 체포된 그들은 투르곤 앞에 서게 되는데, 노령의 투르곤은 무척 강인하고 자존심이 센 군주이며 곤돌린은 매우 수려하고 아름다운 도시였다. 주민들은 도시에 대한 자부심이 대단하여 도시에 난공불락의 은밀한 힘이 있다는 것을 확신하고 있었고, 그리하여 왕과 백성들 대다수는 외부의 그노메나 요정들의 시비에 휘말리지 않으려 하고 인간들도 좋아하지 않았으며 더 이상 발리노르에 대한 갈망도 품고 있지 않았다. 왕은 자신의 딸이자 통찰력이 뛰어난 이드릴(그녀는 맨발로 다니기를 좋아했기 때문에 '은의 발'로도 불렸다)을 비롯하여 자신의 자문관들 중 더 지혜로운 자들의 간언에도 불구하고 투오르의 전언을 무시하는데, 이는 그가 메글린의 조언을 받아들였기 때문이다. 3년 후 투오르는 이드릴과 결혼하는데—유한한 생명의 인간들 중에서는 투오르와 베렌만이 요정과 결혼한 인물이다. 베렌의 아들인 디오르의 딸 엘윙이 투오르와 이드릴의 아들 에아렌델과 결혼하면서, 오직 그들을 통해서만 요정의 피가 유한한 생명의 인간의 혈통 속으로 들어오게 되었다.

이 일이 있은 지 얼마 되지 않아 메글린이 산을 넘어 먼 곳까지 나갔다가 오르크들에게 붙잡혀 앙반드로 끌려가는데, 거기서 그는 목숨을 구하기 위해 곤돌린과 그 비밀을 털어놓게 된다. 모르고스는 그에게 곤돌린의 통치권과 함께 이드릴을 얻을 수 있게 해 주겠다는 약속을 한다. 이드릴에 대한 욕망이 쉽사리 그를 배신의 길로 이끌었고, 투오르에 대한 증오 또한 키웠던 것이다.

모르고스는 그를 다시 곤돌린으로 돌려보낸다. 에아렌델이 태어나는데, 그는 요정의 아름다움과 빛과 지혜를 지녔고, 인간의 담대함과 힘을 가졌으며, 투오르를 매료시켜 영원히 사로잡고 있는 그 바다를 향한 갈망도 가졌는데, 이 갈망은 버드나무땅의 투오르에게 월미르가 말을 걸었을 때 투오르가 느낀 그 갈망이었다.

마침내 모르고스는 준비를 마치고 용과 발로그, 오르크 들을 동원하여 곤돌린에 대한 공격을 개시한다. 성벽 주변에서 벌어진 끔찍한 전투 끝에 도시는 무너져 내리고 투르곤은 대광장에서 있었던 마지막 싸움에서 많은 높은 귀족들과 함께 목숨을 잃는다. 투오르는 이드릴과 에아렌델을 메글린에게서 구출하고, 그를 흉벽 밖으로 내던져 버린다. 그리고 이드릴의 조언에 따라 미리 만들어 둔 비밀 땅굴 속으로 곤돌린의 남은 백성들을 이끌고 들어간다. 이 땅굴은 멀리 평원 북쪽으로 나오게 되어 있다. 그와 동행하지 않고 옛날의 '탈출로'로 달아난 이들은 모르고스가 출구를 감시하도록 보내 놓은 용에게 붙잡히고 말았다.

화재로 인해 생긴 연기 속에 투오르는 일행을 이끌고 산속으로 들어가 크리스소른(독수리의 틈)의 추운 고개 위로 올라간다. 거기서 그는 기습 공격을 받지만, 글로르핀델(곤돌린의 황금꽃 가문의 수장으로 산꼭대기에서 발로그와 결투를 벌이다 전사한 인물)의 무용과 소론도르의 지원 덕분에 목숨을 건진다. 남은 이들은 시리온강에 이르고 다시 그 하구—시리온 바다—에 있는 땅으로 내려간다. 모르고스의 승리는 이제 완성되었다.

이 축약형으로 기록되어 있는 서사는 「곤돌린의 몰락 이야기」에 실려 있는 형태와 크게 다르지 않지만, 그럼에도 불구하고 의미를 부여할 만한 새로운 내용이 있다. 「이야기」의 투오르가 '요정의 친구들', 곧 에다인의 가계로 설정된 것은 바로 여기서다. 그는 후린의 동생 후오르의 아들로 되어 있고—후린은 비극적 영웅 투린 투람바르의 아버지이다. 그래서 투오르는 투린과 사촌 간이 된다. 후오르가 한없는 눈물의 전투(167쪽 참조)에서 목숨을 잃었으며, 그의 아내 리안이 전장에서 남편의 시신을 찾다가 숨을 거둔 이야기 역시 여기에 들어 있다. 그들의 아들 투오르는 히슬룸에 남아 있다가 "전투가 끝난 뒤 모르고스가 강제로 히슬룸에 이주시킨 신의 없는 인간들"의 노예가 되지만(167쪽), 그들에게서 탈출하여 야생에서 홀로 생활하였다.

좀 더 넓게 상고대 역사의 맥락에서 보면, 서사의 초기본들 사이의 핵심적 차이는 에워두른산맥 속에 숨어 있는 톰라덴협곡의 발견에 대해 아버지가 어떻게 설명하고 있느냐하는 것이다. 「신화 스케치」(165쪽)에는 엄청난 전투(니르나에스 아르노에디아드, '한없는 눈물의 전투') 뒤에 패주하던 투르곤의 백성들이 모르고스에게 들키지 않고 종적을 감추었다고 되어 있는데, "투르곤의 정찰대는 산꼭대기로 올라가다가 산속의 비밀스러운 곳에서 둥그렇게 산으로 완전히 둘러싸인 널찍한 골짜기를 발견"하였기 때문이다. 하지만 「곤돌린의 몰락 이야기」를 작성하던 시점에는 서사가 끔찍한 전투 이후 곤돌린의 파멸에 이르기까지 오랜 세월이 흐른 것으로 되어 있었다. 그곳에 도착했을 때 투오르는 "어떻게 해서 길고 긴 세월에 걸친 불굴의 노동조차 도시를 건설하고 장식하는 데 충분하지 않았는지, 또 그래서 어찌하여 주민들은 아직도 노동을 하고 있는지"에 대해 들

었다는 기록(90쪽)이 나오기 때문이다. 이 시간상의 불일
치로 인해 아버지는 나중에 (투르곤의) 곤돌린 위치 발견과
도시 건설을 한없는 눈물의 전투 '이전' 여러 세기 전의 어
느 시점으로 결정하였다. 투르곤은 백성들을 이끌고 전장
에서 벗어나 시리온강을 따라 남쪽으로 달아나다가 <u>오래
전 그가 건설해 놓은 비밀 도시로 향했던 것이다.</u> 투오르가
도착한 곳은 매우 오래된 도시였다.

내가 보기에 「신화 스케치」에는 곤돌린 공격에 관한 서
사에 뚜렷한 차이가 있다. 「곤돌린의 몰락 이야기」에서는
메글린이 오르크들에게 붙잡히기 '전에' 모르고스가 곤돌
린을 발견한 것(97쪽 이하)으로 되어 있었다. 모르고스는
"시리온강 변의 골짜기를 여기저기 돌아다니는" 한 인간
이 있다는 이상한 소문을 듣고 무척 수상하게 여겼다. 그래
서 그는 이를 위해 동물과 새와 파충류 등 "엄청나게 많은
첩자들을" 끌어모았고, 이들은 "오랫동안 쉬지 않고" 방대
한 정보를 그에게 가져왔던 것이다. 그의 첩자들은 에워두
른산맥 위에서 툼라덴평원을 내려다보았고, 심지어 '탈출
로'조차 발각되고 말았다. 에아렌델이 한 살 때 모르고스
의 부하들이 "툼라덴협곡을 사방에서 포위하였다"는 오랜
흉보가 곤돌린에 전해졌고, 투르곤은 도시에 대한 수비를
강화하였다. 「곤돌린의 몰락 이야기」에는 '그 후에 나오
는' 메글린의 배신이 곤돌린의 설계와 도시의 방어를 위한
모든 대비 상태(101쪽)를 그가 상세히 설명하는 데 맞춰져

있었다. 그는 멜코와 함께 "곤돌린을 무너뜨릴 계획을 세"
웠다.

하지만 축약형인 「스케치」(169쪽)의 서술에는 메글린이
산속에서 오르크들에게 붙잡혔을 때 "앙반드로 끌려가는
데, 거기서 그는 목숨을 구하기 위해 '곤돌린과 그 비밀을
털어놓게 된다'"고 되어 있다. 내 생각에 "곤돌린을 털어놓
는다"는 말은 이미 이야기를 변경하기로 결정했다는 것을
분명히 보여 주기 위한 것으로 보이며, 모르고스는 메글린
이 오르크들에게 붙잡히기 '전에는' 숨은왕국이 어디 있는
지 알지 못했고 발견할 수도 없었다는 후기의 이야기가 이
미 구축되어 있었다. 하지만 나중에는 내용이 또 변경된다
(363~365쪽 참조).

✻

「퀜타 놀도린와」 수록 서사

이제 다음 텍스트는 '실마릴리온'을 구성하는 핵심 텍스트 중의 하나로, 이 텍스트에서 『베렌과 루시엔』의 몇 대목을 발췌한 바 있는데, 『베렌과 루시엔』에 실은 자료 설명의 일부를 여기 다시 인용하고자 한다.

「신화 스케치」 다음으로는, 내가 '퀜타'('역사'라는 뜻의 퀘냐—역자 주)로 지칭할 이 텍스트가 아버지가 이뤄 낸 '실마릴리온'의 완전하고 완결된 유일본으로 (확실해 보이지만) 1930년에 만든 타자 원고이다. 그보다 앞서 작성된 초고들이나 개요들은 없으며 혹 있었다 하더라도 남아 있지 않다. 다만, 작품을 상당한 길이까지 진척시킬 동안 아버지가 「스케치」를 앞에 두고 있었던 것은 분명하다. 원고가 「스케치」보다 길고 거기에 '실마릴리온 문체'가 선명하게 나타났음에도

불구하고, 어디까지나 하나의 압축본이고 하나의 간
명한 설명일 뿐이다.

이 텍스트를 압축본이라고 한다고 해서 이 원고가 급하게
완성되었다거나, 나중에 좀 더 완성도를 높일 필요가 있었
다는 뜻은 아니다. Q I과 Q II (아래에서 설명함) 두 개의 원
고를 비교하면 아버지가 얼마나 조심스럽게 각 어구의 운
율을 듣고 따지고 있는지 알 수 있다. 하지만 압축이 있었
던 것은 사실이다. 「퀜타」의 전투 장면에 할애한 20행가량
이 「이야기」에서는 10쪽이 훨씬 넘는다는 사실을 보면 알
수 있다.

「퀜타」가 마무리될 즈음 아버지는 텍스트 몇 부분의 양
을 늘려 다시 타자로 작성하는데(폐기한 페이지는 보관하
고), 이렇게 원고를 다시 쓰기 이전의 텍스트를 'Q I'이라고
부르겠다. Q I이 중단된 것은 서사가 끝날 즈음인데, 다시
쓴 원고('Q II')만 끝까지 간다. 이로 미루어 보아 원고 재작
성은 (곤돌린과 그 파괴를 다루는 내용으로) 동일한 시기에 이
루어진 것이 확실해 보이는데, 여기서는 곤돌린 이야기가
시작되는 지점부터 Q II 텍스트 전체를 수록하였다. 독수
리들의 왕 소른도르의 이름은 이 텍스트를 거치며 소론도
르로 변경되었다.

완성된 「퀜타」 원고에는 「스케치」에 나온 서사(172~173쪽
참조)가 그대로 남아 있는 것을 알 수 있다. 곤돌린 골짜기
는 한없는 눈물의 전투에서 달아나던 투르곤 군대의 정찰

대가 발견한 것으로 되어 있기 때문이다. 시간은 확정할 수 없으나 그 후 어느 시점에 아버지는 관련된 모든 대목을 재작성했고, 다음에 실은 텍스트에는 그 수정 내용을 담았다.

여기서 곤돌린 이야기를 해야겠다. 요정들의 노래에 나오는 위대한 강, 대하 시리온은 벨레리안드 전역을 통과하여 서남쪽으로 흐르고 있었다. 하구에는 거대한 삼각주가 있었고, 하류는 초록의 넓고 비옥한 땅을 통과하는데 새나 짐승 말고는 사람이 거의 살지 않았다. 하지만 오르크들은 이곳에 거의 출몰하지 않았는데, 이곳이 북부의 삼림이나 고지대로부터 멀기도 하거니와 또 강물이 바다와 가까워질수록 울모의 힘이 더 커졌기 때문이다. 아울러 이 강의 하구는 서쪽바다 쪽을 바라보고 있었고, 이 바다의 건너편 끝에는 발리노르의 해안이 있었던 것이다.

핑골핀의 아들 투르곤은 '하얀 손' 이스핀이라는 누이가 있었다. 그녀는 한없는 눈물의 전투가 있은 뒤 타우르나푸인에서 길을 잃었다. 그녀는 그곳에서 검은요정 에올에게 붙잡히는데, 그는 어두운 성격의 소유자로 전투가 벌어지기 전에 요정들을 떠난 것으로 알려져 있지만 모르고스 편에서 싸우지는 않았다. 하지만 그는 이스핀을 아내로 취했고 그들의 아들이 메글린이었다.

앞서 이야기한 대로 투르곤의 백성들은 후린의 무용 덕분에 전장을 빠져나왔고, 모르고스에게 들키지 않고 아무도 모르게 종적을 감추었다. 울모만이 그들이 어디로 갔는지 알고 있었다. [고지대를 올라가던 그들의 정찰대가 산속에서 비밀스러운 곳

(널찍한 골짜기)을 발견하였다.>] 그들은 투르곤이 건설해 놓은 숨은도시 곤돌린으로 돌아간 것이기 때문이다. 산속 비밀스러운 곳에는 산으로 완전히 에워싸인 널찍한 골짜기가 있었는데, 빈틈없이 울타리로 둘러싼 형상이었고 가운데로 내려갈수록 산은 점점 낮아졌다. 경탄을 금할 수 없는 원형 지대의 한가운데에 넓은 대지와 초록의 평원이 있는데, 그 위에는 산은 없고 다만 바위로 된 언덕 하나가 우뚝 솟아 있었다. 평원 위에 거뭇하게 솟은 언덕은 원의 중앙이 아니라 시리온강 경계로 이어지는 외벽의 일부와 가까웠다. '에워두른산맥'에서 가장 높은 곳은 앙반드의 위협을 상대하고 있는 북쪽으로, 동쪽과 북쪽으로 난 이 산맥 바깥의 비탈에서 무시무시한 타우르나푸인의 그림자가 시작되었다. 하지만 산맥 꼭대기에는 핑골핀의 돌무덤이 있어서 어떤 악의 무리도 아직 그쪽으로 접근하지는 못했다.

[그노메들이 은신처로 택한>] 투르곤이 진작에 은신처로 택했던 이 골짜기에 그는 모습을 감추고 적을 미혹시키기 위하여 산맥 곳곳에 마법을 걸어 두었기 때문에 적이나 첩자들은 이곳을 도저히 찾을 수 없었다. 이 일을 할 때 투르곤은 시리온강을 거슬러 올라온 울모의 전갈에서 도움을 받았다. 왜냐하면 울모의 목소리는 많은 물속에서 들을 수 있고, 그노메들 중에는 아직 그 소리를 들을 수 있는 지혜를 가진 자들이 있었기 때문이다. 그 당시 요정들은 압도적인 괴멸 상태에 있었고, 그래서 울모는 어려운 처지에 빠져 있는 망명 요정들에 대한 연민으로 가득 차 있었다. 그는 모르고스의 무력에 대항하는 요정들의 모든 은신처 중에서 곤돌린 성채가 가장 오래 버틸 것이며, 도리아스처럼

내부의 배신만 없으면 무너지지 않을 것이라고 예언했다. 울모가 지켜 주는 힘 때문에 시리온강 근처는 에워두른산맥 중에서 가장 낮은 곳이었지만, 은신을 위한 마법의 힘은 가장 강했다. 그노메들은 이곳에 산맥의 바닥 밑으로 곡선으로 튼튼한 굴을 파는데, 출구가 있는 곳은 그 축복의 강이 흘러가는 협곡의 나무가 우거진 어두컴컴한 급경사지였다. 이 지점은 강줄기가 아직 약했지만, 에워두른산맥의 어깨와 히슬룸 장벽, 곧 어둠산맥 에뤼드로민[>에레드웨시온] 사이에 있는 좁은 계곡으로 힘차게 흘러 내려가고 있었다. [삭제: 강의 발원지는 어둠산맥의 북쪽 고지대에 있었다.]

그 굴을 만든 목적은 무엇보다도 방랑자들과 모르고스에게 감금되어 있다가 도망쳐 나온 이들의 귀환 통로로 쓰기 위해서였는데, 대개는 요정들의 정찰대나 연락병들이 출구로 사용하였다. 왜냐하면 투르곤은 그 끔찍한 전투를 마치고 골짜기에 처음 들어왔을 때,[4] 모르고스 바우글리르가 요정이나 인간 들이 상대하기에는 너무 강성해졌으므로 모든 것을 잃어버리기 전에 발라들의 용서나 도움을 청할 수만 있다면 그렇게 하는 것이 낫겠다고 생각했기 때문이다. 그리하여 모르고스의 어둠이 벨레리안드 구석까지 퍼지기 전에 그의 백성들 중의 일부는 이따금 시리온강 하류로 내려가 강의 하구에 작은 비밀 항구를 만들었다. 그리고 그들은 가끔 그노메 왕의 청원을 싣고 서녘으로 향하는 배를 그곳에서 띄우곤 했다. 그중 일부는 역풍을 만나 돌아오

---

4 이 문장에는 삭제라는 뜻으로 X 표시가 붙어 있지만, 새로 보완되지는 않았다.

기도 했으나, 대개는 귀환하지 못했고 또 발리노르에 이르지도 못했다.

탈출로의 출구는 요정들이 고안해 낼 수 있는 최강의 마법으로 은폐와 감시가 이루어졌고, 시리온의 강물 속에는 울모의 사랑을 받는 힘도 숨어 있어서 어떤 사악한 존재도 그곳을 찾아낼 수 없었다. 곤돌린 골짜기를 향해 있는 안쪽 출입구는 그노메들이 늘 경계를 서고 있었다.

그 당시 독수리들의 왕 소론도르는 모르고스의 위력과 악취, 매연, 그리고 동굴 속 자신의 저택 위의 높은 산꼭대기에 항상 걸쳐 있는 사악한 검은 구름 때문에 상고로드림에 있던 둥지를 옮겼다. 에워두른산맥 북쪽의 고지대로 이주한 그는 핑골핀 왕의 돌무덤 위에 앉아 많은 것들을 살피고 감시하였다. 그리고 그 아래쪽 골짜기에 핑골핀의 아들 투르곤이 살고 있었던 것이다. 평원 가운데에 있는 바위로 된 고지대인 아몬 과레스, 곧 '경비 언덕' 위에 위대한 곤돌린이 건설되었고, 그 명성과 영광은 '바깥땅' 모든 요정들이 사는 곳마다 노래 속에 찬란한 빛을 발했다. 곤돌린의 대문은 강철로 되어 있었고 성벽은 대리석이었다. 요정들은 언덕의 측면을 검은 유리처럼 매끄럽게 윤을 냈고, 꼭대기는 도시를 건설하기 위해 왕의 탑과 궁이 서 있는 중심부를 제외하고는 평탄하게 만들었다. 도시에는 많은 분수가 있었고, 아몬 과레스의 반짝이는 비탈 위로 하얀 물줄기가 흐릿한 빛을 내며 흘러내렸다. 그들은 주변의 평원을 말끔하게 단장하여 출입문 앞에 있는 층계에서부터 산의 발치에 이르기까지 모두 잔디밭 모양으로 잘 깎아 두었고, 따라서 기어 오든 걸어오든 평원을 넘어오려면 발각될 수밖에 없었다.

도시의 인구는 엄청나게 불어났고, 그들의 병기고는 각종 무기와 방패로 가득했다. 그노메들은 처음에는 때가 오면 전쟁터로 나가서 싸울 계획이었기 때문이다. 하지만 그들은 세월이 흐르면서 자기 손으로 만들어 놓은 그 땅을 점점 사랑하게 되었다. 그노메들이 흔히 그렇듯이 그 사랑은 대단한 것이었고, 그들은 더 이상을 바라지 않았다. 전시든 평시든 어떤 경우에도 그들은 다시 곤돌린을 나가지 않았다. 그들은 이제 서녘에 사자를 보내지 않았고, 시리온에 세운 항구는 황폐해졌다. 그들은 마법을 씌운 난공불락의 산 너머에 스스로를 봉쇄하였고, 모르고스에게서 도망 나와 증오 속에 쫓기는 자에게도 문을 열어 주지 않았다. 바깥세상의 소식은 그들에게는 멀리서 들리는 희미한 소리일 뿐, 그들은 이를 거의 개의치 않았다. 그들이 사는 곳은 소문으로만 떠돌면서 아무도 찾을 수 없는 비밀이 되었다. 나르고스론드도 도리아스도 그들의 도움을 받지 못했고, 방랑하는 요정들이 그들을 찾았으나 허사였으며, 오로지 울모만이 투르곤의 왕국이 있는 곳을 알고 있었다. 투르곤은 소론도르를 통해 싱골의 후계자 디오르의 죽음을 전해 들었고, 그 뒤로는 바깥세상의 비통함을 알리는 말에는 귀를 닫았다. 그는 이제 다시 페아노르의 아들 누구의 편을 들어 출정하는 일은 없을 것이라고 맹세를 하였고, 자신의 백성들에게도 산의 경계를 넘는 것을 엄격히 금하였다.

이제 요정들의 모든 성채 중에서 남은 것은 곤돌린뿐이었다. 모르고스는 투르곤을 기억하고 있었고, 투르곤의 소재 파악 없이는 자신의 승리를 선언할 수 없다는 것을 알고 있었다. 하지만 추적을 계속하였으나 소용이 없었다. 나르고스론드는 비어 있었고, 도리아스는 폐허가 되었으며, 페아노르의 아들들은 쫓겨나 동부와 남부의 야생 삼림 지대에 살고, 히슬룸에는 사악한 인간들이 가득하고, 타우르나푸인은 이름 없는 공포가 스며든 곳이었다. 하도르 일족은 종말을 맞았고, 핀로드의 가문도 마찬가지였다. 베렌은 더 이상 전쟁에 나오지 않았고, 후안은 목숨을 잃었다. 요정과 인간은 모두 모르고스의 뜻에 머리를 조아리거나 앙반드의 광산과 대장간에서 노예로 일했고, 다만 일부 야생에서 떠도는 자들이 있었으나 그들도 한때 그 아름다웠던 벨레리안드의 저 동쪽 멀리에 있을 뿐이었다. 모르고스는 거의 완벽한 승리를 거두기 직전이었으나 아직 완전히 끝난 것은 아니었다.

한번은 에올이 타우르나푸인에서 길을 잃었고, 이스핀은 엄청난 위험과 두려움을 무릅쓰고 곤돌린에 돌아왔다. 그녀가 온 뒤로 울모의 마지막 사자가 나타나기까지 아무도 곤돌린에 들어오지 못하는데, 울모의 사자와 관련해서는 아직 이야기가 더 남아 있다. 이스핀과 함께 아들인 메글린이 들어왔고, 그는 투르곤에게 누이의 아들로 인정받았다. 그는 비록 '검은요정'의 피가 절반 섞여 있었지만, 핑골핀 집안의 왕자로 대우를 받았다. 메글린은 피부색이 거뭇했으나 잘생겼고, 영리하면서 달변이었고, 사람들의 마음과 생각을 돌려놓을 만큼 교활하기도 했다.

그런데 히슬룸의 후린은 후오르라는 동생이 있었다. 후오르의 아들은 투오르였다. 후오르의 아내 리안은 한없는 눈물의 전투가 벌어진 들판의 전사자들 사이에서 남편을 찾아 헤매며 슬피 울다가 숨을 거두었다. 그녀의 아들은 아직 어린아이로 히슬룸에 남아 있었는데, 전투가 끝난 뒤 모르고스가 그 땅에 강제로 이주시킨 신의 없는 인간들의 손에 들어가 노예가 되었다. 아들은 나이가 들면서 수려한 외모에 건장한 체격을 갖추었고, 비통한 생활 속에도 용기와 지혜를 지니고 숲속으로 달아나 무법자에 은자隱者가 되었고, 홀로 살면서 아주 가끔 방랑하거나 숨어 있는 요정들을 만나는 것 말고는 누구와도 교류하지 않았다.[5]

「곤돌린의 몰락 이야기」에 나오듯이 울모는 어느 날 히슬룸 한가운데에 있는 미스림호수에서 발원하여 땅속으로 흐르는 강물을 따라 투오르를 내려보내야겠다는 계획을 세운다. 강물은 크리스일핑[>키리스 헬빈], 곧 '무지개 틈'이라고 하는 거대한 틈새로 흘러 들어가고 격류가 되어 흐른 뒤에 결국 서쪽 바다에 이른다. 이 틈새의 이름이 그렇게 된 것은 격류와 폭포수로 인해 엄청난 물보라가 일어나 그 지점에는 항상 무지개가 햇빛 속에 어른거렸기 때문이다.

이렇게 하여 투오르의 탈출은 어떤 인간이나 어떤 요정도 알아차리지 못했고, 히슬룸 땅에 깔려 있던 오르크나 모르고스의 첩자들조차 알지 못했다.

---

5 이 텍스트는 급하게 수정하는 바람에 여기서 다소 혼선이 있다. 글을 고쳐 쓰면서 리안이 "야생으로 들어갔다"고 하였고 거기서 투오르가 태어나기 때문이다. 그리고 "그는 검은요정들의 손에 크지만, 리안은 '전사자의 언덕'에 몸을 던져 숨을 거두었다. 하지만 투오르는 히슬룸의 숲속에서 자라는데, 수려한 외모에 건장한 체격을 갖추었고 […]." 따라서 다시 쓴 원고에는 투오르가 노예 생활을 했다는 언급이 없다.

투오르는 서쪽 해안 지대를 오랫동안 방랑하면서 계속 남쪽으로 내려갔다. 그는 마침내 시리온하구, 곧 많은 바닷새들이 살고 있는 모래땅 삼각주에 이르렀다. 거기서 그는 브론웨라는 그 노메를 만나는데, 그는 앙반드를 탈출한 자로 원래 투르곤의 백성이었고, 그래서 자신의 주군이 있는 '숨은땅', 곧 모든 포로와 도망자들 사이에 소문만 무성한 그곳으로 가는 길을 찾는 중이었다. 자신이 도망쳐 나온 노예의 땅으로 다시 한 발이라도 더 가까워지는 것은 그로서는 죽기보다 싫은 일이었지만, 그는 이제 시리온강을 따라 올라가 벨레리안드의 투르곤을 찾아 나서기로 작정을 했다. 매우 신중한 인물인 브론웨는 두려움 속에서도 비밀의 여정을 시작하는 투오르를 돕는데, 그들은 오르크들에게 들키지 않도록 야간과 박명 속에서만 행군하였다.

그들이 처음 도착한 곳은 아름다운 버드나무땅 난타스린으로, 그곳은 나로그강과 시리온강이 만나는 지점이었다. 그곳은 온통 초록 세상으로, 초원은 비옥하고 화초로 가득했으며, 많은 새들의 노랫소리가 들려왔다. 투오르는 마치 무엇에 홀린 사람처럼 그곳에 머무는데, 음산한 북부의 대지와 그간의 고단한 방랑을 생각하면 이곳에 머물러 살고 싶은 생각이 간절했다.

저녁 무렵 투오르가 키 큰 풀밭 속에 서 있을 때, 울모가 찾아와 그의 눈앞에 모습을 드러냈다. 울모의 위압적이고 장엄한 모습은 투오르가 아들 에아렌델을 위해 만든 노래 속에 남아 있다. 이후로 바다의 소리와 바다를 향한 갈망은 투오르의 귓속을 울리고 가슴속에 사무쳤다. 그리고 종국에는 그를 울모의 왕국 그 깊은 곳으로 향하게 하는 불안감이 이따금 엄습하였다. 하지만 그때 울모는 그에게 최대한으로 빨리 곤돌린을 찾아가게 했고, 비밀의 문을 찾을 수 있는 방법도 가르쳐 주었다. 그는 요정들의 친구인 울모가 투르곤에게 보내는 전언도 소지하고 있었는데, 그 내용은 모든 것을 잃어버리기 전에 전쟁 준비를 하고 모르고스와 싸움을 치러야 하며, 다시 서녘에 사자를 보내라는 것이었다. 나아가 동부에도 소환장을 보내어 가능하다면 (이제 대지에 퍼져 나가며 수가 불어나고 있는) 인간들을 자신의 기치 아래 불러 모으라는 것이었다. 그 임무를 위해서는 투오르가 가장 적격자였기 때문이다. 울모는 또한 이렇게 조언하였다. "저주받은 울도르의 배신은 잊어버리고 후린을 기억하게. 요정들은 유한한 생명의 인간들 없이는 발로그나 오르크 들과의 싸움에서 이길 수 없기 때문일세." 페아노르의 아들들과의 분쟁 또한 치유되지 못한 상태로 둘 수는 없는 일이었다. 칼 한 자루의 힘도 아쉬울 때가 오면 이것이 그노메들이 희망을 품을 수 있는 마지막 결집이 될 것이기 때문이었다. 그는 이 싸움이 끔찍하고 치명적인 싸움이 될 것이라고 예언하면서 만약 투르곤이 담대히 나서기만 한다면 승리할 수 있을 것이라고 했다. 이는 모르고스의 권세를 무너뜨리고, 분쟁을 치유하고, 인간과 요정 사이의 친교가 회복됨을 의미하며, 이로써 세상에 최고의 유익이 되어 모르고스 수하의 누구도 다시는 이를 해치지 못하리라는 것이었다. 그러나 이 전쟁에 나서지 않겠다면 투르곤은 곤돌린을 포기해야 하며, 백성들을 이끌고 시리온강을 내려가 거기서 배를 건조한 다음 발리노르로 돌아가 신들의 자비를 구해야 한다고 했다. 하지만 후자의 제안은 겉보기와는 달리 전자보다 더 심각한 위험을 안고 있으며, 이후로 '이쪽땅'의 운명 또한 비탄에 빠지게 되어 있었다.

울모가 몸소 이 제안을 한 것은 요정들에 대한 사랑에서 기인한 것으로, 곤돌린의 백성들이 장벽 너머에 안주한다면 여러 해가 가기 전에 종말이 올 것임을 알고 있었기 때문이다. 이렇게 되면 이 세상의 기쁨이나 아름다움 어느 것도 모르고스의 사악으로부터 안전할 수 없었던 것이다.

울모의 명에 따라 투오르와 브론웨는 북행의 여정을 시작하여 마침내 숨은 문에 당도하였고, 굴을 통과하여 안쪽 입구에서 경비병들에게 체포되었다. 그곳에서 그들은 에워두른산맥에 초록 보석처럼 박혀 있는 아름다운 툼라덴협곡을 목격하였다. 툼라덴 안에는 일곱 이름의 도시 위대한 곤돌린이 멀리서 하얗게 반짝이며 평원을 찾은 새벽의 장밋빛에 물들어 있었다. 그들은 그곳으로 인도되어 강철로 만든 문을 지나 왕의 궁정으로 올라가는 층계 앞에 섰다. 거기서 투오르는 울모의 전언을 알렸고, 그의 목소리에는 '물의 군주'의 힘과 장엄함을 느끼게 하는 무언가가 있어서, 모두 그를 경이로운 눈길로 바라보며 이 자가 스스로 밝힌 대로 과연 유한한 생명의 인간이 맞는가 의심하였다. 하지만 투르곤은 오만해져 있었고, 곤돌린은 툰(불사의 땅 요정들의 도시 티리온이 서 있는 언덕 투나의 초기 표기—역자 주)의 기억을 떠올릴 만큼 아름다웠으며, 왕은 자신의 은밀하고 막강한 힘을 믿었다. 그리하여 그와 백성들 대부분은 도시를 위험에 빠뜨리거나 도시를 떠나려 하지 않았고, 외부의 요정이나 인간의 비탄에 엮이려 하지 않았다. 물론 두려움과 위험을 무릅쓰고 서녘으로 돌아가는 것 또한 이제 더는 원하지 않았다.

메글린은 왕의 회의장에서 늘 투오르와 어긋난 이야기를 하였지만, 왕의 의중을 잘 읽고 있는 그의 발언은 좀 더 무게 있게 받아들여졌다. 그 때문에 투르곤이 울모의 명을 거역하였던 것인데, 사실 그의 자문관들 중 아주 지혜로운 자들은 불안을 느꼈다. 왕의 딸은 보통의 요정 딸들보다 훨씬 생각이 지혜로운 인물이었는데, 항상 투오르의 편을 들어 이야기를 하지만 소용이 없었고 그래서 마음이 무거웠다. 그녀는 무척 아름답고 키가 크고 거의 용사에 가까운 체격의 소유자로, 머리는 진짜배기 황금의 빛깔이었다. 그녀의 이름은 이드릴이라고 했는데, 하얀 발 때문에 켈레브린달, 곧 '은의 발'로도 불렸다. 그녀는 곤돌린의 흰색 도로와 초록의 풀밭 위로 항상 맨발로 다니며 춤을 추었다.

그 후로 투오르는 곤돌린에 머물렀고, 하지만 동부의 인간들을 불러내러 가는 일을 하지 않았는데, 이는 곤돌린의 더할 나위 없는 행복과 주민들의 아름다움과 지혜로움에 매료되었기 때문이다. 그는 왕의 총애를 받으며 높이 성장하는데, 그노메들의 지식을 깊이 공부하면서 체격과 생각 모두 뛰어난 인물이 되었기 때문이다. 이드릴의 마음이 그를 향했고, 그 역시 그녀를 바라보았다. 이드릴을 탐하던 메글린은 이를 갈며 분하게 여겼고, 가까운 친척간임에도 불구하고 그녀를 소유하고자 했다. 더욱이 그녀는 곤돌린 왕의 유일한 후계자이기도 했다. 메글린은 사실 마음속으로는 벌써 투르곤을 밀어내고 왕좌를 차지할 궁리를 하고 있었다. 하지만 투르곤은 그를 사랑하고 또 신뢰하였다. 그런 사정에도 불구하고 투오르는 이드릴을 아내로 맞아들였고, 곤돌린 주민들은 흥겨운 잔치를 열었다. 투오르가 메글린과 그를 비밀리에 따르는 추종자들을 제외한 모든 이들의 마음을 얻었기 때문이다. 유한한 생명의 인간들 중에서는 투오르와 베렌만이 요정을 아내로 맞아들이는데, 베렌의 아들인 디오르의 딸 엘윙이 나중에 곤돌린의 투오르와 이드릴의 아들 에아렌델과 결혼을 하면서 오로지 그들을 통해서만 요정나라의 피가 유한한 생명의 인간들 속으로 들어오게 되었다. 하지만 아직 에아렌델은 어린아이였다. 에아렌델은 빼어나게 수려한 외모의 소유자로, 그의 얼굴에는 하늘의 빛을 닮은 빛이 서려 있었고, 요정의 아름다움과 지혜 그리고 그 옛날 인간의 담대함과 힘을 함께 갖추고 있었다. 아버지 투오르와 마찬가지로 그의 귀와 마음속에는 바다의 소리가 늘 들려왔다.

에아렌델의 나이가 아직 어리고, 곤돌린의 시간은 환희와 평화로 가득 차 있던 어느 날(하지만 이드릴은 마음이 불편했고, 불길한 예감이 그의 영혼 속에 구름처럼 스며들었다), 메글린이 보이지 않았다. 메글린은 다른 어떤 기술보다 금속을 찾는 광산 일이나 채석장 일을 좋아하였다. 그는 도시에서 멀리 떨어진 산속에서 작업을 하는 그노메들의 장인이자 우두머리로, 전시나 평상시에 사용할 물건을 만드는 대장간 일을 위해 금속을 찾고 있었다. 하지만 메글린은 소수의 수하를 이끌고 자주 산의 경계를 넘기도 했는데, 왕은 그가 자신의 명을 어기고 있다는 것을 알지 못했다. 그리하여 운명이 정해 놓은 대로, 메글린은 오르크들에게 붙잡혀 모르고스 앞에 끌려 나갔다. 메글린은 약골이나 겁쟁이가 아니었으나 위압적인 고문으로 인해 영혼이 위축되었고, 결국 목숨을 구하고 풀려나기 위해 모르고스에게 곤돌린의 위치와 그곳을 찾아 공격할 수 있는 방법을 털어놓고 말았다. 모르고스는 이루 말로 다 할 수 없이 기뻐하였다. 그는 메글린에게 도시를 점령하고 나면 그를 자신의 봉신으로 삼아 곤돌린의 통치권을 넘겨줄 것이며, 이드릴 또한 차지할 수 있도록 하겠다고 약속했다. 메글린은 이드릴에 대한 욕심과 투오르에 대한 미움 때문에 더 쉽게 사악한 배신의 길로 빠져든 것이었다. 하지만 모르고스는 메글린의 배신이 의심받지 않도록 그를 곤돌린으로 돌려보냈고, 그리하여 메글린은 때가 왔을 때 내부에서 공격을 지원하게 되었다. 메글린은 얼굴에는 웃음을 띠고 가슴속에는 사악을 감춘 채 왕의 궁정에 기거하였고, 이드릴의 의구심은 더욱 깊어졌다.

에아렌델이 일곱 살이 되었을 때, 마침내 모르고스는 준비를 마치고 오르크와 발로그, 뱀 등을 풀어 곤돌린에 대한 공격을 개시하는데, 이 중에서도 섬뜩한 형상의 용들이 도시 점령을 위해 새로 많이 만들어졌다. 모르고스의 군대는 지세가 가장 높고 경계가 덜 삼엄한 북쪽 산을 넘어왔고, 때는 축제 기간의 밤중이어서 모든 곤돌린 주민은 성벽에 올라 떠오르는 해를 기다리다가 해가 뜨면 노래를 부를 참이었다. 그 이튿날이 '여름의 문'이라고 하는 축제일이었기 때문이다. 하지만 붉은빛은 동쪽이 아니라 북쪽의 산을 타고 넘어왔고, 적들이 곤돌린 성벽 바로 밑에까지 진군할 때까지 곤돌린은 아무런 제지도 못 한 채 포위를 당해 절망 속에 빠졌다.

명문가의 수장과 용사 들이—투오르도 그들에 못지않았다—

그곳에서 필사적으로 벌인 용감무쌍한 전공에 대해서는 「곤돌린의 몰락」에 많은 이야기가 있다. 로그는 성벽 밖에서 목숨을 잃었고, 샘물의 엑셀리온은 왕의 광장에서 발로그들의 군주 고스모그와 대결하다가 함께 목숨을 잃고 말았으며, 투르곤 왕가의 백성들은 투르곤의 탑이 무너질 때까지 그 옆을 지키는데, 탑의 붕괴와 그 폐허 속에 함께 쓰러진 투르곤의 죽음 또한 장엄하였다.

투오르는 도시가 약탈당하는 와중에 이드릴을 구하려고 애를 썼지만, 메글린이 이미 그녀와 에아렌델을 붙잡아 두고 있었다. 이에 투오르는 성벽 위에서 메글린과 싸움을 벌여 그를 밑으로 내동댕이치고 목숨을 빼앗았다. 투오르와 이드릴은 아비규환의 불바다 속에서 남아 있는 곤돌린 백성을 최대한으로 불러 모아, 이드릴이 전조가 좋지 않다며 불안해하던 시절에 만들어 둔 비밀 통로로 내려갔다. 이 통로는 아직 완성된 것은 아니었지만 출구는 이미 성벽과 거리가 먼 평원의 북쪽에 있었고, 이곳의 산은 아몬 과레스로부터 멀리 떨어져 있었다. 그들과 함께 가는 것을 거부하고 시리온협곡으로 이어지는 옛날의 탈출로로 달아난 이들이 있었지만, 그들은 메글린에게 정보를 입수한 모르고스가 입구를 지키도록 풀어놓은 용에게 붙잡혀 목숨을 잃고 말았다. 하지만 메글린은 새로 만든 통로에 대해서는 알지 못했고, 더욱이 도망자들이 산이 가장 높고 앙반드와 가장 가까운 북쪽 길을 택하리라고는 상상하지 못했던 것이다.

화재로 인해 생긴 연기와, 북부의 용들이 뿜어내는 불꽃 앞에서 말라 가는 곤돌린의 분수에서 피어나는 증기가 비탄의 안개가 되어 골짜기에 내려앉았고, 이는 투오르와 일행의 탈출에 도움을 주었다. 왜냐하면 땅굴의 출구에서 산맥의 발치까지는 노출된 상태로 아직 먼 거리를 가야 했기 때문이다. 그럼에도 불구하고 그들은 산맥 앞에 이르러 고통과 비탄에 빠지는데, 고지대는 춥고 무서울 뿐만 아니라 그들 중에 여자와 아이 들, 또 많은 부상자들이 있었기 때문이다.

이곳에는 크리스소른[>키리스소로나스], 곧 '독수리의 틈'이라는 무시무시한 고개가 있는데, 아득히 높은 첨봉들의 그늘 밑으로 구불구불한 좁은 길이 나 있고, 도로의 오른쪽에는 깎아지른 절벽이 왼쪽에는 허공 속으로 떨어지는 아찔한 낭떠러지가 있었다. 줄을 지어 좁은 길을 행군하던 그들은 모르고스의 전초기지에서 기습 공격을 받았고 그들의 대장이 발로그였다. 절체절명의 순간이었다. 소론도르가 때마침 지원하러 오지 않았더라면, 그들은 곤돌린의 황금꽃 가문의 수장인 황금머리 글로르핀델이 보여 준 불굴의 무공에도 불구하고 목숨을 부지하기 어려웠을 것이다.

그 고지의 바위 첨봉 위에서 글로르핀델과 발로그는 결투를 벌여 둘 다 낭떠러지 밑으로 떨어져 죽는데, 이를 두고 많은 노래가 만들어졌다. 그러나 소론도르가 글로르핀델의 시신을 건져 올려 그는 고개 옆 돌무덤 속에 묻혔고, 그 후로 초록의 잔디가 무덤을 덮고 노란 별처럼 생긴 작은 꽃들이 황량한 돌무더기 사이에 꽃을 피웠다. 소론도르의 새들이 위에서 덮치자 오르크들은 비명을 지르며 달아나다가 모두 죽거나 낭떠러지 아래로 떨어졌으며, 이들의 곤돌린 탈출 소문은 그 후로 오랫동안 모르고스의 귀에 전해지지 않았다.

그리하여 고달프고 위험천만했던 행군 끝에 곤돌린의 남은 자들은 난타스린에 이르러 잠시 휴식을 취하는데, 그들은 고단한 몸과 상처는 치유할 수 있었으나 마음의 슬픔은 어찌할 수 없었다. 그들은 그곳에서 곤돌린과 그 사라진 자들, 곧 아름다운 여인들과 부인들, 용사들과 그들의 왕을 기리는 추모제를 열었고, 참으로 사랑스러운 요정 글로르핀델을 위하여 많은 달콤한 노래를 불렀다. 투오르 또한 그곳에서 아들 에아렌델에게 예전에 울모가 찾아온 일과 대지의 한가운데에서 바다의 모습을 보았던 일을 노래로 들려주었고, 그와 아들의 마음속에 바다에 대한 갈망이 되살아났다. 그리하여 투오르와 에아렌델은 대다수의 주민을 이끌고 시리온하구의 바닷가로 이주하여 그곳에 정착하였고, 얼마 전에 그곳으로 탈출해 온 디오르의 딸 엘윙의 작은 무리와 합류하였다.

그리하여 모르고스는 마음속으로 자신의 승리가 완성된 것으로 간주하였다. 페아노르의 아들들과 그들의 맹세에 대해서는 거의 걱정하지 않았는데, 그 맹세가 그에게 피해를 끼친 적이 없었고 언제나 엄청난 도움을 준 셈이었던 것이다. 그는 사악한 생각을 하며 웃음을 터뜨렸고, 잃어버린 실마릴 하나에 대해서는 신경 쓰지 않기로 했다. 그 하나로 인해 마지막 남은 요정족 무리마저 지상에서 사라져 보석 때문에 시비할 일은 없을 것으로 여겼기 때문이다. 그는 시리온강 가의 거주지에 대해 알고 있었지만 아무 내색도 하지 않고 때를 보면서 맹세와 거짓말이 작동하기를 기다렸다.

하지만 시리온강 변과 바닷가에는 곤돌린과 도리아스에서 살아남은 요정들이 점점 더 많이 모여들었고, 그들은 점점 해안 가까이에 거주하면서 울모의 보호를 받으며 파도를 즐기고 근사한 배를 만드는 일에 몰두했다.

「퀜타 놀도린와」의 곤돌린 서사에서 우리가 현재 위치한 곳은 「신화 스케치」에서 170쪽에 나오는 대목과 같은 지점이다. 여기서 나는 「퀜타」를 중단하고 곤돌린 서사의 마지막 핵심 텍스트로 돌아가고자 하는데, 이 텍스트는 또한 곤돌린의 건설과 투오르가 도시로 들어가는 경위를 다루는 마지막 이야기이다.

최종본

「퀜타 놀도린와」에 실린 곤돌린 서사와 「투오르와 곤돌린
의 몰락」으로 명명된 이 텍스트 사이에 여러 해가 흘렀다.
분명한 것은 이 텍스트가 1951년에 작성되었다는 사실이
다(267쪽의 「서사의 진화」 참조).

후오르의 아내 리안은 하도르 가문의 사람들과 함께 살고 있었
다. 그러나 도르로민에 니르나에스 아르노에디아드[한없는 눈
물의 전투]에 관한 소문이 퍼졌을 때 남편의 소식이 들리지 않
자 그녀는 미칠 지경이 되어 황무지로 나가 홀로 방황하였다. 리
안은 그렇게 죽을 뻔했지만, 미스림호수 서편의 산맥에 거주하
던 회색요정들 덕에 목숨을 구했다. 회색요정들은 리안을 그들
이 살던 곳으로 데려갔고, 그곳에서 그녀는 '비탄의 해'가 가기
전에 사내아이를 낳았다.

　리안은 요정들에게 말했다. "이 아이를 투오르라고 불러 주세

요. 전쟁이 닥치기 전에 아이 아버지가 지어 준 이름입니다. 이 아이가 장차 요정과 인간 모두에게 큰 복이 될 것이니, 부디 이 아이를 잘 보살피고 숨겨 주세요. 저는 제 남편 후오르를 찾으러 길을 나서야 합니다."

요정들이 그녀를 가엾게 여기는 가운데, 요정들 중 니르나에스 전투에 나갔다가 유일하게 살아 돌아온 인물인 안나엘이 리안에게 말했다. "아, 부인, 후오르는 형인 후린 옆에서 전사한 것으로 알고 있소. 내 짐작으로는 오르크들이 전장에 쌓아 놓은 커다란 전사자들의 언덕에 묻혀 있을 것이오."

그 말을 들은 리안은 일어나 요정들이 살던 곳을 떠났다. 그녀는 미스림 일대를 가로질러 안파우글리스황야의 하우드엔은뎅긴에 도착했고, 그곳에 몸을 누이고 숨을 거두었다. 그러나 후오르의 어린 아들은 요정들의 보살핌을 받으며 그들의 일원으로 성장했다. 반듯한 용모에 아버지를 닮은 황금색 머리칼을 가진 투오르는 강인하고 훤칠하며 용맹한 사내가 되었고, 그가 요정들에게 전수받은 지식과 무예는 북부가 몰락하기 전의 어느 에다인 왕자와 견주어도 손색이 없었다.

그러나 세월이 지나면서 히슬룸에 남아 있는 선주민들의 삶은 요정과 인간 가릴 것 없이 고되고 위험해졌다. 다른 곳에서도 언급했듯이, 모르고스가 자신을 섬기던 동부인들과 맺은 약속을 저버리고 그들이 탐내던 풍족한 벨레리안드 땅을 주기는커녕 그들을 히슬룸으로 강제 이주시킨 탓이었다. 이에 동부인들은 더 이상 모르고스를 경애하지 않게 되었으나, 공포심에 여전히 그를 섬기며 요정 모두를 증오했다. 동부인들은 하도르 가문의 생존자들(대부분은 노인과 아녀자였다)을 업신여기고 핍박하였으며, 부녀자들과 강제로 혼인하여 땅과 재산을 빼앗고 그들의 자식을 노예로 삼았다. 오르크들은 히슬룸을 마음대로 드나들며 산속 은신처에 숨어 있던 요정들을 추격했고, 많은 요정이 앙반드의 지하 광산으로 끌려가 모르고스의 노예로 노역하는 신세가 되었다.

이에 안나엘은 소수의 인원을 이끌고 안드로스의 동굴로 피신했는데, 이후 그들은 매일 촉각을 곤두세우며 험난한 생활을 했다. 그것이 투오르가 열여섯 살이 될 때까지의 일이었다. 투오르는 이제 강인해졌으며 회색요정의 도끼와 활 등의 무구를 다룰 수 있게 되었다. 동족의 한 맺힌 이야기에 그의 가슴은 뜨겁게 끓어올랐고, 나아가 오르크들과 동부인들에게 복수를 다짐했다. 그러나 안나엘이 그를 막았다.

"후오르의 아들 투오르, 내 생각에 자네의 운명은 한참 먼 곳에 있네. 그리고 상고로드림 자체가 전복되지 않는 한 이 땅은 모르고스의 어둠에서 벗어날 수 없을 것이야. 그래서 우린 이제 이 터를 버리고 남쪽으로 떠나기로 뜻을 모았네. 자네도 우리와 함께 가세."

투오르가 말했다. "하지만 적의 감시망을 무슨 수로 피한답니까? 이렇게 많은 수가 한꺼번에 움직인다면 틀림없이 발각될 것입니다."

다시 안나엘이 말했다. "공공연히 이동하진 않을 걸세. 혹시 우리가 운이 좋다면 안논인겔뤼드, 즉 '놀도르의 문'으로 부르는 비밀 통로로 갈 수 있을 걸세. 먼 옛날 투르곤의 시대에 놀도르의 손으로 만들어진 관문이지.”

이유는 알 수 없었으나, 투르곤이라는 이름을 듣자 투오르는 전율했다. 그는 안나엘에게 투르곤에 관해 물었다. 안나엘이 대답했다. “그분은 핑골핀의 아드님으로, 핑곤께서 전사하신 지금, 놀도르의 대왕이 되신 분이네. 그분은 지금까지 살아남아 모르고스의 가장 두려운 적수가 되었네. 도르로민의 후린과 자네의 부친인 후오르가 시리온 통로를 사수한 덕분에 그분이 니르나에스의 참극에서 빠져나올 수 있었던 게지.”

투오르가 말했다. “그렇다면 제가 투르곤 왕을 찾아 나서겠습니다. 제 아버지와의 인연을 봐서라도 그분께서 분명 도움을 주시지 않겠습니까?”

안나엘이 말했다. “그건 안 될 말일세. 그분의 요새는 요정과 인간의 눈이 닿지 않는 곳에 있어 우리도 그 소재를 모르네. 놀도르 중에서 일부가 그곳으로 통하는 길을 알지도 모르지만 절대로 발설하지 않을 것이야. 그럼에도 자네가 그들과 얘기를 나눠 보고 싶다면 앞서 말한 대로 날 따라오도록 하게. 멀리 남쪽에 있는 항구에서 ‘숨은왕국’ 출신의 방랑자를 만나게 될지도 모르니 말일세.”

그렇게 시간이 흘러 요정들이 안드로스 동굴을 버리고 떠날 때가 되었고, 투오르도 그들과 함께했다. 그러나 적들이 이미 그들의 거주지를 예의주시하고 있었기 때문에 요정들의 행군은 금방 발각되고 말았다. 그들은 산을 내려와 평지에 들어서기도 전에 오르크와 동부인 대부대의 공격을 받아 짙어지는 어둠 속으로 뿔뿔이 흩어졌다. 그러나 투오르의 가슴속은 전투의 불길로 달아올랐다. 투오르는 도망치기는커녕 소년의 몸으로 마치 제 아버지처럼 도끼를 휘둘러 댔고, 그렇게 오랜 시간 자기 자리를 사수하며 수많은 습격자들을 처치했다. 그러나 그도 끝내는 제압당했고, 포로의 몸으로 동부인 로르간 앞에 끌려가게 되었다. 로르간은 동부인들의 족장이었는데, 도르로민 전역이 모르고스의 봉토이자 자신의 통치 영역이라고 주장하는 자였다. 투오르는 로르간의 노예가 되었고, 이후 그는 고되고 혹독한 삶을 살게 되었다. 로르간이 이전 통치자들의 핏줄인 투오르를 학대하는 것을 낙으로 삼았고, 가능한 한 하도르 가문의 긍지를 꺾으려 들었기 때문이었다. 그러나 지혜로운 투오르는 침착하게 인내하며 모든 고통과 비웃음을 견뎌 냈다. 이에 따라 시간이 지날수록 그의 노역은 한결 가벼워졌고, 적어도 대다수의 불운한 로르간의 노예들처럼 배를 곯는 일은 없게 되었다. 로르간은 젊고 일할 능력이 있는 노예들은 잘 먹여 주는 편이었고, 투오르는 힘이 세고 재주도 좋았기 때문이다.

3년간의 노예 생활 끝에 마침내 투오르에게 탈출의 기회가 찾아왔다. 이제 어엿한 어른으로 성장한 투오르는 그 어느 동부인보다 키도 크고 날렵했다. 다른 노예들과 함께 나무를 하러 가게된 어느 날 투오르는 불시에 보초들에게 덤벼들어 도끼로 그들을 처치하고 산속으로 도주했다. 동부인들이 개를 풀어 그를 쫓았지만 소용이 없었다. 로르간의 사냥개들은 대부분 투오르와 친해져 있었기 때문에 혹시 그를 발견하더라도 앞에서 재롱을 떨었고, 그러면 투오르는 개들을 다시 집으로 돌려보냈기 때문이었다. 그렇게 투오르는 마침내 안드로스의 동굴로 돌아가 홀로 지내게 되었다. 이후 4년 동안 투오르는 선조들의 땅에서 고독하고 은밀한 무법자로 살아갔는데, 거처를 나와서 마주치는 동부인들을 죽이는 일이 잦았기 때문에 그의 이름은 곧 두려움의 대상이었다. 이렇게 되자 동부인들은 투오르의 목에 거액의 현상금을 걸었다. 원체 요정을 두려워하여 요정들이 머물던 동굴을 기피한 동부인들은 설령 여럿이 모이더라도 감히 투오르의 은신처에 갈 엄두를 내지 못했다. 그러나 전하는 바로는, 투오르가 이렇게 배회한 것은 동부인들에게 복수하기 위해서가 아니라 안나엘이 가르쳐 준 '놀도르의 문'을 찾기 위해서였다고 한다. 그러나 어디를 찾아야 하는지 알 수 없을 뿐만 아니라 아직 산맥에 남아 숨어 있던 소수의 요정들은 놀도르의 문에 대해 들어 본 적도 없었기에, 투오르는 원하는 바를 이루지 못했다.

이윽고 투오르는 아직은 행운이 그를 따른다 할지라도 무법자로서의 삶이 그렇게 오래가지 못하거니와 더는 희망도 없다는 사실을 깨달았다. 스스로도 언제까지나 집도 없는 산속에서 야생인으로 살아갈 뜻은 없었으며, 그의 마음에는 늘 위대한 어떤 행동을 향한 충동이 일었다. 전하는 바로는, 이때 울모의 권능이 드러났다고 한다. 울모는 벨레리안드에 오가는 모든 소식을 모으고 있었고, 가운데땅에서 대해로 흐르는 모든 물결이 곧 그의 소식통이자 전령이었다. 또한 그는 키르단을 비롯한 시리온하구의 조선공들과도 오랜 우정을 유지하고 있었다. 이 시기에 울모는 특히 하도르 가문의 운명을 예의주시했는데, 망명한 놀도르를 구원하기 위해 하도르 가문에 큰 역할을 맡길 계획이었기 때문이었다. 또한 안나엘과 그를 따르는 무리 다수가 도르로민을 무사히 빠져나와 먼 남쪽의 키르단에게 당도한 덕에, 울모는 투오르가 처한 곤경에 대해서도 잘 알고 있었다.[6]

그렇게 시간이 흘러 (니르나에스 전투가 끝나고 23년 뒤) 새해 초의 어느 날, 투오르는 자신이 머물던 동굴 입구의 근처로 흘러 들어오는 샘물 가까이에 앉아 구름 너머로 태양이 저무는 서편을 바라보았다. 이내 투오르에게 불현듯 더는 기다리지 말고 자리를 박차고 떠나야겠다는 생각이 마음속을 스쳤다. 그는 고함을 질렀다. "나는 이제 멸망한 내 일족의 잿빛 땅을 떠나 내 운명을 찾아 나설 것이다! 하나 어느 쪽으로 가야 한단 말인가? 오랜 세월 동안 관문을 찾아보았지만 소용이 없었거늘."

투오르는 곧 마음의 위안을 얻고자 줄곧 몸에 지녀 왔던 하프를 꺼내 들었다. 폐허 한가운데서 홀로 낭랑한 목소리를 내는 것이 얼마나 위태로운지 아랑곳하지 않고, 그는 능숙하게 줄을 퉁기며 북부의 요정들이 용기를 내기 위해 부르던 노래를 불렀다. 투오르가 노래하자 그의 발치에 있던 샘물이 급격히 불어나며 요동치기 시작하다가 끝내는 넘쳐흐르더니, 곧이어 가느다란 물줄기가 바위투성이 산비탈을 따라 요란하게 흘러내렸다. 투오르는 이를 일종의 계시로 받아들이고는 곧장 일어서서 물줄기를 뒤좇았다. 이렇게 그는 미스림의 고산 지대를 벗어나 도르로민 북쪽의 평원에 진입했다. 투오르가 물길을 좇아 서쪽으로 향할수록 물줄기는 점점 불어났고, 그렇게 사흘이 지나자 투오

---

6 여기 나오는 키르단은 『반지의 제왕』에서 제3시대 말 회색항구의 영주로 등장하는 조선공 키르단과 동일 인물이다.

르는 멀리 서쪽에서 남과 북으로 길게 뻗은 회색의 산등성이를 볼 수 있었다. 이것이 바로 서부 해안의 먼 연안 지대를 울타리처럼 에워싸는 산맥인 에레드 로민이었으며, 이는 투오르가 여태껏 배회하면서 한 번도 발견한 적이 없는 장소였다.

산맥에 접근할수록 지형은 더욱 험준해졌고 거친 돌이 가득해졌다. 얼마 지나지 않아 발치의 지형이 오르막으로 바뀌더니 물줄기는 갈라진 지층의 틈 속으로 흘러들었다. 투오르가 여정을 떠난 지 셋째 날, 땅거미가 어둑해질 무렵 투오르의 눈앞에 석벽이 하나 나타났는데, 그 가운데에 거대한 아치 모양으로 벌어진 구멍이 있었다. 물줄기는 그 안으로 흘러들었고 더 이상 자취를 따라갈 수 없었다. 투오르는 크게 상심하여 외쳤다. "내 희망이 나를 기만했구나! 산의 징조를 따라온 대가가 결국 적들의 영역 한복판에서 어두컴컴한 끝을 맞이하는 것이라니!" 침울해진 투오르는 높은 강변의 바위들 한가운데 자리를 잡고는 주변을 경계하며 불도 없이 혹독하게 밤을 지새웠다. 그날은 아직 술리메(3월—역자 주)였기에 태동하는 봄의 기운이 먼 북부까지 도달하지 않았거니와, 동쪽에서 매서운 바람까지 불어왔던 것이다.

그러나 미스림의 깊은 안개 속으로 비상하는 태양의 빛이 희미하게 스며들 때쯤, 누군가의 목소리가 들려왔다. 투오르가 아래를 내려다보니 놀랍게도 두 요정이 얕은 강물을 헤치며 다가오고 있었다. 그들이 강기슭이 깎여 만들어진 층계를 밟고 올라오는 것을 보고 투오르는 자리에서 일어나 그들을 불렀다. 일순간 그들은 번쩍이는 검을 뽑아 들고 투오르를 향해 달려왔다. 투오르가 자세히 보니 두 요정은 회색 망토를 둘렀고 망토 밑에 미늘갑옷을 걸치고 있었다. 그들은 눈에서 나오는 광채 탓에 투오르가 여태껏 보아 온 어느 요정보다 아름다우면서도 무시무시했고, 이에 투오르는 경탄했다. 투오르는 허리를 꼿꼿이 치켜세운 채 요정들을 맞이했고, 요정들도 투오르가 무기를 꺼내기는커녕 홀로 서서 요정의 언어로 그들을 반기는 것을 보고 칼을 거둔 채 정중히 화답했다. 두 요정 중 하나가 말했다. "우리는 피나르핀의 백성인 겔미르와 아르미나스라고 하오. 그대는 혹시 니르나에스가 발발하기 이전에 이 땅에 살던 에다인 백성이 아니오? 또 그대의 황금빛 머리를 보건대, 하도르와 후린의 핏줄로 짐작되오."

그러자 투오르가 대답했다. "맞소. 나는 후오르의 아들 투오르요. 나의 아버지 후오르는 하도르의 아들인 갈도르의 아들이오. 하지만 이제 나를 무법자 신세로 내몰고 친지들도 더는 없는 이 땅을 떠나려 하오."

겔미르가 말했다. "혹시 이 땅을 탈출해 남쪽의 항구들로 갈 생각이었소? 그렇다면 그대는 이미 길을 제대로 들어선 것이오."

"나도 한때는 그렇다고 여겼소." 투오르가 대답했다. "산속에서 불현듯 솟아난 물을 따라왔소만, 그 물줄기는 결국 이 얄궂은 강물에 합류하고 말았소. 이제는 캄캄한 어둠 속으로 이어지고 있으니, 어느 쪽으로 가면 좋을지 갈피를 잡지 못하겠소."

겔미르가 말했다. "어둠 속을 가다 보면 빛을 찾을 수도 있지 않겠소?"

투오르가 말했다. "하지만 누구나 할 수만 있다면 햇빛 속을 걷고 싶어 하지요. 그건 그렇고 그대들은 놀도르이니, 혹시 알고 계시거든 '놀도르의 문'이 어디에 있는지 알려 주시오. 내 회색 요정 양부이신 안나엘께 전해 들은 이후 줄곧 그 관문을 찾아다녔소."

그러자 요정들은 웃음을 터뜨리더니 이렇게 말했다. "더 찾을 필요가 없소. 우리가 마침 그 관문을 지나온 참이오. 관문은 바로 그대의 눈앞에 있는 저것이오!" 그리고 그들은 물줄기가 흘러 들어오던 아치를 가리켰다. "따라오시오! 어둠 속을 지나고 나면 빛을 보게 될 것이오. 길이 나오는 데까지 그대를 데려다주겠소. 계속 안내하지는 못할 거요. 우린 급한 심부름으로 한때 도망쳐 나왔던 땅으로 되돌아가야 하는 몸이니 말이오." 겔미르가 이어 말했다. "하나 두려워 마시오. 그대의 이마에 엄청난 운명이 새겨져 있으니. 그 운명이 그대를 이 땅으로부터 멀리, 짐작건대 가운데땅마저도 초월한 곳으로 인도할 것이오."

그리하여 투오르는 두 놀도르 요정을 따라 층계를 내려갔고, 차가운 물을 헤치며 나아갔다. 그들 일행이 돌로 만든 아치 너머 빛이 닿지 않는 곳에 이르자, 겔미르는 놀도르의 등불 하나를 치켜들었다. 놀도르의 명성을 드높인 이 등불은 먼 옛날 발리노르에서 만들어진 것으로, 어떠한 바람이나 물살도 불을 꺼뜨리지 못했으며, 덮개를 벗기면 백색의 수정에 가둬 놓은 불꽃에서 청명한 푸른빛이 뿜어져 나왔다. 겔미르가 머리 위로 들어 올린 불빛 속으로, 투오르의 눈앞에 강줄기가 갑자기 완만한 비탈길을 따라 하강하며 큰 굴속으로 진입하는 광경이 드러났다. 또한 바위가 깎여 내려간 물길 옆으로는 아래쪽으로 뻗은 긴 층계가 등불의 빛도 닿지 않는 깊은 어둠 속으로 이어지고 있었다.

급류의 가장 아랫부분에 다다른 그들은 반구형의 거대한 석조 지붕 아래에 서 있었다. 이곳에서 강물은 급경사의 폭포 위로 쏟아져 내렸고, 그 요란한 소리가 둥근 천장에 메아리쳤다. 물은 계속 흘러 또 다른 아치를 통과하고는 새로운 동굴 속으로 흘러갔다. 두 놀도르 요정은 폭포 가장자리에 멈춰 선 후 투오르에게 작별을 고했다.

겔미르가 말했다. "이제 우리는 전속력으로 본래 가던 길로 되돌아가야 하오. 지금 벨레리안드에 엄청나게 위험한 일이 벌어지고 있소."

투오르가 말했다. "그렇다면 투르곤이 나설 때가 온 것이오?"

그러자 요정들은 놀란 표정으로 그를 바라보았다. 아르미나스가 말했다. "그건 인간의 후예가 아니라 놀도르와 관련된 일이오. 투르곤에 대해 얼마나 알고 있소?"

투오르가 대답했다. "많지는 않소. 니르나에스 당시 아버지께서 그분의 퇴각을 도왔다는 것과, 그분의 성채에 놀도르의 희망이 달려 있다는 것이 전부요. 그런데 이유는 알 수 없으나 그분의 이름이 항상 내 가슴을 벅차게 하며 또 내 입가에 맴돌고 있소. 마음 같아서는 이 어두운 길을 두려움에 떨며 가느니 차라리 그분을 찾으러 떠나고 싶소. 행여나 이 길이 바로 그분의 왕국으로 통하는 길이라면 이야기가 다르겠지만 말이오."

요정이 대답했다. "과연 누가 알겠소? 그분의 왕국이 숨어 있는 것처럼, 그곳으로 가는 길 또한 비밀이오. 나도 오랜 세월 수 소문해 보았지만 아는 게 없소. 그리고 설령 내가 안다 한들, 그 대에게 알려 줄 수는 없소. 그건 어떤 인간이라도 마찬가지요."

그러나 겔미르는 이렇게 말했다. "내가 들은 바로는 그대의 가문은 '물의 군주'의 총애를 받고 있다고 하오. 만약 그분의 조언이 그대를 투르곤에게 인도하고 있다면, 그대가 어디로 가든 결국 목적지에 다다르게 될 거요. 이제 물이 산에서부터 인도해 온 길로 가시오. 그리고 두려워 마시오! 얼마 지나지 않아 밝은 길이 나올 것이오. 잘 가시오! 우리의 만남이 단지 우연이었다고 여기지 마시오. '깊은 곳에 거하는 이'께서는 여전히 이 땅의 많은 것들을 조정하시니 말이오. 아나르 칼루바 티엘란나! [태양이 그대의 앞길을 비추리라!]"

그러고 나서 두 놀도르 요정은 발길을 돌려 긴 계단을 따라 되돌아갔다. 그러나 투오르는 등불의 빛이 사라질 때까지 제자리에 멈춰 있었다. 그는 한밤중보다도 짙은 어둠 속에서 폭포의 굉음에 둘러싸인 채 홀로 남아 있었다. 이내 용기를 낸 그는 왼손으로 바위 벽을 짚고 손의 감각에 의존하며 전진했다. 처음에는 천천히 움직였지만, 어둠에 점점 익숙해지고 자신을 방해할 것이 없다는 사실을 알아차리면서 차츰 속도를 높였다. 엄청나게 오랜 시간이 흘렀고, 그는 지쳤음에도 칠흑의 동굴 속에서는 휴식을 취하고 싶지 않았다. 그때, 그의 눈앞 저 멀리에서 빛이 보였다. 서둘러 발걸음을 옮긴 그는 높고 좁은 바위틈에 이르렀고, 이내 기울어진 암벽 사이를 요란하게 흘러가는 강물을 따라 동굴을 빠져나와 황금빛으로 저무는 저녁 속으로 접어들었다. 그는 양쪽 벽이 가파르게 높이 솟아 있는 깊은 산골짜기에 들어와 있었고, 길은 서쪽으로 곧게 뻗어 있었다. 전방에서 태양이 맑은 하늘 속으로 저물며 골짜기를 비추자 양쪽 벽은 노란 불꽃으로 물들었고, 강물은 빛나는 돌 더미 위에서 부서지고 물거품을 만들어 내며 마치 황금처럼 반짝거렸다.

깊은 협곡 속에서 투오르는 부풀어 오른 희망과 기쁨을 안고 계속 걸었다. 남쪽 절벽 아래로 물가에 길고 좁은 공간이 있었고, 그곳에서 도로를 발견한 것이다. 밤이 되면 강물은 흐르지만 눈에 보이지는 않고 하늘 높이 반짝이는 별들만 어둑어둑한 웅덩이를 비추었고, 그때 투오르는 휴식을 취하고 잠에 빠져들었다. 울모의 권능이 흐르는 강물 옆에서 투오르는 두려움을 느끼지 않았던 것이다.

날이 밝자 투오르는 천천히 다시 움직이기 시작했다. 태양이 그의 등 뒤에서 솟아올라 앞에서 가라앉았고, 바위틈에서 물거품이 일거나 불쑥 나타난 폭포 아래로 강물이 쏟아질 때면 아침이건 저녁이건 물길 위로 무지개가 피어났다. 이에 투오르는 그 골짜기를 키리스 닌니아크[무지개 틈]라고 이름 지었다.

그는 사흘간 천천히 여정을 지속했다. 그곳에는 금색과 은색, 더러는 물보라에서 피어난 무지개와 같은 갖가지 색으로 번득이는 물고기들이 가득했지만, 투오르는 차가운 물만 마실 뿐 어떤 음식도 바라지 않았다. 나흘째가 되자 강폭이 점점 넓어졌고, 양쪽 절벽 또한 낮고 완만해졌다. 하지만 강물은 더욱 깊고 물살이 강해졌는데, 높은 산이 양쪽에 솟아 있어서 산속에서부터 새로 떨어진 물이 반짝이는 폭포 밑에서 키리스 닌니아크로 흘러들기 때문이었다. 투오르는 그곳에서 한참 동안 자리에 앉아 다시 밤이 찾아오고 머리 위의 하늘길에서 별들이 시릴 만큼 새하얗게 빛날 때까지 흐르는 강물이 소용돌이치는 광경을 지켜보며 그 끝없이 이어지는 물소리에 귀를 기울였다. 그런 다음 그는 목청을 가다듬고 하프의 현을 퉁겼다. 흐르는 물소리 위로 그의 노랫소리와 하프에서 울리는 달콤하고 황홀한 가락이 바위틈에서 메아리치며 점점 커지더니 밤하늘에 뒤덮인 산맥 속에 울려 퍼졌고, 공허하던 일대가 온통 별빛 속의 음악으로 가득 찼다. 본인은 모르고 있었지만, 투오르는 드렝기스트하구 근처 람모스에 자리 잡은 '메아리산맥'에 당도했던 것이다. 먼 옛날 페아노르가 배를 내렸던 곳이며, 그가 이끌고 온 무리의 함성이 달이 뜨기 전 북부의 해안에 요란하게 울려 퍼지던 바로 그곳이었다.

투오르는 경이로움에 사로잡혀 노래를 거두었다. 노랫소리는 차츰 산속에서 사그라지더니 이내 조용해졌다. 사위가 고요한 가운데 그는 머리 위에서 나는 이상한 울음소리를 들었다. 그는 이것이 어떤 생물의 울음소리인지를 몰랐다. 그가 말했다. "정령의 목소리로군." 곧이어 다시 말했다. "아니야. 작은 짐승이 황무지 한복판에서 울부짖는 소리인가." 그리고 또다시 들어보고는 말했다. "틀림없어. 내가 모르는 어떤 새가 밤하늘을 날아다니며 내는 울음소리야." 구슬프게 들리는 소리였지만, 그럼에도 불구하고 그는 그 소리를 듣고 따라가고 싶었다. 어디서인지는 알 수 없으나 그 소리는 그를 부르고 있었기 때문이다.

다음 날 아침 투오르는 머리 위에서 똑같은 소리를 들었다. 위를 올려다보니 큼직하고 새하얀 새 세 마리가 서풍을 가르며 협곡을 내려오고 있었다. 새들의 튼튼한 날개는 막 떠오른 태양의 빛을 받아 반짝거렸고, 그의 머리 위를 지나가면서 큰 소리로 울부짖었다. 이로써 투오르는 텔레리에게 널리 사랑받던 거대한 갈매기들을 처음으로 보게 된 것이다. 투오르는 곧장 일어서서 새들을 따라갔고, 새들이 어디로 날아가는지 더 잘 보기 위해 왼편의 절벽을 타고 올라갔다. 꼭대기에 올라서자 서쪽에서 불어온 세찬 바람이 그의 얼굴을 강타했고 머릿결이 바람에 휘날렸다. 투오르는 신선한 공기를 가슴 깊이 들이마시고는 말했다. "마치 시원한 포도주를 마신 것처럼 마음이 들뜨는구나!" 하지만 그는 그 바람이 대해에서 불어온다는 것은 몰랐다.

투오르는 강 위의 고지대에서 다시 갈매기들을 찾아 나섰다. 산골짜기의 측면을 따라 걸어가자 양쪽 암벽은 다시 가까워졌고, 마침내 좁은 협곡에 다다르자 요란한 물소리가 그곳을 가득 채웠다. 아래를 내려다보는 투오르의 눈에 경이로운 광경이 들어왔다. 거친 물살이 좁은 수로로 밀어닥치면서 밀려오는 강물과 부딪치더니, 절벽 꼭대기까지 닿을 듯이 거대한 파도가 장벽같이 솟아오르는 것이었다. 바람에 흩날리는 물거품이 왕관처럼 물마루에 씌워져 있었다. 곧 강물은 거칠게 뒤로 밀려났고, 안으로 들어오는 물살이 노호하며 협곡 내부를 한바탕 휩쓸고 지나갔다. 협곡은 물속에 깊게 잠겼고, 물살이 지나가자 바위들은 천둥 같은 소리를 내며 흔들거렸다. 투오르는 갈매기 소리를 따라간 덕에 밀물에 휩쓸리지 않고 목숨을 건질 수 있었던 것이다. 바다에서 불어온 강풍과 계절 탓에 파도는 엄청나게 강했다.

투오르는 분노한 듯한 낯선 파도의 모습에 깜짝 놀라 발걸음을 돌렸다. 그는 드렝기스트하구의 긴 해안가로 가는 대신 남쪽으로 방향을 바꾸어 나무 한 그루 자라지 않는 척박한 땅에서 며칠간을 헤맸다. 그 땅은 해풍이 휩쓸고 간 곳이었는데, 대체로 서쪽에서 바람이 불어온 탓에 풀이건 덤불이건 서식하는 모든 것들이 동이 트는 방향으로 기울어져 있었다. 이렇게 하여 투오르는 네브라스트 경계 안으로 들어왔고, 이곳은 바로 투르곤이 한때 머물던 곳이었다. 그리고 마침내 그는 자기도 모르는 사이에 (육지 가장자리의 절벽 꼭대기가 뒤에 이어지는 비탈보다 높았던 까닭이다) 문득 가운데땅의 검은 가장자리에 도달하였고, 그곳에서 대해, 곧 '가없는 바다' 벨레가에르를 목격하였다. 태양이 거대한 불꽃 같은 모양으로 세상의 가장자리에서 저물어 가고 있던 때였다. 절벽 위에서 오롯이 두 팔을 벌리고 서자, 투오르의 가슴속에 커다란 갈망이 가득 차올랐다. 전해지기를, 그는 대해를 목격한 최초의 인간이었고, 엘다르를 제외하고는 대해가 불러오는 갈망을 그보다 더 깊이 가슴에 새긴 이가 없었다고 한다.

이후 투오르는 여러 날 동안 네브라스트에 머물렀고, 이 또한 괜찮게 느껴졌다. 북쪽과 동쪽으로 산맥에 둘러싸여 있고 바다와 인접한 그 땅이 히슬룸의 평야보다 쾌적하고 살기 좋았던 것이다. 그는 이곳에서 오랜 시간을 홀로 야생의 사냥꾼으로 보냈다. 식량 또한 전혀 부족하지 않았다. 네브라스트에는 봄기운이 완연했고 공중에는 새들이 지저귀는 소리가 가득했다. 해안가 언저리에서 떼 지어 사는 새들도 있었고, 분지 한가운데에 자리 잡은 리나에웬습지에서 북적이는 새들도 있었다. 다만 그렇게 완전한 고독 속에 지내는 동안 투오르는 요정이나 인간의 목소리는 조금도 듣지 못했다.

투오르는 거대한 습지의 가장자리로 가 보았지만 넓은 진창과 자연 상태 그대로의 갈대밭이 펼쳐져 있는 까닭에 호수의 물에는 손도 적실 수 없었다. 결국 그는 방향을 돌려 해안으로 돌아가기로 했다. 대해가 그를 끌어당기고 있었고, 그도 대해의 파도 소리를 들을 수 없는 곳에서는 오래 머물고 싶지 않았기 때문이다. 해안가에 당도한 투오르는 처음으로 옛 놀도르의 자취를 발견했다. 드렝기스트 남쪽의 바다에 깎여 나간 높은 절벽들 사이로 수많은 만과 비바람으로부터 안전한 좁은 해협들이 형성되어 있었다. 그곳에는 검고 빛나는 바위들 사이로 흰 모래가 깔린 해변이 있었고, 투오르는 이곳으로 내려가면서 자연석을 깎아 만든 구불구불한 계단을 여러 곳에서 볼 수 있었다. 물가에는 절벽에서 잘라 낸 벽돌로 만든 부두의 잔해가 있었다. 한때 요정들의 배가 정박하던 곳이었다. 투오르는 여기서 변화무쌍한 바다의 모습을 감상하며 오래 머물렀다. 봄과 여름이 지나 한 해가 서서히 저물어 갔고, 벨레리안드에는 어둠이 깊어졌으며, 나르고스론드가 종말의 운명을 맞는 가을이 눈앞으로 다가왔다.

새들은 어쩌면 멀리서부터 혹한의 겨울이 도래할 것을 감지한 듯했다. 남쪽으로 향하려는 새들은 떠나기 위해 일찍 무리를 지었고, 북부에서 살던 새들은 거주지를 떠나 네브라스트로 모여들었다. 그러던 어느 날, 해변에 있던 투오르는 거대한 날갯짓 소리와 끼익끼익 우는 새소리를 들었다. 위를 올려다보니 일곱 마리 백조가 날렵한 쐐기 모양의 대형으로 남쪽을 향해 날아가고 있었다. 백조들은 투오르의 머리 위에 이르자 선회하더니 갑자기 아래로 내려와 요란하게 바닷물을 철썩거리고 휘저으며 내려앉았다.

백조는 투오르가 좋아하는 새였다. 그는 미스림의 회색빛 웅덩이에서부터 백조를 알고 있었는데, 백조는 자신을 키워 준 안나엘과 그의 무리를 상징하는 새였다. 투오르는 그리하여 백조들을 맞이하기 위해 일어났고, 여태껏 봐 왔던 어떤 것보다도 거대하고 당당한 자태에 놀라워하며 백조들을 불렀다. 하지만 백조들은 마치 투오르에게 화가 나서 그를 해안가에서 몰아내려는 듯이 날개를 퍼덕이더니 소름 끼치는 비명을 내질렀다. 그러고는 곧이어 무척 시끄러운 소리를 내며 물에서 날아올라 투오르의 머리 위를 날아다녔다. 새들의 요란한 날갯짓이 휘파람 같은 바람을 불러일으켰고, 그들은 이내 큰 원을 그리며 선회한 후 하늘 높이 날아오르더니 남쪽으로 날아갔다.

이에 투오르가 소리쳤다. "내가 너무 지체했다는 경고가 또다시 전해 왔구나!" 그는 곧장 절벽 꼭대기까지 기어올라 여전히 높은 하늘 위에서 선회하며 날고 있는 새들을 지켜보았다. 하지만 그가 남쪽으로 발길을 돌려 쫓아가기 시작하자 새들은 빠른 속도로 날아갔다.

투오르는 해안을 따라 남쪽으로 꼬박 7일간을 걸었다. 그는 새벽마다 머리 위에서 퍼덕거리는 날갯짓 소리에 매일 아침 눈을 떴고, 낮이면 날아가는 백조들이 이끄는 길을 계속 따라갔다.

여정을 계속할수록 거대한 절벽들은 점차 낮아졌고, 절벽 꼭대기가 꽃피는 잔디밭으로 뒤덮여 갔다. 한 해가 저물어 가면서 동쪽 멀리에서는 나무들이 점차 노랗게 변해 갔다. 하지만 투오르는 앞으로 나아갈수록 한 줄로 늘어선 높은 언덕들이 그의 앞길을 가로막고 있는 것을 발견했다. 언덕들은 서쪽으로 계속 이어지다가 어느 높은 산에 이르렀고, 구름으로 투구를 쓴 어둑한 봉우리가 바다로 뻗은 광활한 녹색 곶 위 장대한 산의 어깨 위로 우뚝 솟아 있었다.

이 회색의 산맥은 벨레리안드의 북쪽 울타리를 이루는 에레드 웨스린의 서쪽 말단부였다. 그 끝에 있는 산은 타라스산으로, 그 땅의 모든 봉우리를 통틀어 가장 서쪽에 있는 것이었다. 멀고 먼 바다를 건너 유한한 생명의 땅으로 다가온 뱃사람들의 눈에 가장 먼저 들어오는 것이 바로 이 타라스산의 봉우리였다. 길고 완만하게 뻗은 산비탈 아래에는 그 옛날 투르곤이 머물렀던 비냐마르궁정이 있었는데, 이는 놀도르가 망명을 떠나온 대지에 세운 석조 건축물 가운데 가장 오래된 것이었다. 바다를 바라보는 거대한 테라스 위에 높게 지어진 궁정은 황량한 가운데서도 참을성 있게 제자리를 지키고 있었다. 세월의 풍파도 이곳을 뒤흔들지는 못했고, 모르고스의 하수인들도 이곳을 지나쳐 버리기 일쑤였던 것이다. 다만 그곳에 바람과 비와 서리가 흔적을 냈고, 소금기가 밴 대기 속에 살며 간혹 갈라진 바위 틈새에서 나기도 하는 청회색 풀들이 담벼락의 갓돌과 거대한 지붕널들 곳곳에 깊숙이 뿌리를 내리고 있었다.

투오르의 눈앞에 유실된 도로의 잔해가 널려 있었고, 날이 저물 무렵 그는 녹색의 둔덕과 기울어진 석재 사이를 지나 옛 궁정과 바람이 부는 높은 앞뜰에 들어섰다. 그곳은 공포나 사악의 기운이 전혀 느껴지지 않았지만, 한때 이곳에 머물다가 아무도 모르는 곳으로 떠나 버린 이들을 생각하며 투오르는 외경심을 느꼈다. 그들은 머나먼 대해를 건너온 긍지 높은 민족으로, 죽음의 운명을 벗어났으나 심판을 받은 자들이었다. 투오르는 그 옛날 그들이 자주 그러했던 것처럼 뒤로 돌아 동요하는 바다의 반짝이는 풍광을 눈길이 닿는 끝까지 바라보았다. 이윽고 그가 다시 돌아서자 백조들이 가장 높은 층계에 앉아 있는 모습이 보였고, 그는 곧 궁정의 서문 앞으로 다가갔다. 백조들은 마치 안으로 들어오라고 손짓하듯 날개를 퍼덕였다. 곧 투오르는 야생화와 석죽石竹에 반쯤 가려진 넓은 계단을 따라 올라가 웅장한 상인방 밑을 지나고, 어둠에 잠긴 투르곤의 거처로 들어갔다. 마침내 높은 기둥들이 열주로 늘어선 왕궁에 당도한 것이다. 바깥에서는 그저 대단해 보이는 정도였으나 내부로 들어와 목격한 궁정은 더더욱 장대하면서도 경이로웠다. 투오르는 너무나 큰 경외감을 느낀 나머지 허공 속의 메아리마저도 깨우고 싶지 않을 지경이었다. 그 안에서 투오르가 볼 수 있었던 것은 오로지 동쪽 끝부분에 놓인 연단 위의 높은 왕좌뿐이었는데, 그는 될 수 있는 한 조심스럽게 이를 향해 접근했다. 하지만 포장된 바닥 위에서 그의 발소리는 운명의 발걸음처럼 들렸고, 기둥이 늘어선 복도를 따라 메아리치는 소리가 그의 앞으로 울려 퍼졌다.

어둠 속에서 왕좌 앞에 다가선 투오르는 옥좌가 바위 하나를 통째로 깎아 만들어졌으며 기이한 기호들이 새겨져 있음을 알아보았다. 그때 마침 가라앉던 태양이 팔八자형 지붕 아래에 난 서쪽의 높은 창문과 같은 높이에 접어들면서 한 줄기 빛이 투오르의 눈앞의 벽을 강타했고, 벽면은 마치 윤을 낸 금속인 양 광채를 내뿜었다. 투오르는 이내 왕좌 뒤편의 벽에 방패와 사슬갑옷과 투구, 그리고 칼집에 꽂힌 장검이 걸려 있는 것을 알아채고 놀랐다. 갑옷은 마치 어떤 때도 타지 않은 은으로 만들어진 듯 반짝거렸고, 태양이 황금색 불꽃으로 이를 물들이고 있었다. 방패는 투오르에게는 낯설게 보이는 길고 끝이 뾰족한 형상이었는데, 전면은 푸른색이었고 가운데에는 흰 백조의 날개 모양을 한 휘장이 있었다. 투오르가 입을 열자 그의 목소리가 천장에 도전이라도 하듯 울려 퍼졌다. "이 징표로 말미암아 나는 이 무구를 나의 몫으로 취하리라. 어떤 운명이 담겨 있든, 내게도 그 운명이 드리울 것이다." 방패를 집어 든 투오르는 그것이 의외로 가볍고 자신에게 딱 맞는다는 느낌을 받았다. 방패는 목재로 만든 것처럼 보였지만 요정 세공장들의 솜씨로 은박지처럼 얇고 단단한 금속판이 덧씌워져 있어서 벌레도 먹지 않고 궂은 날씨로 인한 손상도 면한 터였다.

투오르는 이내 사슬갑옷을 몸에 두르고 투구를 머리에 쓴 후, 은으로 된 걸쇠가 달린 검은색 허리띠와 검은색 칼집에 담긴 검을 찼다. 그렇게 무장을 마친 그는 투르곤의 왕궁에서 나와 태양이 시뻘겋게 비추는 타라스산의 높은 테라스 위에 우뚝 섰다. 서쪽을 응시하는 그의 모습에는 은빛과 금빛이 은은하게 일렁거렸으나 그를 보는 사람은 아무도 없었다. 그는 그때 자신이 '서녘의 장엄한 존재'와 같은 풍모에, 장차 대해 너머에 살게 될 인간들의 왕들의 조상이 될 운명—사실 그것이 그의 운명이었다—이라는 사실을 알지 못했다. 그러나 그 무구를 취하면서부터 후오르의 아들 투오르에게 모종의 변화가 찾아왔고, 그는 이내 가슴속에 더욱 큰 뜻을 품게 되었다. 그가 문간에서 내려가자 백조들이 그에게 경의를 표하고, 이내 각자 큰 깃털 하나씩을 날개에서 뽑아 바치면서 그의 발치에 있는 돌에 긴 목을 내려놓았다. 그가 그 깃털 일곱 개를 받아 투구 꼭대기를 장식하자 백조들은 곧장 날아올라 석양 속에 북쪽으로 사라졌고, 투오르는 그들을 다시는 볼 수 없었다.

이제 투오르는 자신의 발길이 해안 쪽을 향하고 있다는 것을 느꼈다. 그는 긴 계단을 따라 내려가 타라스곶의 북쪽 방면에 펼쳐진 넓은 바닷가로 향했다. 그러는 동안 그는 어두워지는 바다의 수평선 위로 올라온 거대한 검은 구름 속으로 태양이 가라앉는 것을 목격했다. 날씨가 추워졌고, 마치 폭풍이 몰려올 것같이 대기가 요동치면서 시끄러워졌다. 투오르는 해변에 서 있었다. 태양은 험상궂은 하늘에 숨어 있는 연기투성이의 불꽃처럼 보였다. 투오르의 눈에 저 멀리서부터 거대한 파도가 일더니 육지를 향해 다가오는 모습이 들어왔다. 그는 경이로움에 사로잡혀 꼼짝도 하지 않고 제자리를 지켰다. 파도가 그를 향해 달려왔고, 물머리에는 거무스름한 안개가 올라앉아 있었다. 파도는 그에게 가까워진 순간 갑자기 한 바퀴 구르고 갈라지더니, 이내 출렁거리는 물거품을 갈래갈래 앞으로 뻗었다. 파도가 갈라지고 솟구치는 물보라 속에 엄청나게 큰 키와 장엄한 풍채의 살아 있는 형체가 거뭇한 모습으로 서 있었다.

투오르는 순간 자신이 위대한 왕과 조우한 것을 알아차리고 경의를 표하며 고개를 숙였다. 왕은 높이 뻗은 은빛 왕관을 쓰고 있었으며, 왕관 밑으로 긴 머리칼이 황혼 속에 찬란히 빛나는 물거품처럼 흩날렸다. 그가 안개처럼 몸에 두르고 있던 회색의 망토를 뒤로 젖히자, 아! 그의 갑옷이 어슴푸레하게 빛을 발하는데, 몸에 꽉 들러붙어 흡사 거대한 물고기의 비늘 같았다. 왕의 짙은 녹색 겉옷은 그가 천천히 육지를 향해 발을 성큼 내디딜 때마다 바다 생물이 빛을 발하듯 반짝거렸다. '깊은 곳에 거하는 이', 놀도르에게는 '물의 군주' 울모라 불리었던 이가, 이렇게 비냐마르 아래서 하도르 가문 후오르의 아들 투오르 앞에 모습을 드러낸 것이다.

울모는 뭍에 발을 올리지 않고 무릎 높이의 어두컴컴한 바닷속에 선 채 투오르에게 말했다. 그의 눈에서 뿜어져 나오는 광채와, 저 멀리 창세의 끝에서 울려오는 듯한 목소리에 투오르는 공포에 사로잡혀 모래밭에 무릎을 꿇었다.

울모가 말했다. "일어나거라, 후오르의 아들 투오르! 나의 진노를 두려워 말라. 다만 그대는 내 오랜 부름에 답하지 않았고, 마침내 여정을 시작했으나 이리로 오는 길 또한 지체하였구나. 그대는 봄이 되었을 적에 이미 이곳에 있어야 했거늘, 이제는 곧 대적의 땅으로부터 혹한의 겨울이 닥칠 때가 되었노라. 그대는 실로 서두르는 법을 익혀야 하며, 내가 그대를 위해 마련했던 평탄한 여정 역시 이제는 달라질 것이니라. 내 조언이 조롱당했을 뿐만 아니라, 거대한 악이 시리온협곡에 꿈틀대고 있으며 벌써부터 적의 무리가 그대의 사명을 가로막고 있기 때문이니라."

"그렇다면 제 사명은 무엇이옵니까?" 투오르가 물었다.

"그대의 마음이 줄곧 좇아 온 것," 울모가 대답했다. "즉 투르곤을 찾아 '숨은도시'를 확인하는 것이로다. 그대가 이러한 외관을 한 것은 나의 전령이 되기 위해서이며, 그대가 두른 무구도 내가 오래전 그대를 위해 명하여 준비해 둔 것이었노라. 하나 이제부터 그대는 어둠 속에서 위험을 헤쳐 나가야 하리라. 그러니 이 망토로 그대의 몸을 감싸도록 하라. 그리고 여정이 종착점에 이르기까지는 절대로 이를 벗어 놓지 말라."

투오르가 보니, 울모가 자신의 회색 망토를 쪼개어 한쪽을 그에게 건네주려는 듯했다. 투오르가 건네받은 천을 걸치자 머리부터 발끝까지 전신을 감쌀 수 있을 만큼 커다란 회색 망토가 되었다.

울모가 말했다. "이로써 그대는 내 그림자 속에 거닐게 될 것이다. 그러나 그 망토는 아나르(태양을 가리킴—역자 주)의 땅과 멜코르의 화염 한가운데에서는 오래 견디지 못할 것이니 그 이상은 지체함이 없도록 하라. 나의 심부름을 수락하겠는가?"

"그리하겠나이다."

"그렇다면 그대의 입속에 투르곤에게 전할 말을 담아 두겠노라. 우선 그대에게 가르침을 주노니, 그대에게 다른 인간은 들어 본 바도 없거니와 엘다르 중 위대한 자들조차 알지 못하는 이야기를 전해 줄 것이니라." 그리고 울모는 투오르에게 발리노르와 그 '어두워짐', 놀도르의 망명, 만도스의 심판, 그리고 '축복의 땅'의 은폐에 대해 들려주었다. "그러나 듣거라! (땅의 자손들이 칭하는바) 운명의 갑주에도 항상 틈이 있으며, 그대들이 종말이라 부르는 심판의 장벽도 완성되기 전까지는 뚫고 나갈 길이 있도다. 내가 존재하는 동안은 그렇게 될 것이니, 심판에 맞서는 은밀한 목소리가 있을 것이며, 어둠이 지배하는 곳에도 빛이 있으리라. 그렇기에 비록 이 어둠의 나날 동안 내가 형제들인 서녘 군주들의 뜻을 거스르는 것처럼 보일지라도, 이는 세상이 만들어지기 전부터 내게 부여된 소명일 따름이니라. 그러나 심판은 강력하며 대적의 그림자는 길어지고 있으니, 나의 힘은 쇠락하여 이제 가운데땅에서 은밀한 속삭임에 불과해지는구나. 서쪽으로 흐르는 물길은 메말라 가고, 샘에는 독이 서렸으며, 지상에서 나의 힘은 점차 후퇴하고 있도다. 이는 요정과 인간 들이 멜코르의 위세에 눈과 귀가 먼 탓이로다. 더구나 만도스의 저주가 종착점을 향해 치닫고 있어 놀도르가 이룩한 모든 것이 사라질 것이며, 저들이 쌓아 올린 모든 희망 또한 허물어지리라. 놀도르가 일찍이 바라지도 준비하지도 않았던 마지막 희망 하나만이 남아 있으니, 그 희망이 바로 그대 안에 있노라. 이는 내가 그대를 선택하였기 때문이니라."

"그렇다면 모든 엘다르의 희망대로 투르곤이 모르고스에 맞서 일어서지 않겠습니까? 또 제가 이제 투르곤께 도달하고 나면 저를 어떻게 하실 것인지요? 저 역시 아버지와 마찬가지로 왕께서 어려울 때 그 곁에 있고 싶사오나, 서녘의 고귀한 종족이 그렇게나 많고 용맹하기까지 한데 저같이 유한한 생명의 인간 하나가 합류한들 큰 힘이 되지 못할 것입니다."

"후오르의 아들 투오르, 내가 그대를 보내기로 선택한 이상, 그대의 검 한 자루 보태는 것이 무용한 일이 되게 하지는 않을 것이다. 세월이 흘러도 요정들은 에다인의 용기를 언제나 기억할 것이며, 인간이 대지에서의 지극히 단명하는 삶을 그토록 거리낌 없이 내놓을 수 있음에 경탄하게 될 것이니라. 내가 그대를 보내는 것은 단지 그대의 용기 때문만은 아니니, 이 세상에 그대의 시야를 넘어서는 희망과, 어둠을 꿰뚫는 한 줄기 빛을 선사하기 위함이니라."

울모가 이렇게 말하는 동시에 윙윙거리던 폭풍 소리는 곧 커다란 울부짖음이 되었고, 바람이 거세지고 하늘이 시커멓게 변하면서 물의 군주가 두른 망토는 날아다니는 구름처럼 휘날렸다. 울모가 말했다. "이제 떠날지어다. 아니면 바다가 그대를 삼키리라! 옷세가 만도스의 뜻을 따르며, 심판의 시종이 되어 노호하고 있구나."

"분부를 따르겠나이다. 하지만 제가 심판을 벗어나고 나면 투르곤께 어떤 말씀을 드려야 하는지요?"

"그대가 투르곤을 만나면 그대의 마음속에서 말이 저절로 떠오를 것이며, 그대의 입이 내가 하고자 하는 말을 읊을 것이다. 두려워 말고 전하라! 그 후로는 그대의 가슴과 용기가 이끄는 대로 하라. 내 망토 자락을 꼭 붙들고 있는 한 그대는 보호를 받으리라. 또한 옷세의 분노로부터 구출한 이를 그대에게 보내어 길을 안내하도록 할지니, 그는 '별'이 떠오르기 전 마지막으로 서녘을 찾아 떠나게 될 배의 마지막 선원이니라. 이제 땅으로 돌아가라!"

곧 천둥소리가 우렁차게 나더니 바다 위로 번갯불이 번쩍거
렸다. 투오르는 파도 한가운데에서 질주하는 불꽃으로 번쩍거
리는 은빛의 탑처럼 우뚝 선 울모를 응시하다가, 곧 불어오는 바
람을 마주하고 외쳤다. "가겠나이다! 다만 제 가슴은 이제 대해
를 더 갈망하나이다."

그러자 울모는 거대한 뿔나팔을 들어 올려 한 줄기의 장엄한
음을 불었는데, 그 소리에 비하면 폭풍의 포효는 그저 호숫가의
돌풍에 불과했다. 그 음을 듣는 동안 소리는 투오르를 에워싸고
이내 그를 가득 채웠다. 눈앞에서 가운데땅의 해안선이 사라지
는 것 같은 느낌이 들며, 투오르는 거대한 환상 속에 대지의 핏
줄에서부터 강의 어귀까지, 또 해안과 하구에서 깊은 바닷속까
지 세상의 모든 물을 볼 수 있었다. 투오르는 기이한 형체들이
바글거리는 소란스러운 곳곳에 이르기까지 대해를 응시하였고,
더 깊이 들어가 심지어 빛 한 줄기 들지 않는 심해의 그 영원한
어둠 속에서 인간을 몸서리치게 하며 울려 퍼지는 음성들도 들
었다. 발라들의 날렵한 시야를 통해 그는 가늠하지 못할 정도로
넓은 대해의 광야를 보았는데, 그곳은 아나르의 눈 아래서 바람
한 점 없이 펼쳐져 있기도 했고, 뾰족해진 달 아래 빛나기도 했
으며, 때로는 '그늘의 열도' 위로 튀어나온 분노의 산맥과 만나
치솟기도 했다. 이윽고 시야의 한구석 아득히 먼 곳에 그로서는
상상조차 할 수 없이 빛나는 구름을 뚫고 솟아오른 산이 하나 있
었고, 그 기슭에 긴 파도가 은은한 빛을 뿜어내고 있었다. 투오
르가 그 어렴풋한 파도 소리를 듣고 먼 곳의 빛을 더욱 선명하게
보려 안간힘을 쓰는 순간, 나팔 소리가 멈추었다. 그는 천둥처럼

쏟아붓는 폭풍 아래에 서 있었고, 수많은 가시 돋친 벼락이 그의 머리 위 하늘을 산산이 찢어 놓고 있었다. 울모는 사라져 보이지 않았고, 옷세가 일으킨 거친 파도가 네브라스트의 장벽에 부딪치며 바다가 소란스레 일렁였다.

그리하여 투오르는 노호하는 바다로부터 달아나 왔던 길을 힘겹게 되짚어 높은 테라스로 되돌아갔다. 강풍이 그를 절벽까지 몰아갔고, 다시 절벽 꼭대기에 올라선 그는 바람 앞에 무릎을 꿇어야 했다. 이에 다시 그는 은신할 곳을 찾아 어둡고 텅 빈 궁정으로 들어가 바위로 만든 투르곤의 옥좌 위에서 밤을 지새웠다. 몰아치는 폭풍에 기둥들마저 흔들거렸고, 투오르의 귀에 바람 소리는 마치 통곡과 비명으로 가득한 듯했다. 그는 피로에 지쳐 때때로 잠이 들었지만 많은 꿈을 꾸며 잠자리가 뒤숭숭했고, 잠에서 깬 그의 기억 속에 남은 꿈은 단 하나뿐이었다. 어느 섬에 대한 환상이었는데, 섬의 중앙에 가파른 산이 하나 있고 그 너머로 해가 저물더니 어둠이 하늘을 뒤덮었다. 그러나 하늘 위에는 별 하나가 눈부시게 빛나고 있었다.

꿈을 꾼 직후 투오르는 깊은 잠에 빠져들었다. 밤이 다 가기 전에 폭풍이 사라지며 먹구름을 세상의 동쪽으로 몰아냈던 것이다. 긴 시간이 흘러 회색의 여명이 밝아 오자 투오르는 잠에서 깨어나 높은 옥좌에서 일어서는데, 어두침침한 궁정을 내려가면서 보니 폭풍에 떠밀려 온 바닷새들이 궁정을 가득 채우고 있었다. 그가 바깥으로 나섰을 때는 동이 트면서 서녘에서 마지막 별들마저 흐릿해지고 있었다. 투오르가 보니 지난밤의 거대한 파도는 육지 높은 곳까지 휩쓸었고, 파도의 물마루는 절벽 꼭대기보다도 높이 솟아올랐으며, 심지어 파도에 휩쓸려 온 잡초와 조약돌 더미가 문 앞 테라스 위에까지 널려 있었다. 투오르는 가장 낮은 테라스에서 아래를 내려다보다가, 자갈과 해초 사이에서 바닷물에 흠뻑 젖은 회색 망토를 두른 채 담벼락에 기대선 어떤 요정을 발견했다. 요정은 앉은 채로 말없이 엉망이 된 해안 저 너머 파도의 긴 물마루를 응시하고 있었다. 모든 것이 멈춰 있었고, 밑에서는 노호하는 파도 소리만 들려왔다.

투오르는 그 자리에 서서 회색옷을 입은 말이 없는 인물을 바라보다가 울모가 한 말이 기억났고, 자신도 알지 못하는 이름이 입에서 튀어나와 큰 소리로 말했다. "어서 오시오, 보론웨! 기다리고 있었소."

요정이 돌아서서 고개를 드는 순간, 투오르는 자신을 꿰뚫어 보는 바닷빛 회색 눈동자와 마주했고, 이내 그가 고귀한 놀도르 일족임을 알아보았다. 하지만 요정은 자신이 있는 곳보다 높은 암벽 위에서 가슴팍에는 빛나는 요정의 사슬갑옷을 두르고 그 위에 흡사 그림자 같은 커다란 망토를 두른 채 높이 서 있는 투오르의 모습을 보고 눈빛이 두려움과 놀라움으로 바뀌었다.

그렇게 둘은 서로 얼굴을 살피며 잠시 굳어 있었다. 그러다 요정이 일어서더니 투오르의 발밑에서 머리를 깊이 숙이며 말했다. "당신은 누구십니까? 저는 오랜 세월 냉혹한 바다에서 악전고투한 몸입니다. 제가 육지를 떠난 뒤로 좋은 소식이 있었습니까? '어둠'은 쓰러졌나요? '숨은백성들'은 밖으로 나왔습니까?"

투오르가 대답했다. "아니오. '어둠'은 길어지고 있고, '숨은

백성들' 또한 여전히 숨어 있소."

그러자 보론웨는 오랫동안 말없이 그를 바라보았다. 그가 재차 물었다. "한데 당신은 누구십니까? 제 일족은 오래전 이 땅을 떠났고 그 후로 누구도 이곳에 거한 바가 없습니다. 그런데 이제 보니, 당신은 우리 일족의 복식을 입었을지언정 우리 일족이 아니라 인간이군요."

"맞소. 당신은 키르단의 항구에서 서녘을 찾아 떠난 마지막 배의 마지막 선원이 아니오?"

"맞습니다. 저는 아란웨의 아들 보론웨입니다. 그런데 어떻게 제 이름과 제 운명을 알고 있는지 이해가 되지 않는군요."

투오르가 대답했다. "물의 군주께서 지난밤에 내게 알려 주신 덕에 알고 있소. 그분께서는 당신을 웃세의 분노로부터 구출하여 이리로 보내어 나의 길잡이로 삼겠다고 하셨소."

그러자 보론웨는 두려움과 놀라움에 사로잡혀 소리쳤다. "위대한 울모와 말씀을 나누셨단 말입니까? 당신은 신분과 운명이 실로 위대한 분이 틀림없군요! 그런데 제가 당신을 어디로 안내해야 한다는 것인지요? 당신은 분명 인간의 왕이 되시는 지체인 듯한데, 많은 이들이 당신의 말씀을 기다리고 있을 게 아닙니까."

"아니오. 나는 도망 나온 노예이자, 빈 땅에 홀로 사는 무법자에 불과하오. 하지만 내게는 은둔의 왕 투르곤께 보낼 전갈이 있소. 어느 길로 가야 그를 찾을 수 있는지 아시오?"

"시절이 수상하여 자신의 운명과는 다르게 무법자나 노예로 살고 있는 이들이 많지요. 장담컨대 당신은 인간들의 군주임이 마땅합니다. 하지만 당신이 일족 중에 아무리 지체가 높다 할지라도 투르곤 왕을 찾아 나설 자격이 있는 것은 아니며, 그런다 하더라도 당신의 임무는 허사가 되고 말 것입니다. 제가 당신을 그분의 성문 앞까지 이끌 수는 있어도, 당신은 들어갈 수 없기 때문입니다."

"관문 너머까지 안내하라고 하지는 않겠소. 그곳에서 '심판'과 울모의 말씀이 겨루게 될 것이오. 만약 투르곤 왕이 나를 받아주지 않는다면 나의 소명은 끝이 나고 '심판'이 승리하는 것이오. 하지만 투르곤 왕을 찾아 나설 자격으로 말하자면, 나는 후오르의 아들이자 후린의 조카인 투오르이고, 투르곤 왕은 이 두 이름을 잊지 않으셨을 것이오. 더욱이 나는 울모의 명에 따라 그분을 찾아 나서는 것이오. 먼 옛날 울모께서 그분에게 하셨던 말씀을 그분이 잊었겠소? '놀도르의 마지막 희망은 바다에서 온다는 것을 기억하라.' 아니면 다시 '위험이 눈앞에 닥쳤을 때 한 인물이 네브라스트에서 찾아와 자네에게 경고하리라'고 하신 말씀 말이오. 그 인물이 바로 나이고, 또 그런 이유로 나를 위해 준비해 놓은 이 무장을 취했소."

투오르는 자신이 하는 말을 들으며 스스로도 놀랐다. 투르곤이 네브라스트를 떠날 당시 울모가 했던 말은 지금까지 투오르뿐만 아니라 그 누구도 알지 못했고, 오직 '숨은백성들'만 알고 있었기 때문이다. 당연히 보론웨는 더욱더 놀랄 수밖에 없었다. 하지만 그는 뒤돌아서서 대양을 바라보았고, 이내 한숨을 지었다.

"아아! 저는 다시는 돌아가고 싶지 않습니다. 깊은 바다를 떠돌며 저는 이런 맹세를 하곤 했습니다. 만약 제가 다시 육지에 발을 들인다면 북부의 어둠으로부터 멀리 떨어진 곳이나 키르단의 항구들, 아니면 아마 가슴속에 바라던 것보다 더 달콤한 봄날이 기다리는 아름다운 난타스린 들판에서 편히 살기를 원했습니다. 하지만 제가 유랑하는 사이에 악의 세력이 강해져 제 일족에게 최후의 위험이 닥친 터라면, 동족들에게 돌아가는 수밖에 없겠군요." 그는 다시 투오르를 향해 돌아섰다. "당신을 숨은 문으로 인도하겠습니다. 현명한 자라면 울모의 말씀을 거역하지 않지요."

투오르가 말했다. "그렇다면 우리가 받은 조언에 따라 함께 떠납시다. 그러나 슬퍼하지 마시오, 보론웨! 내 마음속에서 들려오는 목소리를 전해 드리겠소. 당신의 기나긴 앞길은 어둠에서 멀리 떨어진 곳으로 이어질 것이며, 당신의 희망 또한 대양으로 향할 것이오."

"당신도 마찬가집니다. 하지만 우린 지금 당장, 그것도 서둘러 여길 떠나야 합니다."

"그렇소. 하지만 어느 쪽으로, 얼마나 멀리 가는 것이오? 우선은 야생에서 어떻게 견딜지, 만약 길이 멀다면 숨을 곳 하나 없이 어찌 겨울을 날지 생각해 봐야 하지 않겠소?"

하지만 보론웨는 갈 길에 대해서는 아무것도 명확히 답하려 하지 않았다. "인간의 체력은 당신께서 알지요. 저로 말씀드리자면 놀도르의 일원인지라, '살을에는얼음'을 통과한 이들의 목숨을 거두어 가려면 굶주림은 실로 길어야 하며, 겨울 날씨도 얼음장 같아야 할 것입니다. 과연 무엇 덕분에 우리 일족이 어떻게 소금기 가득한 바다의 황무지에서 수많은 날을 버틸 수 있었 겠습니까? 혹시 요정들의 여행식에 대해 들어 본 적은 없으십니 까? 모든 뱃사람이 끝까지 손에서 놓지 않는 그 음식이 아직 제 게 있습니다." 그러더니 그는 망토를 들추고 허리띠에 맨 봉인 된 가방 하나를 보여 주었다. "이 가방은 봉인된 동안은 수해나 비바람에도 훼손되지 않습니다. 하지만 사정이 대단히 어려워 지기 전까지는 절약해야 합니다. 무법자이자 사냥꾼이라면 틀 림없이 최악의 상황이 오기 전에 다른 식량을 구할 수 있으리라 고 믿습니다."

"그럴지도 모르오. 하지만 모든 땅이 다 사냥하기에 안전하지 는 않거니와 사냥감도 그리 많은 것이 아니오. 더군다나 사냥을 하면 걸음이 늦어지는 법이오."

투오르와 보론웨는 곧 떠날 채비를 갖추었다. 투오르는 궁정 에서 얻은 무구 외에 자신이 가지고 온 활과 화살을 챙겼다. 다 만 북부 요정의 룬 문자로 자신의 이름을 새긴 창만은 그가 다녀 갔다는 징표로 벽에 걸어 두었다. 보론웨는 무장을 하지 않고 단 검 한 자루만 소지하였다.

한낮이 되기 전에 둘은 투르곤의 옛 거처를 떠났고, 보론웨는 타라스산의 가파른 산등성이 서쪽으로 행로를 잡아 거대한 곶 을 통과하였다. 이곳은 한때 네브라스트에서 브리솜바르로 향 하는 도로가 있었으나, 이제는 잔디에 뒤덮인 옛날 도랑들 사이 를 지나는 녹색 오솔길이 되어 있었다. 그렇게 두 여행자는 벨레 리안드에 들어섰고, 이곳은 팔라스의 북부 지방이었다. 동쪽으로 방향을 돌린 투오르와 보론웨는 에레드 웨스린산맥의 어두운 처마 밑을 찾아 그곳에서 땅거미가 질 때까지 몸을 숨기고 휴식을 취했다. 팔라스림 요정들의 옛 거처인 브리솜바르와 에글라레스트는 여전히 멀리 있었지만, 그곳에는 이제 오르크들이 살고 있었으며 주변 일대에는 모르고스의 첩자들이 들끓고 있었다. 키르단의 선박들이 때때로 해안 지역을 급습하거나 나르고스론드에서 시작한 기습 공격에 합세하는 것을 모르고스가 두려워했기 때문이었다.

산 밑에 깔린 그림자 속에 들어가듯 망토로 몸을 감싼 투오르와 보론웨는 서로 많은 대화를 나눴다. 투오르는 보론웨에게 투르곤에 대해 물어보았지만 보론웨는 그에 대한 대답을 많이 하지 않고 발라르섬이나 시리온하구에 자리 잡은 갈대의 땅 리스가르드에 세워진 거주지에 관한 이야기를 했다.

보론웨가 말했다. "지금 그곳에선 엘다르의 수가 늘어나고 있습니다. 갈수록 많은 이들이 모르고스에 대한 두려움과 지긋지긋한 전쟁 때문에 종족을 막론하고 그쪽으로 피난을 오기 때문입니다. 다만 저는 제 선택으로 동족을 저버린 게 아니었습니다. 앙반드 공성이 붕괴되고 브라골라크 전투가 끝난 후, 투르곤께서는 모르고스의 힘이 실제로 너무나 강한 것이 아닌가 하는 의심을 처음으로 품으셨답니다. 그래서 그해에 왕은 백성들 몇몇을 처음으로 관문 바깥으로 내보내셨습니다. 그 수는 극히 적었고, 비밀 임무를 맡고 있었지요. 그들은 시리온강을 따라 하구에 있는 해안까지 내려갔고, 거기서 배를 건조했습니다. 하지만 그들의 성과라곤 넓은 발라르섬으로 가서 모르고스의 손길이 닿지 않는 먼 곳에 외딴 주거지를 구축한 것이 전부였습니다. 놀도르는 벨레가에르 대해의 파도를 오래 견딜 만한 배를 지을 기술이 없었던 탓이랍니다.

하지만 이후 투르곤 왕께선 팔라스가 유린당하고, 우리의 전방에 자리 잡은 옛날 조선공들의 항구가 약탈당했음을 알게 되셨지요. 또 키르단 공이 살아남은 백성들을 구출하여 배를 타고 남쪽의 발라르만으로 향했다는 소식을 전해 듣고, 왕은 새로이 전령들을 내보내셨습니다. 그것이 불과 얼마 전이었는데, 지금 기억으로는 제 평생 가장 긴 시간이었던 것처럼 느껴지는군요. 저 역시 그분이 보낸 전령의 일원이었고, 당시 엘다르 중에는 나이가 젊은 축이었습니다. 저는 이곳 가운데땅 네브라스트에서 태어났습니다. 제 어머니는 팔라스의 회색요정으로 키르단 공과 한 집안이었는데, 투르곤 왕이 다스리던 초기에는 네브라스트에 여러 민족이 섞여 살았었지요. 저는 외탁을 하여 바다를 향한 갈망이 있었습니다. 제가 선택된 것도 그 때문이지요. 키르단 공을 찾아가 배를 건조하는 일을 지원해 달라고 부탁하고, 그렇게 해서 모든 것이 무너지기 전에 서녘의 군주들에게 도움을 청하는 전언과 기도를 전달하는 것이 우리의 임무였으니까요. 하지만 저는 도중에 길을 지체하고 말았습니다. 저는 가운데땅의 풍경을 둘러본 경험이 많지 않았는데, 하필 그해 봄에 난타스린에 도착했던 것입니다. 투오르, 당신도 언젠가 시리온강을 따라 남쪽으로 내려가 보면 알겠지만, 그 땅은 정말로 우리 마음을 매혹시키는 사랑스러운 곳이랍니다. '심판'을 벗어날 수 없는 자들을 제외한 모두의 가슴속에 간직한 바다를 향한 갈망이 치유되는 곳입니다. 그곳에서는 울모도 야반나의 하인에 불과하거니와, 그곳의 흙에서는 거친 북부의 산속에 사는 이들로서는 상상조차 할 수 없는 아름다운 것들이 풍성하게 자랍니다. 난타스린에서 나로그강이 시리온에 합류하는데, 물살이 약해지면서 폭이 넓고 잔잔하게 생명이 약동하는 풀밭 한복판으로 지나갑니다. 빛나는 강가에는 온통 꽃이 만개한 숲처럼 창포백합이 수를 놓고, 풀밭은 꽃으로 가득한데, 꽃들은 때로는 보석이요, 종鐘이요, 붉은빛과 황금빛의 불꽃이요, 또 때로는 초록의 창공에 깔아 놓은 형형색색의 별처럼 보입니다. 그러나 그중에서도 가장 아름다운 것은 희미한 초록의, 아니 바람이 불면 은빛을 띠는 난타스린의 버드나무들이지요. 수없이 많은 나뭇잎이 바스락거리는 소리는 흡사 음악의 선율 같아서, 저는 무릎 높이까지 오는 풀숲에 서서 수없이 많은 낮과 밤 동안 그 소리에 귀를 기울였습니다. 그런데 마법에 빠지듯 그곳에 매료된 저는 그만 마음속에서 대해를 잊고 말았습니다. 저는 그곳을 방랑하며 새로 핀 꽃들의 이름을 지어 주고 새들의 노랫소리, 벌과 날벌레의 콧노래에 둘러싸인 채 누워 꿈을 꾸었거든요. 지금도 그곳에서라면 제 모든 친족이나, 텔레리의 배든 놀도르의 검이든 죄다 버리고 기꺼이 머물 수 있을 것입니다. 다만 제 운명이 그리 놔두지 않겠지요. 어쩌면 물의 군주께서 몸소 저를 제지하실지도 모르는 일입니다. 그분은 그 땅에서 큰 힘을 갖고 계시니까요.

그러던 중 저는 버드나무 가지로 뗏목을 만들어 시리온강의 맑은 물 위를 떠다니겠노라 가슴속으로 결심했습니다. 그래서 그렇게 했는데, 결국 그 때문에 붙잡히고 말았지요. 어느 날 강

한가운데에 있는데 갑자기 바람이 불어오더니, 그 바람에 붙잡혀 버드나무땅에서부터 대해까지 끌려간 것입니다. 그렇게 하여 저는 키르단 공께 파견된 전령들 중 마지막으로 목적지에 이르게 되었는데, 그 시점에는 그분이 투르곤의 요청으로 건조하던 일곱 척의 배가 한 척을 제외하고는 모두 완공되어 있었습니다. 이윽고 한 척씩 차례대로 서녘을 향해 닻을 올렸습니다만, 단 한 척도 귀환하지 못했고 누구도 그들의 소식을 들은 이가 없답니다.

그렇지만 소금기 가득한 바다의 공기를 맛보자 어머니께 물려받은 저의 기질이 다시금 요동쳤습니다. 저는 마치 원래부터 원했던 것처럼 뱃사람들의 지식을 배웠고 파도 속에서 기쁨을 누렸습니다. 그래서 마지막으로 가장 거대한 배가 완공되었을 때, 저는 출항하고 싶어 안달이 났었습니다. 마음속으로 이렇게 생각했지요. '만약 놀도르의 말이 사실이라면 서녘에는 버드나무땅과는 비교조차 할 수 없는 초원이 있을 것이다. 그곳엔 시듦도 없을 것이며, 봄이 저무는 일도 없으리라. 그리고 어쩌면, 나 보론웨도 그곳에 당도할 수 있으리라. 최악의 경우 바다 위에서 떠돌더라도, 북부의 어둠보다는 그것이 나을 것이다.' 그 어떤 물도 텔레리의 배를 가라앉힐 수는 없기에 저는 추호도 두렵지 않았답니다.

그러나 대해는 끔찍합니다, 후오르의 아들 투오르. 바다는 발라들의 심판을 수행하는 수단이고, 그래서 놀도르를 증오하지요. 심연 속에 가라앉아 죽음을 맞이하는 것보다 더 끔찍한 것들이 바다에 있습니다. 모든 희망이 사라지고 살아 있는 모든 것들이 떠나가면 모습을 드러내는 증오심과 고독과 광기, 그리고 바람과 풍랑, 적막, 그리고 어둠에 대한 공포가 바로 그것입니다. 바다는 악하고 괴이쩍은 해안을 씻어 내고, 또 위험과 공포가 도사리는 섬들이 그곳에 우글댑니다. 북쪽에서부터 남쪽까지 7년 동안 대해를 떠돌며 고역을 치른 저의 이야기로 가운데땅의 자손인 당신의 심사를 어지럽히지는 않겠습니다. 하지만 서녘에는 끝끝내 가지 못했지요. 그곳은 저희에게는 문을 닫아걸은 곳이었거든요.

급기야 암담한 절망에 빠지고 온 세상에 지쳐 저희는 뱃머리를 돌려 운명으로부터 도망쳤지만, 운명이 그때껏 저희를 살려 두었던 것은 단지 저희를 더욱 잔혹하게 덮치기 위해서일 뿐이었습니다. 멀리서 산 하나를 발견하여 제가 "보라! 저기 내가 태어난 땅 타라스가 있다!" 하고 외치는데, 그 순간 바람이 깨어나더니 천둥을 가득 머금은 거대한 구름이 서쪽에서 나타난 것입니다. 곧 파도가 적의에 가득 찬 살아 있는 생명체처럼 저희를 사냥했고, 벼락이 내리꽂혔습니다. 그렇게 배가 산산조각 나 꼼짝도 못 하는 상태로 전락하자 바다가 저희를 매섭게 삼켜 버렸지요. 그렇지만 보시는 바와 같이 저는 살아났습니다. 다른 파도보다 거대하지만 잔잔한 파도가 저를 향해 오는 듯하더니 저를 배에서 끌어내려 어깨 위에 높이 짊어지고 육지까지 굴러가 풀밭 위에 내려놓았습니다. 그리고 파도는 이내 수그러들더니 절벽에서 큰 폭포수가 떨어지듯 흘러 내려갔습니다. 그렇게 바다를 바라보며 넋을 잃은 채 한 시간 정도 앉아 있었을 때쯤 당신이 저를 찾아온 것입니다. 저는 지금도 그때의 두려움이 느껴지고, 저와 함께 유한한 생명의 땅에서는 보이지 않는 먼 곳까지 항해했던 동지들을 모두 잃은 슬픔이 사무칩니다."

보론웨는 한숨을 쉬고는 독백하듯 나직하게 말했다. "하지만 서녘을 둘러싼 구름이 저 멀리 물러날 때면, 세상의 가장자리에 걸린 별들은 참으로 찬란하더이다. 그렇지만 우리가 단지 까마득히 먼 구름을 본 것인지, 아니면 정녕 어떤 이들의 생각대로 우리의 오래전 고향의 잃어버린 해안에 있는 펠로리산맥을 일별한 것인지는 알 도리가 없습니다. 그 산맥은 멀고도 먼 곳에 있고, 유한한 생명의 땅에서 온 자는 다시는 그곳에 가지 못할 테니까요." 그런 다음 보론웨는 입을 닫았다. 이미 밤이 찾아와 별들은 시리도록 하얗게 빛나고 있었다.

투오르와 보론웨는 곧 다시 일어나 바다를 등진 채 어둠 속에서 기나긴 여정을 재개했다. 울모의 그림자가 투오르를 감싸고 있었기 때문에 일몰부터 일출까지 그들이 나무나 바위, 혹은 개활지나 습지 어디를 지나가도 누구 하나 그들을 볼 수 없었고, 따라서 둘의 여정에 대해서는 할 이야기가 많지 않다. 다만 그들은 항상 경계 태세를 유지하며 밤눈이 밝은 모르고스의 추격자들을 피했고, 요정과 인간 들이 자주 다니는 길 또한 멀리했다. 보론웨가 방향을 정하면 투오르가 그 뒤를 따랐다. 투오르는 허튼 질문은 하지 않았지만, 솟아오른 산맥의 변경을 따라 그들이 계속 동쪽을 향하고 있으며 남쪽으로는 절대로 가지 않는다는 것을 눈여겨보았다. 대부분의 요정이나 인간 들과 마찬가지로 투오르는 투르곤이 북부의 전장에서 멀리 떨어진 곳에 살고 있을 것이라고 믿었기에 이를 의아하게 여겼다.

황혼 무렵이나 한밤중에 변변한 길도 없는 야생 지대를 가야 했기 때문에 그들의 여정은 지체될 수밖에 없었고, 결국 모르고스의 왕국으로부터 혹한의 겨울이 순식간에 들이닥쳤다. 산이 바람막이가 되어 주었음에도 불구하고 바람은 강하고 매서웠으며, 이내 눈이 산꼭대기에 깊게 쌓이거나 고갯길에서 휘날렸고, 누아스숲에는 시든 나뭇잎이 모두 떨어지기도 전에 눈이 내렸다. 이런 까닭에 나르퀠리에(10월—역자 주) 중순이 되기 전에 출발하였음에도 불구하고, 그들이 나로그강의 발원지 근처에 이르렀을 때는 히시메(11월—역자 주)가 살을 에는 추위와 함께 찾아와 있었다.

피로에 지친 밤길이 끝나고 희미하게 여명이 밝아 올 무렵 그들은 걸음을 멈추었고, 보론웨는 비통함과 두려움에 잠긴 채 주위를 둘러보며 경악스러워했다. 한때 이곳은 물이 흘러내리면서 바위를 깎아 만들어진 분지 속에 아름다운 이브린호수가 펼쳐져 있고, 그 주변 일대는 언덕 아래로 나무가 무성하게 들어선 우묵한 땅이었다. 그런데 지금 그의 눈앞에는 오염되고 황량한 땅만 남아 있었던 것이다. 나무들은 불타거나 뿌리를 드러내고 있었고, 호수 경계를 둘러싼 돌 더미가 허물어져 이브린호수의 물이 새어 나오면서 폐허 한복판에 거대한 불모의 늪을 형성하고 있었다. 남아 있는 것이라고는 한 무더기의 얼어붙은 진창뿐, 부패로 인한 악취가 매캐한 안개처럼 대지를 뒤덮고 있었다.

보론웨가 비명을 질렀다. "이럴 수가! 악이 이곳마저 잠식하였단 말인가? 예전에는 앙반드의 협박과는 상관없는 곳이었거늘, 이제 모르고스의 손가락이 갈수록 더 먼 곳을 더듬는구나."

투오르가 말했다. "이 또한 울모께서 말하셨던 바요. '샘에는 독이 서렸으며, 지상에서 나의 힘은 점차 후퇴하고 있도다'라고 하셨소."

보론웨가 말했다. "그런데 오르크보다 더 힘이 센 사악한 놈이 이곳에 있었던 듯합니다. 공포의 기운이 감돌고 있지 않습니까." 그는 곧 진창의 가장자리를 찬찬히 살피더니, 갑자기 꼼짝도 하지 않고 서서 다시 소리쳤다. "맞아요, 엄청나게 사악한 존재입니다!" 그는 투오르에게 손짓을 했다. 투오르가 가서 보니 남쪽으로 커다란 고랑 같은 모양의 자취가 나 있고, 그 양쪽으로 지금은 희미해졌지만 커다란 갈퀴가 달린 발자국들이 냉기에 뚜렷하게 얼어붙어 있는 광경이 보였다. "보십시오!" 보론웨가 말했다. 그의 얼굴은 공포심과 혐오감으로 창백하게 질려 있었다. "대적의 짐승들 중에서 가장 무시무시한 '앙반드의 거대한 파충류'가 이곳을 거쳐 간 지가 얼마 되지 않았습니다! 투르곤께 보낼 우리의 전갈이 이미 늦었습니다. 서둘러야 합니다."

보론웨가 이렇게 말하는 순간 숲속에서 어떤 고함 소리가 들려왔고, 그들은 회색의 바위처럼 꼼짝도 하지 않고 서서 귀를 기울였다. 목소리는 슬픔에 잠겼으면서도 고운 목소리였는데, 꼭 잃어버린 사람을 찾는 것처럼 누군가의 이름을 끝없이 부르는 것 같았다. 그러더니 기다리고 있던 그들 앞으로 한 사내가 나무를 헤치며 걸어 나왔다. 그는 무장을 하고 검은 복장을 한 키가 훤칠한 인간으로 장검을 빼어 들고 있었다. 그의 칼 역시 검은색이었지만 칼날은 차갑게 빛을 발하며 번쩍거렸고, 투오르와 보론웨는 의구심이 일었다. 사내의 얼굴에는 비통함이 사무쳐 있었고, 그는 이브린의 참상을 목도하자 큰 소리로 탄식하며 이렇게 말했다. "이브린, 파엘리브린! 귄도르와 벨레그! 한때 내가 이곳에서 치유받았도다. 하지만 나는 이제 다시 평화의 물을 마시지 못하리라!"

이내 그는 무언가를 추적하고 있거나 한시가 급한 임무라도 있는 듯이 황급히 북쪽으로 떠나갔다. 투오르와 보론웨는 "파엘리브린, 핀두일라스!"라고 외치는 그의 목소리가 숲속에서 사라질 때까지 계속 들었다. 하지만 그들은 나르고스론드가 함락되었다는 것도, 또한 그 사내가 바로 후린의 아들 투린, 곧 '검은검'이었다는 사실도 알지 못했다. 그렇게 처음이자 마지막으로 투린과 투오르 두 친족의 행로가 찰나의 순간에 겹치게 되었던 것이다.

'검은검'이 지나간 후, 투오르와 보론웨는 이미 날이 밝았지만 얼마 동안은 여정을 계속했다. 비탄에 잠겨 있던 사내에 대한 기억이 그들의 의식을 무겁게 내리눌렀고, 오염된 이브린호수 근처에 머무는 것을 견딜 수 없었기 때문이었다. 하지만 주변에서 사악한 기운이 느껴졌기 때문에, 그들은 얼마 되지 않아 은신처를 물색하게 되었다. 그들은 불안 속에 잠을 조금밖에 자지 못했고, 해가 지고 날이 어두워지며 폭설이 내리더니 밤이 되자 살을 에는 듯한 냉기가 엄습하였다. 그 후로도 눈과 얼음은 수그러들지 않고 몰려왔고, 그렇게 훗날 인구에 회자되는 '혹한의 겨울'로 인해 북부는 다섯 달에 걸쳐 꽁꽁 얼어붙었다. 투오르와 보론웨는 추위로 고통이 심했고, 내린 눈 때문에 일대를 뒤지는 적들에게 들키거나 감쪽같이 위장해 놓은 함정에 빠져들까 노심초사했다. 걸음은 점점 느려지고 고통이 더 심해졌으나 그들은 아흐레 동안 여정을 계속했고, 보론웨는 진로를 다소 북쪽으로 틀어 테이글린강의 세 지류를 건넜다. 이내 그는 다시 동쪽으로 방향을 바꾸어 산을 등진 채로 조심스럽게 나아가다가 마침내 글리수이강을 지나 말두인시내에 다다랐는데, 시냇물이 시커멓게 얼어붙어 있었다.

그러자 투오르가 보론웨에게 말했다. "추위가 실로 혹독하니, 당신은 어떤지 몰라도 나는 거의 죽을 지경이오." 그들은 오랫동안 야생에서 아무런 식량을 얻지 못했을 뿐만 아니라 여행식마저 줄어들고 있었다. 더욱이 날은 춥고 몸은 녹초가 되어 있었다. 보론웨가 말했다. "발라들의 심판과 대적의 사악 사이에서 꼼짝달싹 못 하다니 불운하기 그지없군요. 바다의 입속에서 겨우 탈출했는데, 결국 눈 속에 파묻히고 만단 말인가?"

투오르가 말했다. "이제 길이 얼마나 남았소? 보론웨, 당신이 함구하던 것을 결국 털어놓아야 할 때가 왔소. 나를 똑바로 안내하고 있는 것인가? 어디로 가는 것이오? 혹여 내가 최후의 기력을 소진해야 한다면, 그것으로 무슨 일을 해야 할지 알아야겠소."

보론웨가 대답했다. "저는 안전하기만 하다면 당신을 최대한 똑바른 길로 안내하였습니다. 비록 믿는 이들은 거의 없지만, 투르곤은 여전히 엘다르의 땅 북부에 거하고 계신다는 것을 알아두십시오. 우리는 이미 그분 가까이 왔습니다. 다만 아직도 갈

길은 멀어 새처럼 날아간다고 하여도 한참 남았습니다. 그리고 아직 시리온을 건너는 일이 남았거니와, 거기까지 가는 도중에 엄청나게 사악한 놈이 기다리고 있을 수도 있습니다. 우리는 곧 핀로드 왕의 미나스와 나르고스론드를 잇는 옛날 대로를 건너야 하기 때문입니다. 대적의 하수인들이 그곳을 돌아다니며 감시를 하고 있을 겁니다."

투오르가 대답했다. "나는 나 자신을 인간들 중에서 가장 강인하다고 여겨 왔고, 여태껏 산속에서 여러 차례 겨울의 고난을 견뎌 왔소. 하지만 돌이켜보면 그때는 등 뒤에 동굴과 불이 있었는데, 지금은 과연 이렇게 혹독한 날씨 속에서 허기까지 진 채 더 전진할 기력이 내게 남아 있을지 확신을 못 하겠소. 그렇지만 희망이 사라지기 전에 가능한 한 많이 가 보도록 합시다."

"달리 선택의 여지가 없습니다. 아니면 이곳에 누워 눈 속에 잠을 청해야겠지요."

그리하여 그 혹독한 날씨 속에 그들은 적의 위협보다 혹한을 더욱 경계하며 하루 종일 터벅터벅 걷고 또 걸었다. 그러나 길을 갈수록 점차 눈이 잦아들었는데, 이는 그들이 이제 시리온협곡을 향해 다시 남하하면서 도르로민산맥과 제법 멀어진 까닭이었다. 땅거미가 깊어지면서 그들은 나무가 우거진 높은 경사지의 바닥에 있는 대로에 이르렀다. 갑자기 주변에서 인기척이 들렸고, 그들은 나무 사이에 숨어 경계 태세로 주위를 둘러보다가 아래쪽에서 붉은빛을 발견했다. 한 무리의 오르크들이 도로 한가운데에 숙영지를 차려 놓고는 커다란 장작불 주위에 옹기종기 모여 있었던 것이다.

"구르스 안 글람호스! [오르크들에게 죽음을!]" 투오르가 나직하게 중얼거렸다. "이제 망토 속에 감춰 둔 검을 뽑을 차례로구나. 저 불을 차지하기 위해서라면 죽음도 불사할 것이며, 오르크의 고기는 포상이 되리라."

보론웨가 말했다. "안 됩니다! 우리 임무를 도와 줄 것은 오직 그 망토뿐입니다. 저 불을 포기하지 못하겠다면, 투르곤을 포기해야 합니다. 저 무리는 이 야생 지대에 단독으로 있는 것이 아닙니다. 유한한 생명의 눈에는 북쪽과 남쪽 멀리 있는 다른 초소의 불꽃이 보이지 않는 것입니까? 소란을 일으켰다간 한 부대가 몰려올 겁니다. 제 말을 들으십시오, 투오르! 등 뒤에 적을 달아 놓은 채 관문에 접근하는 것은 '숨은왕국'의 법도에 어긋나며, 울모의 분부를 위해서든 죽음이 두려워서든 저는 이를 어길 생각이 추호도 없습니다. 오르크를 건드린다면 저는 떠나겠습니다."

"그렇다면 놈들을 놓아둡시다. 겁먹은 개처럼 한 줌의 오르크들을 피해 기어 다니지 않아도 될 날을 볼 수 있을 때까지 살아 있어야겠소."

"그렇다면 이리 오시지요! 언쟁은 이쯤 해 둡시다. 아니면 놈들이 냄새를 맡을 겁니다. 따라오십시오!"

보론웨는 나무 사이로 슬그머니 움직여 자리를 피했고, 오르크들의 불과 그다음 불 사이 중간 지점에 다다를 때까지 바람을 등지고 남쪽으로 내려갔다. 그곳에서 그는 한참 동안 멈추어 서서 귀를 기울이더니 말했다.

"길 위에 움직이는 소리는 들리지 않습니다만, 어둠 속에 무엇이 도사리고 있을지는 알 도리가 없군요." 그는 어둠 속을 응시하더니 이내 몸서리치며 중얼거렸다. "악의 기운이 흐릅니다. 아! 저쪽에 우리 목적지도 있고 살길도 있는데, 그 중간에 죽음이 도사리고 있군요."

투오르가 말했다. "죽음은 늘 우리 곁에 있소. 하지만 내게 남은 힘으로는 아주 짧은 거리나 겨우 갈 수 있을 정도요. 여길 건너가든지 아니면 죽든지, 다른 길이 없소. 나는 울모의 망토를 믿어 볼 것이고, 이것으로 당신 또한 감쌀 수 있을 거요. 이제 내가 앞장서겠소!"

그는 그렇게 말하고는 은밀하게 도로 가장자리로 움직였다. 그리고 보론웨를 꽉 껴안은 다음 물의 군주의 회색 망토 자락으로 둘 모두를 휘감고 앞으로 발을 내디뎠다.

모든 것이 잠잠했다. 차가운 바람이 오래된 도로 위를 휩쓸며 스산한 소리를 냈다. 그러더니 갑작스레 바람 소리마저 고요해졌다. 정적 속에서 투오르는 대기의 흐름이 바뀌는 것을 느낄 수 있었고, 마치 모르고스의 땅에서 날아온 입김이 잠시 위세를 잃고, 대양의 기억처럼 희미하게 서녘에서 산들바람이 불어오는 것 같았다. 그들은 바람에 실려 온 회색 안개처럼 자갈투성이 도로를 건너 길 동쪽에 인접한 덤불숲 속으로 들어갔다.

갑자기 가까운 곳에서 거친 고함 소리가 들리더니, 도로변을 따라 이에 응답하는 많은 소리가 길게 이어졌다. 귀에 거슬리는 나팔 소리가 요란하게 울렸고, 질주하는 발소리들이 뒤를 따랐다. 하지만 투오르는 가만히 기다렸다. 그는 노예로 잡혀 있던 시절 오르크들의 말을 충분히 배운 덕에 그 고함 소리의 뜻을 알 수 있었는데, 감시병들은 그들의 냄새와 소리를 감지했지만 눈으로 보지는 못했다는 뜻이었다. 추격이 시작되었다. 그는 필사적으로 몸을 움직여 옆에 있던 보론웨와 함께 땅바닥에 포복하여 마가목과 키 작은 자작나무가 무성한 사이로 가시금작화와 산앵두가 우거진 긴 비탈길을 올랐다. 등성이의 꼭대기에 다다른 그들은 그 자리에 멈춰 뒤편에서 들려오는 고함과 아래쪽 덤불에서 오르크들이 소란을 피우는 소리에 귀를 기울였다.

그들 옆에는 서로 얽혀 있는 히스와 검은딸기나무 위로 머리를 내민 바위가 있었다. 바위 아래에는 몸을 숨길 자리가 있어서 쫓기는 짐승이 숨어 추격자를 따돌리거나, 최소한 바위를 등지고 유리한 위치에서 한판 싸움을 벌여 볼 수 있을 것 같았다. 투오르는 짙은 어둠 속으로 보론웨를 끌어들였고, 둘은 회색 망토를 뒤집어쓰고 나란히 앉아 지친 여우처럼 숨을 헐떡였다. 그들은 온 신경을 귀에 집중한 채 입을 꼭 다물었다.

추격자들이 떠드는 소리가 잦아들었다. 오르크들은 도로 이쪽저쪽으로 수색할 뿐, 길 양옆의 황무지에는 발을 들이지 않은 까닭이었다. 이들은 길 잃은 도망자들 따위는 크게 개의치 않았고, 오히려 첩자들이나 적군의 무장 정찰병을 두려워했던 것이다. 모르고스가 큰길에 보초를 배치했던 것은 (그가 아직 전혀 모르는) 투오르와 보론웨, 혹은 그 누구건 서녘에서 오는 자들을 사로잡을 요량이 아니라, '검은검'을 감시해서 그가 나르고스론드의 포로들을 뒤쫓거나 만약의 경우 도리아스에서 원군을 불러오는 일이 없도록 하기 위해서였다.

밤이 지나고 음울한 고요가 다시금 공허한 대지 위에 드리웠다. 지친 몸에 기력이 다한 투오르는 울모의 망토를 덮은 채 잠들었지만, 보론웨는 앞으로 기어 나와 마치 돌덩어리처럼 말 한 마디 없이 꼼짝도 하지 않고 요정의 눈으로 어둠 속을 꿰뚫어 보았다. 동이 틀 무렵 그는 투오르를 깨웠는데, 투오르가 기어 나오며 보니 날씨는 잠시 누그러져 있고 검은 구름들도 옆으로 물러나 있었다. 불그레한 새벽 여명이 펼쳐져 있었고, 투오르의 눈앞 먼 곳에서는 낯선 산맥의 봉우리들이 동쪽의 불꽃을 배경으로 반짝거리는 것이 보였다.

그때 보론웨가 나지막이 말했다. "알라에! 에레드 엔 에코리아스, 에레드 엠바르 닌! [에워두른산맥, 내 고향의 산맥!]" 그는 눈앞에 있는 것이 에워두른산맥과 투르곤 왕국의 장벽이라는 것을 알아보았던 것이다. 동쪽으로 그들 아래쪽에 있는 깊고 그늘진 계곡 안쪽에는 노래 속에 널리 알려진 어여쁜 시리온강이 펼쳐져 있었고, 그 너머로 강에서부터 산맥 발치의 갈래진 언덕까지 올라가는 회색의 땅은 안개 속에 잠겨 있었다. 보론웨가 말했다. "저쪽에 딤바르가 있습니다. 우리가 지금 저기 있었더라면! 저곳이라면 적들도 감히 들어올 엄두를 내기 힘들지요. 적어도 시리온강에서 울모의 힘이 강력했을 적에는 그랬답니다. 하지만 이제는 강물이 위험하다는 것 말고는 모든 것이 변했겠지요. 강이 깊고 물살이 센 까닭에 엘다르조차 강을 건너는 것이 만만치 않거든요. 그렇지만 제가 당신을 잘 데리고 왔군요. 조금만 더 남쪽으로 가면 브리시아크여울이 어렴풋이 보입니다. 옛날에는 서부의 타라스산에서 시작된 동부대로가 이 여울에서 강을 건널 수 있었지만, 지금은 요정도 인간도 심지어 오르크도

절박한 상황이 아닌 한 여울을 이용하려 들지 않습니다. 저 길을 계속 가면 둥고르세브는 물론, 고르고로스와 멜리안의 장막 사이에 펼쳐진 공포의 땅으로 이어지니까요. 도로가 이미 오래전에 야생으로 변해 희미해졌거나, 잡초와 가시덩굴 한복판을 지나는 한낱 오솔길로 전락했기 때문이기도 합니다."

이에 투오르는 보론웨가 가리키는 곳을 바라보았고, 멀리서 새벽의 여명이 살짝 드러난 틈으로 반짝이는 강물 같은 희미한 빛을 발견했다. 하지만 그 건너편은 어둠에 잠겨 있었는데, 그곳은 브레실의 드넓은 삼림이 남쪽으로 뻗어 있고 멀리 그 끝에는 고원 지대가 보였다. 그들은 이내 계곡 가장자리를 따라 조심스럽게 내려가다가 브레실숲 경계에 있는 사거리에서 내려오는 옛길을 만났다. 이 사거리는 나르고스론드에서 올라오는 큰길과 교차하는 지점이었다. 투오르는 자신들이 시리온강 근처까지 왔음을 알 수 있었다. 깊은 강물을 나르던 강둑이 그곳에서 낮아졌고, 강물은 어지럽게 널린 커다란 돌무더기에 가로막혀 넓고 야트막한 물길로 갈라지면서 졸졸거리는 물소리가 사방에서 들려왔다. 그리고 얼마 지나지 않아 강줄기는 다시금 하나로 합쳐지더니 강바닥을 파내어 숲속을 향해 흘러갔고, 한참을 흘러간 후에 투오르의 눈으로는 들여다볼 수 없는 자욱한 안개 속으로 자취를 감췄다. 비록 투오르 자신은 모르고 있었지만, 그곳에 멜리안의 장막의 그늘 속에 들어 있는 도리아스의 북쪽 경계가 있었던 것이다.

투오르는 즉시 여울로 발걸음을 재촉하려 했으나, 보론웨가 그를 제지했다. "브리시아크여울은 날이 환할 때나, 조금이라도 추격이 의심될 때는 건너서는 안 됩니다."

투오르가 말했다. "그렇다면 이곳에 앉아 썩자는 말이오? 그런 의심이라면 모르고스의 왕국이 존재하는 한 없어지지 않을 것이오. 갑시다! 울모의 망토 그림자를 덮었으니 우린 이대로 전진해야 하오."

여전히 보론웨는 망설이며 서쪽을 돌아보았다. 하지만 그들이 지나온 길에는 아무런 인기척도 없고, 사방은 흐르는 물소리 말고는 온통 잠잠했다. 그는 고개를 들어 잿빛의 텅 빈 하늘을 쳐다보았다. 하늘에는 새 한 마리 보이지 않았다. 그러다 갑자기 보론웨가 환한 표정으로 기뻐하며 큰 소리로 외쳤다. "잘 됐습니다! 대적의 적이 여전히 브리시아크를 지키고 있군요. 오르크들도 여기서부터는 쫓아올 수가 없고, 또 망토까지 덮었으니 더 이상 걱정하지 않고 건너갈 수 있겠습니다."

"무엇을 새로 발견한 것이오?" 투오르가 물었다.

"유한한 생명의 인간들은 시야가 실로 짧군요! 저는 크릿사에 그림의 독수리들을 보았습니다. 그들이 이리로 오고 있습니다. 잠시 보시지요!"

투오르가 선 채로 눈길을 돌리자, 곧 상공에서 세 개의 형체가 구름 속에 다시 잠긴 산봉우리로부터 내려와 장대한 날개를 퍼덕이는 광경이 보였다. 이들은 커다랗게 원을 그리며 천천히 하강하더니 갑자기 두 여행자를 향해 강하했다. 그러나 보론웨가 그들을 부르려 하기가 무섭게 독수리들은 일대를 넓게 휩쓸며 세차게 선회한 다음 강줄기를 따라 북쪽으로 날아가 버렸다.

보론웨가 말했다. "이제 출발합시다. 혹여나 이 근처에 오르크가 있어도, 겁을 먹고 땅바닥에 코를 박은 채 독수리들이 멀리 사라지기만 기다리고 있을 겁니다."

그들은 긴 산비탈을 쏜살같이 내려가 브리시아크여울을 건넜다. 대체로 판판한 조약돌을 딛고 거의 발을 적시지 않고 걷거나, 모래톱을 지나야 하는 곳도 물은 무릎 높이에 불과했다. 물은 맑고 매우 차가웠으며, 구불구불한 물줄기가 바위 사이를 돌아가는 얕은 물웅덩이 위에는 얼음이 서려 있었다. 다만 시리온강의 본류는 단 한 번도, 심지어 나르고스론드가 몰락한 '혹한의 겨울'이 닥쳐왔을 때도 북부의 독한 기운 때문에 얼어붙은 적이 없었다.

여울 건너편에서 그들은 지금은 물이 흐르지 않지만 옛날에는 강의 바닥이었을 것으로 보이는 도랑에 이르렀다. 짐작건대 한때는 북쪽의 에코리아스산맥에서 흘러내린 급류가 지반을 깎아 이 깊은 도랑을 만들었고, 그곳의 돌들이 모두 시리온강으로 떠내려 와 브리시아크여울이 된 것 같았다.

보론웨가 외쳤다. "절망적이었지만 결국 찾아냈군! 보십시오! 여기가 '마른강'의 어귀이고, 저쪽이 바로 우리가 가야 할 길입니다." 그들은 이윽고 도랑 안으로 들어섰고, 도랑이 북쪽으로 방향을 바꾸자 지면의 경사도 가파르게 높아지면서 양쪽의 비탈 역시 가팔라졌다. 투오르는 빛이 어두워진 탓에 바닥에 널려 있는 돌 사이로 발을 헛디뎠다. "만약 이걸 길이라고 한다면, 지친 나그네가 다니기엔 악독한 길이오."

보론웨가 말했다. "그래도 이 길이 투르곤께로 향하는 길입니다."

"그렇다면 더욱 경이롭소. 그 왕국의 입구가 이토록 무방비하게 열려 있다니 말이오. 나는 여태 거대한 관문과 엄중한 경비가 있으리라 생각했소."

"그것도 곧 보게 될 겁니다. 이곳은 단지 진입로에 불과하지요. 길이라고 하긴 했지만, 3백 년 넘는 세월 동안 이곳을 오간 이들은 소수의 은밀한 전령들뿐, '숨은백성들'이 이곳에 들어온 뒤로 놀도르는 자신들의 기술을 모두 이곳을 감추는 데만 썼습니다. '열려 있다'고 했나요? 만일 당신이 '숨은왕국'의 백성을 길잡이로 삼지 않았더라면 이곳을 알았겠습니까? 그저 비바람과 야생의 물길이 빚어낸 흔적으로 치부해 버리지 않았을는지요? 그리고 보신 바와 같이, 독수리들이 지키고 있지 않습니까? 저들은 소론도르의 일족으로, 모르고스가 이토록 강성해지기 전에는 상고로드림에도 거하였으며 핑골핀께서 쓰러진 지금은 투르곤의 산맥에 머무르고 있습니다. 놀도르 외에는 오직 저들만이 숨은왕국을 알고 있고, 그 위의 하늘을 지키고 있는 겁니다. 그 어떤 대적의 하수인도 아직까지는 상공을 날아 들어올 엄두를 낸 적이 없지만 말입니다. 더욱이 독수리들은 왕국 바깥에서 움직이는 모든 것들에 관한 많은 소식을 대왕께 전하고 있습니다. 만일 우리가 오르크였다면, 의심할 것 없이 저들에게 붙잡혀 까마득한 하늘에서 가차 없이 바위 위로 내동댕이쳐졌을 겁니다."

"당신 말을 의심하지는 않소. 다만 우리가 도착하기 전에 우리가 접근한다는 소식이 우리보다 먼저 투르곤께 전달되는지는 궁금하오. 그것이 우리한테 이로울지 해로울지는 당신만이 알겠지만.”

“이롭지도 해롭지도 아니합니다. 우리가 불청객이든 아니든 ‘파수관문’을 검문 없이 통과할 수는 없으며, 만일 우리가 도착하면 경비대에서는 우리가 오르크가 아니라고 보고할 필요도 없을 겁니다. 다만 오르크가 아닌 것만으로는 우리를 들여보낼 사유가 충분하지는 않습니다. 투오르, 당신은 우리가 관문을 넘은 직후 어떤 위기를 맞을지 짐작하지 못할 테니 말입니다. 그때가 되면 어떤 결과가 닥칠지라도, 미리 알려 주지 않았다고 저를 원망하지는 마십시오. 부디 물의 군주의 권능이 진실로 드러나기를! 저는 오로지 그 희망 하나만을 보고 당신을 인도하기로 마음먹은 것이고, 만일 그 희망이 무너진다면 우리가 목숨을 잃으리라는 것은 겨울날 야생에서 목숨을 잃는 것보다 더 확실한 일입니다.”

그러나 투오르가 말했다. “불길한 말은 그쯤 하시오. 야생에서 죽는 거야 자명한 일이지만, 관문 앞에서 죽는다는 것은 당신 말에도 불구하고 나로서는 알 수 없는 일이오. 계속 앞장서시오!”

그들은 더 이상 전진할 수 없게 될 때까지 마른강의 돌밭을 수 킬로미터 동안 계속 터벅터벅 걸었고, 저녁이 되자 깊은 바위틈에는 어둠이 찾아들었다. 그 이후로는 동쪽의 강둑으로 올라가서 산맥의 발치에 펼쳐진 언덕에 진입했다. 투오르가 고개를 들어 보니, 산맥은 그가 여태껏 보아 온 그 어떤 산맥과도 다른 모습으로 솟아 있었다. 산맥 측면이 흡사 가파른 벽면과 같았는데,

그 하나하나가 밑에 있는 것보다 뒤편으로 물러나면서 차곡차곡 쌓여 있고, 그 형상이 마치 여러 층의 벼랑으로 이뤄진 거대한 첨탑 같았던 것이다. 하지만 날은 저물고, 대지는 온통 희뿌연 회색빛으로 덮인 채 시리온협곡은 어둠 속에 잠겨 있었다. 보론웨는 곧 딤바르의 외로운 비탈이 보이는 언덕 기슭의 야트막한 굴로 투오르를 인도했으며, 그들은 그 안으로 기어 들어가서 몸을 숨겼다. 그들은 마지막으로 남은 한 줌의 식량으로 식사를 했고, 곧 추위와 피로가 엄습했지만 잠에 빠지지는 않았다. 이렇게 해서 투오르와 보론웨는 여정을 떠난 지 37일째가 되는 히시메 18일의 땅거미가 질 무렵에 에코리아스의 연봉連峯과 투르곤의 관문 앞에 이르렀으며, 울모의 권능 덕분에 '심판'과 '사악' 모두를 피하게 되었다.

아침의 첫 미광이 딤바르의 안개 속에 잿빛으로 스며들 무렵, 그들은 다시 굴을 나와 마른강으로 돌아갔다. 얼마 지나지 않아 그들은 동쪽으로 방향을 선회하여 산맥의 장벽 밑에서 걸음을 멈추었고, 그들의 정면에 뒤엉킨 가시나무 덤불이 자라는 산비탈 위로 가파르게 솟은 거대한 벼랑이 어렴풋이 드러났다. 돌밭으로 된 물길은 이 덤불 속으로 들어가 있었고, 그 안쪽은 아직 한밤중처럼 캄캄했다. 가시나무들이 도랑 옆에까지 내리 자라난 까닭에 그들은 걸음을 멈추었다. 줄줄이 엉킨 나뭇가지들이 도랑 위로 빽빽한 지붕을 만들었는데, 높이가 너무 낮아서 투오르와 보론웨는 둥지로 몰래 돌아가는 짐승처럼 자주 기어가야만 했다.

그들은 천신만고 끝에 마침내 절벽의 바닥에 도달하였고, 그곳에서 산맥의 중심부에서 흘러나온 물로 단단한 암석이 닳아 만들어진 동굴의 입구로 보이는 구멍을 발견했다. 그들은 동굴 안으로 들어갔고, 내부에는 빛이 들지 않았다. 보론웨는 그럼에도 꿋꿋이 전진했고 투오르는 그의 어깨에 손을 올린 채 뒤를 따라가는데 천장이 낮아서 몸을 조금 숙여야 했다. 그렇게 얼마간 그들은 한 치 앞도 보지 못하는 상태로 한 걸음씩 발걸음을 옮기는데, 얼마 지나지 않아 발밑의 땅바닥이 평평해지고 여기저기 굴러다니던 돌도 더는 밟히지 않는 것이 느껴졌다. 그들은 걸음을 멈추고 심호흡을 하며 주변의 소리에 신경을 곤두세웠다. 공기가 신선하고 기운을 돋구는 느낌이 들었고, 그들의 주변과 위쪽에 널찍한 공간이 펼쳐져 있다는 것을 알아차렸다. 다만 사방이 고요했고, 물방울이 떨어지는 소리조차 들리지 않았다. 투오르는 보론웨가 미심쩍어 하며 걱정하는 것 같아서 조용히 물었다. "파수관문은 어디 있소? 혹시 우리가 이미 지나쳐 온 것이오?"

보론웨가 말했다. "그렇지 않습니다. 그런데 이상하군요. 외부인이 이렇게 깊은 곳까지 들어왔는데도 제지를 받지 않다니요. 어둠 속에서 기습을 받을까 두렵습니다."

그런데 그들이 소곤거리는 소리가 잠들었던 메아리를 일깨웠고, 메아리 소리는 더 커지고 수가 늘어나더니 많은 은밀한 목소리가 쉬쉬하며 중얼거리듯 천장과 보이지 않는 벽들 사이로 울려 퍼졌다. 메아리가 바위틈에서 잠잠해진 순간, 투오르는 어둠 속에서 요정의 언어를 쓰는 목소리를 듣게 되었다. 처음에는 투오르가 모르는 놀도르의 '높은언어'를 쓰다가, 그다음에는 벨레리안드의 언어로 말했는데, 오랜 세월 동족과 격리되어 지낸 이들의 말을 듣는 것처럼 투오르에게는 그 어투가 다소 이상하게 들렸다.

"꼼짝 마라! 움직이면, 그대가 적이건 벗이건 죽음을 맞을 것이다."

"우리는 벗이오." 보론웨가 대답했다.

"그렇다면 지시를 따르라." 다시 목소리가 명령을 내렸다.

그들이 말을 하며 생긴 메아리는 점차 잦아들었다. 보론웨와 투오르는 꼼짝도 하지 않고 서 있었는데, 투오르에게는 그 잠깐의 시간이 느리게 흘러가는 것만 같았다. 그의 마음속에 여태껏 길에서 겪은 어떤 위험 중에도 느끼지 못했던 두려움이 엄습했다. 이윽고 발걸음 소리가 들려왔는데, 텅 빈 공간에서 울리는 발소리는 이내 트롤들의 행군과 맞먹을 만큼 소란스럽게 다가왔다. 갑자기 어느 요정의 등불에서 덮개가 벗겨지더니 환한 빛이 투오르의 앞에 선 보론웨를 향했다. 투오르의 눈에는 어둠 속에 휘황찬란하게 빛나는 별 하나만이 보일 뿐이었다. 그는 그 빛줄기가 자신을 비추는 한, 도망을 치거나 앞으로 달리거나 어느 쪽으로도 꼼짝달싹할 수 없다는 것을 알았다.

그들은 잠시 그렇게 불빛의 감시 속에 갇혀 있었고, 목소리는 다시 명령을 내렸다. "얼굴을 보여라!" 보론웨가 두건을 뒤로 젖히자, 그의 얼굴이 흡사 돌에 새긴 듯이 강인하고 뚜렷한 모습으로 불빛 속에 환하게 드러났다. 투오르는 그 아름다움이 경이로웠다. 보론웨가 당당한 목소리로 말했다. "그대 앞에 누가 있는지도 모르는가? 나는 핑골핀 가문 아란웨의 아들 보론웨일세.

혹시 몇 년이 지났다고 내가 내 고향 땅에서 잊히고 만 것인가? 내 가운데땅의 생각이 닿지 않는 먼 곳까지 방랑하였으나, 여전히 자네 목소리는 기억하고 있네, 엘렘마킬."

목소리가 대답했다. "그렇다면 보론웨는 고향 땅의 법도 또한 기억할 것이다. 분부를 받고 길을 나선바, 돌아올 권리는 있을 터. 하나 이방인을 데려와도 좋다는 것은 아니다. 그대가 저지른 일로 인해 그대의 권리는 무용한 것이 되고, 죄수로 호송되어 왕의 심판을 받아 마땅하다. 저 이방인은 경비대의 판단에 따라 처형을 하거나 포로로 구금할 것이다. 내가 판단할 수 있도록 그자를 이리 넘겨라."

그 말에 보론웨는 투오르를 불빛 쪽으로 인도했는데, 그들이 접근하자 사슬갑옷을 입고 무기를 든 다수의 놀도르 요정이 어둠을 헤치고 걸어 나와 검을 뽑은 채 둘을 포위했다. 그리고 환한 등불을 손에 들고 있었던 경비대장 엘렘마킬은 그들을 오랫동안 유심히 살펴본 다음 말을 이었다.

"자네답지 않은 행동이군, 보론웨. 우린 오랜 벗이 아닌가. 그런데 왜 이토록 잔인하게 나를 법도와 우정 사이에 몰아넣는 것인가? 자네가 데려온 불청객이 다른 놀도르 가문의 일원이라면 그것으로 충분했을 걸세. 하지만 자네가 '통로'의 비밀을 알려 준 자는 유한한 생명의 인간일세—그의 눈을 보면 알 수 있지. 비밀을 알게 된 한, 그는 다시 마음대로 떠날 수는 없는 법. 외부자의 신분으로 이곳을 들어오려 하였으니 그를 처형할 수밖에 없네. 설령 그가 자네의 친구이며 소중한 이라고 할지라도 말일세."

보론웨가 대답했다. "엘렘마킬, 넓디넓은 바깥세상에선 기이한 일이 숱하게 일어나기도 하거니와, 뜻하지 않은 임무를 떠안게 될 수도 있네. 모름지기 방랑자라면 떠날 때와는 다른 모습으로 돌아오는 법. 내가 한 일은 경비대의 법도보다 더 막중한 분부를 받고 수행한 것일세. 오직 대왕만이 나와 나를 따라온 이 사람을 심판해 마땅하단 말일세."

그러자 투오르가 입을 열었고, 그는 더 이상 두려움이 없었다. "내가 아란웨의 아들 보론웨와 함께 온 것은 물의 군주께서 그를 나의 길잡이로 명했기 때문이오. 그는 이 소명을 위해 대해의 분노와 발라들의 심판으로부터 구출된 것이오. 내게는 울모께서 핑골핀 왕의 아드님께 보내는 전언이 있고, 나는 그분께 이를 고할 것이오."

이에 엘렘마킬은 투오르를 의문 가득한 눈으로 바라보았다. 그가 말했다. "그렇다면 당신은 누구시오? 그리고 어디서 왔소?"

"내 이름은 투오르이고, 하도르 가문 후오르의 아들이자 후린의 친척 되는 사람이오. 이 이름들은 숨은왕국에서도 마땅히 알 것이라 들었소. 나는 네브라스트에서부터 수많은 역경을 뚫고 이곳을 찾아왔소."

엘렘마킬이 말했다. "네브라스트라고? 우리 백성들이 떠나온 뒤로 그곳엔 사람이 살지 않는 것으로 알고 있소."

투오르가 답했다. "그것은 사실이오. 비냐마르의 궁정은 차갑게 비어 있소이다. 그럼에도 나는 그곳에서 왔소. 이제 나를 그 옛 궁정을 지으신 분께로 데려다주시오."

"이렇게 중요한 사안은 내가 판단할 일이 아니오. 그러니 더 많은 것을 확인할 수 있도록 당신을 밝은 곳으로 데리고 가서 '대문의 수문장'께 인계하겠소."

곧이어 그가 명령을 내리자 투오르와 보론웨는 키 큰 경비병들에게 둘러싸였는데, 앞에는 두 명이 서고 뒤에는 세 명이 있었다. 그런 다음 경비대장은 외곽경비대의 동굴에서 그들을 데리고 나왔고, 그들은 직선으로 보이는 통로로 들어가 눈앞에 희미한 빛이 나타날 때까지 평탄한 바닥을 오랫동안 걸었다. 그렇게 한참을 지나 그들이 도착한 곳에는 큼직한 아치가 있었는데, 그 양쪽에는 바위를 깎아 만든 높은 기둥이 있었고, 두 기둥 사이에는 기묘하게 다듬고 쇠못을 박은 나무 막대들을 교차시켜 만든 거대한 창살문이 매달려 있었다.

엘렘마킬이 문에 손을 대자 창살문이 조용히 올라갔고, 그들은 관문을 통과했다. 투오르는 자신들이 어떤 협곡의 끝단에 와 있다는 것을 비로소 알아차렸는데, 협곡은 오랜 세월 동안 북부 야생 지대의 산맥을 유랑한 투오르조차 한 번도 목격하지도, 마음속으로 상상하지도 못한 형상이었다. 오르팔크 에코르에 견주자면 키리스 닌니아크는 한낱 바위에 파인 홈에 불과했던 것이다. 세상의 처음에 벌어진 태초의 전쟁 당시에 발라들이 직접 거대한 산맥을 비틀어 분리해 버린 장소가 바로 이곳이었으며, 찢어진 산의 옆면은 마치 도끼로 쪼갠 듯 수직으로 가파르고 그 솟아오른 높이는 짐작할 수조차 없었다. 그곳에서 까마득히 위로 하늘은 띠 모양을 하고 있었고, 시커먼 산정山頂과 뾰족한 첨봉 들이 짙푸른 하늘을 배경으로 멀지만 강인하게 마치 창끝처럼 무시무시하게 솟아 있었다. 장대한 장벽은 너무나 높아서 겨울의 태양이 그 너머를 들여다볼 수 없었고, 또한 아침이 된 지 한참 지났는데도 불구하고 산꼭대기 위에는 희미한 별들이 어슴푸레 빛나고 있었다. 아래쪽으로는 산을 오르는 도로변에 놓인 등불의 창백한 불빛 말고는 모두 어두침침했는데, 이는 협곡의 바닥이 동쪽으로 가면서 가파른 오르막 경사를 이루었기 때문이다. 투오르는 왼쪽에서 물길 바닥 옆으로 돌로 포장된 넓은 도로가 위로 구불구불 올라가다가 어둠 속으로 자취를 감추는 것을 보았다.

엘렘마킬이 말했다. "당신은 이제 첫째 관문인 '나무의 문'을 지났소. 길은 저쪽에 있소이다. 서둘러 갑시다."

투오르는 그 깊은 길이 얼마나 길게 이어지는지 가늠할 수 없었고, 남아 있는 길을 바라보는 동안 엄청난 피로가 구름처럼 밀려왔다. 싸늘한 바람이 바위 위로 쉬익 소리를 내며 불어오자 그는 망토를 끌어당기며 말했다. "숨은왕국에서 불어오는 바람은 차군요!"

보론웨가 말했다. "실로 그렇습니다. 이방인이 보기엔 투르곤의 수하가 오만하여 무정하게 느껴질 법도 하지요. 굶주리고 여행으로 지친 자에겐 일곱 관문을 지나는 긴 거리가 멀고 고되게 느껴질 겁니다."

엘렘마킬이 말했다. "혹여 우리의 법도가 덜 엄중했다면 오래전에 간계와 증오가 침투하여 우리를 파멸시켰을 것이오. 당신도 잘 알 거요. 하나 우린 무정하지는 않소. 여기는 식량도 없고 이방인으로서는 한번 통과한 관문은 되돌아갈 수도 없소만, 조금만 더 인내하시오. 둘째 관문에 다다르고 나면 안정을 취할 수 있을 것이오."

"잘 알겠소." 투오르가 말했다. 그리고 나서 그는 시키는 대로 앞으로 걸음을 옮겼다. 잠시 후 그가 뒤돌아보니, 엘렘마킬 혼자만 보론웨와 함께 따라오고 있었다. 엘렘마킬이 그의 생각을 읽고 말했다. "경비병이 더는 필요 없소. 요정이든 인간이든 오르팔크에 발을 들인 후에는 탈출도 어렵고 되돌아가는 것도 불가능하니 말이오."

그렇게 그들은 때로는 긴 계단을, 또 때로는 구불구불한 비탈길을 따라 절벽의 위압적인 그림자에 뒤덮인 가파른 길을 올라갔다. 이윽고 '나무의 문'으로부터 2킬로미터쯤 가자, 투오르는 협곡을 가로질러 건설된 거대한 장벽이 길을 가로막고 있는 것을 보았다. 장벽 양쪽 끝에는 돌탑이 굳건하게 지키고 있었다. 장벽 한복판에는 도로 위로 커다란 아치형 입구가 있었지만, 석공들이 이 입구를 거대한 바윗덩이 하나로 막아 놓은 듯했다. 그들이 가까이 접근하자 어둡고 윤기 나는 벽면이 아치 중앙에 매달린 하얀 등불의 빛을 받아 반짝거렸다.

"이것이 바로 둘째 관문인 '돌의 문'이오." 엘렘마킬은 이렇게 말한 다음 관문에 다가가서 이를 살며시 밀었다. 그러자 문이 보이지 않는 축으로 회전하면서 모서리가 그들 방향으로 향하도록 펼쳐졌고, 이윽고 통로가 양쪽 모두 열려 그들은 관문을 지나 회색 제복을 입은 많은 무장 경비원들이 늘어선 궁정으로 들어섰다. 누구도 무슨 말을 하지 않았지만, 엘렘마킬은 일행을 북쪽 성탑 아래에 있는 방으로 인도하였다. 곧이어 음식과 포도주가 그들에게 제공되었고, 그들은 잠시 동안 휴식을 허락받았다.

엘렘마킬이 투오르에게 말했다. "대접이 조금 부족해 보일 수 있소. 하지만 당신의 주장이 사실이라면 이후로는 후한 대접으로 바뀔 것이오."

"이미 충분하오. 더 나은 휴식을 바라는 마음은 그다지 없소." 투오르가 대답하였다. 투오르는 사실 놀도르의 음료와 음식 덕분에 금세 다시 길을 나설 만큼 기력을 회복하였다.

잠시 후 그들은 전보다 더 높고 강력해 보이는 장벽에 이르렀고, 그 장벽 한가운데에 셋째 관문인 '청동의 문'이 있었다. 이 관문은 거대한 이중문으로, 여러 가지 형상이나 이상한 기호들이 새겨진 청동 방패와 청동 판 들이 걸려 있었다. 관문의 상인방 위의 장벽 꼭대기에는 지붕과 옆면을 구리로 입힌 세 개의 사각형 탑이 서 있는데, 요정 장인들의 세공술로 만든 붉은 등불에서 나오는 빛이 마치 장벽을 따라 놓인 횃불처럼 비추고 있어서 탑은 불꽃처럼 환한 빛을 발했다. 그들은 다시금 조용히 관문을 통과했고, 이내 장벽 안쪽의 궁정에서 이전보다 수가 더 많은 경비 부대가 약한 불빛처럼 반짝이는 갑옷을 입고 줄지어 선 모습을 보았다. 그들은 도끼날도 붉은색이었다. 대부분 네브라스트 출신 신다르의 일족이 이 관문의 파수를 맡고 있었다.

오르팔크의 중앙부는 경사가 무척 급한 탓에 이제 그들은 가장 힘든 구간에 이르러 있었다. 길을 오르면서 투오르는 일곱 장벽 중 가장 웅장한 장벽이 그의 머리 위에 어둠을 드리우는 광경을 목격하였다. 마침내 넷째 관문인 '굽은 쇠의 문'에 당도한 것이었다. 장벽은 높고 검은색으로, 이를 밝히는 등불은 없었다.

네 개의 철탑이 장벽 꼭대기에 세워져 있었고, 안쪽에 있는 두 탑 사이에는 철로 주조된 거대한 독수리 형상이 버티고 있었다. 그 형상은 독수리들의 왕 소론도르를 닮아 마치 소론도르가 고공에서 내려와 산봉우리에 안착한 것 같았다. 그런데 관문 앞에 선 투오르는 마치 불멸의 나무의 가지와 줄기 사이로 희미한 달빛이 비치는 빈터를 보는 것 같아 경이로웠다. 관문의 장식 무늬 사이로 빛이 스며 들어왔던 것인데, 그 문에 잎과 꽃이 잔뜩 피어 사방팔방으로 자란 가지와 굽은 뿌리를 지닌 나무 형상이 새겨져 있었기 때문이다. 그는 관문을 통과하면서 이런 모양이 만들어진 원리를 알 수 있었다. 장벽 자체의 두께가 상당했고 한 겹도 아닌 세 겹의 철창이 일렬로 늘어서 있었는데, 이들이 절묘하게 배치된 까닭에 길 한가운데에서 관문에 접근하는 이의 눈에는 전부 조형의 일부분인 듯 보인 것이었다. 하지만 그 너머에서 들어온 빛은 한낮의 빛이었다.

그들은 이제 처음 출발한 저지대로부터 대단히 높은 고도까지 올라와 있었고, '쇠의 문'을 지나면서부터 도로도 거의 평탄해졌다. 더욱이 그들은 에코리아스의 정점과 중심부를 지나온 참이었으며, 이제 탑처럼 솟은 봉우리들도 안쪽 언덕들로 이어지면서 급격하게 낮아지고 있었고, 협곡의 폭이 넓어지면서 양쪽 사면도 경사가 완만해졌다. 협곡 양쪽의 긴 어깨 부분은 흰 눈에 뒤덮여 있었고, 눈에 반사된 하늘빛은 흡사 대기를 가득 메운 흐릿한 안개 너머로 비치는 달빛처럼 하얗게 보였다.

이제 그들은 관문 뒤편에 일렬로 늘어선 무쇠경비대를 통과하였다. 경비대의 망토와 갑옷, 긴 방패는 검은색이었고, 저마다 독수리 부리가 달린 면갑面甲으로 얼굴을 가리고 있었다. 곧 엘렘마킬이 앞장을 섰고 나머지는 그를 따라 희미한 빛 속으로 들어섰다. 투오르가 보니 길옆으로 잔디밭이 펼쳐져 있고 그곳에 하얀 꽃들이 별처럼 만개해 있는데, '우일로스', 곧 계절과 관계없이 결코 시들지 않는다는 '영념화'였다. 투오르는 이 풍경에 탄복하며 한결 가벼운 마음으로 '은의 문'으로 들어갔다.

다섯째 관문이 놓인 장벽은 백색 대리석으로 만들어졌는데, 높이는 낮고 폭이 넓었으며, 커다란 대리석 구체 다섯 개 사이에 놓인 은으로 된 격자 구조물이 장벽의 난간을 이루고 있었다. 흰 제복을 입은 많은 궁수가 그곳을 지키고 있었다. 관문 자체는 원의 4분의 3을 따온 것 같은 형상이었는데, 은과 네브라스트에서 난 진주로 축조된 그 형상이 마치 달의 모양이었다. 관문 위에 있는 가운데 구체 위에 은과 공작석으로 조각한 백색성수 텔페리온의 형상이 있었고, 발라르에서 난 훌륭한 진주들로 만든 꽃도 함께 있었다. 또 관문 너머 녹색과 백색 대리석으로 포장된 안뜰에는 은색 갑옷을 입고 흰 볏이 달린 투구를 쓴 궁수들이 좌우 각각 백 명씩 배치되어 있었다. 엘렘마킬이 이 엄숙한 대열 사이로 투오르와 보론웨를 이끌었고, 그들은 여섯째 관문까지 곧장 이어지는 흰색의 긴 도로에 진입하였다. 걸음을 옮길수록 잔디밭은 더 넓어졌고, 우일로스 꽃의 새하얀 별들 사이에 많은 작은 꽃들이 마치 금빛 눈동자처럼 눈을 뜨고 있었다.

그렇게 그들은 '황금의 문'에 다다랐다. 이 관문은 투르곤이 니르나에스 이전에 지은 옛 관문 중에서 마지막 문으로, 은의 문과 모양이 많이 닮았지만 그 장벽이 누런 대리석으로 되어 있고 장벽의 구체와 난간은 붉은색 금으로 만들어져 있었다. 또 구체가 여섯 개 있었으며, 중앙에는 황금색 각뿔 위에 '태양의 나무' 라우렐린의 형상이 금줄에 엮인 황옥 다발로 된 꽃과 함께 만들어져 있었다. 또한 관문 자체에는 석류석과 황옥, 노란 금강석으로 된 조형물 한복판에 태양과 흡사하게 생긴 여러 갈래 광채를 뿜는 황금 원반들이 장식되어 있었다. 건너편의 안뜰에는 긴 활로 무장한 궁수 3백여 명이 도열해 있는 것이 보였다. 그들의 갑옷은 금박이 입혀져 있었고 황금색 깃털이 투구 위로 솟아 있었으며, 그들의 커다란 원형 방패는 마치 불꽃처럼 붉었다.

이제 멀리 있는 도로 위로 햇살이 내려앉았다. 양옆의 산맥 장벽이 낮아진 까닭이었는데, 언덕은 푸르지만 꼭대기는 눈으로 덮여 있었다. 일곱째 관문까지 길이 얼마 남지 않았기에 엘렘마킬은 걸음을 재촉했다. '대문'이라고 불리는 그 관문은 마에글린이 니르나에스에서 생환한 이후 오르팔크 에코르로 들어가는 넓은 입구를 가로질러 축조한 '강철의 문'이었다.

그곳에는 장벽이 없는 대신 높이가 상당하고 창문이 많이 나 있는 둥근 탑 두 채가 양쪽에 있었다. 위로 갈수록 폭이 좁아지는 일곱 층의 구조로, 꼭대기에 이르면 번쩍이는 강철로 만들어진 작은 각루가 있었고, 두 탑 사이에는 녹슬지 않고 차갑고 흰 광택을 내는 강철로 만들어진 울타리가 강인하게 버티고 서 있었다. 일곱 개의 거대한 강철 기둥이 거기 있었는데, 높이와 굵기는 튼튼한 젊은 나무 정도지만 꼭대기는 위협적인 바늘처럼 뾰족하게 솟아 있었고, 또 기둥 사이사이에 강철로 된 일곱 개의 창살이 가로로 달려 있었으며, 마흔아홉 개의 빈 공간 각각에는 또 넓은 창날 모양의 머리가 달린 철봉들이 수직으로 서 있었다. 관문 중앙의 가장 거대한 기둥 꼭대기에는 둘레를 금강석으로 장식한 투르곤 왕의 투구, 곧 숨은왕국의 장엄한 '왕관'의 형상이 자리하고 있었다.

투오르는 이 웅장한 강철 울타리에서 아무런 문이나 출입구를 찾아볼 수 없었다. 그러나 창살과 창살 사이의 공간에 접근하자 마치 눈부신 광채가 쏟아지는 것 같아서 투오르는 눈을 가렸고 이내 두려움과 경이감으로 몸이 굳어 버렸다. 하지만 엘렘마킬이 앞으로 나섰고, 그가 손을 댔지만 아무것도 열리지 않았다. 그러다 그가 가로 창살 하나를 튕기자 곧 철창 전체가 수많은 현을 가진 하프처럼 울리면서 조화롭고 청명한 음조를 뿜어냈고, 그 소리는 탑에서 탑으로 전달되었다.

곧 양쪽 탑에서 말을 탄 기수들이 몰려나왔다. 북쪽 탑에서 나온 행렬의 선두에 백마를 탄 한 인물이 있었다. 그는 말에서 내려 그들 앞으로 성큼성큼 다가왔다. '샘물의 주인'이자 당시 '대문의 수문장'이었던 엑셀리온으로, 엘렘마킬처럼 고귀하고 기품이 있었을 뿐만 아니라 그보다 더 위엄이 있고 당당했다. 그는 전신을 은색으로 치장하였고, 빛나는 투구의 정수리에는 뾰족한 금강석이 달린 강철의 뿔이 달려 있었다. 또한 종자가 그의 방패를 받아 들자 방패가 흡사 빗방울이 맺힌 듯 일렁이는 빛을 뿜었는데, 이는 수정으로 된 천 개의 징이 박힌 것이었다.

엘렘마킬이 그에게 경례를 하고 이렇게 보고하였다. "발라르에서 귀환해 온 보론웨 아란위온을 데려왔습니다. 그리고 이자는 그가 데려온 이방인인데, 왕을 알현하기를 청하고 있습니다.”

그러자 엑셀리온은 투오르에게 고개를 돌렸고, 투오르는 망토를 여미고 말없이 그를 바라보았다. 보론웨의 눈에는 마치 안개가 투오르의 주위를 둘러싸고 그의 키가 더 커지면서 그의 높은 두건 꼭대기가 요정 영주의 투구보다 더 높아 보였는데, 마치 회색빛 파도의 물마루가 뭍으로 질주해 오는 것 같았다. 그러나 엑셀리온은 눈을 반짝이며 투오르를 굽어보았고, 잠시 침묵한 후 근엄한 어조로 입을 열었다.[7] “그대는 이제 ‘마지막 관문’에 당도하였다. 이 관문을 통과한 이방인은 죽음의 문을 거치지 않고선 다시는 나가지 못하리라는 것을 알아 두어라.”

“불길한 예고는 하지 마시오! 물의 군주께서 보낸 전령이 저 관문을 넘기를 원한다면, 이곳에 거하는 모든 자들이 그의 뒤를 따를지라. ‘샘물의 주인’이여, ‘물의 군주’가 보낸 전령의 앞을 가로막지 말라!”

그러자 보론웨를 비롯해 가까이에 있던 이들 모두가 투오르의 말과 목소리에 놀라워하며 그를 경이에 찬 시선으로 다시 보았다. 보론웨는 어떤 웅장한 목소리를 듣긴 하였으나, 마치 아득히 먼 곳에서 누군가가 부르는 소리 같았다. 투오르도 자신의 목소리를 들었지만, 마치 입은 자기 입이지만 다른 사람이 말을 하는 듯한 느낌이 들었다.

한동안 엑셀리온은 말없이 투오르를 바라보았다. 이내 투오르의 망토에 비친 회색 그림자에서 머나먼 곳의 계시를 목격한

---

7   공들여 작성한 원고는 이 지점에서 끝나고, 뒤에는 종이 한 장에 급하게 써 놓은 개략적인 텍스트가 있다.

것처럼 그의 표정은 천천히 경외감으로 바뀌었다. 이에 그는 머리를 숙여 예를 표한 다음 철창으로 다가와 손을 얹었고, 그러자 '왕관'이 씌워진 기둥 양편에서 관문이 각각 안쪽을 향해 열렸다. 투오르는 관문을 통과하여 건너편 계곡이 한눈에 들어오는 고지대의 풀밭에 이르렀고, 하얀 눈밭에 둘러싸인 곤돌린의 풍경을 목도하였다. 그는 마치 마법에 홀리기라도 한 듯 다른 쪽으로는 고개조차 돌릴 수 없었다. 자신의 꿈속에서 간절히 갈망하며 바라 온 광경을 마침내 두 눈으로 보게 된 것이었다.

이런 까닭에 그는 한동안 가만히 멈춰 서서 아무 말도 하지 않았다. 그의 양쪽에 모여든 곤돌린 군대의 병사들은 모두 침묵을 지키고 있었다. 그들 모두가 저마다 일곱 관문의 일곱 가지 징표를 달고 있었고, 그들의 지휘관이나 대장 들은 흰색이나 회색의 말에 올라앉아 있었다. 그들이 경이의 눈길로 투오르를 응시하는 순간 그의 망토가 툭 떨어졌고, 그들의 눈앞에 투오르가 입은 네브라스트의 장엄한 제복이 드러났다. 더욱이 그 자리에는 투르곤이 비냐마르의 높은 왕좌 뒤편의 벽에 무구를 손수 걸어 두는 모습을 목격한 이들이 여럿 있었다.

마침내 엑셀리온이 입을 열었다. "이제 더는 물증이 필요 없겠소. 그가 후오르의 아들이라며 댄 이름쯤이야, 이렇게 울모께서 몸소 보내신 자라는 분명한 증거가 있거늘 뭐가 대수겠소."

*

이 텍스트는 여기서 끝나지만, 급하게 작성한 몇몇 기록이 뒤에 이어지는데, 여기에는 그 당시 아버지가 예상한 서사의 기본 사항들이 개략적으로 서술되어 있다. 투오르는 도시의 이름을 묻고, 그 일곱 가지 이름을 듣는다(「곤돌린의 몰락 이야기」 82쪽 참조). 엑셀리온이 신호를 보내라는 명령을 내리자 '대문'의 성탑에서 나팔 소리가 울려 퍼진다. 그리고 이에 응답하는 나팔 소리가 도시 성벽 멀리에서 들려온다.

그들은 말을 타고 도시를 향하고, 이에 대한 묘사가 뒤에 이어진다. 대문, 나무들, 분수의 장소, 왕의 저택이 언급되고, 투르곤이 투오르를 환영하는 대목의 서술이 나온다. 옥좌 옆에는 오른쪽에 마에글린이, 왼쪽에 이드릴이 있는 것으로 되어 있으며, 투오르가 울모의 전언을 공표하게 된다. 아울러 투오르가 멀리서 본 도시의 모습에 대한 묘사가 이어지며, 또 곤돌린에 왜 왕비가 없는가에 대한 설명도 나온다.

서사의 진화

('가장 최근의 투오르' 원고 끝에 붙은) 그 기록은 「곤돌린의 몰락」을 기록한 신화의 역사에서 크게 중요한 것은 아니다. 하지만 이 기록을 보면 적어도 아버지가 무슨 예상치 못한 급한 일 때문에 이 작품을 중단한 뒤 다시 돌아보지 않게 된 것은 아니라는 점은 알 수 있다. 곤돌린의 일곱째 관문에서 엑셀리온이 투오르에게 한 말 뒤에 이 서사를 좀 더 충분히 발전시킨 이야기가 있었는데 분실되었을지도 모른다는 가정은 현실성이 없다.

그래서 정리하자면 이렇다. 아버지는 투오르를 데리고 와서 마침내 "하얀 눈밭에 둘러싸인 곤돌린의 풍경을 목도"하는 바로 그 순간에 이 전설에 대한 본질적이며 (아마도) 최종적인 형태와 처리를 사실상 포기하였던 것이다. 아버지가 중단한 많은 작업 중에 나로서는 어쩌면 이 대목이 가장 통탄스러운 것일지도 모른다고 생각한다. 왜 거기서 중단되었을까? 만족스럽지는 않으나 이런 대답을 생각해 볼 수 있다.

이 당시가 아버지에게는 대단히 힘든 시기, 곧 엄청난 좌절의 시기였다. 확실히 말할 수 있는 것은 『반지의 제왕』을 드디어 완성하고 난 뒤 아버지는 강력한 에너지를 새로 얻어 상고대의 전설로 돌아갔다는 점이다. 1950년 2월 24일 아버지는 앨런 앤드 언윈 출판사의 회장인 스탠리 언윈 경에게 주목할 만한 편지 한 통을 쓴다. 그 편지의 일부를 여기 인용하는데, 그 속에 당시 아버지가 구상하고 있던 출판 계획이 분명하게 드러나 있다.

최근 보낸 어느 편지에서 귀하는 내가 제안한 작품 『반지의 제왕』의 원고를 여전히 보고 싶다는 요청을 한 바 있습니다. 아마 원래 『호빗』의 속편으로 생각했던 작품이지요? 지금까지 18개월 동안 나는 집필 완료라고 선언할 수 있는 날을 고대해 왔습니다. 결국 크리스마스[1949년]가 지난 다음에야 비로소 목표를 달성했습니다. 아직 부분적으로 수정이 미흡한 대목이 있지만 원고는 완성되었고, 독자들이 책을 보고 위축되지만 않는다면 읽을 만한 수준은 되었다는 생각이 듭니다.

타자로 좋은 사본을 만드는 비용이 우리 집 근처에서는 견적이 백 파운드나 나왔기 때문에(나는 그걸 감당할 여유가 없습니다), 거의 모두 내가 직접 타자를 칠 수밖에 없었습니다. 지금 와서 보니 이게 얼마나 엄청난 재앙이었는지 분명하군요. 작품이 통제력을 벗어나는 바람에 내가 괴물을 만들어 내고 말았기 때문입니다. 작품 길이가 엄청나게 길고 복잡한 데다 상당히 씁쓸하고 또 무척이나 섬뜩한 로맨

스인데 (누구한테 맞을지 알 수 없지만) 아이들에게는 꽤 어울리지 않을 겁니다. 그런데 이 작품은 사실 『호빗』의 속편이 아니고 『실마릴리온』의 속편에 해당합니다. 내 추산으로는 필요한 부속 문서 몇몇을 제외하고도 약 60만 단어가 들어 있습니다. 어떤 타자수는 그것보다 훨씬 더 된다고도 합니다. 내가 얼마나 말도 안 되는 일을 저질렀는지 이제야 분명히 알 것 같습니다. 하지만 난 지쳤습니다. 작품은 이제 내 손을 떠났고, 그래서 부정확한 사항 몇 가지를 간단하게 수정하는 것 말고는 작품을 가지고 무엇을 더 어떻게 해 볼 생각이 없습니다. 더 심각한 문제는 내가 이 작품을 『실마릴리온』과 묶어 생각하고 있다는 점입니다.

아마 귀하는 그 작품을 기억하실 겁니다. 가상의 시간 속에서 전개되는 장편의 전설을 '장중한 문체'로 그려 낸, (좀 이상한) 요정들이 가득 들어 있는 이야기 말입니다. 여러 해 전에 귀 출판사 원고 검토인의 권고에 따라 거절당한 적이 있기도 하지요. 내 기억이 맞다면 그는 이 작품을 일종의 켈트적 매력이 있는 이야기로 이해했는데, 너무 과다하면 앵글로색슨인들로서는 받아들이기 힘들 것이라고 했습니다.[8] 혹시 그의 생각이 완벽하게 정당한 것일지도 모릅니

---

8 원고 검토인은 이를 알지 못했지만, 사실 그는 『실마릴리온』을 겨우 몇 쪽만 읽은 것이었다. 『베렌과 루시엔』(282~283쪽)에서 언급한 대로, 그는 그 몇 쪽을 대조하여 「레이시안의 노래」에 엄청나게 불리한 결론을 내리는데, 이는 그 두 작품의 관계에 대한 이해가 없었기 때문이다. 『실마릴리온』 몇 쪽에 열광한 그는 터무니없이 이런 평을 남겼다. 이 이야기는 "간결한 문체와 품위가 인상적인 작품으로, 충격적인 켈트계 고유명사들에도 불구하고 독자들의 관심을 사로잡는다. 켈트풍 예술을 앞에 둔 모든 앵글로색슨인을 당혹스럽게 하는 뭔가 말도 안 되는 생기발랄한 아름다움이 있다."

다. 귀하는 이 작품을 그대로 출판하기보다는 그 속에서 이야기를 뽑아내 보자는 언급을 보냈습니다.

유감스럽게도 나는 앵글로색슨인은 아닙니다만, (일 년 전까지는)『실마릴리온』과 감춰 두기 어려운 그 모든 이야기를 일단 보류해 두었습니다. 그런데 그것들은 점점 부풀어 오르더니 그 후로 내가 쓰려고 하는 모든 이야기에 ('요정' 분위기와 다소 거리가 있는 것에까지) 스며들어 작품을 거의 망칠 뻔했습니다. 고생한 끝에『농부 가일스』에서는 그것을 뺄 수 있었지만, 계속 그렇게 할 수는 없었습니다. 그 그림자는『호빗』의 후반부에 짙게 드리워져 있었습니다.『반지의 제왕』은 그 생각의 포로가 되어, 간단히 말하면 그 연장선상에 있는 완성체가 되었고, 그리고『실마릴리온』을—『반지의 제왕』 한두 곳에 어수선하게 들어 있는 많은 언급과 설명 없이도—온전히 이해할 수 있는 작품으로 만들 것을 요구하고 있습니다.

귀하에게는 말도 안 되는 지겨운 소리로 들리겠지만, 난 두 작품—『실마릴리온』과『반지의 제왕』—을 묶거나 연결해서 출판하기를 원합니다. '원합니다'라고 했지만, '하고 싶습니다'라고 말하는 것이 더 현명한 일이겠지요. 왜냐하면 빼먹는 이야기 하나 없이 상술해 놓은 거의 1백만 단어나 되는 작은 덩어리라면, 아무리 마음대로 종이를 쓸 수 있다 하더라도 출판 가능성은 높지 않기 때문입니다. 앵글로색슨인들(혹은 영어를 사용하는 대중들)은 적당할 때만 참아 주는 법이거든요.

그럼에도 불구하고 나는 그렇게 출판하고 싶습니다. 그렇게 하지 못하면 그대로 두는 수밖에 없겠지요. 나로서는 원고를 완전히 새로 쓰거나 축약하는 방향은 전혀 염두에 두고 있지 않습니다. 나도 작가니까 내 글을 출판하고 싶은 건 사실입니다. 하지만 지금은 그대로 두고 있습니다. 내게 가장 중요한 건, 이것들 모두가 이제는 '퇴마退魔' 대상 취급을 받고 있어서 더는 나하고 동행할 것 같지가 않다는 겁니다. 이젠 다른 것들로 눈을 돌려 […].

다음 2년 동안 벌어진 복잡하고 가슴 아픈 이야기는 기록하지 않기로 하겠다. 아버지는 당신의 의견을 굽히지 않았고, 다른 어느 편지에서는 이렇게 쓰기도 했다. "『실마릴리온』 등과 『반지의 제왕』은 보석과 반지에 관한 한 편의 장편 서사시로 함께 가야 합니다." "형식적으로는 두 작품이 어떻게 발표되든지 간에, 나는 그 둘을 동일체로 다루기로 결정하였습니다."

그러나 전쟁 직후의 상황에서 그렇게 방대한 작품을 출판한다는 것은 비용 면에서 아버지에게 절대적으로 불리하였다. 1952년 6월 22일 아버지는 레이너 언윈에게 이렇게 편지를 썼다.

『반지의 제왕』과 『실마릴리온』은 이전 상태 그대로 있네. 앞의 것은 (종결부 수정을 포함하여) 완성본이고, 뒤의 것은 아직 미완성(혹은 수정 중) 상태로, 둘 다 먼지만 쌓이고 있는 셈일세. 나는 가끔 몸이 너무 좋지 않았고, 할 일이 너무 많아 그것들을 돌아볼 여유가 크게 없었던 데다, 너무 낙담하기도 했네. 종이도 부족하고 비용도 올라가는 것을 보니 내게는 불리하기만 하군. 그래서 차라리 생각을 바꾸기로 했네. 아무것도 하지 않는 것보다는 뭐라도 하는 게 낫지 않은가! 내게는 전체가 한 작품이고, 또 전체의 일부를 고르자면 『반지의 제왕』이 훨씬 더 낫기는—또 편하기는—하지만, 이 원고의 어느 쪽 일부를 출판하든 기꺼이 검토해보겠네. 시간이 점점 줄어들고 있네. 그리고 내 생각으로는 (얼마 지나지 않아) 은퇴를 하고 나면, 여유가 생기는 게 아니라 가난이 닥칠 것이고, 그러면 어쩔 수 없이 입에 풀칠이라도 하기 위해 '시험 출제'나 그런 잡일을 하는 수밖에 없을 것이네.

내가 『모르고스의 반지』(1993)에서 언급한 대로 "이렇게 하여 아버지는 현실에 무릎을 꿇는데, 그것은 당신에게는 가슴 아픈 일이었다."

나는 아버지가 '최종본'을 그만두게 된 까닭은 위의 편지 발췌문에서 해답을 찾을 수 있다고 본다. 첫째로, 1950년 2월 24일 스탠리 언윈에게 보낸 편지 내용이다. 아버지는 『반지의 제왕』이 완성되었다고 분명하게 선언했다. "크리스마스가 지난 다음에야 비로소 목표를 달성했습니다." 그리고 다음 내용. "내게 가장 중요한 건, 이것들 모두가 이제는 '퇴마' 대상 취급을 받고 있어서 더는 나하고 동행할 것 같지가 않다는 겁니다. 이젠 다른 것들로 눈을 돌려 […]."

둘째로, 결정적인 날짜가 있다. 「투오르와 곤돌린의 몰락」의 최종본의 원고 중에는 이 텍스트에서는 아직 발생하지 않은 사건들을 기록한 쪽(260~261쪽)이 하나 있는데, 이것이 1951년 9월 약속일정표의 한 쪽이라는 점이다. 이 일정표의 다른 쪽들도 수정용 원고 작성에 사용되었다.

『모르고스의 반지』 머리말에서 나는 이렇게 말한 바 있다.

> 하지만 그때 시작한 모든 작업 중에서 완성된 것은 거의 없었다. 「레이시안의 노래」 새 원고와 '투오르와 곤돌린의 몰락'을 다룬 새 작품, (벨레리안드의) 「회색 연대기」, 「퀜타 실마릴리온」 수정본까지 모두 중단되었다. 아버지가 필수적이라고 요구한 형태로 출판이 이루어지지 못한 데 대한 실망감이 가장 큰 이유라고 나는 확신한다.

위에서 인용한 대로 1952년 6월 22일 레이너 언윈에게 보낸 편지에서 아버지는 이런 고백을 남겼다. "『반지의 제왕』과 『실마릴리온』은 이전 상태 그대로 있네. 나는 가끔 몸이 너무 좋지 않았고, 할 일이 너무 많아 그것들을 돌아볼 여유가 크게 없었던 데다, 너무 낙담하기도 했네."

따라서 이 마지막 서사에서 우리 손에 남은 것이 정확히 무엇인지를 돌아볼 필요가 있다. 이 서사는 결국 '곤돌린의 몰락'으로 완성되지는 못했지만 그럼에도 불구하고 상고대 가운데땅을 환기하는 모든 것들 중에서 독특한 면모를 지니고 있고, 아마도 세부 세항과 분위기, 연속 장면 설정에 대한 아버지의 강한 관심에 있어서 유독 특별했기 때문이다. 물의 군주인 울모 신이 투오르를 찾아오고, 그의 외관과 "무릎 높이의 어두컴컴한 바닷속에" 서 있는 모습을 이야기하는 대목을 읽으면, 아버지가 곤돌린 전투의 대회전에 대해서는 어떤 묘사를 남겨 놓았을까 자못 궁금해진다.

현재 상태로 보자면—중단되기는 했지만—이 이야기는 여정, 곧 특별한 임무를 띤 여정의 기록이다. 최고의 발라 중의 하나가 계획을 하고 명을 내린 여정으로, 명문가의 일원인 인간 투오르에게 특별히 부과된 임무이며, 신은 거대한 폭풍우 속에 대양의 가장자리에서 마침내 그에게 모습을 드러낸다. 이 특별한 임무는 더욱 특별한 결과로 이어져 결국 가상 세계의 역사를 바꾸어 놓고 만다.

이 여정에 담긴 엄청난 중요성 때문에 투오르와 그의 길동무인 놀도르 요정 보론웨는 한 걸음을 내디딜 때마다 압박을 받았고, 아버지는 '혹한의 겨울'이 몰아치던 그해 서서히 그들을 엄습해 오던 죽음과도 같은 피로를 직접 느끼고 있었다. 마치 당신 자신이 꿈속에서 가운데땅 상고대의 마지막 몇 년을 굶주림과 탈진, 그리고 오르크들에 대한 공포 속에 비냐마르에서 곤돌린까지 터벅터벅 걸었던 것처럼 말이다.

지금까지 곤돌린 서사를 1916년의 첫 이야기에서부터 약 35년 뒤에 기이하게 중단된 최종본에 이르기까지 반복해서 논의하였다. 아래에서는 이 첫 이야기의 명칭을 대체로 '잃어버린 이야기' 혹은 간략하게 그저 '이야기'라고 하고, 중단된 텍스트를 '최종본' 혹은 축약형으로 'LV'라고 부르고자 한다. 이렇게 엄청나게 거리가 먼 두 텍스트에 대해 다음과 같은 이야기는 금방 할 수 있다. 즉 최종본을 쓸 때 아버지 앞에 '잃어버린 이야기'의 원고가 있었거나, 아니면 적어도 얼마 전까지 아버지가 그 원고를 읽고 있었다는 점은 확실해 보인다는 점이다. 이러한 결론이 가능한 것은 양쪽 텍스트 사이에 매우 긴밀한 유사성이 있기도 하고 심지어 거의 동일한 단락이 여기저기 발견되기 때문이다. 하나의 사례만 들어보기로 하자.

（「잃어버린 이야기」 68~69쪽）
그제야 투오르는 자신이 서 있는 곳이 나무 한 그루 없는 척박한 땅이라는 것을 알아차렸다. 해가 지는 쪽에서 불어온 바람이 그 땅을 휩쓸고 지나갔고, 수풀과 덤불은 모두 바람에 압도당해 동이 트는 쪽으로 기울어져 있었다.

（「최종본」 208쪽）
[투오르는] 나무 한 그루 자라지 않는 척박한 땅에서 며칠 간을 헤맸다. 그 땅은 해풍이 휩쓸고 간 곳이었는데, 대체로 서쪽에서 바람이 불어온 탓에 풀이건 덤불이건 서식하는 모든 것들이 동이 트는 방향으로 기울어져 있었다.

더욱 흥미로운 것은, 두 텍스트가 서로 상응하는 대목이라면 서로를 비교하여 완전히 새로운 요소와 차원이 들어오는 한편으로 옛날 서사의 핵심 특징들이 얼마나 유지되면서 의미상의 전환이 일어나는지 살펴보는 것이다.

「이야기」에서는 투오르가 자신의 이름과 가계를 이렇게 설명한다(85쪽).

> "나는 이곳에서 멀리 떨어진 북부에 살고 있는 인간들의 후예인 백조 가문 인도르의 아들인 펠레그의 아들 투오르요."

또한 「이야기」(70쪽)에는 투오르에 대해 그가 대양의 해안에 있는 팔라스퀼만에 자신을 위한 거처를 지을 때 그곳을 많은 조각으로 장식하였다는 이야기가 있다. "그중에서 백조가 언제나 중심이 되었는데, 이는 투오르가 이 형상을 가장 사랑했기 때문으로, 백조는 이후로 그와 그의 친족, 종족의 상징이 되었다." 나아가 「이야기」(92쪽)에는 투오르에 대한 언급이 다시 나오는바, 그가 곤돌린에 있을 때 그를 위해 갑옷 한 벌이 만들어지고 "그의 투구에는 금속과 보석으로 만든 장식이 달려 있었는데, 마치 백조의 두 날개처럼 양쪽에 하나씩 달고 있었고, 방패에도 백조의 날개 하나가 새겨져 있었다."

다시, 곤돌린 공격이 이루어지는 시점에 그의 주변에 있던 모든 용사들은 "백조나 갈매기의 날개 모양의 날개를 투구 위에 달았고, '흰 날개'의 문양을 방패 위에 새겨 놓고 있었다."(108쪽) 그들이 '날개의 무리'였다.

하지만 「신화 스케치」에 이르면 이미 투오르는 『실마릴리온』

의 전개 쪽으로 기울어져 있다. 북부 인간들의 백조 가문은 사라지고 없는 것이다. 그는 하도르 가의 일원으로 한없는 눈물의 전투에서 목숨을 잃는 후오르의 아들이자 투린 투람바르의 사촌으로 설정되어 있다. 하지만 투오르를 백조나 백조의 날개와 연결하는 구상은 이후의 변환 과정에서 완전히 사라진 것은 아니었다. 「최종본」(210쪽)에는 다음 기록이 있다.

> 백조는 투오르가 좋아하는 새였다. 그는 미스림의 회색빛 웅덩이에서부터 백조를 알고 있었는데, 백조는 자신을 키워 준 안나엘과 그의 무리를 상징하는 새였다. [안나엘에 대해서는 「최종본」 194쪽 참조]

그런데 투르곤이 곤돌린을 발견하기 전에 거하던 옛집 비냐마르에서 투오르가 발견한 방패에는 흰 백조의 날개 모양을 한 휘장이 있었고, 그는 이렇게 말한다. "이 징표로 말미암아 나는 이 무구를 나의 몫으로 취하리라. 어떤 운명이 담겨 있든, 내게도 그 운명이 드리울 것이다." (「최종본」 213쪽)

「이야기」(65쪽)는 투오르에 대한 매우 간략한 소개만으로 시작한다. 그는 "아주 먼 옛날 도르로민 혹은 '어둠의 땅'이라고 하던 북부 지역에 살던 인간"이라고 되어 있다. 그는 미스림호수 근처 지역에서 사냥꾼으로 홀로 살면서 자신이 지은 노래를 부르고 자신의 하프로 연주를 하는 사람이었다. 그는 "방랑하는 놀돌리 요정들"과 친해져서 그들로부터 많은 지식을 전수받았고, 그들의 언어를 많이 배웠다.

　　그러나 "사람들의 이야기로는, 어느 날 투오르가 마법과 운명의 힘에 이끌려 동굴처럼 생긴 어떤 바위틈을 발견하게 되는데, 그 속에는 미스림호수에서 시작된 비밀의 강물이 흐르고 있었다." 기록에 의하면 이것은 "물의 군주 울모의 뜻이었다고 전해지는데, 그가 놀돌리 요정들에게 그 숨어 있는 길을 만들어 두게 했다는 것이다."

　　투오르가 강물의 거센 물살 때문에 동굴에서 빠져나올 수 없게 되자, 놀돌리 요정들이 나타나 그를 산속의 캄캄한 통로를 따라 인도하였고 마침내 환한 햇빛 속으로 다시 나올 수 있었다.

　　1926년의 「스케치」에는 위에서 언급한 대로 투오르의 가계가 하도르 가의 후예로 나오고 있는데, (167쪽에서) 투오르는 모친 리안의 죽음 이후 모르고스가 '한없는 눈물의 전투'가 끝난 뒤 강제로 히슬룸에 이주시킨 신의 없는 인간들의 노예가 되었다. 하지만 그는 그들로부터 도망쳤고, 울모는 그를 미스림에서 나와 땅속의 강물로 들어가도록 하여 거기서 그는 어느 틈새를 통과하여 만들어진 강줄기를 따라 마침내 서쪽 바다에 당도하였다. 1930년의 「퀜타」(181~182쪽)에서는 이 이야기를 비슷하게 따르고 있는데, 두 텍스트에서 유일하게 주목할 만한 의의는 투오르의 탈출이 모르고스의 첩자 중 누구도 알지 못하게 감쪽같이 이루어짐으로써 은밀한 분위기를 만들어 내고 있다는 점이다. 하지만 이 두 텍스트는 성격상 대체로 압축형에 속한다.

「이야기」로 돌아가면, 드디어 투오르가 틈새로 난 강물을 통과하는 대목이 이어지고, 올라오는 파도가 미스림호수에서 급하게 내려오는 물길을 만나 노상에 서 있는 이를 깜짝 놀라게 할 만큼 무시무시한 소용돌이가 생성된다. "투오르가 강가에서 절벽 위로 올라간 것도 사실은 아이누들이 그의 마음속에 그 생각을 불어넣었던 것인데, 만약 올라가지 않았더라면 그는 밀려오는 파도에 휩쓸렸을 것이다."(68쪽) 투오르가 캄캄한 동굴에서 나왔을 때 놀돌리 안내원들은 그를 떠난 것으로 보인다. "[놀돌리 요정들이] 찾아와 투오르를 산속의 캄캄한 통로로 인도하였고, 다시 햇빛 속에 나왔을 때 […]."(66쪽)

강을 떠나 협곡 위에 선 투오르는 생전 처음으로 바다를 목격하였다. 그는 해안에서 은신처가 될 만한 작은 만('팔라스퀼'이라고 불리게 됨)을 발견하고 놀도르 요정들이 강물을 이용하여 그에게 떠내려 보낸 목재로 그곳에 집을 지었다(그의 집에 있는 조각품 사이에 있던 백조에 대해서는 위의 271쪽 참조). 투오르는 고독이 지겨워질 때까지 팔라스퀼에서 "오랫동안 머무는데"(「이야기」 70쪽), 여기서 다시 아이누들은 한 역할을 한 것으로 알려져 있다("울모가 투오르를 사랑하였기 때문이다", 「이야기」 70쪽). 팔라스퀼을 출발한 그는 날아가는 세 마리 백조의 뒤를 따랐고, 그들은 해안선을 따라 남쪽으로 가면서 그를 확실하게 인도하였다. 겨울을 거쳐 봄까지 이어지는 그의 위대한 여정에 대한 묘사는 시리온강에 도착할 때까지 이어진다. 여기서 계속 전진하여 그는 버드나무땅(난타스린, 타사리난)에 이르는데, 이곳에서 그는 나비와 벌, 꽃과 노래하는 새 들에 매료되어 그들에게 이름을 지어 주고 봄을 지나 여름까지 그곳에 머물렀다(「이야기」 73~

74쪽).

　예상한 대로 「스케치」와 「퀜타」에 실린 이야기는 극도로 간명하다. 「스케치」(167~168쪽)에는 투오르에 대해 이렇게만 기록하고 있다. "서쪽 해안으로 내려간 투오르는 오랜 방랑 끝에 시리온하구로 가서 브론웨그[보론웨]라는 그노메를 만나는데, 그는 예전에 곤돌린에 살던 요정이었다. 그들은 비밀리에 시리온강을 거슬러 올라가는 여정을 함께 시작한다. 투오르는 난타스린, 곧 버드나무땅의 달콤한 향기 속에 오랫동안 머무"른다. 「퀜타」(182~183쪽)에 실린 대목은 내용상 본질적으로 동일하다. 브론웨로 표기된 그노메는 당시 앙반드를 탈출한 자로 나오는데, 그는 "원래 투르곤의 백성이었고, 그래서 자신의 주군이 있는 '숨은땅'으로 가는 길을 찾는 중이었다." 그래서 그와 투오르는 시리온강을 따라 올라가 버드나무땅에 이르렀다.

　흥미로운 것은 이 두 텍스트에서는 보론웨가 서사에 등장하는 시점이 투오르가 버드나무땅에 오기 전이라는 점이다. 왜냐하면 1차 자료인 「이야기」에서는 보론웨가 훨씬 뒤 곧 울모가 나타나고 난 뒤 완전히 다른 상황에서 등장했기 때문이다. 「이야기」(74쪽)에 보면 투오르는 난타스린에 오랫동안 푹 빠져 있고, 그래서 울모는 그가 그곳에 눌러살지도 모른다고 우려한다. 그리하여 그가 투오르에게 지시하는 내용을 보면 놀돌리 요정들이 곤도슬림 혹은 '돌 위에 사는 자들'이라 불리는 이들이 사는 도시로 그를 비밀리에 안내할 것이라고 말한다(이 내용은 곤돌린에 대한 언급으로는 「이야기」에서 처음 나오는 장면이다. 「스케치」와 「퀜타」에는 투오르에 대한 언급이 나오기 전에 '숨은도시'에 대한 간단한 설명이 있다.). 그런데 「이야기」(77~78쪽)에 따르면 투오르를 안내하여 동쪽으로 여정을 시작한 놀돌리 요정들은 정작 멜코에 대한 두려움 때문에 달아나고, 투오르는 길을 잃고 만다. 하지만 요정 중의 하나가 돌아와 곤돌린을 찾을 때까지 그와 동행하겠다고 하는데, 그는 곤돌린을 소문으로만 들었을 뿐 그밖에는 아무것도 아는 것이 없다. 그가 보론웨였다.

시간이 흘러 여러 해가 지난 뒤 드디어 '최종본'(LV)에 이르고, 투오르의 어린 시절에 관한 이야기가 나온다. 「스케치」나 「퀜타」에는 어디에도 투오르가 히슬룸 회색요정들의 양자로 컸다는 언급은 없지만, 이 최종본에는 상당한 양의 설명이 나온다(193~197쪽). 여기서는 투오르가 안나엘이 이끄는 요정들 사이에서 성장한 이야기와 함께 그들의 핍박받는 삶, 그리고 안논인 겔뤼드라는 비밀 통로로 그들이 남쪽으로 달아난 이야기가 나온다. 이 통로는 "'놀도르의 문'으로 부르는 비밀 통로로 먼 옛날 투르곤의 시대에 놀도르의 기술로 만들어진 관문"이다. 여기에는 또한 투오르의 노예 생활과 탈출, 그리고 이후 몇 년 동안 대단히 무시무시한 무법자로 변해 가는 이야기도 나온다.

이 모든 서사에서 가장 의미 있는 사건 전개는 투오르가 이 땅을 떠나기로 결심하는 데서 시작한다. 안나엘에게서 배운 지식을 근거로 그는 놀도르의 문과 투르곤의 신비로운 숨은왕국을 찾아 사방을 헤매고 다닌다(LV 198쪽). 이것이 그의 분명한 목표였지만, 투오르는 '문'이 무엇을 의미하는지 알지 못했다. 그는 미스림 산속에서 발원하는 강물의 샘터에 이르렀고, 놀도르의 문을 찾는 일은 비록 실패했지만 자기 '일족의 잿빛 땅' 히슬룸을 떠나기로 하는 최종 결심은 바로 이곳에서 이루어진다. 그는 강물을 따라 내려가다가 석벽에 이르렀고, 물길은 "거대한 아치 모양으로 벌어진 구멍"에서 종적을 감추었다. 그는 절망한 채 그곳에 앉아 하룻밤을 보냈고, 아침 해가 떠오를 즈음 아치에서 올라오는 두 명의 요정을 발견하였다.

그들은 겔미르와 아르미나스라는 이름의 놀도르 요정으로, 긴급한 임무를 수행하는 중이었으나 무슨 일인지는 밝히지 않았다. 그들로부터 투오르는 그 거대한 아치가 바로 놀도르의 문이라는 것을 알게 되는데, 자기도 모르게 그 문을 발견한 것이었다. 「이야기」(66쪽)에서 투오르를 안내하는 놀돌리 요정들을 대신하여 겔미르와 아르미나스가 그를 데리고 굴속을 통과한 다음 걸음을 멈추자, 투오르는 투르곤이란 이름을 들을 때마다 이상하게도 가슴이 설렌다고 말하고는 투르곤에 대해 물었다. 그들은 이 질문에 아무 대답도 하지 않았고, 그에게 작별 인사를 한 다음 어둠 속에 긴 계단을 다시 걸어 올라갔다(204쪽).

최종본에서 투오르의 여정 중 굴속에서 나와 측면 경사가 가파른 협곡을 따라 내려가는 대목은 「이야기」의 서사와 거의 차이가 없다. 하지만 다음 사항은 주목을 요한다. 즉 「이야기」(68쪽)에서는 "하지만 투오르가 강가에서 절벽 위로 올라간 것도 사실은 아이누들이 그의 마음속에 그 생각을 불어넣었던 것인데, 만약 올라가지 않았더라면 그는 밀려오는 파도에 휩쓸렸을 것이다"라고 되어 있지만, 최종본(207쪽)에서는 세 마리의 거대한 갈매기를 쫓아서 올라갔고, 투오르가 "갈매기 소리를 따라간 덕에 밀물에 휩쓸리지 않고 목숨을 건질 수 있었던 것이다"라고 되어 있기 때문이다. 투오르는 자신의 거처를 만들어 "오랫동안 머무는데", 또 그 거처를 "천천히 공을 들여" 조각으로 장식했다. 그곳은 팔라스퀼로 불리는 작은 만(「이야기」 70쪽)으로 이름이 나와 있지만 이 언급은 최종본에서는 사라지고 없다.

이 텍스트에서 투오르는 분노한 듯한 낯선 파도의 모습에 깜짝 놀라 강의 협곡에서 남쪽으로 내려가 서쪽 멀리 "투르곤이 한때 머물던" 네브라스트 경계 안으로 들어갔다(LV 207~209쪽). 그리하여 그는 해 질 무렵 마침내 가운데땅의 해안에 이르러 대해를 목격하였다. 최종본은 여기서 이전에 해 온 투오르의 이야기와 결정적인 분리가 이루어진다.

「이야기」로 다시 돌아가 울모가 투오르를 만나러 버드나무땅을 찾아오는 대목에는, 위대한 발라(「이야기」 74~75쪽)의 외관에 대한 아버지의 첫 묘사가 등장한다. 모든 바다와 강의 군주인 울모가 그곳에 나타난 것은 투오르가 거기서 지체하지 않도록 하기 위해서였다. 이 묘사는 대양을 가로지르는 엄청난 여정 끝에 당도한 신의 모습을 선명한 윤곽 속에 정교하게 그려 내고 있다. 울모는 바깥바다의 물결 속에 있는 '궁정'에 거하고 있었고, 고래 모양을 한 자신의 '수레'를 타고 엄청난 속도로 달려온다. 그의 머리카락과 거대한 수염이 모습을 드러내고, "푸른색과 은색의 물고기 비늘 모양"을 닮은 그의 갑옷과 "은은한 초록색" 상의, 큼지막한 진주로 만든 띠, 돌로 만든 신발이 묘사된다. 시리온강 하구에서 '수레'를 내린 그는 대하 옆을 따라 걸어 올라갔고, 투오르가 "무릎 높이까지 오는 풀숲에 서 있던" 곳 근처에서 "해 질 녘에 갈대밭에 앉아" 있었다. 그는 특이하게 생긴 자신의 악기로 연주를 했는데, 악기는 "비틀어진 긴 고둥껍데기 여러 개로 만든 것으로 거기에 구멍이 뚫려" 있었다(「이야기」 75~76쪽).

아마도 울모의 특징 중에서 가장 두드러진 것은 끝 모를 깊이를 지닌 그의 눈동자와, 투오르를 공포에 떨게 만든 그의 음성이었을 것이다. 투오르는 버드나무땅을 떠나 놀돌리 요정들의 호위를 받으며 곤도슬림의 도시를 찾아 나서야 한다(위의 76쪽 참조). 「이야기」(77쪽)에서 울모는 "그곳에서 그대의 입으로 할 말을 내가 마련해 줄 것이며, 그대는 거기서 잠시 머물러야 할 걸세"라고 말한다. 그가 투르곤에게 할 말이 무엇일지 이 원고에는 나타나 있지 않지만—울모는 "자신의 계획과 원하는 바를 몇 가지" 이야기한 것으로 되어 있고, 투오르는 이를 잘 이해하지 못했다. 울모는 또한 앞으로 태어날 투오르의 아이에 관한 특별한 예언을 전하며, "세상 누구도 바닷속이든 저 하늘의 창공이든 극한의 깊이를 그 아이보다 더 잘 아는 자는 없으리라"고 말한다. 그 아이가 에아렌델이었다.

※

한편 1926년에 쓰인 「스케치」에는 투오르가 곤돌린에서 전하게 되어 있는 울모의 목적이 분명하게 명시되어 있다(168쪽). 간단히 말해 투르곤은 모르고스와 엄청난 전투를 준비해야 하며, 이 전투에서 "오르크 종족은 괴멸"하게 되어 있다는 것이다. 그러나 투르곤이 이를 받아들이지 않으면 곤돌린 백성들은 도시를 떠나 시리온하구로 피난을 가야 하며, 거기서 울모는 "그들이 선박을 건조할 수 있도록 도와주고 그런 다음 발리노르로 돌아가는 길을 안내할" 계획이라는 것이었다. 1930년의 「퀜타 놀도린와」(184쪽)를 보면 울모는 본질적으로 동일한 계획을 세우고 있는데, 다만 "끔찍하고 치명적인 싸움"이 될 그 전투의 결과로 모르고스의 권세를 비롯한 많은 다른 것들이 무너질 것이며, "이로써 세상에 최고의 유익이 되어 모르고스 수하의 누구도 다시는 이를 해치지 못하리라는 것이었다."

1930년대 후반에 「퀜타 실마릴리온」이란 이름으로 나온 중요한 원고를 언급하는 데는 이 시점이 적절하다. 이 원고는 1930년에 나온 「퀜타 놀도린와」의 뒤를 이어 상고대의 역사를 산문으로 새롭게 기록한 양식으로 만들 계획이었다. 하지만 1937년 "호빗족에 관한 새로운 이야기"가 등장하면서 이 구상은 불쑥 중단되고 말았다(『베렌과 루시엔』 281~284쪽에 이 희한한 경과에 대해 설명한 바 있다).

이 작품(「퀜타 실마릴리온」)에서 투르곤의 초기 역사 및 툼라덴의 발견, 곤돌린의 건설과 관련이 있는 대목을 발췌하여 여기 덧붙이는데, 이 내용은 「곤돌린의 몰락」과 관련된 여러 텍스트에는 나오지 않는 내용이다.

「퀜타 실마릴리온」에서 투르곤은 놀도르의 지도자로 헬카락세('살을에는얼음')의 공포를 딛고 가운데땅을 건너와 네브라스트에 정착하는 것으로 나온다. 이 텍스트에 다음 대목이 나온다.

> 투르곤이 어느 날 그 당시에 살고 있던 네브라스트를 떠나 친구 잉글로르(요정 영주 핀로드 펠라군드의 초기 이름—역자 주)를 찾아왔고, 그들은 얼마간 북부의 산맥에 권태를 느끼고 있었기 때문에 시리온강을 따라 남쪽으로 여행을 하였다. 시리온강 변에 있는 '황혼의 호수'를 지나갈 때 밤이 찾아들었고, 그들은 여름의 별빛 속에 강변에서 잠이 들었다. 그런데 강을 거슬러 올라온 울모가 그들에게 깊은 잠과 무거운 꿈을 덮어씌웠다. 잠을 깬 뒤 그들은 꿈자리가 뒤숭숭했지만, 서로 무슨 말을 하지는 않았다. 기억이 분명치 않은 데다 각각 울모가 자신에게만 무슨 이야기를 남긴 것으로 믿었기 때문이다. 이후로 그들은 불안감에 사로잡혔고, 장차 어떤 일이 벌어질지 자꾸 의심이 들었다. 그들은 누구의 발길도 닿지 않은 대지를 자주 헤매고 다니며, 사방팔방에서 비밀의 힘을 지닌 장소를 찾아 나섰다. 왜냐하면 두 요정 모두 각자 재앙의 날을 대비하여 피난처를 마련하라는 명령을 받았다는 생각을 하였기 때문이다. 모르고스가 앙반드에서 뛰쳐나와 북부의 군대를 공격할지도 모른다는 경고였다.
>
> 그리하여 잉글로르는 나로그강의 깊은 협곡과 그 서쪽

강변의 동굴들을 발견하게 되었고, 거기서 메네그로스의 깊은 궁정과 같은 모양으로 요새와 병기고를 건축하였다. 그는 이곳을 나르고스론드로 명명하였고, 그를 따르는 많은 백성들과 함께 그곳을 본향으로 삼았다. 북부의 그노메들은 처음에는 재미로 그가 동굴 속에 산다고 해서 펠라군드, 곧 '동굴의 군주'로 불렀고, 그는 그 후로 죽을 때까지 그 이름을 달고 다녔다. 그러나 투르곤은 홀로 은밀한 곳을 찾아 나섰고, 울모의 안내를 받아 '숨은골짜기' 곤돌린을 발견하였다. 그는 이에 대해 아무에게도 이야기하지 않고 그의 백성들이 있는 네브라스트로 돌아갔다.

「퀜타 실마릴리온」의 이후 대목에는 핑골핀의 둘째 아들 투르곤에 대해, 그가 많은 백성을 다스렸지만 "울모가 심어 놓은 불안감이 그를 엄습하였다"는 이야기가 나온다.

그는 자리에서 일어나 엄청난 규모의 그노메들, 곧 핑골핀을 따라온 놀도르의 3분의 1에 이르는 수의 요정들과 그들의 부인과 자식, 그리고 재산까지 함께 가지고 동쪽을 향해 출발했다. 그의 이동은 야음을 틈타 신속하게 소리 없이 이루어졌고, 자신의 동족들조차 알지 못하게 조용히 모습을 감추었다. 그는 곤돌린으로 들어가 발리노르의 툰을 닮은 도시를 건설하고 주변 산맥의 방비를 강화하였으며, 오랜 세월 동안 곤돌린을 은밀하게 숨겨 놓았다.

세 번째 핵심적인 인용문의 출전은 다른 곳이다. 「벨레리안드 연대기」와 「발리노르 연대기」라는 이름이 붙은 두 개의 텍스트가 있다. 이 둘은 1930년경에 시작된 텍스트인데, 이후 원고에도 내용은 남아 있다. 이 두 자료에 대해 나는 이렇게 언급한 바 있다. "두 연대기는 서사 구조가 점점 더 복잡해지면서 상이한 요소들을 놓치지 않고 기록하기 위해 아마도 「퀜타」와 병행하여 작업이 시작된 것으로 보인다." (「회색 연대기」란 이름으로도 불리는) 「벨레리안드 연대기」의 최종 텍스트는 1950년대 초 『반지의 제왕』 완성 후 아버지가 상고대 문제로 다시 눈을 돌리기 시작한 시점으로 거슬러 올라간다. 이 텍스트가 『실마릴리온』 출간본의 핵심 출전이 된다.

다음은 「회색 연대기」의 한 대목으로, "52년간의 은밀한 역사 끝에 곤돌린이 완성된" 해에 관한 언급이다.

그리하여 투르곤은 네브라스트를 떠날 준비를 하고 타라스산 밑에 있는 비냐마르의 아름다운 궁정을 출발하려고 하는데, 울모가 그때 다시 그를 찾아왔다. "투르곤, 이제 자네가 마침내 곤돌린으로 떠나야 할 때가 왔네. 누구도 자네가 떠나는 것을 알아차리지 못할 것이며, 자네의 뜻에 반해 그 땅의 비밀 입구를 찾아내는 일은 없을 걸세. 엘달리에 모든 나라 중에서 곤돌린이 가장 오랫동안 멜코르와 맞설 것일세. 그러나 곤돌린을 너무 사랑하지는 말고, 놀도르의 참 희망은 서녘에 있으며 바다에서 온다는 것을 기억하라."[9]

그리고 울모는 투르곤에게 그 역시 만도스의 심판 아래 있으며, 그것은 울모로서도 어찌할 수 없는 것이라고 주의를 주었다. "놀도르의 저주는 세상이 끝나기 전에 자네도 찾아낼 것이며, 자네의 성벽 안에서 반역이 일어나게 되어 있네. 그때는 도시도 불의 위험에 빠질 것일세. 하지만 이 위험이 정말로 임박한 순간에는, 바로 네브라스트에서 온 한 인물이 자네에게 경고를 할지니, 그에게서 불과 멸망을 넘어 요정과 인간 들을 위한 희망이 생겨날 것일세. 그러니 장차 그가 발견할 수 있도록 이 집에 병기와 칼을 남겨 두고 가도록 하게. 그래야 자네가 의심하지 않고 그를 알아볼 수 있을 테니까." 그리고 울모는 투르곤에게 그가 남겨 둬야 할 갑옷과 투구, 칼의 종류와 크기를 분명하게 일러 주었다.

그런 다음에 울모는 바다로 돌아갔고, 투르곤은 자신의 백성 모두를 출발시켰으며 […] 그들은 조금씩 무리를 지어 은밀하게 에뤼드 웨시온 그늘 속으로 사라졌고, 누구의 눈에도 띄지 않게 아내를 데리고 재물을 가지고 곤돌린으로 들어갔고, 그들의 행방을 아는 이는 아무도 없었다. 마지막으로 투르곤이 일어나 자신의 영주들과 가솔을 이끌고 조용히 산속으로 행군을 시작했고, 그들이 산으로 들어가는 입구를 통과한 뒤 문은 닫혀 버렸다. 하지만 네브라스트는 벨레리안드가 멸망할 때까지 인적이 끊어진 곳으로

---

9   이 말은 약간 변형된 형태로 비냐마르에서 투오르가 보론웨에게 하는 말로 사용된다. LV 223쪽.

남아 있었다.

이 마지막 단락에 투오르가 비냐마르의 웅장한 궁정에 들어갔을 때 발견한 방패와 칼, 갑옷과 투구에 관한 설명이 나오는 것을 볼 수 있다(LV 213쪽).

버드나무땅에서 이루어진 울모와 투오르의 만남이 종료된 뒤 모든 초기 텍스트(「이야기」, 「스케치」, 「퀜타 놀도린와」)는 계속해서 곤돌린으로 향하는 투오르와 보론웨의 여정으로 이어진다. 사실 동쪽으로의 여정 자체에는 특별히 언급할 만한 것이 없고, '숨은도시'의 신비로움은 툼라덴으로 들어가는 통로의 비밀 그 자체에 있다(「스케치」와 「퀜타 놀도린와」에는 이를 위해 울모가 그들을 도와주는 것으로 나온다).

여기서 다시 최종본으로 돌아가는데, 앞에서는 투오르가 네브라스트 지역에 있는 해안에 도착하던 이야기에서 중단한 바 있다(LV 207~208쪽). 여기서 우리는 타라스산 밑 비냐마르에서 웅장하지만 버려진 저택을 발견하는데("놀도르가 망명을 떠나온 대지에 세운 석조 건축물 가운데 가장 오래된 것"), 투르곤이 처음 살던 곳이고 이제 거기에 투오르가 들어가는 것이다. 이어지는 모든 이야기("비냐마르의 투오르", LV 211쪽 이하)에 대해 초기 텍스트에는 어떤 암시나 흔적을 미리 남겨 놓은 것이 없고, 다만 울모의 출현만이 예외 사항으로 35년이 경과한 후에 다시 이야기되고 있다.

*

여기서 잠시 멈추고 울모의 구상이 추진되는 과정에서 울모가 투오르를 인도하는—사실상 재촉에 가깝지만—대목과 관련하여 다른 곳에서 나온 이야기를 살펴보고자 한다.

결국 투오르에 초점이 맞춰지는 울모의 '구상'은 '발리노르의 은폐'라고 불리는, 광범위한 영향을 초래한 엄청난 사건에 기원을 두고 있다. 『잃어버린 이야기들』에 속하는 초기 서사 중에 이 제목을 달고 있는 이야기가 있는데, 그 속에 상고대에 세상의 변동이 발생하게 된 배경과 그 성격에 대한 설명이 있다. 이 사건은 실마릴의 제작자인 페아노르의 휘하에 있던 놀돌리(놀도르)가 발라들에게 반역을 일으키고 발리노르를 떠나고자 하는 데서 시작하였다. 나는 『베렌과 루시엔』 50~51쪽에서 이 결정의 의미를 아주 간략히 설명한 바 있는데, 그 내용을 여기서 다시 덧붙인다.

그들이 발리노르를 떠나기 전에 가운데땅 놀도르의 역사를 심히 훼손시키는 무시무시한 사건이 벌어졌다. [요정들이 처음 눈을 뜬 곳으로부터] 장정을 떠난 엘다르 중 세 번째 무리는 텔레리로, 이들은 당시 아만 해안에 살고 있었다. 페아노르는 텔레리에게 그들의 큰 자랑거리인 선단을 놀도르에게 넘기라고 요구하는데, 배가 없이는 그렇게 큰 무리가 가운데땅으로 건너가는 것이 가능하지 않을 것이기 때문이었다. 텔레리는 이 요구를 단호하게 거부했다. 그렇게 되자 페아노르와 그의 무리는 백조항구인 알콸론데시에 있는 텔레리를 공격하여 무력으로 선단을 탈취했다. 동족살해로 알려진 이 전투에서 많은 텔레리 요정들이 목숨을 잃었다.

「발리노르의 은폐」에는 현재 논의하고 있는 주제와 연관된 발라들의 회의에 대한 중요한 서술이 있다. 매우 격렬하고 사실상 특별한 회의였다. 이 회의에 아이나이로스라는 이름의 알콸론데 요정이 참석하고 있었는데, 그는 백조항구의 전투에서 친족을 잃어버린 자였고, "그래서 그는 자신의 언변으로 계속해서 [텔레리 요정들에게] 그들의 비통함을 더욱 고조시키려고 애를 썼다." 아이나이로스라는 이 인물이 토론에 참여하여 이야기한 내용이 「발리노르의 은폐」에 기록되어 있다.

그는 요정들[곧 텔레리]의 생각을 신들 앞에 털어놓는데, 그 내용은 놀돌리에 대한 이야기와 또 발리노르 땅이 건너편 바깥세상 쪽에 대해 취약하다고 하는 취지였다. 그러자 큰 소동이 일며 많은 발라와 그 일족이 큰 소리로 응원하였고, 다른 엘다르 몇몇은 만웨와 바르다가 자기들에게 기쁨이 넘치게 해 주겠다는 약속을 하고 발리노르에 들어와 살게 했던 것이라고 소리를 질렀다. 그런데 이제 세상은 멜코의 손아귀에 들어가 버렸고, 따라서 그들이 눈을 뜬 그 고향에 가고 싶어도 갈 수 없다는 사실을 생각하면, 신들은 요정들의 기쁨이 형편없이 줄어들도록 방치해서는 안 된다고 보았다.

더욱이 발라들은 대부분 그들이 옛적에 누리던 여유로움과 평화만을 원할 뿐, 멜코 이야기나 그의 압제에 대한 소문 또는 초조해하는 그노메들의 불평이 그들 사이로 들어와 자신들의 행복을 방해하는 것을 원하지 않았다. 따라

서 그런 이유로 그들 역시 발리노르 땅을 은폐해 두어야 한
다고 주장했다. 위대한 신들은 거의 모두 같은 생각이었지
만, 그중에서도 바나와 넷사가 특히 그러했다. 선견지명이
있던 울모는 그들 앞에서 놀돌리에 대한 연민과 용서를 청
했지만 소용이 없었고, 만웨 또한 아이누의 음악에 담긴 비
밀과 세상의 목적을 펼쳐 보였으나 소용이 없었다. 회의는
무척 시끌벅적하게 오랜 시간 동안 이어졌고, 이전의 그 어
느 때보다 격렬하고 독한 언사가 오고 갔다. 그리하여 만웨
술리모는 멜코의 악이 이미 그들 사이로 숨어 들어와 그들
모두의 생각을 혼탁하게 하고 있어서 어떤 장벽이나 방벽
으로도 그것을 막을 수 없을 것이라고 말하고는 급기야 회
의장을 떠나고 말았다.

그리하여 그노메의 적들이 신들의 회의를 이끌었고, [백
조항구에서] 흘린 피는 벌써 잔혹한 움직임을 시작하였던
것이다. 이제 '발리노르의 은폐'로 불리는 역사가 개시되
었고, 만웨와 바르다 및 바다의 울모는 그 일에 관여하지
않았지만, 다른 발라나 요정 들은 이 일을 모른 척하지 않
았다. […]

이제 로리엔과 바나가 신들을 이끌었고, 아울레는 자신
의 기술을, 툴카스는 힘을 빌려주었다. 발라들은 그때 멜
코를 제압하기 위한 전쟁에 나서지 않는데, 그들의 가장 큰
슬픔은 그 뒤에 찾아왔고, 이는 지금도 남아 있다. 왜냐하
면 그 실수로 인하여 발라들의 위대한 영광은 지상의 오랜
역사에서 그 절정에 이르지 못하였고, 세상은 지금도 이를

고대하고 있기 때문이다.

이 마지막 인용은 상당히 특별한 의미를 지닌다. 신들이 나태하게 오로지 자신들의 안전과 복락만을 구하고 있는 모습을 생생하게 보여 주고 있고, 또 그들이 엄청난 '실수'를 한 것이라는 관점을 드러내고 있기 때문이다. 멜코와의 전쟁에 나서지 않음으로써 그들은 가운데땅을 대적의 파괴적 야심과 증오에 무방비 상태로 노출시키고 말았던 것이다. 하지만 발라들에 대한 그 같은 비난은 후기의 글에서는 찾아볼 수 없다. '발리노르의 은폐'는 전설적인 고대에 실제로 있었던 대사건으로만 남아 있을 뿐이다.

「발리노르의 은폐」에는 방어를 위한 목적으로 시작한 여러 형태의 대규모 작업을 묘사하는 대목이 이어진다. 이는 "발리노르를 처음 세우던 시절 이후로 그들 사이에서는 한 번도 보지 못한 새로운 엄청난 노동"으로, 이를테면 발리노르를 에워싸는 산맥을 통과하여 산맥 동쪽으로 나가는 것은 거의 불가능하게 되었다.

북쪽에서 남쪽으로 신들의 마력과 범접불가의 마법으로 경계가 세워졌지만 그들은 만족하지 않았다. 그들은 말했다. "오호라, 발리노르로 향하는 모든 통로는 이미 알려진 것이든 비밀의 통로든 세상의 눈에 완전히 보이지 않게 사라지거나 아니면 눈앞이 캄캄한 혼란 속에 빠지는 위태로운 길로 이어질 것이다."

그리하여 그들은 이를 그대로 실행하였고, 이 바다의 모든 물길은 모든 배를 위험천만한 소용돌이에 몰아넣거나 압도적인 위력의 파도로 혼란에 빠뜨렸다. 또한 옷세의 마음대로 갑작스러운 폭풍우가 예고도 없이 그곳을 뒤덮었고 안개 또한 한 치 앞도 볼 수 없게 만들었다.

발리노르의 은폐가 곤돌린에 미친 영향에 대해 이해하게 되면, 「이야기」에서 투르곤이 투오르에게 하는 말을 떠올리게 된다. 발리노르 항해를 위한 선박을 건조하기 위해 내보낸 많은 사자들의 운명에 관한 언급이다(89쪽).

"[…] 하지만 발리노르로 가는 좁은 길은 망각 속에 있고, 넓은 길은 세상의 눈으로는 볼 수가 없으며, 바다와 산맥이 그곳을 에워싸고 있네. 기쁨 속에 그곳에 좌정하고 있는 분들은 멜코에 대한 공포나 세상의 슬픔 따위는 전혀 신경 쓰지 않은 채, 악의 소식이 들려오지 않도록 당신들의 땅을 감추고 범접불가의 마법을 걸어 버렸네. 오호라, 수없이 많은 나의 백성들이 무수한 세월 동안 광막한 바다로 나갔지만 돌아오지 못했고, 깊은 바닷속으로 사라지거나 이제 길 없는 어둠 속에서 종적을 감추었네. 해가 바뀌어도 우리는 다시 바다로 나가지는 않을 것이며, […]"

(무척 흥미로운 것은 투르곤이 여기서 하는 말은 아이러니하게도 바로

직전에 울모가 시키는 대로 투오르가 따라 하는 말 속에 반복되어 있었다는 점이다(「이야기」 88쪽).

> "[…] 오호! 그곳으로 가는 좁은 길은 망각 속에 있고, 넓은 길은 세상의 눈으로는 볼 수가 없으며, 바다와 산맥이 그곳을 에워싸고 있으나, 여전히 그곳 코르언덕 위에는 요정들이 살고 있고 발리노르에는 신들이 좌정하고 있습니다. 다만 멜코에 대한 공포와 슬픔으로 인해 발라들의 기쁨은 줄어들었고, 그리하여 그 땅을 감추고 어떤 악의 무리도 그 해안에 발을 딛지 못하도록 사방에 범접불가의 마법을 걸어 놓았습니다.")

앞의 158~161쪽(「투를린과 곤돌린의 망명자들」)에는 곧 폐기되지만 「이야기」의 새로운 원고를 시작하려는 의도가 분명한 짧은 텍스트를 실어 놓았다(하지만 투오르의 가계도는 여전히 옛날 원고를 그대로 따르고 있는데, 1926년에 작성한 「스케치」에서 하도르 가로 변경이 이루어진다). 이 원고의 주목할 만한 특징은 발라들 중에서 유일하게 울모만이 멜코의 권세 아래에 살고 있는 요정들을 염려하는 발라로 확실하게 드러난다는 점이다. "울모 외에는 어느 누구도 온 세상에 파괴와 비탄을 몰고 온 멜코의 권세를 심각하게 여기지 않았다. 하지만 울모는 발리노르가 온 힘을 모아 너무 늦기 전에 멜코의 악을 종식시킬 수 있기를 원했다. 그는 그노메들이 보낸 사자가 발리노르의 허락을 받고 들어와 용서를 구하고 세상에 대한 연민을 간절히 청한다면, 혹시 두 가지 목표를 달성할 수 있을지도 모른다는 생각을 했다."

발라들 사이에서 울모가 "고립"되어 있다는 이야기가 처음 등장하는 곳은 이 대목으로, 「이야기」에는 이에 대한 암시가 없다. 폭풍우가 몰아치는 비냐마르의 바닷가에서 울모가 투오르에게 전하는 이야기 속에 이 문제에 대한 그의 생각이 담겨 있는데, 그 대목으로 이 문제를 마무리 짓고자 한다(LV 216~217쪽).

그리고 울모는 투오르에게 발리노르와 그 '어두워짐', 놀도르의 망명, 만도스의 심판, 그리고 '축복의 땅'의 은폐에 대해 들려주었다. "그러나 듣거라! (땅의 자손들이 칭하는바) 운명의 갑주에도 항상 틈이 있으며, 그대들이 종말이라 부르는 심판의 장벽도 완성되기 전까지는 뚫고 나갈 길이 있도다. 내가 존재하는 동안은 그렇게 될 것이니, 심판에 맞서는 은밀한 목소리가 있을 것이며, 어둠이 지배하는 곳에도 빛이 있으리라. 그렇기에 비록 이 어둠의 나날 동안 내가 형제들인 서녘 군주들의 뜻을 거스르는 것처럼 보일지라도, 이는 세상이 만들어지기 전부터 내게 부여된 소명일 따름이니라. 그러나 심판은 강력하며 대적의 그림자는 길어지고 있으니, 나의 힘은 쇠락하여 이제 가운데땅에서 은밀한 속삭임에 불과해지는구나. 서쪽으로 흐르는 물길은 메말라 가고, 샘에는 독이 서렸으며, 지상에서 나의 힘은 점차 후퇴하고 있도다. 이는 요정과 인간 들이 멜코르의 위세에 눈과 귀가 먼 탓이로다. 더구나 만도스의 저주가 종착점을 향해 치닫고 있어 놀도르가 이룩한 모든 것이 사라질 것이며, 저들이 쌓아 올린 모든 희망 또한 허물어지리라. 놀도르가 일찍이 바라지도 준비하지도 않았던 마지막 희망 하나만이 남아 있으니, 그 희망이 바로 그대 안에 있노라. 이는 내가 그대를 선택하였기 때문이니라."

이는 후속 질문으로 이어진다. 그는 왜 투오르를 선택한 것인가? 아니면 더 나아가 그는 왜 인간을 선택한 것인가? 두 번째 질문에 대한 답은 「이야기」 95~96쪽에 나와 있다.

아, 투오르가 낮은 언덕 사이에서 모습을 감추고 놀돌리 요정들이 그를 떠나간 뒤로 여러 해가 흘렀다. 하지만 시리온 강 변의 골짜기를 여기저기 돌아다니는 한 인간이 있다는 이상한 소문이—애매하면서도 서로 다른 내용으로—처음 멜코의 귀에 들어온 지도 역시 여러 해가 흘렀다. 그런데 멜코는 자신의 위세가 막강하던 시절에는 인간이란 종족을 그리 두려워하지 않았고, 이런 이유 때문에 울모는 멜코를 제대로 속이기 위해서는 인간들 가운데서 일꾼을 찾는 것이 낫다고 생각했다. 발라는 말할 것도 없고 엘다르나 놀돌리는 멜코의 감시망 밖에서 운신하기가 쉽지 않다고 판단하였기 때문이다.

그러나 훨씬 더 의미심장한 질문에 대한 답은 울모가 비냐마르에서 투오르에게 들려준 말속에 있다고 본다(LV 217~218쪽). 투오르가 "서녘의 고귀한 종족이 그렇게나 많고 용맹하기까지 한데 저 같은 유한한 생명의 인간 하나가 합류한들 큰 힘이 되지 못할 것입니다"라고 말하자 울모는 다음과 같이 대답한다.

> "후오르의 아들 투오르, 내가 그대를 보내기로 선택한 이 상, 그대의 검 한 자루 보태는 것이 무용한 일이 되게 하지 는 않을 것이다. 세월이 흘러도 요정들은 에다인의 용기를 언제나 기억할 것이며, 인간이 대지에서의 지극히 단명하 는 삶을 그토록 거리낌 없이 내놓을 수 있음에 경탄하게 될 것이니라. 내가 그대를 보내는 것은 단지 그대의 용기 때문 만은 아니니, 이 세상에 그대의 시야를 넘어서는 희망과, 어둠을 꿰뚫는 한 줄기 빛을 이 세상에 선사하기 위함이 니라."

그 희망은 무엇인가? 나는 그것이 「이야기」(77쪽)에서 울모가 그토록 경이로운 예지로 투오르에게 단언한 사건을 가리킨다고 믿는다.

> "[…] 확실한 것은 그대에게서 한 아이가 태어날 것이며, 세상 누구도 바닷속이든 저 하늘의 창공이든 극한의 깊이 를 그 아이보다 더 잘 아는 자는 없으리라는 걸세."

앞에서(위의 279쪽) 내가 언급한 대로 그 아이는 에아렌델이 었다.

울모의 예언, 곧 울모 자신이 전하고 투오르의 입으로 세상에 나온 "어둠을 꿰뚫는 한 줄기 빛"이 에아렌델이라는 사실은 의심의 여지가 없다. 그런데 사실 특이한 것은, 내가 "경이로운 예지"라고 이름 붙인 울모의 예언이 울모와는 별도로 이미 여러 해 전에 나온 표현임을 보여 주는 대목이 다른 곳에 있다는 것이다.

이 대목은 「회색 연대기」로 알려진 「벨레리안드 연대기」에 나오는데, 『반지의 제왕』의 완성 이후 시기에 나온 이 텍스트에 대해서는 「서사의 진화」 283쪽을 참조하기 바란다. 이 장면은 '한없는 눈물의 전투'에서 요정 왕 핑곤이 죽고 전투가 끝나 갈 즈음이다.

전투는 패배였지만 후린과 후오르는 하도르 가의 백성들과 함께 용감하게 버티고 있었고, 오르크들은 아직 시리온 통로를 확보하지 못하고 있었다. […] 후린과 후오르의 마지막 저항은 엘다르 사이에서는 인간의 조상들이 엘다르를 위하여 행한 모든 전공戰功 중에서 가장 널리 알려진 것이 되었다. 후린은 투르곤에게 이렇게 말했다. "폐하, 아직 시간이 있을 때 떠나십시오! 폐하는 핑골핀 가의 마지막 왕이시며, 폐하의 운명에 놀도르의 마지막 희망이 달려 있습니다. 곤돌린이 튼튼하고 안전하게 건재하는 한 모르고스는 언제나 마음속에 두려움이 남아 있을 것입니다."

"이제 곤돌린은 오랫동안 숨어 있을 수가 없네. 발각된 이상 무너지게 되어 있어." 투르곤은 그렇게 대답했다.

"하지만 잠깐 동안이라도 왕국이 지탱한다면," 후오르

가 말했다. "폐하의 가문에서 요정과 인간의 희망이 솟아날 것입니다. 폐하, 죽음을 목전에 두고 말씀드리고자 합니다. 우리는 여기서 영원히 헤어지고, 저는 다시 폐하의 흰 성벽을 보지 못하겠지만, 폐하와 저로부터 새로운 별이 솟아날 것입니다."

투르곤은 후린과 후오르의 충언을 받아들였다. 그는 핑곤의 군대와 곤돌린에서 온 전사들을 힘닿는 대로 모두 끌어모은 다음 산속으로 사라졌고, 후린과 후오르는 그들의 뒤에서 통로를 지키며 몰려오는 모르고스의 군대와 맞섰다. 후오르는 눈에 독화살을 맞고 쓰러졌다.

신들 가운데서 만웨 다음으로 가장 위대한 자—울모의 신성한 능력에 대해서는 아무리 높게 평가해도 지나치지 않다. 울모는 엄청난 지식과 예지뿐만 아니라, 다른 존재의 마음속으로 들어가 심지어 멀리서 그들의 생각과 그들의 인식에까지 영향을 끼치는 상상하기 힘든 능력을 지니고 있기 때문이다. 물론 그중에서 가장 놀라운 것은 곤돌린에서 투오르의 입을 빌려 말을 하는 순간이다. 이 발상은 「이야기」까지 거슬러 올라간다. "그곳에서 그대의 입으로 할 말을 내가 마련해 줄 것이며"(77쪽). 그리고 최종본(218쪽)에서는 투오르가 "투르곤께 어떤 말씀을 드려야 하는지요?"라고 묻자 울모가 대답한다. "그대가 투르곤을 만나면 그대의 마음속에서 말이 저절로 떠오를 것이며 그대의 입이 내가 하고자 하는 말을 읊을 것이다." 「이야기」(87쪽)에는 울모의 이 능력이 한 걸음 더 나아간다. "이에 투오르가 입을 열었고, 울모는 그의 마음에 담대함을, 그의 음성에는 위엄을 불어넣었다."

투오르를 위한 울모의 구상을 논하는 이렇게 복잡다단한 이야기 끝에 우리는 비냐마르에 당도하고, 여기서 그 신은 이 서사에서 두 번째로 등장하는데 이 대목은 「이야기」(74~75쪽 및 278~279쪽)에 나온 내용과는 전혀 다른 방식이다. 그는 이제 대하 시리온을 거슬러 올라와 갈대 사이에 앉아 음악을 연주하는 것이 아니라, 바다에서 거대한 폭풍우가 밀려오면서 "엄청나게 큰 키와 장엄한 풍채의 살아 있는 형체"로 파도 속에서 성큼 걸어 나오는데, 투오르의 눈에 그는 높은 왕관을 쓴 대왕의 풍모였다. 그리고 신은 "무릎 높이의 어두컴컴한 바닷속에 선 채" 인간에게 말을 한다. 그러나 투오르가 비냐마르에 이르기까지의 에피소드 전체는 이전의 원고에는 빠져 있었고, 최종본에 나오는 핵심 요소, 곧 투오르를 위해 투르곤의 집에 남겨 놓은 무구 이야기도 역시 빠져 있다(LV 213쪽과 284쪽 참조).

하지만 이 서사의 맹아가 일찍이 「이야기」 86~87쪽에 있었다는 사실 또한 수긍할 수 있는데, 투르곤이 자신의 궁정 문 앞에서 투오르를 맞이하는 장면이다. "어서 오라, 어둠의 땅의 인간이여. 오호라! 그대의 등장은 우리의 지혜서에 새겨져 있는바, 그대가 이곳에 당도할 때면 곤도슬림의 나라에 엄청난 일이 많이 일어날 것이라고 기록되어 있네."

최종본(221쪽)에서 놀도르 요정 보론웨는 서사에 처음 등장하는 장면에서부터 투오르와 울모의 이야기에 연결될 때까지 초기 텍스트(78쪽 참조)에서 등장하는 방식과는 완전히 다르다. 울모가 떠난 뒤,

> 투오르는 [비냐마르의] 가장 낮은 테라스에서 아래를 내려다보다가, 자갈과 해초 사이에서 바닷물에 흠뻑 젖은 회색 망토를 두른 채 담벼락에 기대선 어떤 요정을 발견했다. [...] 투오르는 그 자리에 서서 회색옷을 입은 말이 없는 인물을 바라보다가 울모가 한 말이 기억났고, 자신도 알지 못하는 이름이 입에서 튀어나와 큰 소리로 말했다. "어서 오시오, 보론웨! 기다리고 있었소."

울모의 다음 말은 그가 떠나기 전에 투오르에게 전한 마지막 말이다(LV 218쪽).

> "또한 옷세의 분노로부터 구출한 이를 그대에게 보내어 길을 안내하도록 할지니, 그는 '별'이 떠오르기 전 마지막으로 서녘을 찾아 떠나게 될 배의 마지막 선원이니라."

이 선원이 보론웨였고, 그는 비냐마르의 바닷가에서 투오르에게 자신의 이야기를 들려준다(LV 226~231쪽). 7년간 대해를 떠돈 그의 이야기는 그토록 강렬하게 바다에 매료되어 있던 투오르에게는 끔찍한 이야기였다. 하지만 임무 수행을 위해 떠나

기 전 보론웨는 이렇게 말한다(LV 227쪽 이하).

> 저는 도중에 길을 지체하고 말았습니다. 저는 가운데땅의
> 풍경을 둘러본 경험이 많지 않았는데, 하필 그해 봄에 난타
> 스린에 도착했던 것입니다. 투오르, 당신도 언젠가 시리온
> 강을 따라 남쪽으로 내려가 보면 알겠지만, 그 땅은 정말로
> 우리 마음을 매혹시키는 사랑스러운 곳이랍니다. […] 바
> 다를 향한 갈망이 치유되는 곳입니다.

「이야기」에 실려 있는 대로 투오르는 버드나무땅 난타스린의
아름다움에 매료되어 너무 오래 체류하였고, 또한 초기 원고에
있듯이 이는 울모의 방문 이유이기도 한데, 물론 이 일화는 이제
서사에서 모두 사라졌다. 하지만 완전히 없어진 것은 아니었다.
최종본에서 보론웨는 비냐마르에서 투오르에게 그 이야기를 하
고 있다. 그는 예전에 난타스린을 지나가다가 "무릎 높이까지
오는 풀숲에 서서" 그 매력에 사로잡힌 적이 있는데(LV 228쪽),
옛날 서사에는 버드나무땅에서 "무릎 높이까지 오는 풀숲에
서" 있는 인물이 투오르로 나온다(「이야기」 76쪽). 투오르와 보
론웨 모두 알지 못하는 꽃과 새와 나비 들에게 자신들이 지은 이
름을 붙여 주었다.

이 '서사의 진화'에서 우리는 다시 울모를 만날 예정이 없으
므로, 여기서 아버지가 당신의 작품 「아이누의 음악」(1930년대
후반)에 기록해 놓은 그 위대한 발라의 초상을 덧붙이고자 한다.

올모는 늘 바깥바다에 살면서 모든 바다의 흐름과 강의 행로와 샘의 채움과, 온 세상의 비와 이슬의 증류를 관장해 왔다. 그 깊은 곳에서 그는 위대하고 전율할 만한 음악에 생각을 부여하고, 그 메아리는 세상의 모든 물길 속을 왕래하며, 그 환희는 햇빛이 비치는 분수의 환희와 같으며, 그 분수의 우물은 세상의 바탕에 있는 까닭 모를 슬픔의 우물이다. 텔레리 요정들은 그에게서 많은 배움을 얻었고, 그런 까닭에 그들의 음악에는 슬픔과 매혹이 담겨 있다.

우리는 이제 서부의 끝에 있는 바닷가 네브라스트의 비냐마르에서 곤돌린을 찾아가는 투오르와 보론웨의 여정에 이른다. 이 여정에서 그들은 거대한 산맥 에레드 웨스린, 곧 어둠산맥의 남쪽 기슭을 따라 동쪽으로 향하는데, 이 산맥은 히슬룸과 서벨레리안드를 갈라 놓는 거대한 장벽을 이루고, 그리고 마침내 그들은 북에서 남으로 흐르는 대하 시리온에 당도한다.

「이야기」(79쪽)에 나오는 최초의 언급은 간단하게 "투오르와 보론웨[원래의 서사에서 보론웨는 그 도시에 산 적이 없다]는 오랫동안 곤도슬림이 숨어 있는 도시를 찾아 헤맸고, 여러 날 뒤 드디어 어느 산속에서 깊은 골짜기를 발견하였다"라고만 되어 있다. 놀랄 것도 아니지만 「스케치」에서도 마찬가지로 아주 간단하게(168쪽) "투오르와 브론웨그는 비밀 통로를 발견하고, 경비가 삼엄한 평원에 들어선다"로 서술되어 있다. 「퀜타 놀도린와」(185쪽) 역시 간단하다. "울모의 명에 따라 투오르와 브론웨는 북행의 여정을 시작하여 마침내 숨은 문에 당도하였다"고 되어 있다.

　이같이 간략한 언급에 비해, 최종본에는 인적이라고는 없는 야생에서 혹독한 바람과 살을 에는 서리 속에 투오르와 보론웨가 견뎌야 했던 끔찍한 나날들과 오르크 부대로부터의 도주, 야영, 독수리의 출현 등에 관한 서술이 있고, 이는 곤돌린의 역사에서 중요한 요소로 볼 수 있다. (이 지역의 독수리의 존재에 대해서는 「퀜타 놀도린와」 179쪽, LV 244쪽 참조.) 가장 주목을 요하는 것은 그들이 나로그강이 발원하는 이브린호수에 도착하는 대목인데(232~233쪽), 호수는 (보론웨가 '앙반드의 거대한 파충류'로 칭한) 용 글라우룽이 지나가며 오염되고 황폐해져 있었다. 여기서 곤돌린을 찾아가는 이들은 상고대의 가장 위대한 서사와 만나게 되는데, 그들의 눈에 장검을 빼어 들고 지나가는 장신의 남자가 들어왔고, 그의 칼날은 길고 검은색이었다. 그들은 검은 옷을 입은 이 남자와 대화를 하지는 않았고, 그가 '검은검' 투린 투람바르인 것 또한 알지 못했다. 투린은 나르고스론드의 약탈이 있은 뒤 북쪽으로 달려가던 중이었고, 그들은 이에 대해 들은 바가 없었다. "그렇게 처음이자 마지막으로 투린과 투오르 두 친족의 행로가 찰나의 순간에 겹치게 되었던 것이다." (투린의 아버지 후린은 투오르의 아버지 후오르의 형이었다.)

　(최종본은 여기서 멈추기 때문에) 우리는 이제 '서사의 진화'에서 마지막 단계에 이르렀다. 바로 은밀한 보호 속에 툼라덴평원으로 들어갈 때 목격하는 곤돌린의 첫 모습—바로 가운데땅 역사에서 명성이 드높은 '입구' 혹은 '관문'이다. 「이야기」(79쪽)

에서 투오르와 보론웨는 강의 "바닥이 암반으로 이루어진" 어떤 곳에 이르렀다. 아직 그런 이름이 붙어 있지는 않았지만 이곳은 브리시아크여울이었다. "무성하게 자란 오리나무가 장막처럼 가리는 지형"이지만, 강둑의 경사는 가팔랐다. 그곳 "녹색 벼랑"에서 보론웨는 "커다란 문 같은 출입구를 발견하는데 문의 양쪽은 가파른 경사가 나 있고, 전면은 빽빽한 관목과 무성하게 뒤엉킨 덤불이 가로막고 있었다."

이 입구(80쪽)를 지나서 그들이 들어선 곳은 캄캄하고 구불구불한 굴이었다. 굴속을 더듬거리며 전진한 끝에 그들은 멀리서 빛을 보았고, "그 희미한 빛을 향해 가다가 그들은 자신들이 들어온 문과 모양이 같은 문을 발견"하였다. 여기서 무장한 경비병들이 그들을 에워쌌고, 햇빛 속에 그들이 서 있는 곳은 가파른 언덕의 발치였다. 이 언덕은 원을 그리며 넓은 평원을 에워싼 형상을 하고 있었는데, 그 평원 안에 거대한 언덕이 홀로 우뚝 솟아 있고 그 꼭대기에 도시가 있었다.

「스케치」에는 물론 이 들어가는 장면에 대한 묘사가 없지만, 「퀜타 놀도린와」(178쪽)에는 이 대목이 '탈출로'에 대한 묘사로 나온다. 에워두른산맥에서 고도가 가장 낮은 지점에 곤돌린의 요정들은 "산맥의 바닥 밑으로 곡선으로 튼튼한 굴을 파는데, 출구가 있는 곳은 그 축복의 강[시리온강]이 흘러가는 협곡의 나무가 우거진 어두컴컴한 급경사지였다."「퀜타」(185쪽)에는 투오르와 브론웨(보론웨)가 숨은 문에 당도하였을 때 굴을 통과하여 "안쪽 입구에서" 체포된 것으로 나온다.

따라서 두 개의 "문"과 그 사이에 있는 굴은 아버지가 1930년

「퀜타 놀도린와」를 쓸 때는 이미 있었고, 아버지는 1951년 최종본의 기초를 잡을 때 이 구상을 바탕으로 하였다. 이 지점에서 둘의 유사성은 멈춘다.

하지만 아버지는 최종본(LV 243쪽 이하)에서 지형상 상당한 변화를 도입한 것을 알 수 있다. 입구가 더 이상 시리온강의 동쪽 강변에 있지 않고 어느 지류에서 시작하게 만든 것이다. 하지만 그들은 위험한 브리시아크여울 횡단을 감행했고 그곳은 독수리들이 출현하면서 경계가 강화되어 있었다.

> 여울 건너편에서 그들은 지금은 물이 흐르지 않지만 옛날에는 강의 바닥이었을 것으로 보이는 도랑에 이르렀다. 짐작건대 한때는 북부의 에코리아스산맥에서 흘러내린 급류가 지반을 깎아 이 깊은 도랑을 만들었고, 그곳의 돌들이 모두 시리온강으로 떠내려와 브리시아크여울이 된 것 같았다.
> 보론웨가 외쳤다. "절망적이었지만 결국 찾아냈군! 보십시오! 여기가 '마른강'의 어귀이고, 저쪽이 바로 우리가 가야 할 길입니다."

그러나 그 '길'은 돌이 가득 널려 있고 오르막 경사도 가팔랐다. 투오르는 보론웨에게 불평을 했고, 또한 이 볼품없는 도로가 곤돌린시로 들어가는 입구라는 사실에 경이로워하기도 했다.
몇 킬로미터를 더 걷고 그리고 하룻밤이 지난 뒤에야 마른강의 그 길은 그들을 에워두른산맥의 장벽으로 인도하였고, 입구로 들어간 그들은 마침내 거대한 적막의 공간으로 보이는 곳에 이르는데 그 속에서는 아무것도 볼 수 없었다. 투오르와 보론웨가 받은 이 음산한 접대는 가운데땅의 어느 글에서도 필적할 만한 곳을 찾아볼 수 없다. 광대한 어둠 속에서 눈부신 빛이 보론웨를 밝혔고, 차갑고 위협적인 심문의 목소리가 뒤를 따랐다. 살벌한 조회가 끝난 뒤 그들은 또 다른 입구 혹은 출구로 인도되었다.

「퀜타 놀도린와」(185쪽)에서는 투오르와 보론웨가 길고 구불구불하고 캄캄한 굴에서 나와서 경비병들에게 붙잡혔고, "멀리서 하얗게 반짝이며 평원을 찾은 새벽의 장밋빛에 물들어 있"는 곤돌린을 바라보았다. 따라서 이 시점의 기본 구상은 간단하게 요약된다. 드넓은 평원 툼라덴은 에코리아스산맥으로 완전히 둘러싸여 있고, 밖에서부터 이 산맥을 관통하는 굴이 나 있다. 하지만 최종본에서 투오르는 심문을 받은 장소를 떠나면서 그들이 서 있는 곳이 "어떤 협곡의 끝단"으로, "한 번도 목격하지도, 마음속으로 상상하지도 못한 형상이었다"고 밝힌다. 오르팔크 에코르란 이름의 이 협곡 위에는 긴 도로가 나 있고 그 중간중간에 웅장하게 장식을 한 거대한 관문들이 세워져 있고 최종적으로 일곱째 관문인 '대문'에 이르러 협곡의 정상에 도착하게 된다. 그제야 비로소 "하얀 눈밭에 둘러싸인 곤돌린의 풍경을 목도하였다." 그리고 엑셀리온이 투오르에 대해 "울모께서 몸소 보내신 자"가 분명하다고 말하는 곳도 바로 이곳

이며—이 말과 함께 『곤돌린의 몰락』의 마지막 텍스트도 마무
리된다.

결말

「이야기」의 원래 제목인 '투오르와 곤돌린의 망명자들' 뒤에 '에아렌델의 위대한 이야기로 이어짐'이라는 어구가 붙어 있었다고 앞에서(46쪽) 언급한 바 있다. 더 나아가 「곤돌린의 몰락」 뒤에 오는 '마지막 이야기'는 「나우글라프링 이야기」(실마릴을 박아 넣은 '난쟁이들의 목걸이')인데, 이 작품을 마무리하는 문장을 『베렌과 루시엔』 310쪽에 인용한 바 있다.

> 이렇듯 요정들의 모든 운명이 그때 한 가닥으로 엮였고, 그 가닥은 에아렌델의 위대한 이야기로 이제 우리는 그 이야기의 참된 시작점에 이르렀다.

「에아렌델의 이야기」의 '진정한 출발점'은 「곤돌린의 몰락 이야기」의 종결부(153쪽)를 뒤따르는 것이라고 가정할 수 있다.

곤돌린의 망명자들은 이제 대해의 파도를 바라보며 시리
온하구에 터를 잡았다. [...] 로슬림 가운데서 수려한 자 에
아렌델은 아버지의 집에서 날로 성장하였고, 투오르의 위
대한 이야기는 이제 막을 내린다.

하지만 '에아렌델의 잃어버린 이야기'는 만들어지지 않았다. 일
찍부터 많은 단상과 개요를 기록한 원고들이 있었고, 아주 초기
에 쓴 몇 편의 시도 있었다. 하지만 「곤돌린의 몰락」 이야기와
조금이라도 관련 있는 것은 거의 없다. 단편적인 문장들로 남은
이 개요는 서로 모순되는 점도 많아 이를 대놓고 논의하는 것은
이 두 책의 목표—'서사'의 진화 과정을 다루는 비교 역사—와 어
울리지 않는다. 한편, 곤돌린의 파괴에 관한 서사는 원래의 「이
야기」에 충분한 기록이 있는데, 생존자들의 역사는 상고대 역사
의 필수적 연장선에 놓여 있다. 따라서 나는 상고대 역사의 종말
에 관한 이야기가 나오는 두 편의 초기 서사—「신화 스케치」와
「퀜타 놀도린와」—로 돌아가기로 결정하였다. (다른 데서 말한 대
로, "「퀜타 놀도린와」가 아버지가 쓴 '실마릴리온'의 (「스케치」 이후)
유일한 완성본이라고 하는 것은 사실 이상하게 보일 것이다.")

이런 이유로 여기에 1926년에 작성된 「스케치」의 결말 부분
을 수록하고자 한다. 이 내용은 다음 문장(170쪽)에 뒤이어 나온
다. "[곤돌린 백성들 중] 남은 이들은 시리온강에 이르고 다시
그 하구—시리온 바다—에 있는 땅으로 내려간다. 모르고스의
승리는 이제 완성되었다."

「신화 스케치」의 결말

시리온하구에 살고 있던 디오르의 딸 엘윙은 곤돌린의 생존자들을 받아들였다. 이들은 바다를 터전으로 삼는 민족이 되어 많은 선박을 건조하고, 오르크들이 감히 나타나지 못하는 멀리 삼각주 지역에 나가서 산다.

윌미르[울모]는 발라들을 질책하며 남아 있는 놀돌리 요정과 실마릴 보석을 구해 내자는 청을 한다. 이제는 오직 실마릴 속에만 '두 나무'가 빛을 발하던 그 옛날 지복의 빛이 살아 있었던 것이다.

툴카스의 아들 피온웨가 이끄는 발라들의 아들들이 무리의 선두에 서고 모든 퀜디들이 행군에 참여하지만, 백조항구를 기억하는 소수의 텔레리 요정은 그들과 동행하지 않는다. 코르는 텅 빈다.

나이가 들면서 바다의 부름을 견딜 수가 없었던 투오르는 에아라메를 건조하여 이드릴과 함께 서녘으로 떠나고 그 후로 그들의 소식은 들려오지 않는다. 에아렌델은 엘윙과 혼인하는데, 그 역시 바다의 부름을 타고난다. 에아렌델은 윙겔롯을 건조하여 아버지를 찾아 항해를 떠나려 한다. 이 항해를 통해 바다와 여러 섬에서 윙겔롯이 겪은 놀라운 모험담이 만들어지는데, 에아렌델이 남부에서 웅골리안트를 죽인 이야기도 그 속에 들어 있다. 그는 고향으로 돌아오지만 시리온하구가 폐허로 변한 것을 발견한다. 페아노르의 아들들이 엘윙과 [베렌의 실마릴이 박혀 있는] 나우글라프링이 있는 곳을 알아내고 곤돌린 백성들을 공격했던 것이다. 페아노르의 아들들은 마이드로스와 마글로르를 제외하고는 모두 전투에서 목숨을 잃었고, 곤돌린의 마지막 백성들은 죽거나 그곳을 떠나 마이드로스의 백성들과 합류해야 했다. 마글로르는 바닷가에 앉아 후회하며 노래를 불렀다. 엘윙은 나우글라프링을 바닷속으로 던지고 그 뒤를 따라 자신도 바다로 뛰어들었다. 하지만 그녀는 윌미르에 의해 흰 바닷새로 변신하였고, 하늘로 날아올라 세상의 모든 바닷가를 돌아다니며 에아렌델을 찾는다.

그들의 아들 엘론드는 반은 인간이고 반은 요정인 어린아이지만, 마이드로스가 목숨을 살려 준다. 나중에 요정들이 서녘으로 돌아갈 때 엘론드는 자신의 절반인 유한한 생명의 인간 핏줄에 매여 지상에 남는 쪽을 택한다. […]

에아렌델은 시리온하구의 외딴집에 홀로 살고 있던 브론웨그로부터 이 상황을 전해 듣고 비탄에 사로잡힌다. 그는 브론웨그와 함께 윙겔롯에 올라타고 엘윙과 발리노르를 찾아 다시 항해를 떠난다.

그는 마법의 열도에 이르고 '외로운섬'을 거쳐 마침내 요정만에 당도한다. 코르언덕을 올라가 버려진 툰의 도로를 걸어가는 그의 온몸에 금강석과 보석의 가루가 덮인다. 그는 발리노르까지 더 들어갈 용기를 내지는 못한다. 에아렌델은 북쪽 바다에 있는 작은 섬에 탑을 세우는데, 세상의 모든 바닷새들이 그곳으로 날아온다. 그는 새들의 날개를 이용하여 하늘 위에까지 날아올라 엘윙을 찾지만, 태양에 그을리고 달에 쫓겨 마치 도망가는 별처럼 오랫동안 하늘을 유랑한다.

그다음에는 북부로 향한 피온웨의 진군과 '무시무시한 전투' 혹은 '최후의 전투'에 관한 이야기가 나온다. 발로그들은 모두 죽고, 오르크들도 죽거나 뿔뿔이 흩어졌다. 모르고스는 자신의 모든 용들과 함께 직접 마지막 전투를 치른다. 하지만 그들은 달아난 두 마리 용을 제외하고 모두 발라들의 아들들에게 죽임을 당했고, 모르고스도 거꾸러져 쇠사슬 앙가이노르에 포박당하고 그의 강철왕관은 목을 조이는 고리로 다시 만들어진다. 두 개의 실마릴이 회수된다. 그 싸움의 와중에 세상의 북부와 서부는 찢어지고 파괴되어 대지의 모양이 변경된다.

신과 요정 들은 인간들을 히슬룸에서 해방하고, 대지를 행군하며 살아남은 그노메와 일코린 들에게 합류를 명한다. 마이드로스의 백성들을 제외하고는 모두가 이를 따른다. 마이드로스는 예의 그 '맹세'로 인해 이제 마침내 슬픔에 짓눌려 있었지만, 맹세를 지킬 준비를 한다. 그는 피온웨에게 전갈을 보내어 맹세를 상기시키고 실마릴을 돌려줄 것을 요구한다. 피온웨는 페아노르의 악행과 디오르의 살해, 그리고 시리온의 약탈 때문에 그는 보석을 차지할 권리를 상실했다고 대답한다. 마이드로스는 항복을 하고 발리노르로 돌아가야 하며, 그들은 오직 발리노르에 가서 신들의 심판에 회부될 것이며 […].

마지막 진군을 하며 마글로르는 마이드로스에게 페아노르의 아들 둘이 남았고, 실마릴이 두 개가 있으니 하나는 자기 것이라고 주장한다. 그는 보석을 훔쳐 달아나지만 보석은 그의 손을 태웠고, 그리하여 자신은 이제 보석에 대한 권리가 없다는 것을 깨닫는다. 마글로르는 고통 속에 대지를 방랑하다가 실마릴을 불구덩이 속에 던져 버린다. 실마릴은 이제 하나는 바닷속에 또 하나는 대지에 남게 된다. 마글로르는 이제 바닷가에서 늘 슬픔 속에 노래를 부른다.

신들의 심판이 내려진다. 땅은 인간들에게 주어질 것이며, 외로운섬이나 발리노르로 떠나지 않은 요정들은 서서히 쇠잔하여 스러질 것이다. 한동안 마지막 용과 오르크 들이 대지를 슬픔에 빠뜨리겠지만, 결국 모두 용맹스러운 인간들에 의해 죽임을 당할 것이다.

모르고스는 '밤의 문'을 지나 '세상의 벽' 너머에 있는 바깥 어둠 속에 던져질 것이며, 그 문 앞에는 영원토록 감시자가 지키고 있을 것이다. 모르고스가 인간과 요정 들의 마음속에 심어 놓은 거짓말은 죽지 않을 뿐만 아니라 또 신들조차 모두 없앨 수 없어 오늘날까지도 살아남아 숱한 악행을 일으킨다. 일각에서는 또 모르고스나 그의 검은 그림자와 영이 발라들 모르게 세상의 벽을 넘어 북부와 동부로 잠입하여 세상에 출몰한다고 하지만, 어떤 이들은 이 자가 모르고스의 참모장 수Thû로, '최후의 전투'에서 도망쳐 여전히 어둠 속에 거하며 인간들을 타락시켜 두려운 마음으로 자신을 숭배케 한다고 한다. 세상이 훨씬 더 나이가 들어 신들도 지칠 때가 되면, 모르고스는 '문'을 통해 돌아올 것이며 문자 그대로 마지막 전투가 벌어질 것이다. 피온웨는 발리노르평원에서 모르고스와 싸움을 벌이고, 투린의 영이 그 옆에 함께할 것이다. 투린이 자신의 '검은검'으로 모르고스를 벨 것이며, 이로써 후린의 아이들에 대한 복수는 완성될 것이다.

그때가 되면 세 개의 실마릴은 바다와 땅과 하늘에서 회수되고, 마이드로스가 보석을 부수면 팔루리엔이 그 보석의 불로 '두 나무'를 재점화하여 위대한 빛이 다시 뿜어져 나올 것이다. 그 빛이 평평해진 발리노르의 산맥을 넘어 온 세상을 비추면, 신과 요정 들은 다시 젊어질 것이며 그들 중에서 죽은 자들이 모두 깨어날 것이다. 하지만 '그날'의 인간에 대해서는 아무런 예언이 존재하지 않는다.

그리하여 결국 마지막 실마릴은 하늘로 올라오게 되었다. 신들은 페아노르의 아들들의 행동 때문에—"많은 일이 일어날 때까지"—마지막 실마릴을 에아렌델에게 맡기기로 결정하였다. 마이드로스가 에아렌델에게 보내지고, 엘윙은 실마릴의 도움으로 발견되어 회복하게 된다. 에아렌델의 배는 발리노르 위의 '바깥바다'로 끌어올려지고, 에아렌델은 배를 해와 달보다 높이 바깥 어둠 속에 띄운다. 그리고 그는 이마에 실마릴을 달고 옆에는 엘윙을 앉히고 항해하면서 별 중에서 가장 빛나는 별이 되어 모르고스와 밤의 문을 계속 감시한다. 그리고 그는 발리노르평원에서 마지막 전투의 기운이 감지될 때까지 항해를 계속할 것이며, 그리고 그제야 하늘에서 내려올 것이다.

서쪽 세상의 북부 지역에서 벌어진, 세상의 날들 이전의 날들에 관한 이야기는 여기서 종착점에 이른다.

'제1시대' 역사에서 가장 복잡하고 애매한 지점인 '종착점'에 대해 본격적인 논의를 시작하게 되면 이 서사를 너무 멀리 끌고 가는 셈이 될 것이다. 따라서 여기서는 「신화 스케치」에 기록된 서사의 몇 가지 측면에 대해서만 언급하고자 한다. 아버지의 아주 초기 저작 중 이 주제와 관련하여 현재 남아 있는 극소수의 원고는 거의 대부분 도중에 중단된 것들로, 따라서 「스케치」의 내용은 실질적으로 완전히 새로운 특성들에 대한 최초의 증언에 해당하며, 실마릴의 운명이 마지막 전쟁 서사의 핵심적 내용으로 부상하는 것도 거기에 속한다. 이 점은 아버지가 아주 초기에 별도로 작성해 둔 메모에서 당신 스스로 물었던 질문으로 확인된다. "멜코의 체포 이후 실마릴은 어떻게 되었는가?"(사실 실마릴 보석들의 존재가 신화의 초기 구상에서 본질적으로 지니는 의의는 후기의 실제 서사 전개에 비해 훨씬 떨어진다고 할 수 있다.)

「스케치」의 설명을 보면 마글로르는 마이드로스에게 "페아노르의 아들 둘이 남았고, 실마릴이 두 개가 있으니 하나는 자기 것"이라고 주장한다(311쪽). 세 번째 것은 사

라지고 없는데, 왜냐하면 「스케치」에 "엘윙은 나우글라프
링을 바닷속으로 던지고 그 뒤를 따라 자신도 바다로 뛰어
들었다"고 되어 있기 때문이다(309쪽). 이 실마릴이 베렌
과 루시엔의 실마릴이었다. 강철왕관에서 떼어 낸 실마릴
은 피온웨가 지키고 있었는데, 마글로르가 이를 훔쳤다가
다시 불구덩이 속에 던져 넣었고 그리하여 "실마릴은 이제
하나는 바닷속에 또 하나는 대지에 남게 된다."(311쪽) 세
번째는 강철왕관에 박혀 있던 다른 실마릴로 신들은 에아
렌델에게 이것을 맡겼고, 그는 이마에 보석을 달고 "배를
해와 달보다 높이 바깥 어둠 속에 띄운다."

에아렌델이 이마에 달고 있다가 나중에 새벽별이 되고
저녁별이 된 보석이 바로 베렌과 루시엔이 앙반드의 모르
고스에게서 빼앗은 실마릴인데, 이 구상은 이 단계에서는
아직 확정된 것이 아니었다. 하지만 그렇게 바꾸어 놓고 보
면 이는 신화에서 필수불가결한 요소로 보인다.

반요정 에아렌델이 아직은 인간과 요정을 위하여 발라들
앞에 탄원을 올린 주인공이 아니라는 사실 또한 무척 놀
랍다.

「퀜타 놀도린와」의 결말

「퀜타」 인용으로는 두 번째인 이번 인용은 첫 번째 인용이
끝난 지점(192쪽)에서 시작한다. 이 시기에 도리아스와 곤
돌린의 파멸을 딛고 살아남은 요정들이 시리온하구에서
배를 만드는 작은 민족이 되었고, 거기서 그들은 "점점 해
안 가까이에 거주하면서 울모의 보호를 받으며" 살고 있는
것으로 되어 있다. 여기서는 앞에서와 같이(175~176쪽 참
조) 「퀜타」의 다시 쓴 텍스트 'Q II'를 끝까지 인용한다.

울모는 발리노르의 발라들에게 요정들의 어려운 처지를 이야
기한 다음, 그들을 용서하고 구원의 손길을 내밀어 모르고스의
압제로부터 요정들을 구해 내고 실마릴을 되찾자는 요청을 하
였다. '두 나무'가 아직 빛을 발하던 지복의 시절의 빛은 이제 실
마릴 속에만 빛나고 있기 때문이었다. 그노메들 사이에 이런 이
야기가 떠돌고 있었던 것인데, 그것은 그노메들이 나중에 자신

315

들의 친척인 빛의 요정 퀜디로부터 많은 소식을 전해 들었기 때문이다. 퀜디는 신들의 군주 만웨의 사랑을 받고 있어서 늘 그의 마음속 생각을 조금은 알고 있었던 것이다. 하지만 만웨는 움직이지 않았는데, 그의 마음속 생각을 어느 이야기에서 읽을 수 있겠는가? 퀜디 요정들은 때가 아직 이르지 않았다고 하면서, 요정과 인간의 대의를 위하여 한 인물이 직접 그들의 잘못에 대해 용서를 청하고 그들의 고통에 대해 연민을 청한다면 권능들의 마음을 움직일 수도 있다고 말했다. 페아노르의 맹세는 어쩌면 만웨조차도 해소할 수 없는 것이기 때문에, 맹세가 종착점에 이르러 페아노르의 아들들이 그동안 가차 없는 권리를 주장해 온 실마릴을 포기할 때만 가능한 일이었다. 실마릴을 밝히는 빛은 신들이 만든 것이었기 때문이다.

그즈음 투오르는 서서히 몸이 노쇠해지는 것을 느꼈고, 마음속으로 깊은 바다를 향한 갈망이 점점 더 강렬해졌다. 그리하여 그는 위대한 배 에아라메, 곧 '독수리의 날개'를 건조하여 이드릴과 함께 서녘을 찾아 석양 속으로 항해를 시작하였고, 더 이상 이야기와 노래에 등장하지 않았다. [이후의 추가 : 하지만 투오르는 유한한 생명의 인간들 중에서는 유일하게 첫째자손의 일원이 되어 자신이 사랑한 놀돌리에 합류하였다. 이후로 그는 늘 자신의 배 위에서 거주하는데(혹은 그런 이야기가 있는데), 그 배는 요정 땅의 바다를 항해하거나 톨 에렛세아의 요정 항구에 잠시 휴식을 취하였고, 이로써 그의 운명은 인간의 운명과 분리된다.] 빛나는 에아렌델은 당시 시리온 거민과 그들의 많은 선박을 관장하는 영주가 되어 아름다운 엘윙을 아내로 맞이하였으며, 그녀는 그에게 반요정 엘론드[>반요정이라 불리는 엘론드와 엘로스]를 낳아 주었다. 하지만 에아렌델은 쉬고 있을 수는 없었고, 이쪽땅[가운데땅] 해안을 떠도는 항해로는 그의 불안을 잠재울 수 없었다. 그의 마음속에 두 가지 목표가 싹을 틔웠고, 이는 드넓은 대양을 향한 갈망 속에 하나로 합쳐졌다. 즉 바다에서 항해를 계속하여 돌아오지 않는 투오르와 이드릴 켈레브린달을 찾는 일과, 또한 혹시라도 마지막 해안을 발견한다면 죽기 전에 요정과 인간의 청원을 서녘의 발라들에게 전하고자 하는 목표가 그것이었다. 이 전갈은 발리노르의 신들과 툰의 요정들의 마음을 움직여 세상에 대해 또 인간의 슬픔에 대해 연민을 베풀 것을 청하기 위함이었다.

그는 윙겔롯, 곧 '거품꽃'이란 이름의 배를 건조하였고, 이 배는 노래 속에 전해 오는 가장 아름다운 배였다. 배의 선재는 은빛 달처럼 흰색에, 노는 황금빛, 돛대에서 내린 밧줄은 은빛이며, 돛대 꼭대기에는 별처럼 보석이 달려 있었다. '에아렌델의 노래'에는 전인미답의 대양과 대지, 많은 바다와 섬에서 그가 벌인 숱한 모험담이 담겨 있다. 그는 남부에서 웅골리안트를 죽이고 그녀의 어둠을 절멸시켜 오랜 세월 동안 숨겨져 있던 많은 지역에 빛이 찾아들었다. 하지만 엘윙은 집에 앉아 슬픔에 잠겨 있었다.

에아렌델은 투오르도 이드릴도 찾지 못하였고, 그림자와 미혹에 패퇴하고 몸서리치는 맞바람에 밀려 발리노르로 향하는 여정에 들어서지도 못한 채 결국 엘윙을 향한 그리움 때문에 동쪽으로 배를 돌려 고향으로 향했다. 그의 꿈속에 갑자기 공포가 엄습하면서 에아렌델의 마음은 더욱 급해졌다. 전에는 그가 힘들게 버텨야 했던 바람이 이제는 기대한 만큼 힘차게 그의 등을 밀어 주지 않았다.

시리온의 항구에는 새로운 재앙이 찾아와 있었다. 엘윙이 나우글라미르와 찬란한 실마릴을 여전히 간직한 채 거주하고 있던 그곳의 저택이, 남아 있는 페아노르의 아들들, 곧 마이드로스와 마글로르, 담로드와 디리엘에게 알려졌던 것이다. 형제들은 유랑하던 사냥꾼의 길에서 함께 회동을 한 뒤, 친교의 의미와 함께 엄중한 요구가 담긴 전언을 시리온에 보냈다. 그러나 엘윙과 시리온 주민들은 그 보석을 넘겨줄 생각이 없었다. 베렌이 구해 내고 루시엔이 달고 있던, 그리고 그 때문에 아름다운 디오르가 목숨을 잃었던 바로 그 보석이었다. 더욱이 그들의 영주 에아렌델은 항해 중이었고, 그들은 그 보석 속에 그들의 가문과 선박에 찾아온 지복과 치유의 선물이 담겨 있다고 생각했던 것이다.

그리하여 요정에 의한 요정의 살육, 그 마지막의 가장 잔혹한 살육이 벌어진다. 저주받은 맹세가 초래한 세 번째 만행이었다. 페아노르의 아들들이 곤돌린의 망명자들과 도리아스의 생존자들을 공격하여 그들의 목숨을 빼앗았던 것이다. 요정들 중의 일부는 공격에 참여하지 않았고, 또 일부는 자신들의 영주에 반발하여 엘윙의 편에서 그녀를 도와주기도 했지만(그 당시 요정들의 마음속 슬픔과 혼란은 그토록 심했다), 결국 마이드로스와 마글로르가 승리를 거두었다. 이제 페아노르의 아들들 중에서는 그들만 남게 되는데, 담로드와 디리엘이 그 전투에서 목숨을 잃었기 때문이다. 하지만 시리온 주민들은 목숨을 잃거나 달아나거나,

아니면 어려운 상황에서 마이드로스 백성들과의 합류를 택하기도 했는데, 이는 마이드로스가 이제 이쪽땅 모든 요정의 군주임을 선언하였기 때문이다. 그렇지만 마이드로스는 아직 실마릴을 손에 넣지 못했다. 모두가 죽고 아들 엘론드마저 포로로 잡힌 것을 본 엘윙이 마이드로스의 군대를 피해 달아났고, 나우글라미르를 가슴에 단 채 바다로 몸을 던져 죽음을 맞았기—모두들 그렇게 생각하였다—때문이다.

그러나 울모는 그녀를 들어 올려 커다란 흰 새의 모습을 덧씌워 주었고, 사랑하는 에아렌델을 찾아 바다 위를 날아가는 그녀의 가슴에는 빛나는 실마릴이 별처럼 반짝이고 있었다. 어느 날 밤 키를 잡고 있던 에아렌델은 새 한 마리가 자신을 향해 날아오는 것을 발견하는데, 그 모습이 마치 엄청난 속도로 달 밑을 스쳐 가는 흰 구름과도 같고, 희한한 행로로 움직이는 바다 위의 별과도 같으며, 폭풍의 날개에 달린 창백한 불꽃과도 같았다. 노래 속에 전하는 바로는 새는 하늘 위에서 윙겔롯의 선재 위로 거의 기절한 채로 떨어지는데, 얼마나 급하게 떨어졌는지 거의 죽을 지경이었고, 그래서 에아렌델은 그 새를 가슴에 꼭 껴안았다. 아침이 되어 그는 원래의 모습으로 돌아온 아내가 머리칼을 그의 얼굴에 얹은 채 옆에 있는 것을 보고 눈이 휘둥그레졌다. 그녀는 잠들어 있었다.

시리온항구가 파괴되고 포로로 잡힌 아들이 죽었을지도 모른다는 생각에 에아렌델과 엘윙의 슬픔은 무척 깊었다. 그들은 아들이 죽었을지도 모른다는 생각에 두려움에 떨었으나 사실 그렇지는 않았다. 왜냐하면 마이드로스가 엘론드를 불쌍히 여겨 그를 잘 돌보아 주었고, 전혀 예상 밖으로 그들 사이에 사랑이 싹터 올랐기 때문이다. 하지만 마이드로스는 끔찍한 맹세의 부담 때문에 마음이 아프고 지쳐 있었다.

> [이 대목은 이렇게 수정되었다.
> 시리온항구가 파괴되고 아들들이 포로로 잡힌 까닭에 에 아렌델과 엘윙의 슬픔은 무척 깊었다. 그들은 아들들이 죽 었을지도 모른다는 생각에 두려움에 떨었으나 사실 그렇 지는 않았다. 왜냐하면 마글로르가 엘로스와 엘론드를 불 쌍히 여겨 그들을 잘 돌보아 주었고, 전혀 예상 밖으로 그 들 사이에 사랑이 싹터 올랐기 때문이다. 하지만 마글로르 는 마음이 아프고 지쳐 있었다, 등등.]

하지만 에아렌델은 이제 시리온 땅에서는 아무런 도움을 기대할 수 없다는 것을 깨달았고, 절망 속에서도 방향을 바꾸어 고향으로 가지 않고 엘윙과 함께 다시 발리노르를 찾아 나서기로 결심하였다. 그는 이제 늘 뱃머리에 올라서 있었고, 그의 이마에는 실마릴이 달려 있었으며, 서녘 가까이 갈수록 실마릴은 더욱 환한 빛을 내뿜었다. 일찍이 텔레리의 배를 제외하고 어느 배도 들어가지 못한 바다에 그들이 들어설 수 있었던 것은 아마도 부분적으로는 그 신성한 보석의 힘 덕분이었던 것으로 보인다. 그들은 '마법의 열도列島'에 들어섰으나 마법을 피해 나왔고, '그늘의 바다'에 들어가서도 그 그늘을 빠져나왔다. 그들은 '외로운 섬'을 보고도 거기서 지체하지 않았고, 마침내 세상의 경계에 있는 '요정나라의 만'[>요정 고향의 만]에 닻을 내렸다. 텔레리 요정들은 배가 들어오는 것을 보았고, 멀리서 실마릴의 빛을 보고 깜짝 놀랐다. 무척이나 찬란한 빛이었던 것이다.

그러나 에아렌델은 살아 있는 인간으로서는 혼자 불사의 땅 해안에 발을 내디뎠다. 신들의 진노 앞에 쓰러질 것을 우려하여, 엘윙이나 그의 작은 무리 중에서 누구도 그와 동행하는 것을 허락하지 않았다. 그가 당도한 시간은 먼 옛날 모르고스와 웅골리안트가 갔을 때처럼 축제의 기간이었다. 퀜디는 대부분 틴드브렌팅의 고원 위에 있는 만웨의 궁정에 가 있었기 때문에 툰언덕 위에 감시병은 많지 않았다.

그리하여 감시병들은 황급히 발마르로 달려가거나, 언덕을 넘는 고개 위에 몸을 숨겼고 발마르의 모든 종이 울렸다. 하지만 에아렌델은 신비로운 코르언덕을 올라가서 그곳이 텅 비어 있는 것을 발견했고, 툰의 거리로 들어섰으나 그곳 역시 비어 있었다. 그는 가슴이 철렁했다. 에아렌델은 이제 인적이 끊어진 툰의 거리를 걷고 있었고, 그의 옷과 신발에 묻은 먼지는 금강석 가루였지만, 그가 부르는 소리에는 아무도 대답하지 않았다. 그리하여 그는 해안으로 돌아가서 자신의 배 윙겔롯에 다시 오를 생각을 하는데, 해변을 걸어오던 한 인물이 그를 향해 소리쳤다. "어서 오라, 에아렌델, 가장 빛나는 별이요, 가장 아름다운 사자여! 어서 오라, 에아렌델, 해와 달 이전의 빛을 가진 자여! 기다렸으나 예기치 않게 나타난 자요, 애타게 찾았으나 절망하였을 때 나타난 자여! 어서 오라, 그대 세상의 자손들의 영광이며, 어둠을 절멸한 자여! 황혼의 별이여, 어서 오라! 아침의 전령관이여, 어서 오라!"

목소리의 주인공은 다름 아닌 만웨의 아들 피온웨였고, 그는 에아렌델을 신들 앞으로 인도하였다. 에아렌델은 발리노르로 들어가 발마르의 궁정에 이르렀고, 이후 다시 인간들의 땅에 돌아오지 않았다. 하지만 에아렌델은 신들의 면전에 두 종족의 전언을 올려 그노메들에게는 용서를, 망명 요정들과 불운한 인간들에게는 연민을 베풀어 어려운 처지의 그들을 도와줄 것을 청했다.

그리하여 발라들의 아들들은 전투를 준비하였고, 그 군대의 대장은 만웨의 아들 피온웨였다. 그의 흰 깃발 밑에 잉궤의 백성인 빛의 요정 퀜디의 군대가 모였고, 그들 중에는 예전에 발리노르를 떠나지 않았던 그노메들도 있었다. 하지만 백조항구를 기억하고 있는 텔레리 요정들은 극소수를 제외하고는 출정하지 않는데, 이들은 전군이 북부의 땅으로 항해할 때 이용한 선박에 인력을 제공하였다. 하지만 그들은 절대로 북부의 해안에 상륙하지는 않으려고 했다.

* 에아렌델이 그들의 안내자였지만, 신들은 그에게 다시 돌아오는 것을 허용하지 않았다. 그리하여 그는 '분리의 바다'(대해 벨레가에르를 가리킴—역자 주) 북부에 있는 바깥세상의 영역에 흰 탑을 세웠고, 지상의 모든 바닷새들이 가끔씩 그곳을 찾아왔다. 엘윙은 새의 형체와 모습을 하고 있을 때가 많았다. 그녀는 에아렌델의 배를 위하여 날개를 고안하였고, 그리하여 배는 공중의 바다 위로 높이 떠올랐다. 하늘 위에 피어난 별빛의 꽃이요, 팔랑거리는 신성한 불꽃을 실은 그 배는 경이로운 마법의 배

였다. 지상의 종족들은 멀리서 배를 바라보며 경탄하였고, 절망 속에서도 하늘을 쳐다보며 실마릴이 하늘에 있는 것이 분명하며, 서녘에서 새 별이 떠올랐다고 말했다. 마이드로스가 마글로르에게 말했다.

[* 표시 이후의 대목은 다음과 같이 다시 작성되었다.
그 당시 에아렌델의 배는 신들에 의해 세상의 가장자리 너머로 인도되었고, 심지어 공중의 바다 위로 끌어 올려졌다. 그 배는 경이로운 마법의 배였다. [… 등등. 앞의 내용과 같음] 서녘에서 새 별이 떠올랐다. 하지만 엘윙은 에아렌델 때문에 슬퍼하였지만 다시 그를 보지 못했고, 그들은 세상이 끝날 때까지 떨어져 있게 된다. 그리하여 엘윙은 분리의 바다 북부에 있는 바깥세상의 영역에 흰 탑을 세웠고, 지상의 모든 바닷새들이 가끔씩 그곳을 찾아왔다. 엘윙은 자기 힘으로 날개를 고안하였고, 에아렌델의 배까지 날아오르고자 했다. 그러나 [판독 불가 : ?그녀는 떨어졌다. …] 그러나 불꽃이 하늘 높이 나타나자 마글로르는 마이드로스에게 말했다.]

"실마릴이 바닷속으로 떨어지는 것을 우리 눈으로 보았는데, 그 바다에서 어떤 신성한 힘으로 솟아오른 저것이 실마릴이라면, 우린 기뻐하도록 합시다. 이제 그 영광을 많은 이들이 보게 되었으니까." 그리하여 희망이 솟아오르고 더 나아질 것이라는 약속이 생겨났다. 하지만 모르고스는 의심이 더 깊어졌다.

그럼에도 모르고스는 서녘에서 그를 공격하러 오리라고 예상하지는 못했던 것으로 보인다. 과도한 자만 끝에 그는 아무도 그에게 공개적으로 다시 싸움을 걸어오지 않을 것으로 판단했던 것이다. 더욱이 그는 자신이 그노메를 신들과 다른 요정족들로부터 영원히 떼어 놓았으며, 발라들은 축복의 땅에 만족한 채 바깥세상에 있는 자신의 왕국에 더는 관심을 기울이지 않을 것이라고 생각했다. 연민의 의미를 알지 못하는 그로서는 연민이 지닌 힘을 계산할 수 없는 법, 엄중한 분노의 잉태와 산을 뒤엎는 벼락의 점화는 연민에서 비롯되는 것이다.

북부로 진군한 피온웨의 군대에 대한 언급은 많지 않다. 이쪽 땅에 살면서 고난을 당하고 또 이 이야기를 기록한 요정들 중에는 그의 군대에 들어간 이들이 아무도 없었기 때문이다. 그리고 그들은 이 소식도 오랜 세월이 흐른 뒤 발리노르의 빛의 요정인 그들의 동족들로부터 전해 들었을 뿐이다. 하지만 피온웨가 나타나자 그의 나팔 소리가 천지를 진동시켰고, 그는 히슬룸의 모든 인간과 요정을 동부로 불러 모았다. 벨레리안드는 그의 군대의 위용으로 찬란하게 이글거렸고, 온 산이 요동을 쳤다.

서녘의 군대와 북부 세력의 회전會戰은 대전투 혹은 '끔찍한 전투', '분노와 천둥의 전투'로 명명되었다. '증오의 왕좌' 휘하의 모든 군대가 참전하였고, 그들의 수는 셀 수조차 없이 많아서 도르나파우글리스를 덮고도 남을 정도였으며, 북부의 온 땅이 전화에 휩싸였다. 그래 봤자 아무 소용이 없었다. 발로그들은 궤멸되었고 무수한 오르크 군단은 화염 속의 밀짚처럼 사라졌으며, 불바람 앞에 오그라드는 낙엽처럼 흩날렸다. 먼 훗날까지 살아남아 세상을 괴롭힌 오르크는 얼마 되지 않았다. 히슬룸에 살던 많은 인간은 악의 하수인 노릇을 한 행적을 후회하며 용감하게 싸웠다고 하며, 그들 말고도 많은 인간이 동부에서 나타났다. 이렇게 하여 울모의 예언이 부분적으로나마 성취되었다. 왜냐하면 투오르의 아들 에아렌델에 의해 요정들에게 도움의 손길이 왔고, 인간들의 검으로 인해 전장에서 요정들의 무력이 강화되었기 때문이다. [이후의 추가 : 그러나 대부분의 인간, 특히 동부에서 온 자들은 대적의 편에 섰다.] 그러나 모르고스는 겁을 먹었고, 직접 나타나지는 않은 채 최후의 공격을 감행하는데, 그것은 날개 달린 용들이었다. [이후의 추가 : 그의 잔인한 생각으로 만들어 낸 이 짐승들은 아직까지 공중으로 공격한 적은 없었다.] 이 군단의 기습은 마치 강철의 날개를 단 백 개의 천둥이 만들어 낸 폭풍처럼 불시에, 순식간에, 잔혹하게 전개되었고, 피온웨는 뒤로 물러설 수밖에 없었다. 하지만 에아렌델이 나타나면서 수많은 새들이 그와 함께하였고, 전투는 승부를 알 수 없이 밤새 지속되었다. 에아렌델은 용들 가운데서 최강자인 흑룡 앙칼라곤의 목숨을 빼앗아 하늘 밑으로 내던졌고, 용이 떨어지면서 상고로드림의 성탑도 무너져 내렸다. 그리하여 둘째 날의 태양이 솟아오르자 발라들의 아들들이 승리를 거두었고, 용들은 동부로 달아난 두 마리를 제외하고는 모두 궤멸되었다. 모르고스의 토굴은 모두 덮개가 벗겨져 파괴되었고, 피온웨의 군대는 땅속 깊은 곳까지 쳐들어가는데 거기서 모르고스는 거꾸러졌다.

['거기서 모르고스는 거꾸러졌다'는 어구는 폐기되고 아래 내용으로 대체되었다.

거기서 모르고스는 마침내 궁지에 몰렸으나 용감하게 나서지는 못했다. 그는 자신의 토굴 가장 깊은 곳으로 달아나 화친과 용서를 청했다. 하지만 그의 발이 잘려 나가고 얼굴이 땅에 처박혔다.]

그들은 오랫동안 준비해 둔 쇠사슬 앙가이노르로 모르고스를 결박하였고, 그의 강철왕관을 부수어 목을 죄는 고리를 만들고 그의 머리를 굽혀 무릎에 붙였다. 피온웨는 남아 있던 두 개의 실마릴을 빼앗아 잘 보관하였다.

이렇게 북부 앙반드의 권력과 재앙은 종말을 맞이하였고, 절망 속에 노예로 잡혀 있던 많은 이들이 밝은 세계로 나와 엄청난 변동이 벌어진 세상을 목격하였다. 왜냐하면 모르고스를 상대한 적군의 분노는 실로 엄청난 것이었고, 그리하여 서부 세계의 북부 지역은 땅이 갈라지고 찢어지면서 그 틈새로 바다가 올라오고 무지막지한 굉음과 함께 혼돈이 발생했기 때문이다. 강들은 사라지거나 새로운 물길을 찾았고, 계곡이 솟아오르고 언덕이 내려앉았다. 시리온강은 이제 흔적도 없어졌다. 그 파괴의 시기에 목숨을 건진 인간들은 먼 곳으로 달아났고, 그들이 옛날 벨레리안드가 있던 곳으로 산맥을 넘어 찾아오기까지는 오랜 시간이 흘러야 했다. 물론 그 전쟁 이야기가 기억 속에 가물거릴 만큼 희미해진 뒤에야 가능했다.

그러나 피온웨는 서부 지역을 행군하면서 남아 있는 그노메들과 발리노르를 보지 못한 검은요정들에게 풀려난 노예들과 합류하여 가운데땅을 떠날 것을 지시했다. 하지만 마이드로스는 이를 따르지 않으려 했고, 이제 몸도 지치고 의욕도 없고 절망적인 심경이었지만, 그럼에도 불구하고 자신이 맹세한 임무를 수행할 준비를 하고 있었다. 마이드로스와 마글로르는 비록 세상에 둘뿐이었지만, 실마릴을 얻기 위해서라면 그들을 가로막는 그 누구와도, 심지어 승리자 발리노르 군대와도 싸움을 벌였을 것이다. 그들은 피온웨에게 전갈을 보내어 먼 옛날 모르고스가 페아노르에게서 훔쳐 간 보석을 돌려줄 것을 요구했다. 하지만 피온웨는 그들의 손으로 만든 작품에 대한 권리가 이전에는 페아노르와 그의 아들들에게 있었으나 이제는 없어졌다고 대답했다. 그들이 스스로 한 맹세로 눈이 가려져 많은 악행을, 특히 디오르를 죽이고 엘윙을 공격하였기 때문이라는 것이었다. 따라서 실마릴의 빛은 애당초 그 기원이 된 신들에게 돌아가야 하며, 마이드로스와 마글로르는 발리노르로 돌아가 신들의 심판을 기다려야 한다고 했다. 피온웨도 오직 신들의 명에 의해서만 보석을 자기 손에서 내놓을 수 있을 따름이었다.

마글로르는 슬픈 마음이 가득하여 그 명령에 복종할 생각이 있었고, 그래서 이렇게 말했다. "우리가 맹세할 때 때가 오기를 기다려서는 안 된다는 이야기는 없었지요. 혹시 발리노르에 가면 모든 것을 용서받고 기억 속에서 사라질 수도 있는데, 그렇게 되면 우리는 원래대로 돌아갈 수도 있지 않을까요." 하지만 마이드로스는 일단 돌아가더라도 신들의 호의가 중단되고 나면,

맹세는 맹세대로 남아 절망 속에 더 무거운 짐이 될 것이라고 했다. "만약 우리가 권능들의 땅에서 그들을 거역하거나 아니면 그 '보호받은 땅'에서 다시 전쟁이라도 일으키려고 했을 때, 우리에게 얼마나 끔찍한 운명이 닥쳐올지 누가 알겠느냐?" 결국 마이드로스와 마글로르는 피온웨의 숙영지로 잠입하여 실마릴을 탈취하고 경비병을 죽였다. 그리고 거기서 죽을 때까지 싸울 작정을 하였다. 하지만 피온웨는 자기 부하들을 만류하였고, 그래서 형제는 먼 곳으로 달아났다.

두 요정은 실마릴이 하나는 사라지고 둘이 남았고, 형제도 둘이 남았다고 하며 각자 하나씩 나눠 가졌다. 하지만 보석은 마이드로스의 손을 태우며 참을 수 없는 고통을 주었다(그리고 그는 앞에서 말한 대로 손이 하나밖에 없었다). 그리고 그는 피온웨가 말한 대로 보석에 대한 자신의 권리는 사라지고 맹세도 아무 소용이 없다는 것을 깨달았다. 고통과 절망에 사로잡힌 마이드로스는 불길이 널름거리는 깊은 구렁에 몸을 던져 일생을 마감했고, 그가 지니고 있던 실마릴도 대지의 품속으로 들어갔다.

마글로르 또한 실마릴이 주는 고통을 견디다 못해 결국 보석을 바다에 던져 버렸고, 그 자신은 이후로 바닷가를 떠돌면서 파도를 바라보며 고통과 회한 속에 노래를 부른 것으로 전해진다. 마글로르는 고대의 가수들 중에서 가장 뛰어난 인물이었으나, 결코 요정들 사이로 다시 돌아가지 않았다.

그즈음에 서쪽 바다의 해안에서는 엄청난 선박 건조 작업이 이루어지는데, 특히 북부 지역이 파괴될 때 옛날 벨레리안드 땅으로 만들어진 큰 섬들이 중심지였다. 그노메들과 검은요정들로 구성된 서부 군대의 생존자들은 그곳에서 여러 척의 배를 타고 서녘을 향해 닻을 올렸고, 다시는 눈물과 전쟁의 땅으로 돌아오지 않았다. 하지만 빛의 요정들은 승리한 피온웨의 무리 뒤를 따라 자신들의 왕의 깃발 아래 귀향 행군을 하여 의기양양하게 발리노르로 돌아갔다. [이후의 추가 : 하지만 돌아가면서도 그들의 기쁨은 미미했는데, 실마릴이 없었기 때문이다. 세상이 파괴되어 다시 만들어지지 않는 한 그 보석을 다시 찾을 수는 없었다.] 서녘에 온 그노메와 검은요정 들은 대부분 동쪽과 서쪽이 모두 보이는 외로운섬 톨 에렛세아에 다시 정착하는데, 이 섬은 무척 아름다운 곳이 되었고 지금도 그러하다. 하지만 일부는 발리노르까지 들어갔는데, 원하는 자는 모두 그렇게 할 수 있었기 때문이다. 그노메들은 다시 만웨의 사랑과 발라들의 용서를 받을 수 있었고, 텔레리도 과거의 통탄스러운 사건을 용서하여 저주는 마침내 잠잠해졌다.

하지만 그들 모두가 오랫동안 고통을 겪으며 살아온 바깥땅을 버리고 떠난 것은 아니었고, 일부는 오랜 세월 동안 서부와 북부, 특히 서부의 도서 지역에 남아 있었다. 이들 중에는 앞서 이야기한 대로 마글로르가 있었고, 그와 함께 반요정 엘론드도 있었다. 엘론드는 나중에 인간들 속으로 다시 돌아오는데, 오직 그를 통해서만 첫째자손의 혈통과 발리노르의 신성한 자손이 인간들 속으로 들어왔던 것이다(그는 싱골과 멜리안의 딸인 루시엔의 아들인 디오르의 딸 엘윙의 아들이었던 것이다. 그의 아버지 에아렌델은 곤돌린의 아름다운 여인 이드릴 켈레브린달의 아들이었다.).

하지만 세월이 흐르며 요정들이 지상에서 희미해져 가고 있어도, 그들은 여전히 저녁이면 우리 서쪽 해안에서 항해를 떠나곤 했다. 그들의 외로운 무리가 거하던 어느 곳에도 이제 남아 있는 이들은 거의 없지만, 지금도 여전히 그들은 항해를 떠난다.

피온웨와 발라들의 아들들이 발마르에 돌아왔을 때 신들이 내린 판결은 다음과 같다. 앞으로 바깥땅은 세상의 둘째자손인 인간들의 영토가 될 것이며, 서녘으로 들어가는 관문은 오직 요정들에게만 열어 놓을 것이다. 만약 요정들이 서녘으로 오지 않고 인간들의 세상에 머무른다면, 그들은 서서히 희미해지고 스러질 것이다. 엘달리에가 인간들로부터 분리되고 떨어져야 한다는 사실, 이것이 모르고스가 뿌려 놓은 거짓말과 악행의 가장 통탄스러운 결과물이다. 한동안 모르고스의 오르크와 용 들은 다시 어두운 곳에서 번식하며 세상을 공포로 사로잡았고, 지금도 많은 곳에서 이런 일이 벌어진다. 하지만 종말이 오기 전에 모두가 유한한 생명의 용감무쌍한 인간들에 의해 죽음을 맞을 것이다.

그러나 신들은 모르고스를 '영겁의 밤의 문'을 통해 '세상의 벽' 너머에 있는 '공허' 속에 집어 던졌고, 문 앞에는 늘 감시원이 서 있으며 창공의 누벽 위에서는 에아렌델이 감시하고 있다. 하지만 멜코, 곧 강력한 자이며 저주받은 자 모엘레그, 끔찍한 어둠의 권능 모르고스 바우글리르가 요정과 인간의 마음속에 뿌려 놓은 거짓말은 모두 소멸되지는 않았고, 신들에 의해 제거되지도 못한 채 지금 이날까지도 많은 악행을 저지르고 있다. 어떤 이들은 모르고스가 이따금 볼 수도 느낄 수도 없는 그러나 악의로 가득 찬 구름처럼, 은밀하게 '벽'을 넘어 기어들어 세상을 찾아온다고 한다. * 하지만 다른 이들은 이것을 모르고스가 만든 수의 검은 그림자라고 하는데, 그는 '끔찍한 전투' 당시 도주한 자로 지금은 어두운 곳에 살며 인간을 타락시켜 자신의 끔찍한 동맹에 끌어들이거나 자신에게 추악한 숭배를 바치게 한다.

> [* 표시 이후의 대목은 다음과 같이 다시 작성되었다.
> 하지만 다른 이들은 이것을 사우론의 검은 그림자라고 하는데, 그는 모르고스를 섬기는 자로 그의 하수인들 중에서 가장 강력하고 가장 사악한 자이다. 사우론은 대전투에서 도주해 어두운 곳에 살며 인간을 타락시켜 자신의 끔찍한 동맹에 끌어들이거나 자신에게 추악한 숭배를 바치게 했다.]

신들의 승리 이후 에아렌델은 여전히 하늘의 바다에서 항해를 하고 있었지만, 하늘 위에서는 태양이 그를 그을리고 달은 사냥하듯 그를 쫓았다. 그리하여 발라들은 그의 흰 배 윙겔롯을 발리노르 땅 위로 끌고 와서 배를 환한 빛으로 가득 채우고 축성한 다음 '밤의 문' 속으로 띄웠다. 그리하여 에아렌델은 별 하나 없는 광대무변 속으로 항해하였고, [삭제 : '엘윙을 옆에 두고', 323쪽의 수정 대목 참조] 세상 바깥의 어둠 속을 항해하는 그의 이마 위에는 실마릴이 희미한 망명자 별처럼 깜빡거렸다. 그리고 에아렌델은 언제나 돌아와 해와 달의 길 뒤쪽에서 신들의 성벽 위를 비추고 있으며, 다른 어떤 별보다 빛나는 하늘의 항해자가 되어 모르고스를 감시하며 세상의 영역을 지키고 있다. 이리하여 그는 발리노르평원에서 벌어지는 '최후의 전투'를 목격할 때까지 항해를 계속할 것이다.

신들의 심판이 벌어진 발마르에서 만도스가 선포한 예언은 아래와 같으며, 이 이야기는 서녘의 모든 요정들 사이에 떠돌았다. 세상이 나이가 들고 권능들도 힘이 약해지면 모르고스가 '영겁의 밤의 문'을 빠져나와 돌아올 것이다. 그는 해와 달을 파괴하겠지만, 에아렌델이 흰 불꽃으로 공격하여 공중에서 그를 쫓아낼 것이며 그런 다음 발리노르평원에서는 최후의 전투가 벌어질 것이다. 그날 툴카스가 멜코와 일전을 벌이는데, 그의 오른쪽에는 피온웨가 왼쪽에는 후린의 아들 투린 투람바르, 곧 운명의 정복자가 함께할 것이다. 멜코를 처단하여 최종적 죽음을 가져오는 것은 투린의 '검은검'이 될 것이며, 이리하여 후린의 아이들과 모든 인간들의 복수가 완성된다.

그런 다음 바다와 땅과 하늘에 있던 실마릴은 회수되는데, 에아렌델이 내려와 그가 간직하고 있던 불꽃을 내놓기 때문이다. 그러면 페아노르가 그 세 보석을 가지고 가서 야반나 팔루리엔에 넘길 것이다. 야반나는 보석을 부수어 그 불로 '두 나무'에 다시 불을 밝힐 것이며, 위대한 빛이 거기서 뿜어져 나올 것이다. 발리노르의 산맥이 낮아지면서 그 빛은 온 세상으로 뻗어 나갈 것이다. 그 빛 속에서 신들은 다시 젊음을 되찾을 것이며, 요정들이 깨어나고 죽은 자들도 살아날 것이며, 그들에 관한 일루바타르의 목적도 완성될 것이다.

이상이 서부 세계의 북부 지역에서
벌어진 아득한 옛날이야기의 끝이다.

＊

역사에 대한 나의 역사는 예언, 곧 만도스의 예언으로 종료
된다. 내가 편집한 '위대한 이야기', 『후린의 아이들』에 썼
던 글을 인용함으로써 이 책을 마무리하고자 한다. "이 시
점의 「퀜타 놀도린와」는 (다소 빈약한 구도이긴 하지만) 아버
지의 '상상 세계'의 전모를 온전히 보여 주고 있다는 점을
기억할 필요가 있다. 나중에 제1시대라는 이름이 붙기는
하지만, 이 이야기는 제1시대의 역사라고 할 수는 없는데,
아직 제2시대, 제3시대라고 하는 것이 없었기 때문이다.
또한 누메노르도 없고, 호빗도 없었으며, 물론 '반지'도 없
었다."

다음에 수록한 목록의 끝에 길이가 긴 7개의 주석이 추가로 달려 있으며, 이 주석은 이 목록에 수록한 몇 개의 고유명사를 더 상세하게 설명한 것이다. 벨레리안드 지도에 나오는 고유명사에는 *표를 붙였다.

ㄱ

가르 아이니온Gar Ainion 곤돌린의 '신들(아이누들)의 성소'.

갈도르Galdor 후린과 후오르의 아버지. '투오르' 참조.

갈도르Galdor 곤돌린 나무 가문의 영주.

강철산맥Iron Mountains 북쪽 먼 곳에 있는 '모르고스의 산맥'. 하지만 73쪽에 실린 초고에 이 이름이 등장하는데 그 초기에는, 후기에 '어 둠산맥'('에레드 웨스린')으로 명명된 산맥에 '강철산맥'이란 이름을 붙였기 때문이다. 365쪽의 '강철산맥' 주석 참조. 73쪽의 텍스트는 이 시점에 수정하였다.

강철지옥Hells of Iron 앙반드. 365쪽의 '강철산맥' 주석 참조.

검은검(모르메길)The Blacksword (Mormegil) 투린의 검은 칼 구르상('죽음 의 쇠') 때문에 그에게 붙은 이름.

겔미르와 아르미나스Gelmir and Arminas '놀도르의 문'에서 투오르와 만난 놀도르 요정들. 그들은 오로드레스(펠라군드 다음의 둘째 왕)에 게 닥칠 위험을 경고하기 위해 나르고스론드로 가는 길이었는데, 투 오르에게 이에 대해 언급하지는 않는다.

경비 언덕Hill of Watch '아몬 과레스' 참조.

고르고로스Gorgoroth '에레드 고르고로스'의 축약형. 공포산맥. '둥고 르세브' 참조.

고스모그Gothmog 발로그들의 군주, 멜코르 군대의 대장. 멜코르의 아 들로, 엑셀리온에게 죽임을 당함.

곤도슬림Gondothlim 곤돌린 백성들. '돌 위에 사는 자들'로 번역됨. 관 련된 다른 이름으로는 '곤도바르'(돌의 도시)와 '곤도슬림바르(돌 위 에 사는 자들의 도시)가 있다. 이 두 이름은 곤돌린 문 앞에서 경비대원 이 투오르에게 말해 주는 도시의 일곱 가지 이름 속에 포함되어 있다 (82쪽). '곤도르'에서 보듯이 어근 '곤드gond'는 '돌'이란 뜻이다. 곤 돌린은『잃어버린 이야기들』을 쓸 당시에는 '노래의 돌'로 해석하였 는데, '대단히 아름답게 깎고 다듬은 돌'이라는 뜻으로 보았다. 나중 에는 '숨은 바위'로 해석하였다.

곤도슬림바르Gondothlimbar '곤도슬림' 참조.

곤돌린Gondolin* 이 이름에 대해서는 '곤도슬림' 참조. 다른 이름에 대해서는 82쪽 참조.

귄도르Gwindor 나르고스론드의 요정, 핀두일라스를 사랑한 인물.

그노메Gnomes 이 말은 '놀돌리'(나중에 '놀도르')로 불리는 요정 명칭의 초기 번역어이다. '그노메'의 사용에 관한 설명으로는 『베렌과 루시엔』 60~62쪽 참조. 그들의 언어를 '그노메어'라고 한다.

글라우룽Glaurung 모르고스의 모든 용 중에서 가장 널리 알려진 용.

글람호스Glamhoth 오르크들. '야만의 무리', '증오의 족속'으로 번역됨.

글로르팔크Glorfalc '황금의 틈'. 미스림호수에서 발원한 강이 지나가는 골짜기에 투오르가 붙인 이름.

글로르핀델Glorfindel 곤돌린 황금꽃 가문의 영주.

글리수이Glithui* 에레드 웨스린에서 발원한 강으로 테이글린강의 지류.

글링골과 반실Glingol and Bansil 곤돌린의 왕궁 문 앞에 있는 황금색과 은색의 두 나무. 원래 멜코와 '어둠의 직조공'이 발리노르에 있던 두 나무를 훼손하기 전에 나무의 싹을 가져와 자란 나무인데, 나중에는 투르곤이 곤돌린에서 만든 형상으로 이야기가 바뀌었다.

기둥The Pillar 곤도슬림 가문 이름 중의 하나. '펜로드' 참조.

깊은 곳에 거하는 이The Dweller in the Deep 울모.

ㄴ

나로그Narog* 에레드 웨스린 밑에 있는 이브린호수에서 발원하여 버드나무땅에서 시리온강으로 흘러 들어가는 강.

나르고스론드Nargothrond* 서벨레리안드 나로그강에 면해 있는 거대한 지하 요새 도시로, 핀로드 펠라군드가 세우고 용 글라우룽이 파괴함.

나르퀠리에Narquelië 10월에 해당하는 열 번째 달.

나무The Tree 곤도슬림 가문 이름 중의 하나. '갈도르' 참조.

난타스린Nan-tathrin* '버드나무땅'을 가리키는 요정어 이름.

날개The Wing 투오르와 그의 추종자들의 상징 문양.

네브라스트Nevrast* 도르로민 서남쪽 지역으로 투르곤이 곤돌린으로 떠나가기 전에 거주한 곳.

넷사Nessa '발라 여왕'으로, 바나의 자매이자 툴카스의 배우자.

노스트나로시온Nost-na-Lothion '꽃들의 탄생'. 곤돌린의 봄 축제.

놀도르의 문Gate of the Noldor '안논인겔뤼드' 참조.

놀돌리Noldoli, 놀도르Noldor 쿠이비에넨에서 장정을 떠난 요정들 중 둘째 무리의 초기형과 후기형 이름. '그노메'와 '지식의 요정' 참조.

눈의 탑The Tower of Snow 곤도슬림 가문 이름 중의 하나. '펜로드' 참조.

니르나에스 아르노에디아드Nirnaeth Arnoediad 한없는 눈물의 전투. 흔히 '니르나에스'로 불림. 366쪽의 주석 참조.

닌니아크협곡Vale of Ninniach 한없는 눈물의 전투가 벌어진 곳이지만, 여기서는 이 이름으로만 나옴.

ㄷ

담로드와 디리엘Damrod and Díriel 페아노르의 아들들 중에서 가장 어린 쌍둥이 형제. 나중에 암로드와 암라스로 바뀜.

대전투The Great Battle 세상의 변동을 초래한 전투로, 이를 통해 결국 모르고스가 쓰러지고 세상의 제1시대가 종말에 이른다. 달리 말해 상고대의 종말이라고 할 수도 있다. 왜냐하면 "제4시대에 이전의 시대들은 흔히 상고대라 불렸지만, 본래 이 명칭은 모르고스 축출 이전의 시기만 가리켰"기 때문이다(『반지의 제왕』 해설 「연대기」). 그래서 엘론드는 깊은골에서 열린 대회의에서 이렇게 말한 것이다. "난 상고대의 일까지 기억할 수 있습니다. 내 부친은 에아렌딜이고 그분은 몰락하기 전의 곤돌린에서 태어났습니다."

대해Great Sea* 서부의 큰 바다. 이름은 '벨레가에르'이며, 가운데땅 서쪽 해안에서 아만 대륙 해안까지 뻗어 있다.

도르나파우글리스Dor-na-Fauglith 아르드갈렌이라는 이름의 광대한 북부의 초원. 모르고스에 의해 완전히 파괴되었을 때 도르나파우글리스라는 이름을 얻었고, 이는 '숨 막히는 재 속의 땅'이란 뜻이다.

도르로민Dor-lómin* '어둠의 땅'. 히슬룸 남부 지역.

도리아스Doriath* 벨레리안드의 거대한 삼림 지역으로 싱골과 멜리안이 지배함. '멜리안의 장막'에서 후기의 '도리아스'('도르야스Dor-iâth',

'방벽의 땅')란 이름이 만들어짐.

독수리강Eagle-stream '소른 시르' 참조.

독수리의 틈Cleft of Eagles 곤돌린을 둘러싼 '에워두른산맥'의 최남단에 있음. 요정어로는 '크리스소른'.

돌의 도시City of Stone 곤돌린. '곤도슬림' 참조.

동부인Easterlings 에다인을 따라 벨레리안드에 들어온 인간들에게 붙은 이름. '한없는 눈물의 전투' 당시 양쪽 모두에서 싸웠고, 모르고스에게서 히슬룸을 하사받아 그곳에 남아 있던 하도르 가 사람들을 핍박하였다.

두더지The Mole 새카만 두더지는 메글린과 그의 무리의 표시였다.

두일린Duilin 곤돌린 제비 가문의 영주.

둥고르세브Dungortheb '난 둥고르세브'의 축약형. '끔찍한 죽음의 골짜기'란 뜻으로 공포산맥, 곧 에레드 고르고로스와 도리아스의 북부 방어벽인 '멜리안의 장막' 사이의 땅.

드람보를레그Dramborleg 투오르의 도끼. 이 이름에 대해 다음의 주석이 있다. "드람보를레그는 '쾅-날카로운'이란 뜻을 지닌 투오르의 도끼로, 망치처럼 무거운 자국을 내고 칼처럼 쪼개 버리는 타격을 가했다."

드렝기스트Drengist 바다에서 올라 메아리산맥을 관통하는 긴 하구. 투오르는 '무지개 틈'을 지나 미스림에서 내려온 강을 따라 내려가는데, 이 하구를 계속 따라가면 바다를 볼 수도 있었다. "투오르는 분노한 듯한 낯선 파도의 모습에 깜짝 놀라 발걸음을 돌렸다. 그는 드렝기스트하구의 긴 해안가로 가는 대신 남쪽으로 방향을 바꾸어 […]."(207~208쪽)

디오르Dior 베렌과 루시엔의 아들이자 실마릴의 소유자로 '싱골의 후계자'로 알려져 있음. 엘윙의 아버지로, 페아노르의 아들들에게 살해당함.

딤바르Dimbar* 시리온강과 민데브강 사이의 땅.

ㄹ

라우렐린Laurelin 발리노르의 황금성수.

람모스의 메아리산맥Echoing Mountains of Lammoth* 메아리산맥(에레드 로민)은 히슬룸의 '서쪽 방벽'을 형성했고, 람모스는 이 산맥과 바다 사이의 지역이다.

로그Rog 곤돌린 '분노의 망치' 가문의 영주.

로르간Lorgan 투오르를 노예로 부리던 히슬룸의 동부인 우두머리.

로리엔Lórien 발라 만도스와 로리엔은 형제로 알려져 있고, 함께 복수형 '판투리'로 불렸다. 만도스는 '네판투르', 로리엔은 '올로판투르'였다. 만도스와 마찬가지로 로리엔도 그가 사는 곳의 지명이지만 그의 이름으로도 쓰였다. 그는 '계시와 꿈의 주재자'였다.

로슬림Lothlim '꽃의 종족'. 시리온하구에 거주하고 있던 곤돌린의 생존자들이 취한 이름.

루그Lug 투오르에게 죽은 오르크.

리나에웬Linaewen '분지 한가운데에 자리 잡은' 네브라스트의 거대한 습지.

리스가르드Lisgardh '시리온하구의 갈대의 땅'. '아를리스기온' 참조.

리안Rían 후오르의 아내이자 투오르의 어머니. 후오르가 죽은 뒤 안파우글리스에서 사망했다.

ㅁ

마글로르Maglor 페아노르의 아들로, '막강한 마글로르'로 불림. 대단한 가수이자 음유시인.

마른강The Dry River 이전에 에워두른산맥을 나와 시리온강에 합류하던 강의 바닥. 곤돌린의 입구에 해당함.

마이드로스Maidros 페아노르의 장자로, '장신의 마이드로스'로 불림.

만도스Mandos 위대한 발라 나모의 거주지로, 이 지명을 항상 그의 이름으로 쓴다. 짧은 텍스트 「발라퀜타」에 실린 그의 인물 묘사를 여기 소개한다.

[만도스는] 사자死者의 집을 지키며 살해된 자들의 영을 소환한다. 그는
아무것도 망각하지 않으며 아직 일루바타르의 특권에 속하는 영역을 제
외하고는 장차 벌어질 모든 일을 알고 있다. 그는 판관을 맡은 발라이지만
오직 만웨의 지시에 따라 판단하고 심판할 뿐이다. '베 짜는 이' 바이레가
그의 배우자로 그녀는 지금까지 시간 속에 벌어진 모든 일을 재료로 이야
기의 피륙을 짜고, 세월이 흐를수록 나날이 커지는 만도스의 궁정은 그 피
륙으로 덮여 있다.

'로리엔' 참조.

만도스의 심판Doom of Mandos 372쪽의 주석 참조.

만도스의 예언Prophecy of Mandos 372쪽 주석 참조.

만웨Manwë 최고의 발라로, 바르다의 배우자. 아르다 왕국의 군주. '술
리모' 참조.

말두인Malduin* 테이글린강의 지류.

말카라우키Malkarauki '발로그'를 가리키는 요정어 이름.

망명자(들)The Exiles 아만에서 반역을 일으키고 가운데땅으로 돌아온
놀도르 요정들.

망치로 내려친 모루The Stricken Anvil 곤돌린 '분노의 망치' 일족의 상징
문양.

메글린Meglin (나중의 마에글린Maeglin) 투르곤 왕의 누이 이스핀과 요정
에올 사이에서 난 아들. 그는 모르고스에게 곤돌린을 팔아넘기는데,
이는 가운데땅 역사에서 가장 추악한 배신이었다. 투오르에게 죽임
을 당함.

메네그로스Menegroth* '천의 동굴' 참조.

멜레스Meleth 에아렌델의 보모.

멜리안Melian 발리노르의 발라 로리엔의 무리에 속해 있던 마이아로,
가운데땅으로 와서 도리아스의 여왕이 되었다. "그녀는 자신의 힘을
써서"[「회색 연대기」에 언급된 바 있음. 283쪽 참조] "그 영토의 둘
레에 보이지 않는 그림자와 미혹의 울타리, 곧 '멜리안의 장막'을 쳤
다. 그리하여 이후로 멜리안이나 싱골 왕이 허락하지 않으면 아무도
들어올 수 없었다." '싱골' 및 '도리아스' 참조.

멜리안의 장막Girdle of Melian '멜리안' 참조.

멜코Melko (나중에는 멜코르Melkor) '힘으로 일어선 자'. 나중에 '모르고스'로 이름이 바뀌는 강력하고 사악한 아이누. "아이누 중에서 가장 강한 자는 본래의 멜코르였다. [그는] 이제 발라 중의 하나로 꼽히지 않으며 땅에서도 그의 이름은 불리지 않는다." (「발라퀜타」에서 발췌)

모르고스Morgoth 이 이름('검은 적' 및 다른 번역어들)은 『잃어버린 이야기들』에 딱 한 번 나온다. 실마릴을 강탈당한 뒤에 페아노르가 처음 사용한 이름이다. '멜코' 및 '바우글리르' 참조.

모엘레그Moeleg 멜코의 그노메식 이름으로, 그노메들은 이 이름을 소리로 내지 않기 위해 모르고스 바우글리르, 곧 '끔찍한 어둠의 권능'으로 불렀다.

물의 군주Lord of Waters '울모' 참조.

미스림Mithrim* 히슬룸 남부의 큰 호수로, 동시에 이 호수가 있는 지역과 그 서쪽의 산맥을 일컬음.

ㅂ

바깥땅Outer Lands 대해의 동쪽에 있는 대륙(가운데땅).

바깥바다Outer Seas 「암바르칸타Ambarkanta」('세상의 형태')라는 이름의 텍스트에서 한 대목을 여기 인용한다. 아마도 「퀜타 놀도린와」 이후의 1930년대에 쓰인 텍스트로 보인다. "온 세상의 둘레에는 일루람바르Ilurambar 혹은 세상의 장벽Walls of the World[프롤로그의 '마지막 장벽'(47쪽)]이 있다. […] 이 장벽은 눈으로 볼 수도 없고 '밤의 문'이 아니면 통과할 수도 없다. 이 장벽 안의 땅은 구체로 되어 있고, 위와 아래 및 온 사방은 바이야Vaiya, 곧 에워두른바다['바깥바다']라고 한다. 하지만 이는 땅의 아래에 있는 바다나 땅의 위에 있는 하늘과 좀 더 닮았다. 땅의 아래에 있는 바이야에 울모가 산다."

　『잃어버린 이야기들』의 「발라들의 등장」에서 화자인 루밀은 이렇게 이야기한다. "발리노르 바깥에 대해 나는 본 적도 들은 적도 없는데, 다만 확실한 것은 바깥바다에는 시커먼 물이 있는데 파도는 없으며, 물이 매우 차고 얕아서 그 위로 배가 다닐 수는 없고, 깊은 곳이라고 해도 울모의 마법의 물고기나 마법의 수레 말고는 헤엄치고 다니는 물고기도 없다는 것입니다.”

바깥세상Outer World, 바깥대지Outer Earth 대해 동쪽의 대륙(가운데땅).

바나Vána ‘발라 여왕’으로 오로메의 배우자. ‘영원한 젊음’으로 불림.

바다요정Sea-elves 쿠이비에넨에서 장정을 떠난 요정들 중 세 번째 무리 의 또 다른 이름. ‘텔레리’와 373쪽의 주석 참조.

바드 우스웬Bad Uthwen ‘탈출로’ 참조.

바르다Varda 만웨의 배우자로, 그와 함께 타니퀘틸에 살았다. 발라 여 왕 중에 가장 위대한 이로 별을 만들었다. 그노메어로 그녀의 이름은 ‘브레딜’ 혹은 ‘브리딜’이었다.

바블론Bablon, 닌위Ninwi, 트루이Trui, 룸Rûm 바빌론, 니네베, 트로이, 로마. ‘바블론’에 대한 어느 주석에는 이렇게 기록되어 있다. “바블 론은 인간들의 도시로, 좀 더 정확하게는 바빌론이다. 하지만 그렇게 쓰는 것은 그노메들의 표기를 그들이 현재 사용하는 형태로, 그들은 이를 이전 시대로부터 물려받았다.”

바우글리르Bauglir ‘모르고스’에게 자주 붙는 수식어. ‘구속하는 자’로 번역함.

발라(들)Valar 아르다의 지배자들(Valar는 복수형이며, 단수형은 Vala—역자 주). 가끔 ‘권능’으로 불리기도 한다. 「스케치」에 기록된 대로 맨 처 음에는 아홉 명의 발라가 있었으나, 멜코르(모르고스)는 나중에 발라 의 일원으로 인정받지 못했다.

발라르섬Isle of Balar 발라르만에서 멀리 바깥쪽에 있는 섬. ‘조선공 키 르단’ 참조.

발로그(들)Balrogs ‘화염 채찍과 강철 발톱을 지닌 악마.’

발리노르Valinor 아만에 있는 발라들의 땅. ‘발리노르산맥’ 참조.

발리노르산맥Mountains of Valinor 발라들이 아만으로 와서 세운 거대 한 산맥. ‘펠로리’로 불리는 이 산맥은 아만의 동쪽 해안에서 멀지 않 은 곳에 북쪽에서 남쪽으로 거대한 초승달 모양으로 뻗어 있었다.

발리노르의 나무Trees of Valinor 백색성수 ‘실피온’과 황금성수 ‘라우렐 린’. 두 나무가 묘사된 48쪽과 ‘글링골과 반실’ 항목 참조.

발마르Valmar 발리노르에 있는 발라들의 도시.

발크메그Balcmeg 투오르가 죽인 오르크.

밤의 문The Door of Night '바깥바다' 참조. '바깥바다' 항목에서 인용하고 있는 「암바르칸타Ambarkanta」라는 이름의 텍스트에는 '세상의 장벽' 일루람바르Ilurambar와 '에워두른바다' 혹은 '바깥바다'를 가리키는 바이야Vaiya와 관련된 추가 설명이 있다.

> 발리노르 한가운데에는 '장벽'을 뚫고 '공허'로 들어가는 안도 로멘Ando Lómen, 곧 '영겁의 밤의 문'이 있다. 세상은 쿠마Kúma, 곧 '공허' 속에 위치해 있고 밤은 형체나 시간을 벗어나 있다. 하지만 위대한 발라들을 제외하고는 누구도 바이야의 특새와 띠를 지나 문까지 접근할 수 없다. 발라들은 멜코를 제압하여 바깥 어둠 속에 던졌을 때 이 문을 만들었는데, 에아렌델이 지키고 있다.

백조항구Swanhaven 코르의 북쪽 해안에 있는 텔레리(바다요정)의 중심 도시. 요정어로 '알콸론데'.

버드나무땅Land of Willows* 나르고스론드 남쪽의 아름다운 땅으로 나로그강이 시리온강으로 흘러 들어가는 곳. 요정어로는 '난타스린', 곧 '버드나무 유역' 혹은 '타사리난'이라고 했다. 『두개의 탑』(3권 4장)에서 나무수염이 팡고른숲에서 메리와 피핀을 태우고 가며 노래를 불러 주는데, 첫 소절이 다음과 같다.

> 봄에 나는 타사리난의 버드나무 우거진 풀밭을 거닐었네.
> 아! 난타사리온의 봄 정경과 향기여!

베렌Beren 베오르 가의 인간으로 루시엔의 연인. 모르고스의 왕관에서 실마릴을 떼어 낸 인물이지만, 앙반드의 늑대 카르카로스에게 목숨을 잃음. 유한한 생명의 인간으로서는 유일하게 죽음에서 돌아온 자.

벨레가에르Belegaer '대해' 참조.

벨레그Beleg 도리아스의 위대한 궁수로 투린의 절친한 친구이지만, 투린은 어둠 속에서 그를 적으로 오인하고 죽인다.

벨레리안드Beleriand* 가운데땅 서북부의 넓은 지역으로, 동부의 청색산맥에서 시작하여 히슬룸 남부의 모든 내륙 지역과 드렝기스트 남쪽의 해안 지역을 포함한다.

보론웨Voronwë 곤돌린의 요정으로, 니르나에스 아르노에디아드 이후 투르곤이 서녘으로 파견한 일곱 척의 선박에서 살아남은 유일한 선원. 투오르를 숨은도시로 안내하였다. 이 이름은 '변함없는'이란 뜻이다.

보호받은 평원Guarded Plain 툼라덴, 곤돌린의 평원.

분노의 망치The Hammer of Wrath 곤도슬림 가문 이름 중의 하나.

분수The Fountain 곤도슬림 가문 중 하나의 이름. '엑셀리온' 참조.

브라골라크Bragollach '다고르 브라골라크'의 축약형. 앙반드 공성을 끝낸 '돌발화염의 전투'를 가리킴.

브레딜Bredhil 바르다의 그노메식 이름(브리딜도 사용).

브레실Brethil* 테이글린강과 시리온강 사이의 삼림 지대.

브론웨그Bronweg '보론웨'의 그노메식 표기.

브리솜바르Brithombar* 팔라스 지역 최북단의 항구.

브리시아크Brithiach* 딤바르로 들어갈 때 건너는 시리온강의 여울.

비냐마르Vinyamar* 투르곤이 곤돌린으로 떠나기 전에 살던 타라스산 아래 있는 네브라스트의 저택.

빛의 요정Light-elves 쿠이비에넨에서 장정을 떠난 요정들의 첫 무리를 가리키는 명칭. '퀜디' 및 373쪽의 주석 참조.

ㅅ

살간트Salgant 곤돌린 '하프' 가문의 영주. '겁쟁이'로 묘사됨.

살을에는얼음The Grinding Ice 아르다 북쪽 끝에는 '서쪽 세상'과 가운데땅 해안 사이에 해협이 있었고, '살을에는얼음'에 관한 기록 중 한 곳에 다음 내용이 있다.

> 이 좁은 곳을 통해 '에워두른바다'의 차가운 물과 ['바깥바다' 참조] 서부 대해의 파도가 만나는데, 이곳에는 죽음과도 같은 냉기가 도는 거대한 안개가 덮여 있고, 바다의 물길은 충돌하는 빙산들로 가득 차 있으며, 물속에는 살을에는얼음이 숨어 있다. 이 해협은 '헬카락세'라고 했다.

서녘의 군주Mighty of the West 발라들.

서녘의 군주들Lords of the West 발라들.

서쪽바다The Western Sea(s) '대해' 참조.

소론도르Thorondor '독수리들의 왕'. 엘다린 '소론투르'의 그노메식 표기. 초기형은 '소른도르'.

소론투르Sorontur '독수리들의 왕'. '소론도르' 참조.

소른 시르Thorn Sir 크리스소른에서 밑으로 떨어지는 물줄기.

소른호스Thornhoth '독수리 종족'.

술리메Súlimë 3월에 해당하는 셋째 달.

술리모Súlimo 이 이름은 '바람의 신' 만웨를 가리키는데, 대개는 그의 이름 뒤에 연결하여 사용한다. 만웨는 '대기의 군주'로 불리지만, 딱 한 번 술리모를 '아르다의 숨결의 군주'로 특정 번역했던 것으로 보인다. 연관 단어로는 수야súya('호흡')와 술레súle('호흡하다')가 있다.

숨은민족The Hidden People '곤도슬림' 참조.

숨은왕The Hidden King 투르곤.

숨은왕국The Hidden Kingdom 곤돌린.

시리온Sirion★ 에이셀 시리온('시리온의 샘')에서 발원한 큰 강으로, 벨레리안드를 동서로 나누며 흐르다가 발라르만에서 대해로 들어감.

신다르Sindar '회색요정' 참조.

실피온Silpion 백색성수. '발리노르의 나무'와 '텔페리온' 참조.

싱골Thingol 쿠이비에넨에서 장정을 떠난 셋째 요정 무리(텔레리)의 지도자로 이전의 이름은 '틴웰린트'. 그는 코르로 가지 않고 벨레리안드에서 도리아스의 왕이 되었다.

○

아나르Anar 태양.

아란웨Aranwë 곤돌린의 요정으로 보론웨의 아버지.

아란위온Aranwion '아란웨의 아들'. '보론웨' 참조.

아르발린Arvalin 펠로리(발리노르산맥)와 바다 사이에 있는 안개로 덮인 황량한 넓은 평원. 이 이름은 '발리노르 근처'라는 뜻인데, 나중에 '어둠'이란 뜻의 '아바사르'로 바뀌었다. 모르고스가 웅골리안트를 만난 곳이 여기였고, '만도스의 심판'이 아르발린에서 선포되었다고 한다. '웅골리안트' 참조.

아를리스기온Arlisgion '갈대의 땅'으로 번역되는 지역. 투오르는 남쪽으로 떠난 긴 여정 중에 이 지역을 지나가지만, 어떤 지도에도 이 이름은 나오지 않는다. 투오르는 여러 날 후 '버드나무땅'에 이르는데, 그때까지 어느 길로 갔는지 추적하는 것은 불가능해 보인다. 하지만 이 설명으로 보면 아를리스기온이 그 땅의 북부 어디쯤이라는 것은 분명하다. 이곳에 대한 유일한 다른 언급은 최종본인 셈인데(226쪽), 여기서 보론웨는 '시리온하구에 자리 잡은 갈대의 땅' 리스가르드에 대해 이야기한다. '갈대의 땅' 아를리스기온은 '갈대의 땅' 리스가르드와 동일한 곳임은 분명하지만, 이 시기 이 지역의 지리는 불확실한 곳이 무척 많다.

아만Aman 대해 너머 서녘의 땅으로 발리노르가 있는 곳.

아몬 과레스Amon Gwareth '경비 언덕' 혹은 '방어 언덕'. '곤돌린의 보호받은 평원'에 외따로 서 있는 높은 바위 언덕으로 그 위에 도시가 건설되어 있었음.

아울레Aulë 그는 발라의 일원으로 '대장장이'란 별칭이 있으며 울모에 못지않은 힘을 보유하였다. 아래는 「발라퀜타」라는 이름의 텍스트에 실린 그의 초상에서 발췌한 것이다.

> 그는 아르다를 구성하고 있는 모든 물질을 주관한다. 처음에 그는 만웨, 울모와 협력하여 일을 하였고, 모든 대지를 빚어 만드는 것이 그가 하는 일이었다. 그는 대장장이인 동시에 갖가지 기술을 갖춘 장인匠人이며, 아무리 작아도 솜씨 있게 만들어진 것이면 무엇이든지 고대의 웅장한 건축물을 대할 때처럼 기뻐한다. 땅속 깊이 숨어 있는 보석들과 손안에 아름답게 빛나는 황금이 그의 것이니, 장벽처럼 솟은 산맥이나 바닷속 해분海盆은 말할 나위도 없다.

아이나이로스Ainairos 알콸론데의 요정.

아이누(들)Ainur 358쪽의 추가 주석 참조.

안나엘Annael 미스림의 회색요정으로 투오르의 양부.

안논인겔뤼드Annon-in-Gelydh '놀도르의 문'. 미스림호수에서 발원하여 '무지개 틈'으로 이어지는 땅속 강의 입구.

안드로스Androth 투오르가 안나엘 및 회색요정들과 함께 살던 미스림의 산속 동굴로, 투오르는 나중에 이곳에서 홀로 무법자로 생활함.

안파우글리스Anfauglith* 타우르나푸인 북부의 거대한 아르드갈렌평원으로, 모르고스가 황폐하게 만들기 전까지는 풀이 무성하였음.

알마렌Almaren 알마렌섬은 발라들의 아르다 최초 거주지였다.

알콸론데Alqualondë '백조항구' 참조.

암논Amnon 암논의 예언 "위대하도다, 곤돌린의 몰락이여"는 도시에서 전투가 벌어지는 중간에 투르곤이 한 말인데, 이 제목으로 쓴 별도의 메모에 두 개의 매우 유사한 형태로 인용된다. 두 가지 모두 "위대하도다, 곤돌린의 몰락이여"라는 제목으로 시작하지만, 한쪽에서는 "골짜기의 백합이 희미해질 때까지 투르곤은 희미해지지 않을 것이다"로 되어 있고, 다른 쪽에서는 "골짜기의 백합이 시들 때 투르곤도 희미해질 것이다"로 되어 있다.

골짜기의 백합은 곤돌린을 가리키는데, 이 도시의 일곱 이름 중의 하나인 '평원의 꽃'을 의미한다. 또한 주석에는 암논의 예언과 예언을 한 장소에 대한 몇몇 언급이 있다. 하지만 암논이 누구이며 언제 이런 말을 하였는지에 대한 설명은 어디에도 없는 것 같다.

앙가이노르Angainor 아울레가 만든 쇠사슬의 이름으로 모르고스를 결박하였을 때 두 번 사용된다. 모르고스는 아득한 옛날 발라들에 의해 감옥에 갇혔을 때와 마지막 전투에서 패배하였을 때 결박당한다.

앙반드Angband 가운데땅 서북부에 있는 모르고스의 막강한 지하 요새.

앙반드의 거대한 파충류Great Worm of Angband '글라우룽' 참조.

야반나Yavanna 야반나는 발라 여왕들 중에서 바르다 다음으로 위대한 자였다. 그녀는 '열매를 주는 이'(이름의 뜻)로, "땅에서 자라는 모든 것들을 사랑하는 자"였다. 발마르 정문 근처에 자라고 있던, 발리노르에 빛을 가져온 두 나무도 야반나가 만들었다. '팔루리엔' 참조.

어둠산맥Mountains of Shadow* '에레드 웨스린' 참조.

어둠의 땅Land of Shadows '도르로민' 참조.

어둠의 산맥Mountains of Darkness 강철산맥.

어둠의 직조공Gloomweaver '웅골리안트' 참조.

에갈모스Egalmoth 곤돌린 천궁 가문의 영주.

에글라레스트Eglarest* 팔라스의 남쪽 항구.

에다인Edain '요정의 친구'가 된 세 가문의 인간들.

에레드 웨스린Ered Wethrin (초기형은 에레드웨시온Eredwethion) 어둠산맥('히슬룸 방벽'). 365쪽의 '강철산맥' 주석 참조.

에아라메Eärámë '독수리의 날개'. 투오르의 배.

에아렌델Eärendel (나중에는 에아렌딜Eärendil) '반요정'. 투르곤의 딸 이
드릴과 투오르 사이에 난 아들. 엘론드와 엘로스의 아버지. 368쪽 주
석 참조.

에올Eöl 이스핀을 함정에 빠뜨린 숲속의 '검은요정'. 마에글린의 아버지.

에워두른산맥Encircling Mountains, ~Hills 곤돌린 평원을 에워싼 산맥.
요정어로는 '에코리아스'.

에코리아스Echoriath '에워두른산맥' 참조.

엑셀리온Ecthelion 곤돌린 분수 가문의 영주.

엘다르Eldar 초기 저작에서 '엘다르'는 세 무리로 나뉘어 쿠이비에넨호
수에서 장정을 떠난 요정들을 가리킨다. '빛의 요정', '지식의 요정'
및 '바다요정' 참조. 이 이름들에 대해서는 아래 373쪽 주석에 나오
는 『호빗』의 유명한 대목 참조. 그 후로 이 단어를 '놀돌리'와 구별하
여 사용할 수 있었고, 엘다르의 언어 역시 그노메어(놀돌리의 언어)와
구별하여 썼다.

엘달리에Eldalië '요정족'. '엘다르'와 바꾸어 쓸 수 있는 이름.

엘렘마킬Elemmakil 곤돌린의 요정으로 외문의 경비대장.

엘론드와 엘로스Elrond and Elros 에아렌델과 엘윙의 두 아들. 엘론드는
첫째자손에 속하기를 선택하여 깊은골의 영주이자 빌랴 반지의 소지
자가 되었다. 엘로스는 인간을 선택하여 누메노르의 첫 왕이 되었다.

엘윙Elwing 디오르의 딸로 에아렌델과 결혼. 엘론드와 엘로스의 어머니.

여름의 문Gates of Summer '타르닌 아우스타' 참조.

영념화Evermind 사시사철 피어 있는 흰 꽃.

오로메Oromë 발라, 야반나의 아들. 모든 사냥꾼 가운데서 가장 위대한
자로 명성이 높음. 발라들 중에서 그와 야반나만 이따금 상고대의 가
운데땅을 찾아왔다. 그는 백마 나하르를 타고 쿠이비에넨을 떠나 장
정에 나서는 요정들을 인도하였다.

오르코발Orcobal 오르크 무리 중 최강자로 엑셀리온에게 죽임을 당함.

오르크Orcs 아버지는 이 단어에 관한 어떤 메모에서 이런 기록을 남겼
다. "요정 및 인간을 상대로 전쟁을 하기 위해 모르고스가 고안해 세
상에 내놓은 종족. 가끔 '고블린'으로 번역되지만 거의 사람 체구에

가까웠다.'' '글람호스' 참조.

오르팔크 에코르Orfalch Echor 곤돌린으로 들어가는 에워두른산맥의 거대한 협곡.

오스로드Othrod 오르크들의 영주로 투오르에게 죽임을 당함.

옷세Ossë 그는 마이아로 울모의 봉신이며, 「발라퀜타」에는 이렇게 서술되어 있다.

> 그는 가운데땅 해안을 씻어 주는 바다의 주인이다. 그는 심해로 들어가지 않고 해안과 섬을 사랑하며 만웨의 바람을 즐긴다. 그는 폭풍 속에서 기뻐하고, 노호하는 파도 속에서 웃음 짓는다.

외로운섬Lonely Isle '톨 에렛세아'. 서쪽 바다에 있는 큰 섬으로, 아만 해안이 먼 거리에서 보인다. 이 섬의 초기 역사에 대해서는 50쪽 참조.

요정나라Elfinesse 요정들이 사는 땅 전체를 가리키는 포괄적인 명칭.

요정나라의 만Bay of Faërie 아만 동쪽 편에 있는 큰 만.

우이넨Uinen '바다의 귀부인'. 옷세의 배우자인 마이아. 「발라퀜타」라는 텍스트에는 그녀에 대해 이런 서술이 실려 있다.

> [그녀의] 머리채는 하늘 아래 모든 바다에 퍼져 있다. 그녀는 소금기가 있는 물속에 사는 모든 것과 거기서 자라는 모든 풀을 사랑한다. 뱃사람들이 그녀를 향해 소리 지르는 것은 그녀가 옷세의 거친 성질을 억누르고 파도를 잠잠하게 할 수 있기 때문이다.

울모Ulmo 다음 내용은 '만웨 다음의 능력자'였던 이 위대한 발라에 대한 상세한 묘사로, 각 발라에 대한 해설을 담고 있는 텍스트 「발라퀜타」에서 발췌한 것이다.

> [울모의] 생각 속에는 온 아르다가 들어 있었고, 그에게는 쉼터가 필요 없다. 더욱이 그는 땅 위를 걷는 것을 좋아하지 않고, 동료들처럼 육체의 옷을 입는 법도 거의 없다. [인간이나 요정 들은] 그를 보면 엄청난 두려움에 사로잡히는데, 바다의 왕이 일어서는 모습은 마치 산더미 같은 파도가 육지를 향해 진군하듯 무시무시했기 때문이다. 그는 물거품 장식이 달린 검은 투구를 쓰고 위에는 은빛, 아래는 짙은 녹색으로 반짝이는 갑옷을 입고 있었다. 만웨의 나팔은 우렁차지만, 울모의 음성은 그만이 목격한 대양의 심해처럼 굵고 낮은 소리를 낸다.
>
> 그럼에도 불구하고 울모는 요정과 인간을 모두 사랑하여, 그들이 발라

들의 진노를 샀을 때도 결코 그들을 버리지 않았다. 이따금 그는 가운데땅 바닷가에 몰래 다가오거나 하구 위쪽 멀리 내륙까지 들어가서, 하얀 소라고둥으로 만든 올루무리라는 커다란 나각蝶角으로 음악을 연주한다. 그음악을 들은 이들은 그 후로는 마음속으로 영원히 그 소리를 들으며 바다를 향한 그리움을 떨칠 수가 없게 된다. 그러나 올모는 가운데땅에 사는 이들에게는 대개 물의 음악으로만 들리는 음성으로 말을 한다. 모든 바다와 호수, 강과 샘, 수원지가 그의 관할 하에 있기 때문인데, 그래서 요정들은 세상의 모든 핏줄 속으로 올모의 영이 흐른다고 말한다. 그런 까닭에 아르다의 모든 궁핍과 비탄을 전하는 소식은 올모가 아무리 깊은 바닷속에 있더라도 그를 찾아간다.

울모난Ulmonan 바깥바다에 있는 울모의 궁정.

웅골리안트Ungoliant '어둠의 직조공'으로 불리는 큰 거미로, 아르발린에 살았다. 다음은 「퀜타 놀도린와」에 나오는 웅골리안트에 대한 묘사이다.

> [아르발린에는] 어둠의 직조공 웅골리안트가 거미의 몸으로 아무도 모르게 은밀하게 살고 있었다. 거미가 어디서 왔는지는 기록이 없으나, 아마도 세상의 벽 밖에 있는 바깥어둠에서 온 것으로 보인다. ['바깥바다' 참조]

윌미르Ylmir '울모'를 가리키는 그노메어 이름.

윙겔롯Wingelot '거품꽃Foam-flower', 에아렌델의 배.

이드릴Idril '켈레브린달', 곧 '은의 발'로 불리는 투르곤의 딸. 그녀의 어머니는 헬카락세, 곧 '살을에는얼음'을 건너다 사망한 엘렌웨였다. 아주 후기의 메모에 보면 이런 내용이 있다. "투르곤은 위태로운 얼음이 깨지면서 잔인한 바닷속으로 떨어지고 만 아내와 딸 이드릴을 직접 구하려고 하다가 끔찍한 물속에서 거의 죽을 뻔했다. 그는 이드릴은 구했지만 엘렌웨는 떨어진 얼음 속에 갇히고 말았다." 이드릴은 투오르의 아내이자 에아렌델의 어머니였다.

이브린Ivrin 나로그강이 발원하는 지점으로 에레드 웨스린 밑에 있는 호수이자 폭포.

이스핀Isfin 투르곤 왕의 누이. 마에글린의 어머니이자 에올의 아내.

이쪽땅Hither Lands 가운데땅.

일루바타르Ilúvatar 창조자. '일루Ilu'는 '전체, 우주'라는 뜻이고, '아타르atar'는 '아버지'를 의미한다.

일코린디Ilkorindi, 일코린들Ilkorins 발리노르의 코르에 살아 본 적이 없는 요정들.

일피니올Ilfiniol '작은가슴'을 가리키는 요정어 이름.

잉궤Ingwë 쿠이비에넨에서 장정을 떠난 빛의 요정의 지도자. 「퀜타 놀도린와」에는 "그는 발리노르로 들어가 권능들의 발치에 앉았고 모든 요정들이 그의 이름을 숭상하고 있지만, 그는 바깥땅으로 돌아오지 않았다"고 되어 있다.

잉글로르Inglor 핀로드 펠라군드의 초기 이름.

ㅈ

작은가슴Littleheart '곤돌린의 몰락' 초고의 화자인 톨 에렛세아의 요정. 『잃어버린 이야기들』에는 이렇게 묘사되어 있다. "그는 세파에 시달린 얼굴에 대단히 쾌활해 보이는 파란 눈을 하고 있었고, 매우 호리호리하고 작아서 그의 나이가 오십인지 일만인지 가늠하기 쉽지 않았다." 또한 그의 이름은 "그의 가슴속의 젊음과 경이로움" 때문이라고들 한다. 『잃어버린 이야기들』에 보면 그는 많은 요정어 이름을 지니고 있는데, 이 책에서는 '일피니올'만 나온다.

저주받은 울도르Uldor the accursed 가운데땅 서부로 온 인간들 중에 한없는 눈물의 전투 당시 모르고스의 편에 선 자들이 있었는데, 울도르는 그들의 지도자였다.

제비The Swallow 곤도슬림 가문 이름 중의 하나.

조선공 키르단Círdan the Shipwright 팔라스(벨레리안드 서쪽 해안 지역)의 영주. '한없는 눈물의 전투'가 끝난 뒤 모르고스가 이 지역의 항구를 파괴하자 발라르섬과 시리온하구 지역으로 달아나서 선박 건조를 계속한다. 『반지의 제왕』에서 제3시대 말 회색항구의 영주로 나오는 조선공 키르단과 동일 인물이다.

지식의 요정Deep-elves 장정을 떠난 요정들 중 두 번째 무리의 이름. '놀돌리', '놀도르' 및 373쪽의 주석 참조.

ㅊ

천궁Heavenly Arch 곤도슬림 가문 이름 중의 하나.

천의 동굴 Thousand Caves '메네그로스', 싱골과 멜리안의 숨겨진 궁정.

초록잎 레골라스 Legolas Greenleaf 곤돌린 나무 가문의 요정. 비범한 밤눈을 타고난 인물.

축복의 땅 The Blessed Realm '아만' 참조.

ㅋ

켈레고름Celegorm 페아노르의 아들로 '아름다운'이라는 수식어가 붙음.

코르Kôr 요정만이 내려다보이는 발리노르의 언덕으로 요정들의 도시 툰(나중의 티리온)이 그 위에 서 있다. 도시의 이름 자체로도 쓰임. '일코린디' 참조.

쿠루핀Curufin 페아노르의 아들로 '재주꾼'이라는 별명이 있음.

쿠이비에넨Cuiviénen 가운데땅 동쪽 먼 곳에 있는 '눈뜸의 호수'로 요정들이 눈을 뜬 곳. "웅장한 바위들 사이에 있는 거뭇한 호수로, 이 호수에 흘러드는 물은 푸르스름하고 가느다란 실처럼 깊은 협곡에서 떨어진다."

퀜디Quendi 모든 요정을 뜻하는 초기 이름으로, '목소리를 가지고 있는 자'란 뜻. 나중에는 쿠이비에넨에서 장정을 떠난 세 무리의 요정 중 첫째를 가리킴. '빛의 요정' 참조.

크란시르Cranthir 페아노르의 아들로 '검은'이란 수식어가 붙음. 카란시르Caranthir로 바뀜.

크리스소른Cristhorn '독수리의 틈'을 가리키는 요정어. '키리스소로나스Kirith-thoronath'로 대체됨.

크리스일핑Cris-Ilfing '무지개 틈'. 미스림호수에서 내려온 강이 흐르는 협곡. '키리스 헬빈Kirith Helvin'이란 이름으로 바뀌었다가 최종적으로 '키리스 닌니아크Cirith Ninniach'로 바뀜.

크릿사에그림Crissaegrim* 곤돌린 남쪽의 산꼭대기로 독수리들의 왕 소론도르의 둥지가 있는 곳.

키리스 닌니아크 Cirith Ninniach '무지개 틈'. '크리스일핑' 참조.

ㅌ

타니퀘틸Taniquetil 펠로리(발리노르산맥)에서 가장 높은 봉우리로, 아르다에서 가장 높은 산이며 그 위에 만웨와 바르다의 거처(일마린)가 있었다.

타라스Taras 네브라스트 서쪽 곶 위에 있는 높은 산으로 그 너머에 비냐마르가 있었다.

타르닌 아우스타 Tarnin Austa '여름의 문'. 곤돌린의 축제.

타우르나푸인Taur-na-Fuin* '밤의 숲'. 이전에 '도르소니온', 곧 '소나무의 땅'으로 부르던 지역으로, 벨레리안드 북부의 삼림이 우거진 거대한 고원 지대.

탈출로The Way of Escape 에워두른산맥 밑으로 뚫린, 곤돌린 평원으로 들어가는 굴. 요정어로는 '바드 우스웬'.

테이글린Teiglin* 시리온강의 지류로 에레드 웨스린에서 발원함.

텔레리Teleri 쿠이비에넨에서 장정을 떠난 요정들 중 셋째 무리.

텔페리온Telperion 발리노르의 백색성수의 이름.

투르곤Turgon 핑골핀의 둘째 아들. 곤돌린을 세우고 왕이 된 인물로 이드릴의 아버지.

투르곤산맥Mountains of Turgon '에코리아스' 참조.

투를린Turlin '투오르' 이전에 일시적으로 쓴 이름.

투오르Tuor 투오르는 저 유명한 하도르 로린돌('황금머리 하도르')의 후손(증손자)이었다. 「레이시안의 노래」에서는 베렌에 대해 이런 이야기를 한다.

> 베렌의 대담무쌍함이 널리 이름났던 고로,
> 대지 위의 가장 굳센 인간들을 꼽을 때면
> 사람들은 으레 그의 이름을 초들고는
> 그의 사후死後 명성이 심지어
> *황금의 하도르도 능가하리라고* […]

핑골핀은 하도르에게 도르로민의 영주 칭호를 부여했고, 그의 후손

들은 하도르 가가 되었다. 투오르의 아버지 후오르는 한없는 눈물
의 전투에서 전사했고, 그의 아내 리안은 비통한 가운데 숨을 거두
었다. 후오르와 후린은 형제로, 하도르의 아들인 도르로민의 갈도르
의 아들이었다. 후린은 투린 투람바르의 아버지이며, 따라서 투오르
와 투린은 사촌 간이었다. 하지만 그들이 만난 것은 딱 한 번뿐으로,
그것도 스쳐 지나가며 서로 누구인지 알아보지 못했다. 이 이야기는
『곤돌린의 몰락』에 나온다.

툰Tûn 발리노르에 있는 요정들의 도시. '코르' 참조.

툴카스Tulkas '힘과 무용에 있어서 가장 뛰어난 자'인 이 발라에 대해
「발라퀜타」에는 이런 묘사가 있다.

> 그는 아르다에 가장 늦게 도착하였는데 이는 멜코르와 최초의 싸움을 벌
> 이는 발라들을 돕기 위해서였다. 그는 씨름과 힘겨루기를 좋아하고, 발로
> 걸어 다니는 어느 누구보다 더 빨리 달릴 수 있으며, 또 지칠 줄 모르기 때
> 문에 말을 타지도 않는다. 그는 과거나 미래에 괘념치 않고, 조언자로서도
> 쓸모가 없지만, 친구로서는 강인한 인물이다.

툼라덴Tumladen '평탄한 골짜기', 곤돌린의 '보호받은 평원'.

퉁글린Tunglin '하프의 사람들'. 「곤돌린의 몰락」의 초기 원고지만 곧
폐기된 어느 텍스트에서 한없는 눈물의 전투 이후 히슬룸에 살던 인
간들에게 부여된 이름. 투오르가 이 무리 출신이었다('펠레그' 참조).

팀브렌팅Timbrenting 타니퀘틸의 고대 영어 표기.

ㅍ

팔라스Falas* 벨레리안드 서부의 해안 지역으로 네브라스트의 남쪽.

팔라스림Falathrim 팔라스의 텔레리 요정들.

팔라스퀼Falasquil 투오르가 잠시 체류한 해안 지역의 만. 아버지가 지
도에 이름 없이 표시만 남긴 것으로 보아 작은 만이 분명하며, 히슬
룸과 도르로민을 향해 동쪽으로 뻗어 있는 (드렝기스트라는 이름의)
긴 하구에 있다. 에아렌델의 배 윙겔롯('거품꽃')의 선재가 팔라스퀼
산으로 알려져 있다.

팔루리엔Palúrien 야반나의 이름. 두 이름은 결합되어 쓰일 때가 많다.

팔루리엔은 나중에 '케멘타리'로 대체되는데, 두 이름 모두 '대지의 여왕', '드넓은 대지의 귀부인'이란 의미를 지닌다.

팔리소르Palisor 요정들이 깨어난 가운데땅 동부의 먼 지역.

페아노르Fëanor 핀웨의 장자. 실마릴의 제작자.

펜로드Penlod 곤돌린의 '기둥'과 '눈의 탑' 가문을 이끈 영주.

펠로리Pelóri '발리노르산맥' 참조.

펭겔의 아들 인도르의 아들인 펠레그Peleg son of Indor son of Fengel 펠레그는 처음의 가계도에서는 투오르의 아버지였다. ('퉁글린' 참조)

피나르핀Finarfin 핀웨의 셋째 아들로 핀로드 펠라군드와 갈라드리엘의 아버지. 놀도르의 탈출 이후 그는 아만에 남았다.

피온웨Fionwë 만웨의 아들. 대전투 당시 발라 군대의 대장.

핀Finn 핀웨의 그노메식 표기.

핀두일라스Finduilas 핀로드 펠라군드 이후 나르고스론드의 왕이 된 오로드레스의 딸. '파엘리브린'이 그녀에게 붙여진 이름으로, '이브린 호수에 반짝이는 햇빛'이란 뜻이다.

핀로드 왕의 미나스Minas of King Finrod 핀로드 펠라군드가 세운 성탑(미나스 티리스). 핀로드가 시리온 통로의 톨 시리온섬 위에 세운 거대한 감시탑으로, 이 섬은 사우론이 장악한 뒤로 톨인가우르호스Tol-in-Gaurhoth, 곧 '늑대인간의 섬'이 되었다.

핀로드 펠라군드Finrod Felagund 피나르핀의 장자. 나르고스론드를 세우고 왕이 되었으며, 그의 이름 펠라군드('동굴을 파는 자')는 나르고스론드에서 유래하였다. '잉글로르' 참조.

핀웨Finwë 쿠이비에넨에서 장정을 떠난 두 번째 무리(놀돌리)의 지도자. 페아노르와 핑골핀, 피나르핀의 아버지.

핑곤Fingon 핑골핀의 장자. 투르곤의 형으로, 핑골핀이 죽은 후 놀도르 대왕이 됨. '한없는 눈물의 전투'에서 전사.

핑골마Fingolma 핀웨의 초기 이름.

핑골핀Fingolfin 핀웨의 둘째 아들로 핑곤과 투르곤의 아버지. 벨레리안드의 놀도르 대왕. 앙반드 정문 앞에서 벌어진 결투에서 모르고스에게 목숨을 잃음(『베렌과 루시엔』에 실린 「레이시안의 노래」 247쪽 이하에 묘사됨).

ㅎ

하도르Hador '투오르' 참조. 하도르 가는 에다인 셋째 가문으로 알려져
있다. 그의 아들 갈도르는 후린과 후오르의 아버지였다.

하우드엔은뎅긴Haudh-en-Ndengin '사자의 언덕'. '한없는 눈물의 전
투'에서 죽은 모든 요정과 인간 들이 묻혀 있는 거대한 언덕. 안파우
글리스 사막에 있었다.

하프The Harp 곤도슬림 가문 이름 중의 하나.

한없는 눈물의 전투Battle of Unnumbered Tears 366쪽의 주석 참조.

헨도르Hendor 곤돌린 탈출 당시 에아렌델을 데리고 나온 이드릴의 하인.

황금꽃The Golden Flower 곤도슬림 가문 중 하나의 이름.

황혼의 호수Meres of Twilight 아엘린우이알. 큰 연못과 습지가 있는 안
개에 덮인 지역으로, 도리아스에서 내려온 아로스강이 시리온강과
만나는 곳.

회색 연대기Grey Annals 283쪽 참조.

회색요정Grey-elves 신다르. 이 명칭은 서녘으로 계속 행군하지 않고 벨
레리안드에 잔류한 엘다르에게 붙은 이름이다.

후린Húrin 투린 투람바르의 아버지이자, 투오르의 아버지인 후오르의
형. 361쪽의 '후린과 곤돌린' 주석 참조.

후오르Huor 후린의 동생, 리안의 남편, 투오르의 아버지. '한없는 눈물
의 전투'에서 전사. 361쪽의 '후린과 곤돌린' 주석 참조.

흑룡 앙칼라곤Ancalagon the black 모르고스의 날개 달린 용들 중에서
가장 강한 자로, 대전투에서 에아렌델에게 죽임을 당함.

히슬룸Hithlum* '안개의 땅', '황혼의 안개'로 번역되는 거대한 지역.
에레드 웨스린,곧 어둠산맥의 거대한 장벽 북쪽으로 뻗어 있음. 이
지역의 남쪽에 도르로민과 미스림이 있음. '히실로메' 참조.

히시메Hísimë 11월에 해당하는 열한 번째 달.

히실로메Hisilómë '히슬룸'의 그노메어 표기.

추가 주석

아이누

명사 '아이누'는 '거룩한 자'로 번역하는데, 세상의 창조를 다룬 아버지의 신화에서 유래한다. 아버지는 (44쪽에서 한 대목을 인용한 바 있는) 1964년에 작성한 어떤 편지에 처음으로 그 개념을 기록해 두었는데, 그때는 아버지가 1918년부터 1920년까지 옥스퍼드대학교에서 "당시 아직 미완성 상태였던 대사전 작업팀의 일원으로 일하고" 있을 때였다. 편지는 이렇게 이어진다. "나는 옥스퍼드에서 '아이누의 음악'이란 이름의 우주 창조를 다룬 신화를 썼는데, 그 속에는 초월적 창조자인 유일자와 발라라는 이름의 '권능들', 곧 천사에 해당하는 최초의 피조물들의 관계에 대한 설명이 있고, 그들이 '원시적 설계'를 명령하고 실행할 때 맡았던 역할에 대한 언급도 있었습니다."

'곤돌린의 몰락' 이야기를 하다가 세상의 창조를 다룬 신화까지 거슬러 올라가면 너무 뜬금없다고 생각할지 모르지만, 그 이유는 곧 밝혀지리라고 본다.

'우주 창조 신화'의 핵심 개념은 '아이누의 음악'이란 제목에 명시되어 있다. 1930년대가 되어서야 아버지는 후속 이본인 「아이눌린달레」(아이누의 음악)를 집필하는데, 이는 사실상 초고의 내용과 유사하다. 아래에 나오는 매우 짧은 설명에 나오는 발췌문은 모두 이 원고에서 가져온 것이다.

창조주는 유일자 에루라고 하며 좀 더 흔한 이름으로는 일루바타르가 있는데, '만물의 아버지', 곧 우주의 아버지라는 뜻이다. 이 작품에는 에루가 다른 모든 것보다 아이누들을 먼저 만들었다고 되어 있다. "그의 생각의 소산인 이들은 시간이 있기 전부터 그와 함께 있었다. 에루가 입을 열어 그들에게 음악의 주제를 제안하였다. 그들은 각각 혼자 그의 앞에서 노래를 불렀고, 나머지는 귀를 기울였다." 이것이 '아이누의 음악'의 시작이다. 일루바타르는 아이누들을 모두 불러 모아 위대한 주제를 공표하였고, 그들은 이를 가지고 함께 조화로운 가운데 '위대한 음악'을 만들어야 했던 것이다.

일루바타르는 이 위대한 음악을 마무리한 다음 아이누들에게 만물의 주인인 자신이 그들이 노래하고 연주한 모든 것의 모습을 바꾸어 놓겠다고 선언하였다. 그 모든 것들이 실재하게 하겠다는 뜻이었다. 아이누를 만들 때 그랬던 것처럼 그것들은 형체와 실체를 갖는 존재가 되었다. 그런 다음 그는 어둠 속으로 그들을 데리고 갔다.

그들은 공허의 한가운데로 들어가서 이전에는 텅 비어 있던 곳에서 지고의 아름다움을 띤 광경을 목격했다. 일루바타르가 말했다. "그대들의 음악을 보라! 나의 뜻에 따라 음악은 형체를 취하였고, 이제 세상의 역사는 시작되었도다."

이 책에서 가장 의미심장한 한 대목으로 이 설명을 마무리짓고자 한다. 일루바타르와 울모 사이에 '물의 군주'의 영역에 대한 대화가 있고, 그다음에 이어지는 내용이다.

일루바타르가 울모에게 막 이야기를 하는 순간 아이누들은 세상이 펼쳐지는 것을 보게 되는데, 일루바타르가 그들에게 노래의 주제로 제시한 바로 그 역사의 시작이었다. 일

루바타르의 말씀에 대한 기억으로 인해, 또한 각자가 자신
이 연주한 음악에 대해 지니고 있는 지식 덕분에, 아이누들
은 장차 다가올 많은 일을 알고 있고 그들이 예견하지 못하
는 일은 거의 없다.

만약 이 대목을 에아렌델에 관한 울모의 예지—앞에서 '경이
로운'이라고 묘사한 바 있음(294쪽)—와 관련지어 본다면, 울모
는 가까운 미래에 어떤 일이 벌어질지 시간상으로 훨씬 이전에
분명하게 알고 있는 것으로 보인다.

아이누들에게는 한 가지 더 주목할 만한 면모가 있다. 다시 한
번 「아이눌린달레」를 인용한다면,

세상을 응시하는 순간 많은 아이누들이 세상의 아름다
움에 매혹당했고, 그곳에 존재하기 시작한 역사에 빠져들
었으며, 그들 사이에 동요가 일었다. 그리하여 그들 중 일
부는 여전히 세상 밖에서 일루바타르와 함께 거하게 되었
지만 […] 다른 일부는, 특히 아이누들 중에서 가장 지혜롭
고 가장 아름다운 많은 자들이 일루바타르를 떠나 세상 속
으로 들어가 그곳에 거하며 시간의 형체와 의복을 취하기
를 갈망했다. […]

이에 따라 원하는 이들은 아래로 내려가 세상 속으로 들
어갔다. 하지만 일루바타르는 그 순간부터 그들의 힘은 세
상의 테두리 속으로 제한될 것이며 세상과 함께 종료되어
야 한다는 조건을 걸어 두었다. 그리고 일루바타르는 이후

로 그들에 관한 자신의 목표를 드러내지 않았다.

　이리하여 아이누들은 세상으로 들어왔고, 우리는 그들을 발라 혹은 권능으로 칭하는데, 그들은 창공이나 깊은 바닷속, 혹은 땅 위, 그리고 세상의 경계에 있는 발리노르 등 여러 곳에 거하고 있다. 그중에도 가장 위대한 네 아이누는 멜코와 만웨, 울모, 아울레였다.

이 대목 다음에 「아이누의 음악」에 나오는 울모의 초상이 그려진다(300쪽).

　위의 인용문에서 짐작할 수 있듯이 명사 아이누(복수형은 아이누르Ainur)는 이따금 발라(복수형은 발라르Valar) 대신에 사용된다. 그래서 이를테면 68쪽에 보듯이 "사실은 아이누들이 그의 마음속에 그 생각을 불어넣었던 것"이라는 표현이 나온다.

　마지막으로 덧붙일 것은 '아이누의 음악'에 관한 이 간략한 설명에서 내가 창조 서사의 중요한 한 줄기, 곧 멜코/모르고스가 행한 엄청난 파괴적 역할에 관한 이야기를 일부러 제외하였다는 점이다.

후린과 곤돌린

이 서사는 아버지가 「회색 연대기」(283쪽 참조)로 명명한 비교적 후기의 텍스트에 나온다. 여기에 보면 후린과 동생 후오르(투오르의 아버지)는 "함께 오르크들과 맞서 싸우기 위해 출전하는

데, 특히 후오르는 겨우 열세 살이었지만 도저히 말릴 수가 없었
다. 그들이 속한 부대는 본진으로부터 단절되어 브리시아크여
울까지 쫓겨갔다. 아직까지 시리온강에서 막강한 위력을 유지
하고 있던 울모의 힘이 없었더라면 그들은 붙잡히거나 목숨을
잃었을 것이다. 그리하여 강물에서 안개가 일어나 그들을 적군
으로부터 숨겨 주었고, 두 사람은 딤바르로 달아나 깎아지른 크
릿사에그림 장벽 밑에 있는 언덕 사이를 헤매고 있었다. 소론도
르가 거기서 그들을 발견하여 독수리 두 마리를 보냈고, 독수리
들은 그들을 들어 올려 산맥 너머 비밀의 골짜기 툼라덴과 숨은
도시 곤돌린으로 데려갔다. 인간은 그 누구도 아직 가 보지 못한
곳이었다."

그들은 투르곤 왕의 환영을 받았다. 울모가 그에게 어려울 때
도움을 줄 곳이라며 하도르 가를 우호적으로 대하라고 충고했
기 때문이다. 그들은 곤도르에 1년 동안 거주하였고, 이때 후린
은 투르곤 왕의 생각과 목표에 대해 약간 알게 되었다고 한다.
왜냐하면 왕은 그들을 무척 좋아하여 곤돌린에 계속 살기를 원
했기 때문이다. 하지만 그들은 자신들의 일족에게 돌아가 이제
동족을 괴롭히고 있는 전쟁과 고난에 동참하기를 원했다. 투르
곤은 그들의 소원을 들어주며 말했다. "소론도르가 동의한다면,
자네들이 왔던 그 길로 돌아가도록 허락하겠노라. 이 작별은 슬
픈 일이지만, 엘다르의 생각으로는 머지않아 우리는 다시 만나
게 될 것이다."

서사는 두 인간을 향한 왕의 관대한 처사에 강력하게 반발한
마에글린의 험악한 언사로 마무리된다. "법이 옛날보다 덜 엄격

해졌군. 그렇지 않았더라면 당신들은 죽을 때까지 여기 사는 수밖에 없었을 것이네." 후린은 이에 대해 만약 마에글린이 자신들을 믿지 못한다면 맹세를 하겠다고 했고, 투르곤의 심중을 절대로 밝히지 않을 것이며, 그들이 이 왕국에서 목격한 모든 것을 비밀로 할 것을 맹세하였다.

몇 년 뒤 투오르는 비냐마르의 바닷가에서 보론웨에게 이렇게 말한다(223쪽). "하지만 투르곤 왕을 찾아 나설 자격으로 말하자면, 나는 후오르의 아들이자 후린의 조카인 투오르이고, 투르곤 왕은 이 두 이름을 잊지 않으셨을 것이오."

✳

후린은 한없는 눈물의 전투에서 생포당하고 말았다. 모르고스는 그에게 "투르곤의 성채가 어디에 있는지 털어놓는다면" 자유를 주거나 혹은 모르고스의 부대 최고 대장의 권력까지 주겠다고 제안했다. 후린은 모르고스의 면전에서 지독한 조롱과 함께 무척 용감한 말로 이를 거부하였다. 그러자 모르고스는 그를 상고로드림의 높은 봉우리로 데려가 돌의자 위에 앉혔고, 후린에게 그가 사랑하는 자들의 어두운 운명을 모르고스의 눈으로 보게 될 것이며 어느 것도 그의 눈길을 피할 수 없을 것이라고 말했다. 후린은 28년간 그 고통을 참고 견뎠다. 그 시간이 끝날 즈음 모르고스는 그를 풀어 주었다. 모르고스는 처참하게 패배한 적에 대한 연민의 정에 흔들리는 척했지만 그것은 거짓이었다. 그는 추가로 사악한 목적이 있었고, 후린은 모르고스에게 연민의 정이 없다는 것을 알고 있었다. 하지만 그는 자유를 받아들였다. 이 서사가 나오는 「회색 연대기」의 확장판 '후린의 방랑'에 보면 후린은 결국 에코리아스, 곧 에워두른산맥에 당도한다. 하지만 그는 더 이상 길을 찾을 수 없었고, 절망 속에 서 있는 그의 눈앞에 "산맥이 근엄한 적막 속에 버티고 있었다. […] 그는 마침내 큰 바위 위에 올라서서 두 팔을 활짝 벌린 채 곤돌린 쪽을 바라보며 큰 소리로 외쳤다. '투르곤! 후린이 당신을 찾고 있소. 아, 투르곤, 당신의 숨은 궁정에서는 소리가 들리지 않는가?' 하지만 아무 대답이 없었고, 그의 귀에는 마른 풀 위를 스치는 바람 소리만 들릴 뿐이었다. […] 그러나 후린이 외치는 소리를 들은 귀가 있었고, 그의 몸짓을 유심히 지켜본 눈이 있었다. 이 모든 것에 관한 보고가 곧 북부에 있는 암흑의 권좌로 전해졌다. 그리하여 모르고스는 미소를 지었고, 투르곤이 어느 지역에 거하는지 이제 분명히 알게 되었다. 다만 독수리들 때문에 모르고스의 첩자는 누구도 에워두른산맥 너머에 있는 대지를 눈으로 볼 수는 없었다."

그리하여 우리는 여기서 다시 모르고스가 숨은왕국의 위치를 발견한 정황(172~173쪽 참조)과 관련하여 아버지의 생각이 바뀐 것을 확인하게 된다. 현재 텍스트의 이야기는 「퀜타 놀도린와」(187~188쪽)에 나오는 대목과 분명히 어긋나는데, 거기서는 오르크들에게 포로로 잡힌 마에글린의 배신이 다음과 같이 확실하게 기록되어 있기 때문이다. "메글린은 결국 목숨을 구하고 풀려나기 위해 모르고스에게 곤돌린의 위치와 그곳을 찾아 공격할 수 있는 방법을 털어놓고 말았다. 모르고스는 이루 말로 다할 수 없이 기뻐하였다."

위에 인용한 대목의 마지막 부분을 염두에 둔다면 이제 이야기는 사실 한 걸음 더 진전한 것으로 보인다. 후린의 외침은 곤돌린의 위치를 드러내고 말았고, 그리하여 "모르고스는 이루 말로 다 할 수 없이 기뻐하"게 되었기 때문이다. 이 점은 아버지가 이 시점에 원고에 덧붙인 내용에서도 확인된다.

포로로 잡힌 마에글린이 풀려나기 위해 배신을 하려고 하자 모르고스는 웃음을 터뜨리며 이렇게 말했을 것이 틀림없다. "케케묵은 정보는 돈이 안 되는 법. 이건 이미 알고 있거든. 난 쉽게 속지 않아!" 그래서 마에글린은 곤돌린의 저항을 무력화시키는 방안까지—더 내놓아야 했다.

강철산맥

초기 텍스트를 처음 읽었을 때는 히실로메(히슬룸)가 강철산맥 '너머에' 위치해 있기 때문에 후기의 히슬룸과 다른 지역이라는 생각이 들었다. 하지만 관련 사항들을 보면 단지 이름이 바뀐 것일 뿐이라는 결론을 내릴 수 있었고, 이 점은 명백한 사실이다. 『잃어버린 이야기들』 다른 곳에 보면 멜코가 발리노르에서 감금되었다가 도망친 뒤에 스스로를 위해 "북부 어느 지역에 새로운 거처"를 마련하는데, 그곳은 "눈으로 보기에도 무시무시한 강철산맥이 아득히 높이 솟아 있었다"는 기록이 나온다. 또한 강철산맥의 최북단 요새 바다 밑에 앙반드가 있는데, 바로 이 "강철지옥"을 따라 산맥의 이름도 그렇게 지어진 것이다.

설명을 하자면, "강철산맥"은 나중에 에레드 웨스린, 곧 "어둠산맥" 혹은 "어둠의 산맥"이라고 불리는 산맥에 대해 처음에 붙인 이름이었다. (이 산맥은 연결된 하나의 산맥으로 보이지만, 남쪽으로 확장된 지역, 곧 히슬룸의 동부와 남부 장벽을 이루는 지역을 앙반드 위에 있는 북부의 무시무시한 첨봉들—그중에서 최강의 봉우리가 상고로드림이다—과 구분하기 위해 이름을 다르게 한 것으로 추정할 수도 있다.)

유감스럽게도 나는 『베렌과 루시엔』의 고유명사 목록에서는 '히실로메' 항목을 수정하지 못했다. 거기서는 그 지역의 이름이 그렇게 된 것은 "그 지역 동쪽과 남쪽에 있는 강철산맥 너머로 햇빛이 잘 들어오지 못하기 때문이라고" 설명하고 있다. 이번 텍스트 73쪽에서는 '강철'을 '어둠'으로 변경하였다.

니르나에스 아르노에디아드 : 한없는 눈물의 전투

「퀜타 놀도린와」에는 이런 기록이 있다.

이제 이 이야기는 분명히 해 두어야겠다. 페아노르의 아들 마이드로스는 후안과 루시엔의 무용담과 수Thû의 성채[톨시리온, 곧 늑대인간의 섬, 후에 > '사우론의 성채'가 됨]가 쓰러졌다는 소식을 듣고는 모르고스가 불가항력의 존재가 아니라는 것을 깨닫는데, 만약 그들이 다시 뭉쳐 새로운 동맹을 만들고 협의체를 구성하지 못한다면 모르고스가 그들을 하나씩 괴멸시키리라고 생각했다. 이것이 '마이드로스연합'으로, 지혜롭게 설계되었다.

뒤이어 벌어진 엄청난 전투는 벨레리안드 전쟁사에서 가장 끔찍한 전투였다. 여러 텍스트에 니르나에스 아르노에디아드 전투에 관한 많은 언급이 있는데, 요정과 인간은 완패를 당하고 놀도르는 파멸에 이르렀기 때문이다. 핑골핀의 아들이자 투르곤의 형인 놀도르의 왕 핑곤이 목숨을 잃었고 그의 왕국은 종말을 고했다. 하지만 전투 초반에 무척 특별한 사건이 발생하는데, 투르곤이 곤돌린의 경계망을 끊고 나와 전투에 참전한 것이었다. 이 사건은 「회색 연대기」(이에 대해서는 283쪽에 나오는 '서사의 진화' 참조)에 다음과 같이 기록되어 있다.

나팔 소리가 요란하게 울려 퍼지자 거기에 있던 모든 이들이 기뻐하며 놀라워하는데, 기대하지도 않았던 한 부대가 행군을 하며 전장으로 올라오고 있었다. 투르곤의 군대가 곤돌린에서 쏟아져 나온 것이었다. 번쩍이는 갑옷에 장검으로 무장을 한 1만에 달하는 군사로, 그들은 시리온 통로를 지키며 남쪽에 주둔하였다.

또한 「회색 연대기」에는 투르곤과 모르고스의 문제에 관한 매우 주목할 만한 대목이 있다.

> 하지만 모르고스를 심하게 괴롭히면서 그의 승리에 흠집을 내는 한 가지 생각이 있었다. 바로 그가 그토록 붙잡고 싶었던 투르곤이 그물 밖으로 달아난 것이다. 투르곤은 유서 깊은 핑골핀 가문 출신으로, 이제는 합법적으로 전체 놀도르의 대왕이 되어 있었다. 모르고스는 핑골핀 가문을 두려워하고 특히 증오하였는데, 이는 그들이 발리노르에서 그를 조롱한 적이 있고 또 울모와 친하게 지냈을 뿐만 아니라, 전투 중에 핑골핀이 그에게 부상을 입히기도 했기 때문이다. 더욱이 옛날부터 그의 눈은 투르곤을 주시하고 있었는데, 그의 마음속에 어두운 그림자가 찾아들며 언젠가 알지 못하는 종말의 순간에 투르곤을 통해 그의 파멸이 시작될 것이라는 불길한 예감이 들었던 것이다.

에아렌델의 기원

다음 텍스트는 아버지가 1967년에 쓴 긴 편지의 일부로, 내용은 아버지의 역사 속에 나오는 고유명사의 조성 및 그 역사와 관계없는 고유명사를 들여온 경위에 관한 설명이다.

> 아버지는 처음에는 에아렌딜Eärendil(후기형)이 고대 영어 단어인 에아렌델Éarendel—고대 영어 중에서 아버지가 특별히 아름

다움을 느꼈던 단어—에서 나온 것이 확실하다는 언급을 남겼
다. (그리고 계속해서) "또한 이 단어의 형태는 어원상 보통명사
가 아니라 고유명사에 속한다는 암시를 강하게 줍니다."(라고 기
록했다.) 아버지는 다른 언어에 있는 관련 형태들로 보아 이 단어
가 천체 신화에서 비롯되었으며 별이나 성군의 이름인 것이 분
명하다고 생각했다.

　편지의 내용은 이렇다. "내 생각에 고대 영어 용례를 보면 이
단어가 (아무튼 영국의 전통으로는) 새벽을 예고하는 별을 가리키
는 것이 확실한 것으로 보입니다. 이른바 금성, 곧 태양이 정말
로 떠오르기 전에 새벽하늘에 환하게 빛난다고 여기는 바로 그
샛별이지요. 1914년 이전에 내가 쓴 '시' 중에 에아렌델이 태양
의 항구에서 찬란한 불꽃처럼 배를 출항시키는 이야기를 소재
로 한 시가 있습니다. 나는 그를 내 신화 속으로 불러들였고, 거
기서 그는 핵심 인물이 되어 뱃사람이 되었다가 마지막에는 전
령관 별이 되었고 인간들에게는 희망의 징표가 되었습니다. '아
이야 에아렌딜 엘레니온 앙칼리마Aiya Eärendil Elenion Ancalima',
곧 '오라, 에아렌델, 별 중에 가장 빛나는 별이여'는 '에알라 에
아렌델 엥글라 베오르흐타스트Éala Éarendel engla beorhtast(고대
영어로 '오라, 에아렌델, 천사 중에 가장 빛나는 천사여'라는 뜻—역자
주)'에서 유래한 것으로 몇 단계를 건너뛴 것입니다."

　사실 정말로 여러 단계를 건너뛴 것이다. 이 고대 영어 단어
들은 「크리스트」라는 시에서 발췌한 것인데, 이 발췌문이 들
어가는 대목은 '에알라! 에아렌델 엥글라 베오르흐타스트 오
베르 밋단예아르드 몬눔 센데드Éala! Éarendel engla beorhtast ofer

middangeard monnum sended(고대 영어로 '오라, 에아렌델, 천사 중에 가장 빛나는 천사요, 가운데땅 인간들에게 보내진 자여'—역자 주)'라고 씌어 있다. 그런데 언뜻 보면 이상해 보이겠지만 이 편지에서 요정어로 '아이야 에아렌딜 엘레니온 앙칼리마'를 인용했을 때, 아버지는 『반지의 제왕』에서 '쉴로브의 굴' 장에 나오는 한 대목을 염두에 둔 것이었다. 쉴로브가 어둠 속에서 샘과 프로도에게 다가오자 샘은 소리를 지른다. "귀부인의 선물! 별 유리병이요! 그녀가 어두운 곳에서 당신께 빛이 될 거라고 말씀하신 것, 별 유리병이요!" 자신이 잊어버렸던 것을 깨닫고 깜짝 놀라, "천천히 프로도의 손이 가슴으로 다가갔고, 그는 천천히 갈라드리엘의 유리병을 높이 치켜들었다." […] "그 앞에서 어둠이 물러났으며, 마침내 그것은 청명한 수정 구체球體의 한가운데서 빛을 발하는 것 같았고 그것을 든 손에는 하얀 불꽃이 튀었다.

프로도는 그 충만한 가치와 권능을 짐작하지 못한 채 그렇게 오래도록 지녀 왔던 이 놀라운 선물을 경이의 눈길로 응시했다. 그는 모르굴협곡에 이를 때까지는 도상에서 그것을 거의 기억하지 못했고 또 거기서 드러나는 빛이 두려워 아예 사용한 적도 없었다. '아이야 에아렌딜 엘레니온 앙칼리마!' 프로도는 이렇게 외쳤지만 스스로도 무슨 말을 한 건지를 몰랐다. 왜냐하면 구덩이의 오염된 공기에 구애받지 않은, 다른 깨끗한 목소리가 그의 목소리를 통해 말하는 것 같았던 것이다."

아버지가 1967년도에 쓴 편지는 이렇게 계속된다. "이 이름을 원래 그대로 가져다 쓸 수는 없었습니다. 요정어의 언어적 상황에 맞게 또 이 인물을 위한 자리가 신화 속에 만들어지는 것과 같은 시기에 이름이 배치되어야 했습니다. 여기서부터, '요정어'의 역사로 보면 아주 초기에—어린 시절에 많은 실험적 시도로 요정어를 만들어 본 적이 있는데, 이 단어를 받아들일 시점에서야 확실한 골격을 갖추기 시작했습니다—마침내 '바다'를 가리키는 공통 요정어 어근인 '아야르AYAR'가 등장했습니다. 이 단어는 주로 서부의 대해를 가리킬 때 사용하였는데, '사랑하다, 헌신하다'라는 뜻의 동사형 '(ㄴ)딜(N)DIL'도 함께 만들어졌습니다. 에아렌딜은 주요 신화들 중에서 가장 일찍 쓰인 (1916~1917년) 신화의 인물이 되었지요. […] 투오르는 존엄한 발라 중의 하나이며 바다와 물을 관장하는 군주인 울모의 방문을 받고 그의 명을 받아 곤돌린으로 향합니다. 이 방문은 투오르의 가슴속에 바다를 향한 한없는 갈망을 불러일으켰고, 아들에게 이 갈망이 전해지면서 그는 아들을 위해 이 이름을 선택한 것입니다."

만도스의 예언

「신화 스케치」에서 발췌하여 프롤로그에 인용한 내용(57쪽) 중에 발라들을 배반한 놀돌리 요정들이 배를 타고 발리노르를 떠날 때 만도스가 사자를 파견한 대목이 있다. 사자는 그들의 배가 지나가는 높은 절벽 위에서 돌아오라고 경고하지만 그들이 거부하자 훗날 그들의 운명에 닥칠 '만도스의 심판'을 전한다. 그에 대한 설명을 담은 한 대목을 여기에 수록한다. 이 텍스트는 「발리노르 연대기」의 첫 원고로, 마지막 이본이 「회색 연대기」이다('서사의 진화' 283쪽 참조). 아주 초기의 이 원고는 「퀜타 놀도린와」와 동일한 시기에 속한다.

그들[떠나는 놀돌리 요정들]은 해안선 위로 절벽이 높이 솟아 있는 지점에 이르렀고, 그곳에 만도스인지 그의 사자인지 분간이 어려운 인물이 올라서서 만도스의 심판을 전했다. 그는 페아노르 가문이 자행한 동족살해에 대해 그들을 저주하면서, 그들을 따르거나 그들의 거사에 합류한 이들에게도 낮은 등급의 저주가 있을 것이므로 심판을 받고 돌아와 발라들의 용서를 구할 것을 권고하였다. 이를 따르지 않는다면 불운과 재앙이 그들을 덮칠 것이며, 동족이 동족을 배신하는 비극이 계속 이어질 것 또한 예고하였다. 그들의 맹세는 스스로에게 올무가 될 것이며, 상당한 정도로 죽음의 운명까지 찾아와 그들의 목숨을 무기나 고통이나 슬픔으로 가볍게 앗아 갈 것이며, 종국에는 손아래 종족을 앞에 두고 스러져 사라질 것이라고 하였다. 그는 이후에 벌어진 그 밖의 많은 일들을 험악하게 예고하며 그들이 돌아오지 못하도록 발라들은 발리노르에 장벽을 쌓을 것이라는 점도 경고하였다.

그러나 페아노르는 마음을 강퍅하게 먹고 생각을 굽히지 않았고, 핑골핀의 가문 역시 한편으로 동족의 압박을 느

끼고 다른 한편으로 신들의 심판을 두려워하면서 마지못
해 페아노르의 뒤를 따랐다(핑골핀 가문의 모두가 동족살해
와 무관한 것은 아니었기 때문이다).

또한 최종본(217쪽)에서 울모가 비냐마르의 투오르에게 고하
는 말 참조.

『호빗』에 나오는 요정의 세 종족

『호빗』의 8장 '파리와 거미들'의 끝에서 머지않은 대목에 다음
장면이 나온다.

잔치를 벌이던 자들은 물론 숲요정들이었다. […] 그들은
서쪽의 높은요정들과 달랐고, 더 위험하고 덜 현명한 족속
이었다. 그들 대부분은 언덕과 산지에 흩어져 사는 그들의
친척들과 마찬가지로 서녘의 요정의 나라에 가 본 적이 없
는 고대 부족들의 후예였기 때문이다. '빛의 요정'과 '지식
의 요정', '바다요정' 들은 요정의 나라에 가서 몇 시대를
살면서 점점 더 아름답고 현명하고 학식이 더욱 풍부해졌
다. 그리고 아름답고 경이로운 것들을 만들면서 마법과 정
교한 기술을 계발했고 나중에 몇몇 요정들은 큰세계로 돌
아왔다.

여기서 마지막 대목은 반역을 하고 발리노르를 떠나 가운데땅에서 망명자로 불리게 된 놀도르 요정들을 가리킨다.

낱말 풀이 — 폐어, 고어, 희귀어

affray 공격, 싸움

ambuscaded 매복 공격을 받는

ardour (호흡의) 뜨거운 열기

argent 은색 혹은 은백색

astonied astonished(놀란)의 초기형

bested 둘러싸인 [bestead라고도 씀]

blow 꽃을 피우다

boss 방패의 돌출한 중심부

broidure 자수(패턴)

burg 성벽이 있는 도시

byrnie 쇠사슬 갑옷

car 수레

carle 농사꾼 혹은 하인

chrysoprase 황녹색의 보석, 녹옥수

conch 악기나 소집용 도구로 쓰이는 소라고둥

cravenhood 겁, 비겁 [여기서 쓴 특이한 용법으로 보임]

damascened 금이나 은을 상감 기법으로 새겨 넣은

descry 식별하다

diapered 마름모꼴 무늬

dight 치장한, 장식을 한

drake 용. 고대 영어에서는 draca.

drolleries 재미있거나 웃기는 것

emprise 모험, 거사

fain 즐거이, 기꺼이

fell (1) 잔인한, 끔찍한 (2) 산

glistering 반짝이는

greave 정강이받이

hauberk 방어용 갑옷, 길이가 긴 쇠사슬갑옷

illfavoured 외모가 추한, 못생긴

kirtle 무릎이나 그 밑까지 내려오는 긴 옷

lappet 의복의 작은 조각

leaguer/-ed 포위/포위당한 [지역]

lealty 충직, 충성

let 허용하다

malachite 공작석, 초록색 광물

marges 둘레 혹은 가장자리

mattock 곡괭이, 양쪽으로 날이 달린 농기구

mead 초원, 풀밭

meshed 복잡하게 헝클어 버렸다

plash (물이) 찰랑거리는 소리

plenished 채워졌다, 보충되었다

puissance 힘, 위력, 무력

reck 생각하다, 염두에 두다

rede 조언, 충고

repair 자주 가다

repast 음식(식사, 연회)

rowan 마가목

ruth 슬픔, 비탄

sable 검은, 새카만

scathe 피해

sojourned 머물렀다

sward 키 작은 풀이 무성한 넓은 지역

swart 피부가 거무스름한

tarry/-ied 지체하(였)다

thrall/thralldom 노예/노예 상태

twain 두, 둘, 2

vambrace 완갑, 팔 보호를 위한 무구

weird 운명

whin 가시금작화

whortleberry 산앵두

writhen 굽은, 고리로 장식을 한

가계도

1) 베오르 가문
2) 놀도르 군주들

1) 베오르 가문

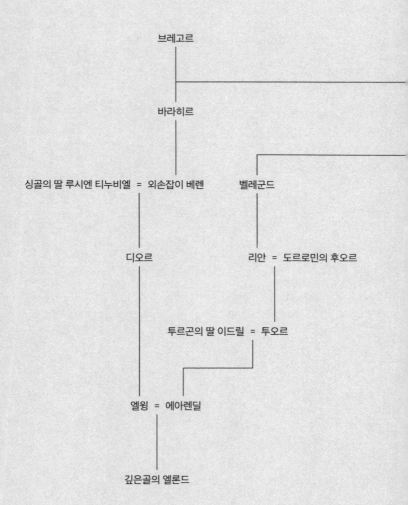

브레고르

바라히르

싱골의 딸 루시엔 티누비엘 = 외손잡이 베렌   벨레군드

디오르   리안 = 도르로민의 후오르

투르곤의 딸 이드릴 = 투오르

엘윙 = 에아렌딜

깊은골의 엘론드

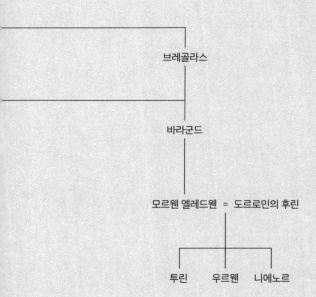

브레골라스

바라군드

모르웬 엘레드웬 = 도르로민의 후린

투린 우르웬 니에노르

2) 놀도르 군주들

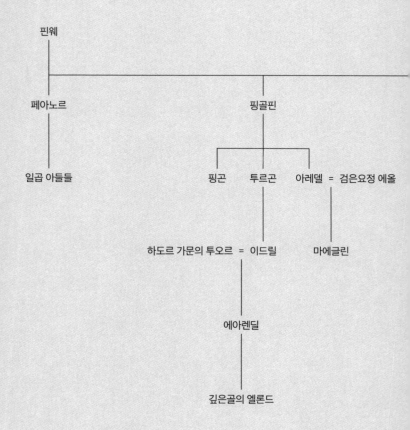

핀웨

페아노르   핑골핀

일곱 아들들   핑곤   투르곤   아레델 = 검은요정 에올

하도르 가문의 투오르 = 이드릴   마에글린

에아렌딜

깊은골의 엘론드

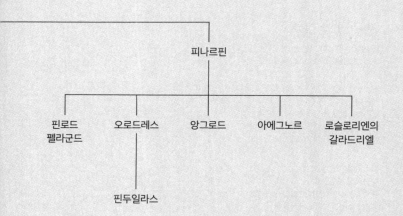

옮긴이 **김보원**

서울대학교 인문대학 영어영문학과를 졸업하고 동 대학원에서 문학박사 학위를 받았으며, 현재 한국방송통신대학교 영어영문학과 교수로 재직 중이다. 옮긴 책으로 톨킨의 작품 『반지의 제왕』, 『실마릴리온』, 『후린의 아이들』과 데이빗 데이의 연구서 『톨킨 백과사전』이 있고, 『번역 문장 만들기』, 『영국소설의 이해』, 『영어권 국가의 이해』 등을 썼다.

곤돌린의 몰락

1판 1쇄 발행 2023년 11월 24일
1판 2쇄 발행 2023년 12월 15일

지은이 | J.R.R. 톨킨
옮긴이 | 김보원
펴낸이 | 김영곤
펴낸곳 | (주)북이십일 아르테

책임편집 | 권구훈
교정교열 | 박은경
표지 디자인 | (주)여백커뮤니케이션
본문 디자인 | (주)다함미디어

아르테본부 문학팀 | 김지연 원보람 권구훈
해외기획실장 | 최연순
출판마케팅영업본부장 | 한충희
출판영업팀 | 최명열 김다운 김도연
마케팅2팀 | 나은경 정유진 박보미 백다희 이민재
제작팀 | 이영민 권경민

출판등록 | 2000년 5월 6일 제406-2003-061호
주소 | (우-10881) 경기도 파주시 회동길 201(문발동)
대표전화 | 031-955-2100 팩스 | 031-955-2151
이메일 | book21@book21.co.kr

ISBN 979-11-7117-130-9 04840
　　　 979-11-7117-127-9 (세트)